SONHADOR IMPOSSÍVEL

MAGGIE STIEFVATER

SONHADOR IMPOSSÍVEL

O Sonhador, livro 2

Tradução
Monique D'Orazio

1ª edição

Rio de Janeiro-RJ / Campinas-SP, 2022

VERUS
EDITORA

Editora
Raïssa Castro

Coordenadora editorial
Ana Paula Gomes

Copidesque
Tássia Carvalho

Revisão
Lígia Alves

Diagramação
Myla Guimarães

Ilustração e design de capa
Robson Vilalba

Título original
Mister Impossible

ISBN: 978-65-5924-056-2

Copyright © Maggie Stiefvater, 2021
Todos os direitos reservados.
Edição publicada mediante acordo com Scholastic Inc., 557 Broadway, Nova York, NY, 10012, EUA.

Tradução © Verus Editora, 2022
Direitos reservados em língua portuguesa, no Brasil, por Verus Editora. Nenhuma parte desta obra pode ser reproduzida ou transmitida por qualquer forma e/ou quaisquer meios (eletrônico ou mecânico, incluindo fotocópia e gravação) ou arquivada em qualquer sistema ou banco de dados sem permissão escrita da editora.

Verus Editora Ltda.
Rua Benedicto Aristides Ribeiro, 41, Jd. Santa Genebra II, Campinas/SP, 13084-753
Fone/Fax: (19) 3249-0001 | www.veruseditora.com.br

CIP-BRASIL. CATALOGAÇÃO NA PUBLICAÇÃO
SINDICATO NACIONAL DOS EDITORES DE LIVROS, RJ

S874c

Stiefvater, Maggie
    Sonhador impossível / Maggie Stiefvater ; tradução Monique D'Orazio. - 1. ed - Rio de Janeiro : Verus, 2022.
    336 p. (O Sonhador ; 2)

Tradução de: Mister Impossible
ISBN 978-65-5924-056-2

1. Ficção americana. I. D'Orazio, Monique. II. Título. III. Série.

21-74854   CDD: 813
     CDU: 82-3(73)

Camila Donis Hartmann – Bibliotecária – CRB-7/6472

Revisado conforme o novo acordo ortográfico.

Seja um leitor preferencial Record.
Cadastre-se no site www.record.com.br e receba informações sobre nossos lançamentos e nossas promoções.

Atendimento e venda direta ao leitor:
sac@record.com.br

Para Melissa

Eu sou a terra, eu sou a água em que você anda
Eu sou o sol e a lua e as estrelas.
— PHANTOGRAM, "MISTER IMPOSSIBLE"

Guiados por flores foi
Que eles vieram e correram
Sobre algo caído
No formato de um homem.
— ROBERT FROST, "RESTOS DOS MORTOS"

Oh, os pensamentos que você pode pensar se ao menos tentar!
— DR. SEUSS, *OH, OS PENSAMENTOS QUE VOCÊ PODE PENSAR!*

PRÓLOGO

Quando vieram matar o Zed, fazia um belo dia.

Provavelmente era Illinois ou um daqueles estados que começam com *I*. Indiana. Iowa. wIsconsin. Campos, mas não do tipo que se vê em cartões-postais. Sem os celeiros pitorescos. Nenhum equipamento agrícola esteticamente enferrujado. Apenas campo arado. O céu estava muito azul. Os campos de trigo pedregoso do fim da estação eram muito ofuscantes e claros. Tudo estava muito limpo. Semelhante a férias na praia, mas sem a praia. Dividindo a paisagem havia uma via expressa: muito plana, muito reta, branco-acinzentada de sal.

Apenas um veículo visível, um caminhão com uma cabine vermelha limpa e um trailer que dizia LIVING SOLUTIONS • ATLANTA • NOVA YORK • NASHVILLE. Junto a essas palavras via-se o desenho em preto e branco de uma cadeira em estilo eduardiano, mas não havia cadeiras dentro do caminhão. *Eles* estavam lá dentro. Os Moderadores. O time da casa, o time vencedor, aquele que trabalhava com afinco todos os dias para evitar o fim do mundo. Ou pelo menos era exatamente isso o que eles afirmavam ser: um grupo de adultos sensatos reunidos para impedir uma ameaça sobrenatural cuja existência a maioria das pessoas desconhecia — os Zeds.

Zed, como em *z*, como em *zzzzz*, como no barulho de alguém dormindo, momento em que os Zeds se tornavam uma arma. Zed, como em *zero*: o quanto sobraria do mundo se os Moderadores não interferissem.

Não restavam muitas vocações nobres no mundo, mas certamente aquela era uma delas.

Bellos dirigia o caminhão de móveis, embora tivesse perdido o braço recentemente. Ramsay viajava no banco do passageiro. Tirava meleca do nariz e limpava na porta de um modo agressivo, desafiando Bellos a dizer algo. Bellos não dizia. Ele tinha outras coisas em que pensar, como sentir falta do braço. Também pensava nas criaturas que o haviam arrancado na casa suburbana de Declan Lynch, não muito tempo antes. Aqueles cães! Cães pretos como piche com olhos e bocas de fogo maligno, coisas dos mitos. O que tinha vindo primeiro? Será que os Zeds haviam sonhado com os monstros que se tornavam lendários? Ou as lendas inspiravam os Zeds a criar a realidade imaginada? Em algum lugar, ele pensava, aqueles monstros ainda existiam. Sólidos e gasosos, vivos e imortais. Seguiam regras totalmente diferentes das da humanidade, tornando impossível derrotá-los.

Era por isso que os Zeds tinham que morrer. Eles estavam arruinando tudo.

Bellos e Ramsay não eram os únicos naquela viagem. Normalmente seriam, mas todos estavam assustados. Nunca tinham presenciado a fuga de um Zed. Nunca tinham presenciado a fuga de *dois* Zeds. Nunca tinham presenciado a fuga de *seis* Zeds sem descobrir qual era o problema. Era difícil não culpar os três primeiros que escaparam, aqueles nas margens do Potomac.

Chegara a hora das armas grandes. O baú do caminhão de móveis estava cheio de mais Moderadores.

Realmente fazia um belo dia.

Em algum lugar à frente ia o trailer da Zed. Uma visão sobrenatural tinha estabelecido a imagem completa de onde poderiam encontrar a Zed, e as autoridades locais os haviam ajudado a restringir ainda mais o raio de ação. Se tudo estivesse transcorrendo conforme o plano, o Airstream estaria algumas dezenas de metros mais adiante na rodovia. Se tudo continuasse transcorrendo conforme o plano, em vinte e cinco minutos quaisquer grandes pedaços do Airstream ainda remanescentes, mais o corpo da Zed, seriam carregados na parte de trás do caminhão de móveis. E, se o plano realmente os amasse de uma forma significativa e duradoura, sua Visionária deixaria de ser atormentada por imagens devastadoras de um fim do mundo ocasionado pelos Zeds.

— Aproximando-se do alvo — disse Bellos em seu rádio portátil.

De dentro da traseira do caminhão, Lock, seu superior, rugiu com a voz profunda:

— Fique de olhos bem abertos.

— Entendido, câmbio — respondeu Ramsay, embora pudesse apenas ter dito: "Tá".

A voz de Lock surgiu novamente no rádio:

— Carmen, você ainda está aí?

O rádio crepitou e uma voz clara e profissional respondeu:

— Cerca de três quilômetros atrás. Gostaria que ficássemos mais perto?

Essa voz pertencia a Carmen Farooq-Lane, outra Moderadora. Sentada ao volante de um carro alugado crivado de balas, impecavelmente vestida com um terninho de linho claro, o cabelo escuro puxado para trás em um penteado folgado, os pulsos adornados com finas pulseiras de ouro, os cílios longos e curvados. Em uma vida anterior, antes que seu irmão se revelasse um Zed e um assassino em série, Farooq-Lane tinha sido uma jovem executiva em uma empresa de administração financeira. Aquela vida fora morta a tiros, assim como seu irmão Zed, o assassino em série, Nathan, mas o apocalipse não a encontraria com cara de quem tinha desistido.

— Só não fique longe — disse Lock. — A menos que você precise.

Ele, porém, não queria dizer *a menos que você precise*. Queria dizer *a menos que Liliana precise*. Liliana, como todos os Visionários, tornava-se uma bomba ambulante durante suas visões. Ela também

11

alternava a própria idade dentro de sua linha temporal durante aquelas visões. Este último fato era realmente mais uma novidade. Ninguém morria porque a menina Liliana se tornava a idosa Liliana, ou vice-versa. Não, as pessoas morriam porque, enquanto as visões ocorriam, o interior do corpo das pessoas explodia. Os outros Visionários aprendiam a direcionar essa energia para dentro, de modo a não matar quem estivesse por perto — embora esse método acabasse matando os próprios Visionários.

Liliana ainda não o aprendera.

Ou talvez não quisesse aprender.

— Tudo bem, pessoal — disse Lock no rádio, quando se aproximaram. — Foco. Já fizemos isso antes. Sem erros desta vez.

Westerly Reed Hager. Farooq-Lane tinha visto a foto da Zed, tinha lido seu arquivo. Repleto de números cinco e dez. Cinquenta e cinco anos. Quase um metro e oitenta. Dez endereços nos últimos cinco anos. Cinco irmãs, dez irmãos, a maioria fora dos registros, fora da rede, fora do planeta. Uma visão expandida de uma linhagem hippie. Morava em um trailer Airstream que possuía havia cinco anos, puxado por uma caminhonete Chevy azul-escura que possuía havia dez. Tinha dez contravenções em seu nome, cinco por cheques sem fundo, cinco por vandalismo.

Farooq-Lane não achava que Westerly Reed Hager era propensa a acabar com o mundo.

— Carmen — disse Liliana. Atualmente uma mulher idosa, ela estava sentada no banco do passageiro do carro alugado e crivado de balas. Tudo nela era conduzido com facilidade e controle, as velhas mãos nodosas dobradas certinhas como páginas de um livro em seu colo. — Eu ficaria para trás.

O rádio do carro ligou sozinho. Começou a tocar ópera. Isso era algo que acontecia agora, assim como matar Zeds era uma coisa que Farooq-Lane fazia agora. Se Farooq-Lane pensasse a respeito, o apocalipse já havia acontecido, bem dentro dela.

Farooq-Lane olhou para Liliana. Depois para a estrada vazia à frente.

Deixou o carro ficar um pouco mais para trás.

O plano começava a se desfazer.

Em um momento, os Moderadores estavam sozinhos no belo dia, os campos vazios. E então não eram mais apenas eles. De alguma forma, havia outro carro na estrada à frente. Não tinha apenas surgido de repente; parecia ter estado sempre ali, embora não tivessem notado até então.

Bellos sussurrou para ninguém em particular:

— Já estou esquecendo que estou vendo.

Ele olhava diretamente para o carro estranho, mas não o enxergava. Estava olhando, não enxergando, olhando, não enxergando. Ficava dizendo a si mesmo que *há um carro, há um carro, há um carro*, e quase esquecia a verdade disso todas as vezes. Sua mente estava se despedaçando.

O carro diminuiu a velocidade, de modo que o caminhão de móveis colou atrás dele.

Uma pessoa apareceu. Uma jovem mulher. Pele negra, sorriso branco enorme. Estava de pé através do teto solar do carro estranho.

Era uma do grupo de três Zeds que escapara nas margens do Potomac. Jordan Hennessy.

— Ah, que merda! — Bellos tentou pegar o rádio antes de perceber que o braço não estava mais ali.

Em vez disso, Ramsay agarrou o rádio e cravou o dedo no botão na lateral.

— Há uma Zed. É...

Hennessy mostrou o dedo do meio para eles, antes de jogar algo no para-brisa.

Os dois homens na cabine do caminhão só tiveram tempo de ver que se tratava de uma pequena esfera prateada pouco antes de ela explodir no para-brisa. Uma nuvem metálica se formou ao redor do caminhão, entrando na cabine. O rádio estava falando, Lock estava falando. Nada disso parecia importante. Tudo o que importava era olhar para a nuvem, observar as partículas brilhantes pairando no ar, sentindo cada cisco brilhante invadir suas narinas, revestir os seios da face, viver em suas mentes. Eles eram a nuvem.

O caminhão deu uma guinada para fora da rodovia, por pouco não atingindo o trailer Airstream. Ele sacudiu por várias dúzias de metros sobre o trigo morto antes de parar com um solavanco.

— O que está acontecendo? — gritou o rádio.

Ninguém respondeu.

Agora a traseira do caminhão se abria. Os outros Moderadores saíam, armas em punho.

Até aquele momento, as armas sempre tinham vencido. Bem, com exceção da última vez. E da antes dessa. E da anterior. E de antes disso. Mas antes *disso* tinha sido Moderadores 200 x 0 Zeds, ou algo assim. A questão é que, estatisticamente, as armas funcionariam.

— Fiquem atentos — disse Lock.

A alguns metros de distância, entre o caminhão e o Airstream, uma porta de carro se abriu.

Isso chocou os Moderadores que saíam do caminhão, que, como Bellos e Ramsay, não se lembravam de ter visto o carro estranho.

Um rapaz saiu. Tinha cabelo escuro e raspado; a pele pálida e fria. Os olhos eram tão azuis quanto o céu, embora mais sugestivos de mau tempo.

O rapaz pegava algo da jaqueta, um pequeno frasco de vidro com conta-gotas. E estava tirando a tampa.

Era outro *deles*. Ronan Lynch.

— Ah, merda — disse uma moderadora chamada Nikolenko.

Ronan Lynch pingou gotas de líquido sobre o trigo achatado, e cada gota liberou vento, fúria, folhas. Era uma tempestade de inverno da Costa Leste presa em um frasco.

Impossível, sonhado, inimaginável.

Os Moderadores perderam o apoio dos pés e dispararam balas longe. A tempestade esmurrou seus corpos e pensamentos. Não era apenas o clima, mas também a sensação do clima, o pavor do clima, a indolência úmida e opressora de uma tempestade de fim de ano daquelas que nos mantêm em casa, e eles não conseguiam se levantar porque estavam encharcados.

Da porta aberta do Airstream, Westerly Reed Hager observava Ronan caminhar entre os atordoados Moderadores, chutando-lhes as armas das mãos, as nuvens se movendo e diminuindo ao redor dele. A tempestade irascível do conta-gotas não o incomodava; ele era apenas mais uma peça dela.

Hennessy também caminhou entre os corpos não totalmente acordados e não totalmente adormecidos. Ajoelhando-se rapidamente, pegou uma das armas abandonadas.

Então, com a mesma rapidez, colocou a arma na têmpora de seu dono caído.

O Moderador não reagiu; estava atordoado pelos sonhos. Então, Hennessy encostou a arma na bochecha dele. Pressionou o cano na pele com força suficiente para repuxar-lhe a boca em um sorriso estranho. Os olhos do homem estavam embaçados, confusos.

Ronan olhou para a arma e depois para Hennessy. Parecia óbvio que ela explodiria os miolos do homem.

Não estava claro se ele era ou não um dos Moderadores que mataram sua família inteira. Estava claro, no entanto, que esse detalhe não importava para ela.

— Hennessy.

A voz veio do terceiro Zed que havia chegado no carro estranho. Era um loiro elegante, com olhos acinzentados e próximos um do outro, além de uma expressão de quem sabe o que o mundo está pensando e não liga para isso.

Bryde.

— Hennessy — disse ele, novamente.

A arma parecia aumentar na mão dela conforme era pressionada contra a cabeça do homem. Não se tratava de magia de sonho, apenas de magia de violência. Era uma maneira sustentável de energia a violência. Ela se retroalimentava.

A mão de Hennessy tremia de fúria.

— Eu consigo fazer isso. Já paguei a entrada para este passeio.

— Hennessy — disse Bryde pela terceira vez.

As palavras de Hennessy eram irreverentes, embora sua voz fosse elétrica.

— Você não é meu pai verdadeiro.

— Existem maneiras melhores de fazer isso. Maneiras de fazer com que tenha mais significado. Acha que não sei o que você quer?

Uma onda de tensão.

Então Hennessy baixou a arma.

— Vamos acabar logo com isso — disse Bryde.

Os Moderadores os observavam, atordoados, imóveis, doentes de anseio e pavor, enquanto os Zeds se dirigiam a Lock. Bryde acenou para Ronan e Hennessy. Os dois se agacharam antes de colocar pequenas máscaras de dormir de tecido preto.

Por um breve momento, eles eram bandidos cegos, e então, um segundo depois, ambos caíram no chão em um sono rápido.

A Zed no trailer do Airstream, acompanhando tudo com olhos arregalados e chocados, gritou:

— Quem *são* vocês?

Bryde levou os dedos aos lábios.

Hennessy e Ronan sonharam.

Quando acordaram, poucos minutos depois, um cadáver jazia ao lado de Hennessy. Falsificadora na vida, falsificadora no sono. O cadáver era idêntico ao corpo vivo já deitado na terra — ela sonhara uma cópia perfeita de Lock. Ela também estava temporariamente paralisada, como todos os Zeds ficavam depois de sonhar algo, então Ronan a colocou no ombro e a carregou de volta para o carro difícil de enxergar.

Depois de irem embora, Bryde rolou o Lock real para o lado a fim de encarar seu corpo copiado, ver a perfeição dele e ficar horrorizado.

Então se agachou entre os dois Locks, um ágil Renart* ao lado do poder contundente de Lock.

— Esse seu jogo — Bryde começou, sem delicadeza alguma na voz — só vai acabar em dor. Dê uma olhada. As regras estão mudando. Você entende? Entende o que poderíamos fazer? Deixe meus sonhadores em paz.

Não houve mudança na expressão do Lock vivo. Bryde enfiou a mão no bolso de Lock e tirou um pequeno pacote. Nesse momento, os olhos de Lock entraram em foco por tempo suficiente para demonstrar pânico real, mas seus dedos mal conseguiram se agarrar, dopados pela tempestade sonhada de Ronan Lynch.

— Isso é meu agora — sussurrou Bryde, escondendo o pacote. Seus dentes eram o esgar de uma raposa. — As árvores conhecem seus segredos.

A boca de Lock abriu e fechou.

Bryde se levantou.

Ele parou perto do trailer Airstream, onde a Zed salva conversava com Ronan, e então todos foram embora. O carro em uma direção, o trailer em outra, deixando uma catástrofe de Moderadores espalhados pelos campos arados de trigo.

Aos poucos, o clima sonhado se dissipou e os campos voltaram à sua paz anterior e inexpressiva.

Era como se os Zeds nunca tivessem estado ali.

Bem longe dos outros, da segurança de onde tinham visto tudo acontecer, Farooq-Lane se virou para Liliana e disse:

— Aqueles três *poderiam* acabar com o mundo.

---

* Referência a Roman de Renart, um ciclo de fábulas medievais cujo personagem central é Renart, uma raposa antropomórfica trapaceira. Suas aventuras envolvem tirar vantagem de outros animais antropomórficos e fugir da retaliação. (N. da T.)

1

Ronan Lynch ainda se lembrava de seu pior sonho. Era um sonho antigo, de dois anos. Três? Quatro? Quando criança, o tempo tinha sido escorregadio e agora, adulto, ou o que quer que ele fosse, era totalmente viscoso. Tinha acontecido *Antes*, isso era tudo o que importava. Ronan costumava dividir sua vida entre o período antes da morte do pai e o período depois, mas agora ele a dividia de modo diferente. Agora era *Antes* de ele ser bom em sonhar. E *Depois*.

Isso era *Antes*.

Quando o pior sonho apareceu, Ronan já tinha um catálogo vibrante de pesadelos memoráveis. Que tipo você queria? Talvez a clássica mistura de monstros: garras, presas, penas desgrenhadas pingando de chuva. Humilhação pública: em um cinema tentando esconder o nariz escorrendo, enxugando o ranho interminável em uma manga surrada. Horror corporal? Tesoura deslizando e picotando ao entrar em um braço, com o osso e os tendões escorregando ao serem soltos. Maluquice mental era uma escolha perene: entrar em uma sala familiar e ser atingido por um senso de coisa errada e hedionda e inabalável que cavava e cavava e cavava dentro dele, fazendo-o acordar tremendo e coberto de suor.

Ronan já tivera todos eles.

— Pesadelos são lições — sua mãe Aurora lhe dissera uma vez. — Parecem errados porque você sabe o que é certo.

— Pesadelos são piranhas — disse seu pai, Niall, uma vez. — Deixe-as sorrir pra você, garoto, mas não pegue o telefone delas.

— Pesadelos são químicos — seu namorado, Adam, lhe dissera uma vez. — Resposta inadequada de adrenalina ao estímulo, possivelmente relacionada a traumas.

— Me fala sacanagem, vai — Ronan retrucou.

Os pesadelos eram assim: reais. Pelo menos para ele. Todos os outros acordavam com suores frios e o coração disparado, mas, se Ronan não tomasse cuidado, acordava na companhia de tudo aquilo com que sonhara. Acontecia muito.

E estava começando a acontecer muito de novo.

Ronan começava a achar que talvez *Antes* e *Depois* não estivessem tão claramente definidos como ele pensava.

Era o que tinha acontecido no pior sonho: Ronan acendeu uma luz e viu um espelho. Ele estava no espelho. O outro Ronan lhe disse: *Ronan!*

Ele acordou assustado em seu antigo quarto na Barns. Costas, suadas. Mãos, formigando. Coração, martelando-martelando-martelando nas costelas. O pós-jogo dos pesadelos de sempre. A lua não estava visível, mas ele a sentiu olhando, lançando sombras atrás das pernas rígidas da mesa e acima das pás alongadas do ventilador de teto. A casa estava em silêncio, o restante da família, dormindo. Ronan se levantou e encheu um copo com água da torneira do banheiro. Bebeu e encheu outro.

Acendeu a luz do banheiro e viu o espelho. Ele estava no espelho. O outro Ronan lhe disse: *Ronan!*

E ele acordou se debatendo novamente, desta vez de verdade.

Em geral, quando alguém acordava, logo percebia que o sonho era de faz de conta. Mas desta vez, sonhando com sonhar... parecia tão real. As tábuas do assoalho; os ladrilhos frios e lascados do banheiro; o barulho da água na torneira.

Desta vez, quando se levantou para pegar aquele copo d'água, o copo verdadeiro, o copo do mundo desperto, ele se certificou de maravilhar-se deslizando a ponta dos dedos sobre tudo por que passava, lembrando-se de como a realidade desperta era específica. As paredes irregulares de gesso. A curva lisa das *boiseries* contornando as paredes. A lufada de ar atrás da porta de Matthew quando a abria para ver o irmão mais novo dormindo.

Você está acordado. Você está acordado.

Desta vez, no banheiro, ele prestou atenção à lua fatiada pelas persianas, à mancha de cobre desbotada ao redor da base da velha torneira. Esses eram detalhes, pensou, que o cérebro adormecido não conseguiria inventar.

Ronan acendeu a luz do banheiro e viu o espelho. Ele estava no espelho. O outro Ronan lhe disse: *Ronan!*

E então ele acordou em sua cama novamente.

De novo, de novo.

Merda.

Ele ofegou em busca de ar como algo morrendo.

Ronan não sabia se estava acordado ou sonhando e não sabia mais como questionar a diferença. Examinou cada parte do sonho e do mundo desperto e não sentiu nenhuma divisão entre eles.

Então pensou: *Posso ficar fazendo isso para sempre.* Tentando acordar, sem nunca saber se havia conseguido.

Às vezes ele se perguntava se continuava naquele sonho. Talvez nunca tivesse acordado. Talvez todas as coisas impossíveis que tinham acontecido desde aquele *Ronan!* no espelho, todos os eventos chocantes de seus anos de colégio, bons e maus, fossem invenção da sua cabeça. Era uma explicação tão plausível quanto qualquer outra.

O pior sonho.

Antes ele pensava que sempre saberia a diferença entre o sonho e o mundo desperto. O que era real e o que ele tinha inventado. Mas *Depois...*

* * *

— Acorde, menino branco, chegamos — disse Hennessy.

Ronan acordou quando o carro parou, os pneus esmigalhando o cascalho, arranhando o exterior. Ele estivera esticado no banco de trás; agora se encontrava sentado, pressionando a palma da mão no pescoço endurecido. Do outro lado do banco de trás, Motosserra, sua corva sonhada, remexeu-se dentro de sua caixa, sentindo que estavam prestes a sair. Automaticamente, Ronan fez menção de apanhar o celular para ver se havia mensagens, antes de se lembrar de que não o tinha mais.

Lá fora, a tarde fria se transformara em uma noite quente e dourada. Prédios de telhados planos amontoavam-se ao redor de um estacionamento comercial, as calhas afetuosamente douradas pela luz do fim do dia. Era o tipo de complexo que aparentava precisar de ônibus escolares estacionados em frente, e, com certeza, Ronan viu uma placa desbotada: MUSEU DE HISTÓRIA VIVA DA VIRGÍNIA OCIDENTAL. Uma árvore-do-céu crescia sem impedimentos em torno da placa, e afluentes de rachaduras corriam pelo estacionamento. As folhas de fim de estação se enrolavam em tons acobreados e roxos onde a brisa não alcançava.

O Museu de História Viva parecia estar morto havia décadas.

Exatamente o tipo de lugar a que Bryde costumava levá-los. Nas semanas desde que tinham fugido dos Moderadores na margem do Potomac, Bryde os encaminhara para casas destruídas, residências de férias desocupadas, lojas de antiguidades fechadas, hangares de aeroportos vazios, abrigos abandonados para andarilhos. Ronan não sabia se a preferência de Bryde pelo decrépito baseava-se em sigilo ou estética. Parecia que *secreto* não precisava ser sinônimo de *abandonado*, mas Bryde mesmo assim os levava a lugares que poucas mãos humanas haviam tocado na memória recente. Esses alojamentos sempre careciam de conforto, mas Ronan não podia reclamar. Os três estavam vivos, não estavam? Três sonhadores, procurados pela lei, ainda de pé, repletos de vigor e agressividade enquanto desciam de seu carro sonhado.

— Escutem. O que vocês ouvem? — perguntou Bryde.

Ele dizia isso sempre que iam para um lugar novo.

Ronan ouviu o assobio seco do vento através das folhas presas. O rugido distante dos caminhões na rodovia. O murmúrio de um avião invisível. Um cachorro latindo. Algum tipo de gerador zumbindo ao longe. O assobio suave das asas de Motosserra. Ver a ave de penas pretas voar acima dos três naquele lugar estranho e quente o encheu de um sentimento que ele não conseguia descrever, algo que vinha sentindo cada vez mais desde que tinham fugido. Era como uma plenitude. Uma presença, uma realidade. Antes, Ronan estava vazio, esgotado. Não, *esgotando-se*. Ficando vazio. E agora havia algo dentro dele novamente.

Ouça, disse Bryde, e Ronan ouviu. O que ele ouvia?

Seu pulso bombeando nos ouvidos. A agitação de seu sangue. O movimento de sua alma. O zumbido daquilo que o estava preenchendo.

Não poderia ser felicidade, ele pensou, porque estava longe dos irmãos e de Adam. Ronan se preocupava com eles e certamente não poderia se sentir feliz se estivesse preocupado.

Mas se parecia muito com felicidade.

— Quando o último humano morrer, ainda haverá um avião zunindo sobre a floresta vazia — disse Bryde.

Embora estivesse reclamando, sua voz permanecia comedida. Bryde era, em muitos aspectos, o oposto de seus discípulos voláteis. Nada o assustava nem o fazia perder o controle. Ele não ria histericamente nem chorava de raiva. Não se vangloriava ou se humilhava, se entregava ou se abnegava. Ele apenas era. Tudo em sua postura o anunciava não como um predador de topo de cadeia, mas como algo poderoso o bastante para poder optar por sair inteiramente do cenário predador-presa. Tudo isso sem uma mecha do cabelo castanho-claro desgrenhado fora do lugar.

Ele é uma espécie de dândi, Hennessy disse a Ronan em particular, no primeiro dia. *Tipo um superdândi. Ele venceu todos os outros dândis e agora ele é o dândi-chefe, aquele que você tem que derrotar para conseguir aquela camisa social que ele usa.*

Ronan não gostava da palavra *dândi*, mas entendia o que Hennessy estava tentando dizer. Havia algo leve e insubstancial em Bryde, algo dissonante com o peso de seu propósito. Desde que conhecera Bryde, pessoalmente, Ronan achava que havia algo surpreendente a respeito dele, uma incompatibilidade, uma estranha mistura dos fios no cérebro de Ronan, como se estivesse pensando em uma palavra mas dizendo outra. Isso significava que, cada vez que Ronan olhava para Bryde por muito tempo, parecia que uma pergunta disforme nascia na sua boca.

Mas qual seria essa pergunta? A resposta sempre era apenas *Bryde*.

Bryde perguntou:

— O que você sente?

Hennessy lançou-se em um monólogo dinamite. Ela era uma fita que sempre tocava rápido e, desde que tinham fugido, estava em modo acelerado.

— Sentir? Sentir? O que eu sinto? Eu sinto a Virgínia Ocidental. A gente pode ser perdoado por pensar que sente a Virgínia. Está perto, tão perto, mas tem um pouco mais de perfume de couro. Estou sentindo o gosto... gosto do quê? Estou sentindo gosto de banjo na boca. Hum. Não. Dulcimer. É isso mesmo. Eu sabia que havia cordas na jogada. Outra coisa está acontecendo. É kudzu? Espere, me deixa sentir o cheiro. Isso é uma nota de enxofre?

Era impossível parar Hennessy no meio de um acesso, então Bryde esperou pesarosamente e Ronan pegou sua mochila e sua espada com as palavras RUMO AO PESADELO no punho. Pendurou ambas nas costas, ajustando a bainha para que a lâmina ficasse perfeitamente entre suas omoplatas. Nem ia se incomodar com aquele joguinho de Bryde; ele já sabia que era um jogo que não poderia vencer.

Quando Bryde perguntava *O que você sente?*, o que ele queria dizer era: *Quanto poder ley você consegue sentir?*

E Ronan nunca conseguia sentir o poder das invisíveis linhas ley que alimentavam seus sonhos. Pelo menos não enquanto estava acordado. Adam conseguia. Se Ronan e Hennessy não tivessem se livrado dos celulares na primeira noite para evitar que os Moderadores os rastreassem, Ronan poderia ter mandado uma mensagem para ele pedindo algumas dicas.

Bem, talvez.

Quando se desfizeram dos telefones, Adam ainda não tinha respondido à última mensagem de Ronan. *Tamquam*, Ronan escrevera, o que sempre deveria ser respondido com *alter idem*. Mas Adam não tinha respondido nada.

O silêncio tornou isto — estar longe — mais fácil.

O que você sente?

Confusão.

— Se você terminou — disse Bryde, irônico. — A linha ley. O que você sente?

— Há alguma? — palpitou Hennessy. — Maior que uma caixa de pão, menor que um cortador de grama? O bastante para Ronan Lynch zoar mais tarde.

Ronan mostrou o dedo do meio preguiçosamente para ela.

— Mexa com os sentidos, não com os dedos, Ronan — Bryde lhe disse. — Essa divisão entre seus eus acordados e adormecidos é artificial, e eu te prometo, um dia em breve o espaço entre eles não vai te trazer alegria. Pegue suas coisas, Hennessy. Vamos passar a noite aqui.

— Exatamente o que eu esperava que você dissesse. — Hennessy tateou em volta como um zumbi. — Eu perdi o Burrito. Ronan Lynch, me diga se estou ficando quente... ai, deixa pra lá.

Burrito, o carro, não era realmente invisível, porque Bryde havia advertido contra sonhar a verdadeira invisibilidade. Ele não gostava que sonhassem com qualquer coisa que fosse permanente, infinita, repetitiva, impossível de desfazer. Não gostava de nenhuma criação que deixasse uma pegada de carbono invulnerável depois que seu criador se fosse. Então, o carro não era invisível. Era apenas *ignorável*. Ronan sentia muito orgulho disso. Bryde havia sido específico ao pedir um veículo discreto e claramente não tinha dúvidas de que Ronan conseguiria cumprir a tarefa. Era bom ser necessário. Confiável. Ele desejou que o processo de sonhar com coisas e as trazer para o mundo desperto tivesse ficado um pouco mais elegante... mas não se pode ter tudo.

Enquanto Hennessy empunhava uma espada que combinava com a de Ronan, além de ter um punho que dizia NASCIDA DO CAOS, Ronan gritou:

— Motosserra, vamos entrar!

O corvo desceu pelo ar até ele. Ronan virou a cabeça bem a tempo de evitar as marcas de garras no rosto quando ela pousou em seu ombro.

Bryde abriu a porta do museu.

— Estava trancado? — Hennessy perguntou.

— Estava? — Bryde retrucou. — Depois de você.

Lá dentro, o Museu de História Viva da Virgínia Ocidental era bagunçado e involuntariamente hilário. Corredores desordenados e escuros os levavam por salas e salas de dioramas em tamanho natural com adereços antigos e manequins desbotados. Ali, os alunos de macacão e/ou rabo de cavalo dedicavam compenetrada atenção a um professor manequim em uma sala de aula antiquada. Ali, um médico robusto examinava um paciente menos robusto em um hospital de campanha. Aqui, ativistas pelos direitos das mulheres faziam lobby por votos. Acolá, os mineiros desciam para a boca de uma caverna de concreto. Os rostos dos manequins traziam uma simplicidade caricata. Tudo fedia — muito além do que se esperaria de um prédio abandonado desde os anos 1970.

Ronan disse:

— Este lugar está olhando para mim. O que é esse *fedor*?

— "O Museu de História Viva da Virgínia Ocidental oferece uma experiência imersiva através da visão, do som e do olfato."

— Hennessy encontrara um folheto e estava narrando o que lia, enquanto contornava as caixas e os móveis puxados para o corredor. — "Mais de quinhentos aromas únicos são canalizados em diversos"... Diversos? Sério?... "cenários. Os alunos voltam no tempo em um passeio único que com certeza ficará na memória!"

— Me dá uma mãozinha aqui — disse Bryde.

Ele já havia arrastado dois manequins para o corredor e voltava para pegar um terceiro. Posicionou os dois ombro a ombro no corredor. Não precisava explicar o que estava fazendo. Na penumbra, os manequins pareciam convincentes e confusamente vivos, pelo menos o bastante para fazer um intruso hesitar. Um exército de mentira.

Ronan estava começando a entender que o primeiro instinto de Bryde era sempre brincar com a cabeça dos inimigos. Ele lutaria se fosse necessário, mas sempre preferiria que seus oponentes se derrotassem sozinhos.

— Você só vai ficar aí parada? — Ronan perguntou a Hennessy enquanto ele e Bryde arrastavam um executivo elegante em um terno de três peças, uma dona de casa do tempo da Segunda Guerra em um vestido florido e três cadetes em uniformes empoeirados.

— Não consigo tocar em arte ruim. — Hennessy gesticulou para um marinheiro com olhos pintados de maneira irregular. — Esse negócio pega. Que maneira de perder meus poderes...

Sem malícia, Bryde observou:

— Se eu tivesse a mesma política sobre os sonhadores, você não estaria aqui.

Ronan fez um chiado ao tocar a bochecha de um maquinista.

— Aquilo queimou tanto que o rosto desse cara derreteu. Na verdade...

— "O Museu de História Viva da Virgínia Ocidental também está"... — Hennessy elevou a voz para abafar Ronan, o folheto na frente do rosto — ... "disponível para comemorações de aniversário em festas do pijama e passeios de fim de semana casa-escola.

Descontos disponíveis para grupos acima de três pessoas." Merda. Se ao menos tivéssemos mais um sonhador, o dinheiro que íamos economizar... Poderíamos colocá-lo na poupança para a faculdade de Ronan Lynch. Não para *fazer* faculdade; para quando ele queimar uma e o seguro não cobrir. Bryde, amor, alguma chance de pegarmos um carona? Outro sonhador que dê menos mancada com você do que eu? Para um pacote de diversão em família?

Bryde se afastou dos manequins, limpando o pó das mãos.

— Você *quer* outro?

Ronan não se importou em pensar sobre isso. Aquele lugar lhe causava a mesma *vibe* que costumava sentir na Barns algumas noites, quando ficava preso em uma linha de pensamento, na qual imaginava que ele e Adam estavam juntos havia muito tempo e então Ronan morria de velhice ou de escolhas ruins e Adam encontrava outra pessoa e mais tarde os três se reuniam na vida após a morte e, em vez de passarem o resto da eternidade juntos, Adam tinha que dividir seu tempo entre Ronan e aquele usurpador estúpido pelo qual ele se apaixonara depois que ficara viúvo, o que arruinava completamente o sentido de Paraíso. E isso tinha sido antes de Ronan começar a se preocupar se Adam ao menos chegaria à vida após a morte, com suas tendências agnósticas.

— Três é um bom número — rosnou Ronan, lançando um olhar sombrio a Hennessy enquanto eles se dirigiam para o interior do museu. — O Burrito foi construído para três.

— Cabem mais duas pessoas no banco de trás — disse Hennessy.

— Não se a pessoa no banco de trás estiver deitada.

— Bem observado. Se você deitasse de conchinha, provavelmente conseguiria apertar quatro ou cinco pessoas lá. Mais duas no porta-malas.

— Sonhadores! — Bryde chamou, silenciando-os.

Ele estava na porta dupla no final do corredor cheio de manequins, com as mãos nas maçanetas. Tudo o que se via dele na escuridão era aquele cabelo desgrenhado, o pescoço pálido e a faixa clara em cada uma das mangas de sua jaqueta cinza. Aquilo o assemelhava um pouco a um boneco de palitinhos ou um esqueleto, o mínimo necessário para parecer humano.

Quando abriu as portas, uma luz cálida se espalhou pelo corredor.

O espaço do outro lado era tão grande quanto um ginásio. O telhado havia desabado havia muito tempo. A noite dourada encontrava seu caminho até ali através do buraco irregular, tal qual uma árvore que queria sobreviver, mesmo coberta com trepadeiras, encontrava seu caminho para cima. A poeira flutuava na luz. Tudo cheirava a vida real, nenhum dos quinhentos cheiros inseridos ali manualmente.

— Sim — disse Bryde, como se respondesse a uma pergunta.

Parecia uma catedral em ruínas. Os pombos emergiram das sombras com um sopro arrulhado. Ronan se deteve, surpreso; Hennessy colocou a mão sobre a cabeça. Bryde não vacilou, observando-os desaparecer através do telhado. Motosserra se lançou atrás deles com um alegre *ark, ark, ark,* que parecia enorme e ameaçador.

— Saco — sibilou Ronan, irritado por ter se assustado.

— Peitos — Hennessy acrescentou.

À medida que avançavam, outro grupo de pássaros saiu de uma carruagem revestida de pólen, derrubando um manequim.

— Vejam como isso se tornou um museu para algo totalmente diferente — disse Bryde. — Vejam como agora é honesto.

Devido a toda a folhagem e vegetação rasteira, tornava-se difícil dizer o que a exposição tinha sido originalmente, embora um caminhão de bombeiros antigo coberto de hera a poucos metros da carruagem sugerisse uma cena de rua. Bryde amava a memória do esforço humano.

— Quantos anos demorou para isso acontecer? — perguntou Bryde em voz alta. Então apoiou a palma da mão no tronco da grande árvore e olhou para cima através do telhado dividido. — Quantos anos isso teve que ficar intocado antes que uma árvore pudesse crescer novamente? Quantos anos mais antes que este lugar desapareça por completo? Será que algum dia? Ou um pós-museu será para sempre um museu para os humanos? Quando sonhamos algo, quanto tempo vai durar? É por isso que não sonhamos com algo absoluto, algo infinito; não somos tão egoístas a ponto de presumir que sempre será desejado ou necessário. Precisamos pensar no que acontecerá com nossos sonhos depois que partirmos. Nosso legado.

O legado de Ronan era um dormitório destruído em Harvard, um carro invisível e uma espada com as palavras RUMO AO PESADELO gravadas no punho.

Todo o resto do que ele sonhara adormeceria assim que ele morresse.

Hennessy congelou.

Ela congelou tão completamente que Ronan também congelou, olhando para ela, e, porque ele também congelou, Bryde acabou se virando para avaliar.

Então simplesmente disse:

— Ah.

Sem pressa, ele se curvou e estendeu a mão para a vegetação rasteira aos pés de Hennessy. Quando se levantou, segurava uma cobra preta pelo pescoço. O corpo musculoso do animal ondulava sutilmente sob sua mão.

Com a cabeça inclinada, Bryde a estudou. Ela o estudou.

— Está frio para você, amiga — disse ele. — Não é hora de dormir? — Para Ronan e Hennessy, ele disse: — Ela não é o mais letal nesta sala. Na selva, esta cobra preta viverá apenas uma década ou mais, e a única coisa que ela vai machucar será a quantidade de ratos necessária para permanecer viva. Elegante. Eficiente. Maravilhosa, de fato. Ela é a inspiração e a expiração de um respirar comedido.

Ele ofereceu a cobra a Hennessy.

Se alguma parte de Hennessy sentia medo da cobra, ela não demonstrou. Simplesmente a pegou por trás dos olhos da criatura, como Bryde fizera.

A cobra se retorceu descontroladamente, o corpo ondulando bem ao lado do braço de Hennessy, e o torso da garota se retorceu também, curvando-se para fora do caminho da cauda que agarrava. Então, ambas pareceram chegar a um acordo e permaneceram imóveis na vegetação rasteira.

— Ela é linda pra caralho. Eu poderia pintá-la — disse Hennessy.

— Olhe só pra ela — disse Bryde. — Realmente olhe. Memorize-a. Quais são as regras dela? Se você fosse sonhar com ela, o que precisaria saber?

Ronan, evadido do ensino médio, nunca fora alguém para os estudos, mas gostava daquilo. Ele gostava de tudo aquilo. Gostava de observar a maneira perfeita e sem esforço com que os hexágonos da pele da cobra se encaixavam uns nos outros. Gostava de observar como a pele fria e seca parecia blindada, inflexível, até que ela se movesse e tudo se contraísse e se expandisse, os músculos se movendo sob a superfície como se uma criatura inteiramente diferente vivesse sob a pele.

Ele gostava de ser convidado por um sonhador a pensar sobre o réptil no contexto de seus sonhos.

Por fim, Bryde pegou a cobra de Hennessy e a soltou com cuidado no mato. Então disse, com certa amargura:

— Este é um museu para os despertos; como seriam os artefatos de um mundo de sonhadores? Esta é uma civilização tão segura da própria inadequação e de seus direitos que sempre tenta suprimir o ruído de outras espécies com o próprio ruído branco miserável de ambição fracassada e ansiedade masturbatória. Algumas vozes clamam contra isso. E se essas vozes fossem a maioria? Que mundo. Agora: máscaras.

Ronan retirou a máscara de dentro da jaqueta. As duas máscaras de seda simples tinham sido uma das primeiras coisas que eles haviam sonhado com Bryde — máscaras que faziam o usuário adormecer instantaneamente. Bryde preferia as máscaras aos comprimidos para dormir que tinham sido sonhados por Ronan e que ele usava antes de se conhecerem.

Não coma sonhos, Bryde o repreendera. *Na melhor das hipóteses, eles vão te matar de fome e, na pior, vão te controlar. Os sonhos são como palavras, são como pensamentos. Sempre têm mais de um significado. Tem certeza de que essas pílulas só fazem você dormir?*

As mãos de Ronan estavam quentes; seu coração começava a bater forte. Levou poucas semanas para que as máscaras gerassem uma resposta pavloviana nele.

Bryde passou o olhar sobre o espaço em ruínas.

— Vamos encontrar um lugar seguro para sonhar.

Para sonhar. Para sonhar: com urgência, com propósito. Para sonhar: com outros sonhadores.

Aquela sensação enorme e calorosa se acumulava dentro de Ronan novamente, grande o bastante agora para que ele pudesse dizer o que era:

Pertencimento.

2

Hennessy sonhou com a Renda.
Sempre o mesmo sonho.
Estava escuro. Ela não tinha sentido naquele sonho. Nem uma engrenagem em uma máquina, nem uma folha de grama em um campo. Talvez um grão de poeira no olho maligno de uma fera galopando, descartada com uma piscadela. Porém, nada mais.
Lentamente, o sonho se iluminou e a luz revelou algo que estava lá o tempo todo. Uma coisa? Uma entidade. Uma situação. As bordas eram serrilhadas e geométricas, intrincadas e irregulares, um floco de neve sob um microscópio. Era enorme. Enorme não como uma tempestade ou um planeta, mas como a dor ou o ódio.
Era a Renda.
Não era de fato algo que se via. Era algo que se sentia.
Quando Hennessy sonhara Jordan da primeira vez, Jordan dormia encolhida atrás dela, uma presença ao mesmo tempo reconfortante e desconcertante. Reconfortante porque ela era quentinha, familiar, assim como Hennessy. Mas também desconcertante porque Hennessy, acostumada a dormir sozinha por dez anos, acordava assustada até mesmo se a respiração de Jordan movia de leve os cabelos de sua nuca. Era impossível se preparar para a estranheza apavorante de ter sonhado com uma cópia e a ter feito existir no mundo. Hennessy não sabia o que devia a Jordan além de um corpo no mundo desperto. Não sabia se ela e Jordan seriam melhores

amigas ou rivais. Não sabia se Jordan tentaria usurpar a vida de Hennessy. Não sabia o que fazer se Jordan rejeitasse tudo aquilo e fosse embora. Não sabia o que fazer se Jordan a aceitasse e ficasse com Hennessy para todo o sempre. Era possível que nunca mais estivesse sozinha, mas ela não sabia se isso era algo bom ou ruim.

Esse sentimento?

Era a Renda.

Depois que Hennessy sonhara June, a segunda cópia, ela havia percorrido na ponta dos pés o corredor da nova espelunca suburbana onde seu pai morava, no meio da noite, passando os dedos da mão pela parede, porque sua mãe lhe dissera que deixar óleo em superfícies planas era um tipo de rebelião. Então, de repente, ela viu a *si mesma* surgindo no final do corredor. *Impossível*, pensou. *Deixei Jordan no quarto*, e então ela se lembrou da existência de June. Mas isso não a consolava, porque nunca deveria ter havido outra depois de Jordan, e se June não fosse uma cópia direta, mas um monstro com a cara de Hennessy, e se houvesse outra cópia depois dela, e outra, e então Hennessy começou a gritar e berrar e berrar, e June começou a gritar e berrar e berrar, até que o pai de Hennessy gritou de seu quarto que, pelos Céus, se ela tivesse um problema, deveria ir até o quarto dele e explicar, ou parar de berrar e deixar todo mundo dormir, pelo amor de Deus.

Esse sentimento?

Era a Renda.

Às vezes, quando a mãe de Hennessy, J. H. Hennessy, ainda estava viva, ela colocava um pincel de vison na mão da filha e a instruía sobre como movê-lo sobre uma tela na qual ela já havia começado a trabalhar. Hennessy sentia orgulho e terror por saber que estava fazendo marcas em uma pintura destinada aos esbanjadores e às exposições sofisticadas. Por minutos ou horas, ela e a mãe trabalhavam em parceria silenciosa na tela, até que se tornasse difícil dizer qual delas havia deixado qual marca. Então, seu pai, Bill Dower, voltava para casa e, assim que a porta se fechava atrás dele, Jay agarrava Hennessy e pegava o pincel de volta com força suficiente para derrubar paletas e respingar tinta nas telas. Mãe, já era. Esposa, presente. Havia duas pessoas diferentes em Jay, e a mudança era dramática. Hennessy também mudava: de alegria sincera a vergonha confusa em um instante.

Esse sentimento?

Era a Renda.

Hennessy passara uma década dividida entre amar e ressentir-se de seus clones, temendo que a deixassem, desejando que parassem de precisar dela, e então Jordan lhe dissera que todas haviam levado um tiro dos Moderadores na cara e ela nunca mais as veria, então isso acabou se tornando um ponto discutível.

Esse sentimento?

Era a Renda.

Enorme, inescusável, inevitável.

Exaustivo.

— Hennessy — disse Bryde.

Simples assim, não havia mais Renda.

Quando Bryde chegava em seu sonho, a Renda sempre desaparecia. Tinha *medo* dele. Um truque bacana. Hennessy queria saber por quê.

— Isso não é importante — respondeu Bryde. — O que você sente?

Desde que havia conhecido Ronan e Bryde, ela passara mais tempo do que nunca imaginando como as outras pessoas sonhavam. Ela sonhava com a Renda. Sempre e para todo o sempre, mas a maioria dos outros sonhadores tinha um sonho diferente a cada noite. Embora ela talvez tivesse sonhado com algo além da Renda em algum momento, não conseguia se lembrar nem imaginar como era.

A garota se perguntou como Ronan e Bryde a tinham encontrado no espaço dos sonhos. Eles adormeciam, tinham os próprios sonhos, e então...

— Esteja presente — disse Bryde. — Pare de vagar. Quanto poder você sente?

Uma porrada, Hennessy pensou. O suficiente para sonhar com algo enorme. O suficiente para revelar a Renda em sua totalidade.

— Pare de chamar a Renda — disse Bryde. — Não vou deixar que ela volte.

Eu não a estava chamando.

Bryde deu um sorriso raso. Outras pessoas se revelavam quando sorriam. Pessoas duronas se tornavam ursinhos de pelúcia; abraçadores sentimentais se revelavam fofoqueiros de dentes afiados; pessoas tímidas mostravam-se palhaços patetas; os palhaços da turma revelavam-se depressivos amargos — mas não Bryde. Ele era um enigma antes e um enigma depois.

— Onde está sua voz? Esteja *presente*. Agora olhe. Eu te dei uma tela e você a deixou em branco — disse Bryde, gesticulando ao redor deles. Agora que a Renda se fora, o sonho continha apenas a conversa deles, nada mais. — A preguiça é filha natural do sucesso. Quem, depois de lutar para subir a escada, tem vontade de construir outra escada? A vista já é boa. Você não está tentando. Por quê?

A voz de Hennessy ainda era apenas pensamento. *Existe uma palavra para alguém que tenta a mesma coisa de novo e de novo esperando um resultado diferente.*

— Artista? — sugeriu Bryde. — Você não costumava se importar com o fracasso.

Ela sentiu irritação por ele estar certo.

Hennessy passara a juventude estudando como o pigmento se comportava, como as cerdas de texugo espalhavam a tinta em comparação com as de esquilo em comparação com as de javali em comparação com as de marta kolinsky, como cores complementares se acentuavam ou se anulavam, como o esqueleto humano era construído debaixo da pele, trabalhando em cada superfície plana que se apresentava a ela. Tentando. Falhando. Também gastara uma quantidade igual de tempo, ou mais, treinando a mente. Percepção e imaginação sempre tinham sido o elo mais fraco na cadeia de qualquer artista. Os olhos viam o que queriam ver em vez do que realmente estava lá. As sombras ficavam escuras demais. Os ângulos ficavam tortos. As formas eram alongadas, espremidas. O cérebro tinha de ser ensinado a ver sem sentir e, em seguida, a colocar o sentimento de volta.

Falhar, tentar de novo, falhar, tentar de novo.

Hennessy não conseguia se lembrar de como já tivera disposição para fazer aquilo por tantas horas e dias e semanas e anos.

— Assim é melhor — disse Bryde.

O sonho se transformou em um estúdio.

Hennessy não tinha pensado conscientemente em colocá-los em um estúdio, mas os sonhos eram cretinos astutos. Eles nos davam o que a gente queria, não o que a gente dizia querer.

O estúdio era tão bom quanto a realidade, com um cheiro maravilhoso e produtivo, terroso e químico. Em vários cavaletes havia telas de todos os tamanhos. A tinta exibia seu brilho molhado nas paletas. Pincéis ficavam em suportes como buquês de cerdas. Panos cobriam o velho piso de madeira para o proteger dos respingos. Bryde estava sentado em uma cadeira ao lado de uma parede de janelas, as pernas cruzadas casualmente, o braço nas costas da cadeira. Jordan teria dito que ele seria um bom modelo para retratos. Além dele, via-se uma cidade de prédios históricos, árvores próximas e rodovias invasoras. Uma tempestade distante se formava, as nuvens esfiapadas e quadriculadas.

O sonho estava se esforçando, como os sonhos costumam fazer, para sugerir que Hennessy já estivera naquele estúdio, embora ela soubesse que não.

É o estúdio da Jordan, disse o sonho. *Se você não o reconhece, é apenas porque faz muito tempo que não a vê. Por que você não mantém contato com ela como costumava fazer?*

Hennessy discordou.

— *Ela* não mantém contato *comigo*.

— Aí está você. Encontre sua voz — disse Bryde. — Você não é duas coisas. Você não é Hennessy, adormecida, e Hennessy, acordada. Você é mais do que a soma de seus sentimentos, seu id. Você também é o que aprendeu a fazer a respeito deles. Sonhando, acordada. As duas coisas são a mesma coisa para você; quando vai acreditar? Coloque algo nessa tela. A linha ley está ouvindo. Peça o que quiser.

Hennessy estava diante de uma tela tão alta quanto ela. Na mão, trazia um pincel, que também era uma faca. Ela conseguia imaginar a sensação da lâmina perfurando a tela, a maneira como a trama se enrolaria por causa do ferimento. Como isso arruinaria de maneira esplêndida e dramática a superfície plana e perfeita da tela.

— É hora de Hennessy, a artista — disse Bryde bruscamente. — A Hennessy que cria em vez de destruir. O que ela faria se pudesse fazer qualquer coisa?

— É da Jordan que você está falando — respondeu Hennessy. — Ela é a artista; eu sou a falsificadora.

— Não há duas de vocês.

— Você precisa de óculos, cara — comentou Hennessy.

— Você era uma artista antes de fazer a Jordan.

Mas Hennessy não conseguia se lembrar daquele tempo. Não de modo significativo.

— Tudo bem — disse Bryde, irritado. — Mostre-me o que *ela* faria agora. Imagino que ela seja uma ouvinte melhor.

Como Jordan usaria aquele espaço dos sonhos? E se Hennessy fosse o sonho e Jordan fosse a dona de todo aquele poder incrível?

A arte, Jordan dissera a Hennessy, *é maior do que a realidade.*

A faca desapareceu; Hennessy já estava pintando. Sob as cerdas macias do pincel havia uma faixa generosa de um lindo roxo, um roxo que nenhum ser humano já tinha visto.

Jordan adoraria. A púrpura tíria parecia deselegante ao lado daquela cor.

Por que Jordan não se esforçara mais para acompanhar Hennessy naquela última aventura?

Você sabe por quê, rosnou o sonho.

Jordan havia se mandado com Declan Lynch depois de armar o mais patético dos protestos. Fazia muito tempo que ela buscava uma desculpa para deixar Hennessy, e aí estava.

Lá fora, a tempestade se aproximava, as bordas das nuvens geométricas e escuras.

— Fique atenta — ordenou Bryde.

A tinta roxa na tela transformou-se em exuberantes lábios carnudos. Os lábios de Hennessy. Não. De Jordan. Quase os mesmos, mas diferentes em aspectos importantes. Os lábios de Jordan sorriam. Os sorrisos falsificados de Hennessy de olhar para a boca de outras pessoas.

Com cuidado, Hennessy acrescentou uma sombra, conferindo dimensão aos lábios; a tinta preta era mais escura e mais verdadeira do que qualquer tinta preta da vida real.

Bryde se levantou tão rápido que derrubou a cadeira.

— Sim. Sim, *isso*. É para isso que serve o sonho. Não faça uma cópia vegana de um hambúrguer. Coma um maldito vegetal e ame-o.

Declan beijara Jordan? Provavelmente. Hennessy mergulhou o polegar no rosa-bebê da paleta e passou o pigmento no lábio inferior. No mesmo instante, o destaque deixou a boca molhada, repleta de expectativas. Era mais do que real. Era super-real. Não era apenas a aparência dos lábios, mas a sensação deles; era imagem, memória e sensação, todas juntas, como os sonhos poderiam ser.

— Pare — disse Bryde. — É isso que você vai trazer de volta. Viva isso. Não deixe mudar. Peça ajuda à linha ley. Ela pode...

Ele parou, e sua expressão vagou para longe.

Hennessy de repente pensou, do nada, *rodas*.

Rodas?

Bryde gritou:

— *Ronan Lynch! Pare com isso!*

Hennessy só teve tempo de sentir algo semelhante a todo o ar se esvaindo da sala, o que era engraçado, porque ela não estava pensando em respirar no sonho.

Então tudo desapareceu.

3

Hennessy acordou com um sobressalto.
Ela estava se movendo.
Não apenas se movendo, mas se movendo rápido.
Parecia um filme. Ela se viu de cima, ao olhar para baixo, Deus olhando para sua criação. Uma garota negra esbelta com um black power cheio de detritos caiu de bunda e rolou e rolou por centenas de fardos de feno empilhados com capricho em um velho celeiro. Seu corpo de boneca de pano estranhamente enjaulado em algo que parecia uma enorme roda de hamster feita de madeira.

Era raro o mundo desperto fazer menos sentido que o dos sonhos, mas o panorama geral não ficou claro até que ela cambaleou para o chão do celeiro, a respiração sendo expulsa de seu corpo paralisado.

O cenário maior era este: Rodas! Rodas! Rodas!

Aquilo que ela havia achado parecido com uma roda de hamster em torno dela era um emaranhado de rodas reais. E apenas uma das muitas que enchiam o celeiro. Havia rodas de trator musculosas, rodas de bicicleta frágeis, pequenas rodas de brinquedo. Rodas de carruagem de madeira do tamanho de homens. Volantes infantis de plástico. Raios estavam dependurados de vigas. Armações circulares presas entre fardos de feno. Empilhados sobre os manequins e apoiados nas portas. Cada roda tinha uma única palavra impressa ou gravada nela: *tamquam*. Parecia uma instalação de arte. Uma pegadinha. Insanidade.

Estava fazendo o cérebro de Hennessy pifar.

Uma parte de sua mente sussurrava: *As coisas sempre foram assim.* As rodas sempre estiveram aqui. A outra parte, porém, compreendia melhor. Era assim que sempre funcionava quando ela via os sonhos de outros sonhadores se manifestarem. Eles não apenas apareciam magicamente. Em vez disso, a magia do sonho editava sua memória. Não por completo. Apenas o bastante para criar duas realidades. Uma onde os sonhos sempre tinham estado, e outra onde não.

De pifar o cérebro.

— Ronan. — A voz de Bryde parecia irritada.

Uma luz delicada sibilou, revelando Bryde na metade do caminho até a pilha imponente de velhos fardos de feno. A exploração dos sonhadores no museu de história viva tinha revelado três possibilidades decentes para locais oníricos: um pequeno diorama que recriava os dormitórios apertados de um submarino; uma única cama de dossel em uma recriação do quarto de alguma figura histórica; e aquela, uma grande recriação de um antigo celeiro de feno, tão realista que parecia provável que já existisse na propriedade pré-museu.

Bryde desceu dos fardos de feno, reclamando.

— Você não está cansado disso?

Aquela não era a primeira vez que Ronan destruía um lugar desde que tinham começado a viajar com Bryde. Ele havia enchido de pedras ensanguentadas um abrigo para caminhadas. Destruído, com um tornado bem pequeno, a sala de estar de uma cabana abandonada. Com um carro invisível, arrombado a parede de um hotelzinho barato de beira de estrada e que só aceitava dinheiro. Vandalizado quartos com minhocas mortas e microfones sibilantes, livros escolares e bacon vencido. Cada código postal em que eles permaneciam era deixado com a marca indelével de Ronan Lynch.

Hennessy tinha de admitir que uma pequena parte horrível dela estava feliz com tudo aquilo. Porque em comparação a Ronan Lynch, o grande Ronan Lynch, ferrar com tudo naquele nível *hard*, a incapacidade de Hennessy de chutar a Renda de seus sonhos não era tão terrível.

— Hennessy, você está acordada? — perguntou Bryde para o ar.

Hennessy ainda não conseguia responder. Nem se mexer. Os sonhadores sempre ficavam assim depois de um sonho de sucesso; do alto, eles viam seu corpo temporariamente paralisado por alguns minutos. Ela ainda estava se acostumando com a ideia de que aquela paralisia não precisava ser sinônimo de vergonha. Antes de tudo aquilo, sempre significara que ela havia feito outra cópia de si mesma. Significava fracasso. Agora, mesmo que não pudesse ver o que havia trazido de volta do sonho, tinha certeza, pelo menos, de que não era outra Jordan Hennessy.

Chega de cópias.

Nunca mais.

Ela jamais ficara tanto tempo sem alguma de suas garotas.

Jordan, Jordan.

— O mundo grita com você. O mundo desperto, o mundo dos sonhos. Você não tem que ouvir, mas você ouve. E, até que aprenda a gritar mais alto, isso vai continuar acontecendo. — Bryde havia descoberto Ronan debaixo de uma pilha de fardos de feno e rodas como o brinde no fundo de uma caixa de cereal. Seu discípulo estrela estava tão paralisado quanto Hennessy, então Ronan não escapou do sermão enquanto Bryde continuava. — Eu espero mais de você. Quanto tempo demorou para encontrarmos um lugar com tanto poder no banco? E para que você preencheu o cheque? Para isto. Esta merda. Você pensou em algum outro sonhador enquanto fazia isso? Não, você apenas falou sem parar e saiu isso.

Eeeeeeeeee Hennessy estava de volta. Ela podia sentir o corpo novamente, e olhava para o mundo com os próprios olhos. Livrando-se de sua gaiola de rodas com um balançar dos ombros, ela apalpou o feno ao seu redor, em busca de qualquer objeto que pudesse ter trazido do sonho. A pintura. O pincel. A paleta. Alguma coisa, mas tudo o que encontrou foi feno e rodas e ainda mais feno.

Bryde continuava firme no sermão:

— E que maneira de morrer. Sufocado debaixo de comida podre para vacas que não existem mais. Greywaren... não é assim que sua floresta Lindenmere te chama? Sonhador e protetor? Sonhador e protetor e tolo com os pulmões cheios de silagem se eu não estivesse aqui. Para quê?

— Eu estava *tentando* — Ronan finalmente rosnou.

— Hennessy também estava, e você tirou a possibilidade dela — disse Bryde. Cara, aquela pequena parte nojenta da Hennessy parecia estar ganhando todo o destaque. — Você conseguiu encontrar sua pintura, Hennessy?

— O palheiro não produziu uma agulha até agora — disse ela.

Bryde passou os olhos pelo celeiro. Às vezes os sonhos podiam acabar bem distantes de seu sonhador, especialmente quando eram grandes, mas não havia nenhum sinal das coisas grandes do sonho, como uma tela ou a cadeira em que ele estava sentado.

Então ela avistou.

Em seu polegar havia uma leve mancha de tinta rosa-bebê, o mesmo rosa que ela havia espalhado na tela do sonho. Fora aquilo que a paralisara, apenas um mero fragmento de tinta seca. Ela supôs que Jordan ficaria encantada em vê-lo. Não era uma cópia onírica de Hennessy. E não era a Renda. Tecnicamente, era um grande progresso, mesmo que não parecesse. Às vezes, como Ronan acabava de demonstrar, o lance era tanto o que você não sonhava quanto o que você sonhava.

Ela mostrou o polegar para Bryde como se pedisse carona.

— Encontrei.

Bryde se voltou para Ronan novamente.

— Então você puxou a ley de debaixo dela. Que cavalheiro. Quanto resta agora? O que você sente?

Ronan parecia um gato encharcado.

— Certo, você não consegue, esqueci — continuou Bryde. — Os contos de fadas que contamos a nós mesmos são muito reconfortantes em tempos de escuridão. Vou te dizer quanto: muito pouco. A linha ley dobrou-se para trás, formou um celeiro cheio de rodas que não levam a lugar nenhum. E, se os Moderadores aparecessem agora, onde você estaria? No alto do riacho de merda e incapaz de sonhar um remo.

A parte ruim de Hennessy continuava ruim e ficou satisfeita em ver Ronan sendo execrado, mas o restante dela se sentiu mal o suficiente para vir em seu socorro.

— É uma pena, também — disse ela, levantando-se de um salto. — Eu precisava daquela linha ley. Estava só me aquecendo. Eu ia trazer toda a cabana de Max Ernst em Sedona. Com Max Ernst dentro. E um monte de exemplares da arte dele. Talvez a esposa dele também. Ele construiu aquela coisa com as próprias mãos depois de sobreviver a duas guerras, sabia? A cabana, quero dizer, não a esposa. Acho que ela era de Nova York. Ou talvez ela tenha se mudado para lá depois que Ernst morreu. Não me lembro, mas acho que foi ela quem disse que não existia mulher artista, existia apenas artista. Ah, eu também ia sonhar aquele negócio dele parecido com um pássaro, em sua homenagem, Ronan Lynch. Ele era como você, tinha aquele *alter ego* pássaro, não conseguia distinguir entre aves e humanos. Loplop.

— Hennessy, isso não é... — começou Bryde.

Ela explodiu.

— Eu sabia que teria o nome se pensasse muito. Fiquei pensando que era um coelho, e era. Lop. Lop. Sim, então, a cabana, o estúdio, o dadaísta. Seria minha obra-prima de sonho, inspirada por esses dioramas. É assim que uma boa artista trabalha, não é? Absorve as coisas ao seu redor e entrega não uma cópia, mas uma resposta ao mundo que ela está absorvendo. Vejo este suposto Museu de História Viva da Virgínia Ocidental com suas figuras estáticas congeladas em momentos históricos encenados e trago a vocês pessoas *reais* em *verdadeiras* propriedades históricas, uma surrealista em uma peça surrealista. Isso *sim* é arte viva. É disso que se trata o dadaísmo. Este é o museu Hennessy, descontos disponíveis para crianças menores de doze anos e grupos de mais de vinte pessoas!

Bryde lançou a ela um olhar fulminante, mas funcionou — todas as palavras da garota haviam drenado as dele. Ele apenas balançou a cabeça e jogou a jaqueta de Ronan para ele.

— Pegue suas coisas. São três horas até a linha ley mais próxima. Temos que ir antes que este aqui transforme a falta de linha ley em uma emergência novamente.

— Eu não sou tão frágil — protestou Ronan.

Bryde apenas disse:

— Não se esqueça da sua ave.

Depois de Bryde sair pela porta, Hennessy estendeu o braço para ajudar Ronan a se levantar do feno.

— Deve ter sido um sonho e tanto.

— Ah, vai se foder — disse Ronan.

— Vai você. De nada.

Ronan apoiou a jaqueta no ombro.

— O que ia ser? Seu sonho. Não diga Ploplop.

— Loplop, seu Neandertal — retrucou Hennessy. Ela não queria falar sobre o sonho. Não queria falar sobre Jordan. Só queria continuar andando para não ter que pensar muito nisso enquanto estava acordada, porque, quando pensava, ficava triste e, quando ficava triste, ficava com raiva e, quando ficava com raiva, queria matar os Moderadores e, quando queria matar os Moderadores, Bryde dizia que tinha que ir com calma. Ela não queria ir com calma. — Isso é o mais mal-humorado que eu já o vi ficar. Talvez se canse de nós e se mande para fazer sei lá o que ele fazia antes.

Esse era um assunto que ela e Ronan já haviam discutido, brevemente e em sussurros, quando tinham alguns momentos sem Bryde. Quem era essa pessoa que eles estavam seguindo? Por onde ele tinha passado? Eles sabiam que Bryde era infame quando o conheceram, que seu nome já era sussurrado nos mercados clandestinos... mas para quê? E será que estava muito ansioso para voltar a isso?

Ronan esfregou o polegar sobre a roda mais próxima, pressionando os dedos na palavra *tamquam* gravada. Hennessy estava aprendendo isto sobre Ronan Lynch: ele sempre achava que estava guardando seus segredos se mantivesse a boca fechada, mas acabava contando-os de outras maneiras.

— Mas com o que você estava sonhando de verdade? — perguntou ele.

— Uma dama nunca conta — respondeu Hennessy —, e é indelicado perguntar.

— Não estou nem aí.

— Jordan.

— Eu disse que não estou nem aí.

— E eu disse Jordan.

Se ele a tivesse pressionado um pouco mais, ela teria falado, e parte dela queria que ele pressionasse; mas, em vez disso, Ronan apenas chutou uma das rodas. Ocorreu-lhe, brevemente, que talvez ele quisesse que ela o pressionasse para saber *seu* sonho também. Afinal, algo devia tê-lo incomodado o suficiente para que ele não pudesse evitar que todas aquelas rodas saíssem de sua cabeça. Porém, a ideia de sustentar o peso do drama de Ronan em cima do seu parecia demais.

Então, eles simplesmente se arrumaram em silêncio. Hennessy pegou sua espada. Ronan pegou a ave. Na porta, ele se virou para examinar o que fizera. Todas aquelas rodas. Ele era uma silhueta incomum com a corva empoleirada em seu ombro, a espada presa às costas. Hennessy pensou que Ronan teria sido um tema bastante bom para um retrato, se tudo a respeito dele não fosse para ser segredo, o que a fez pensar sobre como, durante o sonho, ela pensara em como Jordan teria pensado que Bryde seria um modelo adequado para um retrato.

— Eu gostaria de saber o que ela está fazendo — disse Hennessy.

— O que ela e seu irmão estão fazendo.

A voz de Ronan saiu seca e desapontada quando ele se virou.

— Aposto que eles estão se divertindo pra caramba.

4

Jordan se sentiu um pouco mal por roubar o carro de Declan Lynch.

Não *esmagadoramente* mal. Não o suficiente para mantê-la acordada à noite (ou melhor, de manhã, já que ela trocava o dia pela noite). Não o suficiente para que ela desejasse voltar e fazer diferente. Só o bastante para que às vezes ela visse um Volvo da mesma marca e modelo e tivesse uma vaga sensação de ter algo errado. O oposto da marca Volvo. O oposto da marca Jordan.

Na realidade, era isto: algumas semanas antes, ela deixara os irmãos Lynch mais velho e mais novo em uma parada na zona rural da Virgínia no meio da noite, o rosto de ambos iluminado pelas lanternas traseiras do carro que ela dirigia. Matthew — surpreso, tudo perfeitamente redondo, rosto redondo, olhos redondos, boca redonda — parecia o mesmo de sempre: muito mais novo do que os seus dezessete anos. E Declan — nada surpreso. Braços cruzados. Boca em linha reta. Olhos fechando-se para formar uma expressão do tipo *Claro, é sempre alguma coisa, não é?*, conforme se tornou pequeno demais para ser visto pelo retrovisor. Mas era uma traição de pouca importância. Jordan sabia que Declan era engenhoso a ponto de encontrar outro método de transporte para o resto da jornada até a Barns. E também sabia que os bandidos que haviam tentado matar os irmãos não estavam em uma perseguição tão cerrada para colocá-los em algum tipo de perigo naquele meio-tempo.

Provavelmente.

Esse *provavelmente* era o que a fazia se sentir um pouco mal. Jogar com a vida de outras pessoas geralmente estava mais para o que faria a metade Hennessy de Jordan Hennessy. Em geral, Jordan era a metade mais racional e atenciosa.

Embora não houvesse nenhum Volvo à vista, Declan Lynch agora ocupava seus pensamentos, por causa do convite para a festa em suas mãos. Papel-cartão grosso, preto fosco com uma cruz branca pesada pintada no meio, bordas arredondadas nas quais era gostoso apertar os dedos. JORDAN HENNESSY E ACOMPANHANTE, *vocês estão convidadas*.

Ela sabia que se tratava de uma festa da Boudicca. Aquele era seu logotipo, suas cores — aquela cruz arredondada pintada, aquele preto e branco. Boudicca era um sindicato do crime exclusivo para mulheres que oferecia proteção e marketing em troca de algo muito parecido com servidão de luxo. Elas já haviam tentado recrutar Jordan e Hennessy, pensando que estavam conversando com uma única entidade, uma bela e distinta forjadora de arte. Nenhuma delas se interessou. Jordan já tinha limites suficientes para seus movimentos. Hennessy não se relacionava bem com as outras.

Mas Boudicca "coincidentemente" mandara uma mensagem de texto para Jordan na noite em que ela, Declan e Matthew tinham fugido das margens do rio Potomac. *Oportunidade do seu interesse em Boston, dadas as circunstâncias. Venha pessoalmente obter informações com hora marcada.*

E então ela roubara o carro para verificar.

Algo que Hennessy faria.

Ela se sentia, como já mencionado, um pouco mal a respeito da coisa toda.

Mas agora estava feito e Jordan estava sozinha, passando batom na frente de um manchado espelho de banheiro. O local inteiro era um pouco desagradável de se olhar, de uma forma que se chegava a ponto de se tornar agradável de uma maneira desleixada. Localizava-se no canto de um espaço generoso no Fenway Studios, um grande edifício histórico construído cem anos antes, para abrigar quase cinquenta artistas. Antigos pisos de madeira, janelas de três metros e meio, pés-direitos de quatro metros, radiadores antigos deslizando como animais estranhos ao longo das paredes de gesso, cavaletes e suprimentos colocados por toda parte, alto-falantes que não funcionavam com o novo celular pré-pago de Jordan, mas funcionavam com a caixa de som que ela encontrara no armário. Não era um lugar para se morar em caráter permanente e era perfeitamente possível que sua hospedagem ali violasse algum código da cidade, mas o proprietário, um artista que ampliava fotos de nus e pintava peitos maiores e mais coloridos em cima deles, não era o tipo de gente que se preocuparia com essas coisas. De qualquer modo, seria só até Jordan encontrar um colega de quarto.

Por quanto tempo Jordan achava que continuaria a fazer aquilo? Enquanto conseguisse.

Jordan vestiu a jaqueta de couro e se olhou no espelho. Não tinha muitas opções; vestia as roupas com as quais havia fugido, um corpete laranja que encontrara em uma loja de segunda mão muito boa na região sul de Boston, e uma camiseta e tênis que comprara porque Deus sabia que, se aquele cara viesse trabalhar no meio da noite para pintar mais um de seus nus pervertidos, ela queria estar vestida. E, embora estivesse fazendo um pequeno trabalho de falsificação aqui e ali desde que chegara à cidade, recebendo depósitos, impressionando os turistas nas feiras festivas com alguns trabalhos rápidos e baratos, ela estava economizando aquele dinheiro.

Para quê? Para o futuro. *O futuro.* Um conceito estranho. Em Washington, DC, ela não tinha futuro. Ela e todas as outras garotas tinham uma data de validade definida por Hennessy. Quando Hennessy morresse, o jogo acabaria para todas. Como eram sonhos, elas caíam no sono permanente sem sua sonhadora. Até então, todas compartilhavam a mesma vida — a vida de Hennessy —, viviam como ela e como as outras. As meninas compartilhavam essa incerteza todos os dias. Sonhar mataria Hennessy naquele dia? Os remédios, os carros, o ódio a si mesma? Seria aquele o dia em que elas adormeceriam no meio da calçada?

Essas perguntas pairavam sobre elas *todos os dias*.

Já era difícil colocar a vida de alguém nas mãos de outra pessoa; era ainda mais difícil quando as mãos eram tão imprudentes quanto as de Hennessy.

Jordan tentava viver a vida ao máximo. O que mais ela poderia fazer? Não ia apenas ficar *esperando*.

Mas, no final, as meninas não tinham adormecido de forma inesperada.

Tinham sido mortas. Violentamente. Desnecessariamente. Os Moderadores nem se preocuparam em descobrir se alguma delas era a sonhadora antes de eliminá-las. Tinham vivido como Hennessy e morrido como ela deveria morrer.

Lá fora, Jordan abraçou sua jaqueta muito fina ao redor do corpo e acelerou o passo. A festa aconteceria em Back Bay, um trajeto de dez ou quinze minutos a pé. Enquanto caminhava, olhava não para os comércios iluminados no térreo, mas para os apartamentos e lofts acima. Ninguém em Boston parecia se importar que desse para vê-los em seus escritórios e casas; eles cuidavam da própria vida e esperavam que você cuidasse da sua. Parecia um protetor de tela de atividade. Jordan, como todas as meninas, era uma pessoa urbana, e Boston era uma boa cidade para seu tipo de arte. E fazia bem estar em um novo lugar depois de ficar presa por tanto tempo em Washington tentando resolver o problema crescente dos sonhos de Hennessy.

As outras meninas também teriam adorado. Pobres June, Trinity, Brooklyn, Madox. Pobres Octavia, Jay, Alba, Farrah. Pobres garotas que nunca tiveram futuro.

Jordan lhes devia uma vida, já que elas nunca tiveram chance. Não conseguia controlar a imprudência de Hennessy ou a crueldade dos Moderadores, mas podia controlar o próprio destemor. Viveria uma vida tão grande quanto pudesse, pelo tempo que pudesse.

* * *

Ela chegou à festa.

As festas, tais como as pessoas, vinham em muitos formatos e tamanhos diferentes. Tinham diferentes esperanças, sonhos e medos. Algumas eram necessitadas. Outras, independentes, e bastava você se divertir. Algumas eram calorosas, tagarelas. Outras, frias, excludentes.

Jordan logo percebeu que aquela era uma festa bem adulta, uma que se levava a sério. Ver e ser vista. *Et cetera*. O local era pequeno: uma galeria de arte de Back Bay depois do expediente. Idade esfregando no chão polido. Pinturas abstratas iluminando as paredes. Escultura provocante complicando os cantos. Tudo muito bom. A pessoa se sentia mais inteligente ao ver aquilo. Culta. As convidadas eram lindas: mulheres, todas elas. Linda pele negra, lindos cachos louros, sardas salpicadas em maçãs do rosto, grandes quadris arredondados, barrigas pálidas, omoplatas douradas, vestidos e saltos de todas as cores, comprimentos e alturas. Jordan não reconheceu todas elas, mas reconheceu o suficiente para entender a essência. CEOs. Diplomatas. Filhas de presidentes e mães de barões da droga. Atrizes. Músicas. Herdeiras de fábricas de cereal e influenciadoras bem-sucedidas. Celebridades também, mas, você sabe, celebridades de verdade; elas não apontavam umas para as outras e diziam: *Olha, lá está a fulana de tal*. Elas se comportavam de boa. Como se fizessem parte do mesmo círculo sofisticado.

Boudicca.

— O que vai querer? — perguntou a atendente do bar. Os cabelos escandalosamente ruivos, absurdamente ruivos, pareciam derramados de uma garrafa vermelha ou de um vulcão.

De imediato, a mente de Jordan começou a considerar o desafio de como ela a pintaria. Havia muitos pigmentos vermelhos interessantes, mas não achava que dariam conta do truque sozinhos. Provavelmente, para atingir aquele vermelho de arregalar os olhos, ela o circundaria com um fundo verde. O verde adicionado *ao* vermelho o desbotava. Verde pintado *ao lado* de vermelho fazia as duas cores se parecerem mais com elas mesmas. Vermelho e verde eram cores complementares, uma de cada lado da roda das cores. Engraçado como os opostos faziam cada cor parecer mais viva.

— O que você tem de barato? — perguntou Jordan.

A bartender a observou por entre os cílios. Seus olhos eram verdes.

— *Open bar*, para você.

Jordan deu um grande sorriso.

— O que você tem que seja cor de laranja?

— Prefere doce ou azedo?

— Ah, eu não vou beber. É para combinar com o meu top.

A atendente fez o possível, e Jordan lhe deu uma gorjeta com um pouco de seu precioso dinheiro falsificado e, em seguida, levou a blusa e a bebida alaranjadas para socializar. Fingir que ia socializar. Na verdade, só queria reunir informações. Jordan já frequentara festas o suficiente para ser boa nesse tipo de coisa, mas se impressionou com todos os rostos famosos ali. Será que as mulheres convidadas eram integrantes, clientes ou ambos?

Naquele lugar, parecia que as apostas eram mais altas do que em Washington.

Apostas mais altas, ela se lembrou, mas o mesmo jogo. Ela sabia como jogar. Afinal, era apenas uma falsificação. Falsificação de pessoas em vez de arte. Bastava se lembrar de ser melhor do que uma mera cópia ou imitação. Se alguém pintasse exatamente o que via com a maior precisão possível, o resultado poderia ser tecnicamente correto, mas também artificial. Quebradiço. Se alguém deparasse com um problema técnico na recriação, todo o processo seria interrompido. Era preciso seguir o roteiro; com a falsificação, porém, os detalhes da superfície não importavam mais do que as regras que os comprovavam. Toda obra de arte tinha regras: a tinta podia acumular-se nos cantos, as linhas ficavam tênues nas pontas quando se levantava o pincel, as bocas eram exageradas para o drama, os pretos não eram saturados, e assim por diante. E, se alguém aprendesse o suficiente sobre elas, poderia criar infinitas novas obras com base nessas regras e passá-las como criações do artista original.

O mesmo ocorria com os humanos. Tinham regras que provavam seu comportamento. Bastava descobrir a tese e eles estavam no papo.

Jordan usou esse princípio para forjar uma convidada que *estava* socializando. Seus lábios carregavam um riso remanescente de uma conversa engraçada que ela acabara de terminar. Ela soltou um suspiro audível enquanto olhava rapidamente para o celular, como se aproveitasse um momento entre os bate-papos para verificar se havia algum e-mail de trabalho. Acenou com a cabeça por cima do ombro enquanto se afastava de um grupo, sugerindo sutilmente que acabara de ter uma boa conversa. Quando as pessoas tentavam cruzar o olhar com o seu, ela erguia um dedo e apontava para um grupo em outra sala, indicando: *Falo com você já, já; estou a caminho de uma condição preexistente.*

Desse modo, Jordan existia na festa sem fazer parte dela, juntando informações em vez de divulgá-las.

Foi assim que descobriu que se tratava de clientes. Não tinha certeza do que todas elas pensavam que tinham ido até ali comprar, mas estavam decididamente com as carteiras prontas. O que aquelas pessoas estreladas poderiam ter em comum? O que poderiam ter em comum com *ela*, Jordan?

— Jordan Hennessy!

Uma mulher mais velha se aproximou dela. Muito menos elegante do que as outras convidadas, exibia um vestido com estampa *pied-de-poule* com um broche de ouriço sobre o seio direito. Trazia uma taça de vinho na mão e se comportava de maneira meio desajeitada como as pessoas às vezes se portam quando bêbadas, mas Jordan percebeu que ela não estava. A mulher era simplesmente assim mesmo.

— Jordan Hennessy, caramba, quanto tempo.

Jordan olhou para ela, tentando sem sucesso reconhecê-la. A estranha devia ter reconhecido Hennessy ou uma das outras garotas.

O rosto da mulher demonstrou uma preocupação caricata.

— Ah, você não se lembra de mim! Não se preocupe, eu sei que algumas pessoas por aqui ficam um pouco M-A-L sobre essas coisas, se é que você me entende, mas não eu. Sou Barbara Shutt.

Ela estendeu a mão para um cumprimento e Jordan estava repassando, repassando, repassando os cenários, testando respostas que funcionariam para fazê-la parecer confiável, como a verdadeira Jordan Hennessy, respostas que não prometiam um conhecimento que ela não tinha, respostas sem alçapões embaixo dos quais se escondiam crocodilos.

Elas trocaram um aperto de mãos — Barbara apertou apenas os dedos — e Jordan disse:

— Ah, certo, de Washington, né?

Barbara apontou o dedo para ela.

— É isso mesmo. Estou muito feliz, muito feliz, de verdade, que você tenha vindo, mesmo sabendo que você nem está totalmente instalada por aqui. Tenho certeza de que a Jo já entrou em contato para falar sobre as opções de apartamentos. A Jo? Jo Fisher?

— Ah, não, eu me lembraria de uma Jo — disse Jordan.

— Claro que sim — concordou Barbara. — A Jo é assim. Vou fazer uma anotação na pequena e velha agenda cerebral... — ela bateu a borda da taça na têmpora — ... para que ela coloque você na lista. Mas não pense que não estamos bem de olho em você. Aquela pequena aventura no Potomac fez muita gente se sentar e prestar atenção, não é? E nós temos feito o nosso melhor para garantir que nada dessa notoriedade te cause inconvenientes aqui.

Nesse momento, Jordan se sentia realmente desconfortável. *Será que Boudicca vinha evitando que a ameaça batesse à sua porta? Ou a mulher dizia isso apenas para puxá-la para o curral? Ela precisava dizer algo. Algo que impedisse Barbara de ter o controle total. Algo que Boudicca não soubesse. Pense, Jordan.*

Jordan sorriu abertamente e arriscou:

— É bom ter Bryde do nosso lado também, depois de todo esse tempo.

O sorriso de Barbara estava fixo em concreto.

Bingo. Elas também não sabiam nada sobre Bryde, exceto seu poder.

— Se você me dá liiiiceeeeeençaaa — disse Barbara, batendo em um delicado relógio de prata em seu pulso com o fundo da taça de vinho. — Preciso colocar isso em movimento. Sei que você está ansiosa. Que bom. Que bom que pôde vir. Não se esqueça de Jo. Ela vai aparecer.

A primeira vez que Boudicca abordara Jordan fora meio que uma brincadeira, meio que um elogio. Ela, Hennessy e June haviam dado risada disso depois de alguns drinques e alguns tubos de tinta, da mesma maneira como teriam rido de uma cantada desajeitada e indesejada em um bar. *É bom ser desejada, eu acho. Até parece. Vai sonhando.* Mas era uma sensação diferente agora que ela estava sozinha em Boston. Tinha se esquecido de que havia uma desvantagem em não ser uma das muitas Jordans Hennessy, mas sim uma de uma: vulnerabilidade. Jordan ficou ali com seu coquetel laranja e seu top laranja, sentindo apreensão se acumular em cima de apreensão, e então notou que a música havia parado e que todas as convidadas estavam se movendo mais ou menos na direção dos fundos do edifício. Elas murmuravam, verificavam os relógios e se entreolhavam, e Jordan percebeu que todas deveriam estar se dirigindo ao verdadeiro motivo da festa.

Em dado momento, depois que todas se espremeram em uma grande sala nos fundos, a voz de Barbara surgiu pelo alto-falante. Jordan também ouvia a voz sem amplificação, então a mulher tinha que estar perto, mas Jordan não conseguia enxergá-la por cima da multidão.

— Obrigada por terem vindo — disse Barbara. — Temos um grupo realmente esplêndido aqui hoje. Vocês são todas mulheres muito elegantes. Sei que estamos empolgadas com os eventos que estão por vir e estamos todas empolgadas com... hum... onde estão minhas anotações, Fisher? Fisher, assume aqui.

Uma mulher pequena com postura muito boa e cabelos castanhos agressivamente alisados passou por Jordan e pela multidão rumo à frente da sala. Usava um *cocktail dress* que dizia: *Olhe para mim*, e também: *Agora que está olhando, você notou que eu te acho estúpida?* Era um bom vestido. Ela não disse *com licença*.

Jordan só teve um vislumbre dela aceitando um microfone com fio; em seguida, uma voz que combinava com o vestido veio dos alto-falantes.

— Todas aqui presentes têm um dependente em sua vida. Algumas de vocês conhecem um, algumas estão pensando em introduzir um, outras herdaram um, e algumas de vocês são um.

As convidadas se entreolharam.

Jo Fisher continuou:

— A Boudicca tem o orgulho de oferecer uma variedade de docemetais em diferentes formatos este ano. Como sempre, eles estão disponíveis por acordos particulares. A demanda é alta, pois os docemetais têm perdido a eficácia mais depressa do que o normal e muitas de vocês estão substituindo os vazios este ano. Espero que todas aqui tenham tido a oportunidade de ver que os dependentes que trouxemos para demonstrar os docemetais são genuínos. Alguns perguntaram se esses dependentes estão disponíveis; ainda não. Eles são para demonstração. *Para demonstração.*

— Vamos trazer um docemetal! — A voz de Barbara se elevou, sem a amplificação. — Sejam boazinhas, agora, vamos todas dar uma olhada!

Para surpresa de Jordan, as pessoas deram atenção. A multidão se recompôs, permitindo-lhe, pela primeira vez, ver diante de todas as pessoas que se pressionavam.

A peça central da sala era uma criança.

Uma coisinha adorável, um menino de três ou quatro anos, com belos cabelos escuros, cílios grossos, um beicinho inconsciente. Ele foi apresentado sentimentalmente em uma poltrona, bem no meio da sala. Seu peito subia e descia, subia e descia.

Não importava o quanto as vozes se elevassem ao seu redor, o menino permanecia adormecido.

Em torno dele, no tecido de brocado brilhante, espalhavam-se alguns outros objetos. Algumas borboletas caídas. Um coelhinho macio, pequeno, esticado de lado. Um par de sapatos.

Ficou claro que a criança estava em exposição, como o resto das peças de arte.

— Isso é muito emocionante, não é? — disse Barbara, ainda gritando sem o microfone, falando como uma professora de jardim de infância. — É um docemetal muito bom, muito bom para a sua casa, nem sempre são bons para uma sala de estar, mas este é! Olha só a nossa s-o-r-t-e! Vamos todas ficar quietas e olhar. Aqui está!

Uma porta lateral se abriu.

Duas mulheres trouxeram uma grande pintura emoldurada. O tema não era muito emocionante, apenas uma paisagem bucólica pontilhada de ovelhas, mas a arte, mesmo assim, de alguma forma, era atraente. Na verdade, Jordan sentiu-se incomodada por não conseguir identificar o motivo de se sentir tão atraída pelo quadro. Não conseguia parar de olhar para ele. Queria se aproximar, mas a multidão e sua dignidade não permitiam.

Ela olhou para as outras convidadas para ver a reação delas à pintura, mas seus olhares estavam firmemente focados na poltrona no meio da sala.

— Posso calçar os sapatos?

Era uma voz pequena e aguda. O menino estava meio sentado na cadeira. Com uma das mãozinhas ele esfregou os olhos e, com a outra, pegou os sapatos. Então procurou um rosto familiar entre as mulheres que o fitavam.

— Mãe? É hora de sapatos?

Ao seu redor, as borboletas antes imóveis levantaram voo. O coelhinho deu um pequeno *tum* ao pular da cadeira para o chão e sair apressado. As convidadas recuaram para permitir que ele se precipitasse suavemente para o meio delas.

— Mãe? — chamou o menino.

— Como vocês podem ver, este docemetal em particular é eficaz para vários dependentes a uma distância de vários metros — disse Fisher, ao microfone. — Por favor, solicitem a lista completa.

Barbara fez um gesto amplo com sua taça de vinho e as assistentes levaram a pintura de volta pela porta lateral.

— Mãe? — chamou o menino novamente. — Ah, meu *sapato*.

Um dos sapatos havia caído da cadeira. O menino estendeu a mão para pegá-lo assim que a porta se fechou atrás das atendentes. A pintura não estava mais lá.

Com um pequeno suspiro, o menino também caiu da cadeira no chão ao lado dela. As borboletas caíram do ar ao seu redor. Uma das convidadas avançou por tempo suficiente para colocar o coelho, agora adormecido, de volta em sua posição inicial na cadeira.

O coração de Jordan parecia um elevador com cabos rompidos.

Sonhos.

Os dependentes eram sonhos sem sonhadores. E o docemetal — a pintura que Jordan, um sonho, havia achado estranhamente atraente — os despertara por um tempo.

Só assim Jordan percebeu que Boudicca não tinha convidado Jordan Hennessy porque sabia que ela era uma falsificadora de arte. A organização a convidara porque sabia que Jordan Hennessy era uma *sonhadora*.

Eles a convidaram porque sabiam que Jordan Hennessy teria sonhos que gostaria de manter despertos.

As regras do jogo haviam mudado.

5

Matthew Lynch acordou com o som de seu irmão mais velho gritando.

O antigo quarto do irmão ficava no final do corredor, e, mesmo com a porta de Matthew fechada, o som entrava, nítido. Essas casas antigas eram cheias de recantos e fendas.

Matthew saltou da cama, dizendo *uff uff* ao sentir as velhas tábuas do piso gelado nos pés descalços, e, em seguida, bateu a cabeça contra o teto inclinado.

Declan ainda berrava de modo estridente.

Matthew seguiu pelo corredor para escovar os dentes (o movimento das cerdas sobre as gengivas e sobre os dentes dava a impressão de que os gritos de Declan estavam oscilando) e bebeu um pouco de água (a voz de Declan soava mais alta conforme Matthew engolia o líquido) e se olhou no espelho.

Pensou o mesmo que vinha pensando todas as manhãs nas últimas semanas: *Eu não* pareço *um sonho, pareço?*

O menino no espelho era mais alto do que o outro que aparecera no espelho um ano antes. Quando abriu a boca, notou todos os dentes. Ele parecia bem. Poderia ser perdoado por pensar que fosse igual a todo mundo durante todo aquele tempo, mas parecer bem e ser perdoado não mudava a verdade, a de que Matthew não era humano. Ele apenas tinha a forma humana.

O menino no espelho franziu a testa.

Seu rosto não parecia acostumado a esse movimento. Os gritos de Declan aumentaram.

Certo.

Matthew se arrastou pelo corredor até o quarto do irmão.

A mesma cena de todas as manhãs nos últimos dias. Havia uma pilha de ratos. Umas coisas que pareciam lagartos alados. Um texugo com um tipo de sorriso sigiloso e cúmplice, mas apenas ao redor dos olhos. Um par de cervos do tamanho de gatos. Um gato do tamanho de um cervo, com mãos de gente. Uma coleção de pássaros de diversos tamanhos e formas. E, possivelmente, o mais impressionante, um javali preto de pelo áspero do tamanho de uma minivan.

Todas essas criaturas estavam empilhadas em cima da cama de Declan, de onde vinham os gritos.

— Deklo! — disse Matthew. — Mmm, frio.

O quarto estava frio por conta da janela aberta, obra do gato com mãos. Certa vez Matthew o pegara sem querer no flagra, quando andava pelas colinas em uma caminhada atordoada e perdida antes do amanhecer. Ele tinha ouvido um estampido e um barulho metálico e erguera os olhos para ver o gato com mãos escalando rapidamente a calha que levava ao quarto de Declan. Sem nem sequer uma pausa, a criatura havia deslizado a janela para abri-la. Era impressionante e assustador ver o gato de mãos enfiando as unhas debaixo da borda para abrir a janela. Polegares oponíveis eram realmente esplêndidos.

A voz de Declan soava abafada.

— Coloque essas coisas pra *fora*!

Era difícil vê-lo na cama porque Declan construíra um casulo de lençol, as bordas seladas contra o colchão, tanto quanto possível, para evitar que as criaturas menores se enfiassem lá e encostassem nele. Mesmo assim, elas não desistiram. O gato de mãos puxava o lençol perto do rosto dele com intensa devoção. Os cervos do tamanho de um gato estavam miando e pateando (com os cascos?) nas pernas da cama. As coisas semelhantes a lagartos alados saltavam brincalhonas sobre os pés de Declan cada vez que o menino os movia sob o cobertor.

— Em algum momento deste século — disse a voz de Declan. — *Fora*.

Todos eram sonhos.

Desde que Declan e Matthew haviam se mudado da Barns, Ronan aparentemente sonhara com um zoológico. Embora parecessem ter se alimentado perfeitamente enquanto Ronan estava fora, as criaturas mais que depressa haviam decidido que seu ritual matinal era acordar Declan para receber seus cuidados. Matthew não se importaria de ser acordado, mas eles nunca apareciam na *sua* janela. As criaturas dos sonhos pareciam ter adivinhado que Declan era a pessoa com menos probabilidade de apreciá-las e, portanto, a mais desejável para persuadirem.

— Vamos, gente! — disse Matthew alegremente. — Vamos tomar um cafezinho da manhã! Você não!

Isso fora direcionado ao javali do tamanho de uma minivan, grande demais para passar através de qualquer porta ou janela. O animal tinha entrado no quarto como um gás de cheiro asqueroso, e Matthew aprendera que ele precisava ser reduzido à mesma forma para conseguir sair.

Matthew bateu palmas e gritou na cara do javali.

— Vamos! Vamos!

Estremecendo, o javali recuou, mas permaneceu persistentemente sólido. Seu traseiro gigante se chocou contra a cômoda. Seu ombro afastou os livros da estante. O laptop de Declan fez um som sinistro de trituração sob seu casco. O bicho estava se acostumando com Matthew — esse era o problema. A cada dia era preciso mais e mais esforço para assustá-lo.

— Aquilo era o meu... — A voz estrangulada de Declan veio de sob o cobertor. — Eu tenho que fazer tudo sozinho.

Ele se levantou abruptamente da cama, o lençol enrolado no corpo: um fantasma.

Tanto Matthew quanto o javali recuaram, surpresos.

O javali se dispersou no mesmo instante em uma nuvem de gás de cheiro asqueroso, o maior peido do mundo.

Matthew permaneceu Matthew.

— Maria, me dê paciência — exclamou Declan. Balançando o lençol rapidamente para cima e para baixo, ele soprou o gás de javali pela janela. Um dos pássaros oníricos bicou com curiosidade seus pés descalços com um bico em forma de chave de fenda. O menino o pegou e o jogou pela janela depois que a nuvem se desvaneceu.

— Ei! — repreendeu Matthew.

— Está tudo bem. Olha, lá vai ele. — Declan fechou a janela com força. — Coloque-os pra *fora*. Pra mim já deu. Vou arranjar uma trava hoje mesmo. Vou passar cola. Vou colocar espinhos lá. *Fora*. O que você está esperando, Matthew? Está mais lento a cada manhã. Não me faça escrever uma lista de tarefas para você.

Antes de tudo isso, Matthew teria dado risada e feito qualquer coisa que Declan pedisse. Agora, porém, ele disse:

— Eu não tenho que fazer o que você manda.

Declan nem se incomodou em responder. Em vez disso, começou a recolher rapidamente as roupas para o dia.

Isso irritou Matthew ainda mais, combinando-se de forma emocionante e tóxica com a sensação que ele experimentara ao se olhar no espelho do banheiro. Ele disse:

— Você acabou de jogar um dos meus irmãos pela janela.

A afirmação foi feita para causar efeito, e conseguiu. Declan direcionou a Matthew sua expressão mais Declan de todas. Ele geralmente usava uma dentre duas expressões. A primeira era o Homem de Negócios Sereno Acenando com a Cabeça para o que Você Está Dizendo Enquanto Espera a Própria Vez de Falar e a outra era o Pai Reticente com Síndrome do Intestino Irritável que Devia Deixar seu Filho Usar o Banheiro Público Primeiro. Elas se adequavam a quase todas as situações em que Declan se encontrava. Aquela, no entanto, era uma terceira expressão: Jovem de Vinte e Poucos Anos Quer

Gritar com o Irmão Mais Novo Porque Meu Deus do Céu. Ele quase nunca a usava, mas a falta de prática não a tornava menos habilidosa ou menos puro Declan.

— Não tenho capacidade de enfrentar a sua crise de identidade esta manhã — disse Declan. — Estou tentando conseguir um carro para nós enquanto permaneço na surdina e evito ser ferrado por inteiro pelos colegas irresponsáveis do nosso pai. Então, eu agradeceria se, em vez disso, você fizesse planos para o fim de semana.

Só recentemente Declan de fato começara a expressar seus sentimentos sobre Niall Lynch em voz alta, e Matthew também não gostava dessa mudança. Ele disse:

— Você não pode me dizer como me *sentir*. Eu não confio mais em você.

Declan pegou uma gravata. Ele usava gravatas com a mesma frequência que a maioria das pessoas usava roupa íntima; estava claro que ele não se achava decente para aparecer em público sem uma gravata.

— Já me desculpei por esconder a verdade de você, Matthew. O que gostaria? Outro pedido de desculpas? Posso trabalhar na elaboração de um mais adequado ao seu gosto em alguma brecha no meu trabalho.

— Você mentiu — disse Matthew. — As coisas não vão simplesmente ficar bem.

Declan já estava, de alguma forma, vestido com todo o esplendor corporativo. Estudou Matthew por um momento, e seu rosto tornou-se sério o suficiente para Matthew desejar que tudo continuasse como nos velhos tempos, que ele ainda pensasse que o irmão mais velho tinha todas as respostas e que estivesse implícito que fosse uma pessoa confiável.

— Vá buscar um suéter. Vamos dar um passeio e verificar a caixa de correio.

Uma rebelião de respeito, uma verdadeira rebelião ao estilo de Ronan, teria exigido que Matthew saísse furioso em resposta a esse pedido, mas Matthew apenas saiu mal-humorado, com todos os animais atrás de si. Ele pegou seu moletom de lhama e uma caixa de biscoitos para animais antes de se encontrar com Declan na antessala.

— Você vai retirar aquele cocô do gato de mãos do meu quarto — Declan disse serenamente para Matthew ao sair da casa.

Matthew bateu a porta atrás deles.

Lá fora estava lindo; sempre era lindo. A Barns localizava-se bem no sopé da porção oeste do estado da Virgínia, escondida em uma dobra protegida de colina e vale sob o olhar atento das Blue Ridge Mountains. Matthew havia crescido na velha casa branca de fazenda. Ele vagara por aqueles campos. Havia brincado em vários celeiros e anexos que se espalhavam até as árvores que cercavam a propriedade.

Agora a névoa fria subia dos campos descorados e se espalhava pelas folhas marrom-avermelhadas dos carvalhos ao redor. O céu azul se elevava bem no alto. Nuvens brancas raiadas brilhavam com o rosa matinal, como as construções externas pintadas de branco lá embaixo.

Era realmente belo.

Ele achava.

Por vários minutos, os dois caminharam em silêncio pela longa, longa pista para carros que vinha do portão. Declan digitou no novo celular com seu jeito peculiar *à la* Declan: o polegar de uma das mãos e o indicador da outra, olhando para cima apenas o suficiente para evitar sair da pista. Matthew jogava biscoitos de animais para as criaturas oníricas que os acompanhavam, tomando cuidado para não jogar a comida nas vacas eternamente adormecidas que salpicavam as pastagens. As vacas tinham sido sonhadas por seu pai. Bem, por Niall Lynch, já que Niall não era realmente seu pai. Matthew não tinha pai. Fora sonhado tal qual as vacas. E, assim como elas, condenado a uma eternidade de sono se algo acontecesse com Ronan.

Quando *algo acontecesse com Ronan*, Matthew pensou.

Um humor amargo estava tomando conta.

Ele não tinha muita prática com humores amargos. Havia sido uma criança feliz e displicente. Patologicamente feliz — percebia isso agora. Sonhado para ser feliz. Matthew tinha dificuldade em encontrar qualquer memória que não fosse cheia de alegria. Mesmo que não tivesse sido um momento feliz, o irmão Lynch mais novo aparecia na memória com um sorriso valente, como um clarão de sol em uma foto escura, ou talvez como um mascote de time posando com os jogadores. Pateta e fora de lugar, mas não necessariamente indesejável.

Como um animal de estimação, ele pensou.

Ao seu redor, vaga-lumes fora da estação acendiam e apagavam. Enquanto Matthew os observava desaparecer, mesmo naquele dia frio de outono, ele se perguntava que tipo de sonho Ronan tivera para produzi-los. Ele se perguntou que tipo de sonho Ronan sonhava quando o produziu.

Sua mente continuava a gritar a verdade: *Você é um sonho.*

Matthew não contara a ninguém, mas sentia medo de adormecer para sempre. Já tinha experimentado um pouquinho disso. Cada vez que a linha ley vacilava, ele ficava todo... atordoado. Encantado. Os pés começavam a andar, o corpo se movia, a mente vagava para outro lugar. Quando acordava, sempre se via em um local completamente diferente, seu corpo desobediente tentando levá-lo para mais perto da energia ley.

À medida que as árvores ocuparam o lugar dos campos de cada lado da pista, Matthew arremessou a caixa inteira de biscoitos para longe.

O gato de mãos disse "Miau" de um modo perturbadoramente articulado ao recuperar a caixa, mas então algumas coisinhas semelhantes a doninhas aladas saíram correndo da vegetação rasteira para lutar pela caixa até o papelão ser retalhado.

Matthew passou por eles, pronto para o fim da caminhada.

— Matthew, pare — chamou Declan. — Eu vou dar a volta.

Ele pretendia poupar Matthew do sistema de segurança que Ronan sonhara para a Barns desde que eles haviam partido, uma rede peculiar e invisível de sonhos que cobria o começo da pista de acesso à casa. Isso não apenas tornava a entrada da Barns muito difícil de ver, mas também fazia a gente se sentir péssimo se *tentasse* entrar. Qualquer um que entrasse na rede imediatamente começava a reviver memórias ruins. Memórias horríveis. Coisas que você pensava ter esquecido e coisas que gostaria que tivesse. Coisas tão miseráveis que as pessoas simplesmente desistiam e voltavam por onde tinham vindo.

Matthew sentia-se meio atraído por aquilo.

Secretamente, ele frequentava a entrada da fazenda enquanto Declan se ocupava na casa o dia todo em suas ligações chatas no celular pré-pago, e secretamente prendia a respiração e mergulhava na rede de memórias ruins repetidas vezes.

Ele não sabia por quê.

— Matthew — chamou Declan.

Ele estava dobrando a barra da calça. Havia um longo caminho ao redor do sistema de segurança se alguém fosse serpenteando pela floresta da maneira certa, mesmo assim as calças sociais costumavam ficar cheias de gravetos enganchados. O fato de Declan preferir ir aos tropeços pela floresta testemunhava o quanto queria evitar o sistema de segurança.

Matthew se aproximou da entrada da garagem.

— Eu vou.

— Você está sendo ainda mais ridículo que o normal.

— Já volto — disse Matthew.

— Matthew, pelo amor de Deus...

Matthew mergulhou no sistema de segurança.

As memórias o atingiram, frescas como quando tinham acontecido. Seu cérebro não conseguia separá-las da verdade. Era disto que ele se lembrava: de perder a si mesmo. Seus pensamentos se transformaram em sonhos turvos. Ele escalando o telhado da escola. O chão mergulhando a dezenas de metros. Seu corpo não se preocupava com a altura.

Era disto que ele se lembrava: estava no meio de uma frase com Jacob no campo de futebol, e então estava esquecendo o que ia dizendo *conforme ia dizendo*, e então estava observando Jacob esperar e esperar e esperar que ele se lembrasse do fio da meada de seu pensamento, que nunca voltava.

Era disto que ele se lembrava: estava sendo acordado por Declan às margens do rio Potomac, notando que caminhara até lá mais uma vez sem perceber, e vendo todas as criaturas que Ronan tinha sonhado cochilando ao seu redor e se dando conta de que era como elas, ele era um sonho, *ele era um sonho*.

Era disto que ele se lembrava: estava andando, sonhando, andando, dormindo, obedecendo a um poder fora de si mesmo.

Matthew.

Uma voz disse seu nome.

Essa era a memória à qual ele sempre voltava. Às vezes, quando se perdia, pensava ter ouvido alguém chamando por ele. Não em uma voz humana. Não em uma voz de sonho. Em uma voz, em um idioma que talvez fosse seu idioma real.

Ele não entendia mais do que isso. Assim, continuava voltando, de novo e de novo.

Então Matthew havia atravessado o sistema de segurança e encarava a estrada rural vazia e arborizada e a caixa de correio em um dia frio comum do presente. Um armário de madeira desbotado fora colocado atrás da caixa de correio para os entregadores de encomendas deixarem os pacotes, mas não havia pacotes naquele dia. Em vez disso, Matthew notou algumas correspondências publicitárias (entediante) e um cartão-postal de um museu de arte endereçado a Declan (ainda mais entediante).

Patético. Seu humor amargo permaneceu.

Ele mergulhou de volta no sistema de segurança.

Desta vez, isso lhe trouxe uma memória que ele não queria de jeito nenhum: ele ter que deixar Aurora para trás na floresta sonhada de Ronan, Cabeswater, antes que fosse destruída. A memória não havia sido ruim quando acontecera, embora Matthew nunca tivesse gostado de se despedir de Aurora, mas era terrível agora porque ele sabia que tinha sido a última vez que a vira antes de ela morrer.

Ela não era sua mãe verdadeira, Matthew disse a si mesmo. *Ela nem era a mãe verdadeira de Declan. Era apenas uma cópia sonhada.*

Mas isso nunca o fazia se sentir melhor; então, quando apareceu na frente de Declan novamente, ele estava enxugando uma lágrima. Isso o enfureceu também.

— Valeu a pena? — perguntou Declan, sarcástico.

Matthew entregou a correspondência.

— Nenhuma comida. Estamos sem manteiga de amendoim.

— Tem um homem em Orange que acho que pode nos vender um Sentra em troca de dinheiro vivo. Então, vamos poder fazer compras... — A voz de Declan sumiu quando ele virou o cartão-postal.

— É do Ronan? — perguntou Matthew. Não parecia muito a cara de Ronan. O postal apresentava a pintura de uma mulher dançando com as seguintes palavras impressas: ISABELLA STEWART GARDNER MUSEUM, BOSTON, MA.

Declan não respondeu; suas bochechas estavam um pouco coradas.

— O *que é* isso? — Matthew notou um toque reclamão na própria voz e ficou irritado. *Deixa de ser criança*, repreendeu a si mesmo.

Declan estava *sorrindo*. Tentava, em vão, não sorrir. Porém, havia endurecido a voz a ferro, sem usar nenhuma entonação específica, de modo que, se alguém não tivesse visto seu rosto, poderia pensar que era apenas um dia normal, correspondência normal.

— Que tal uma viagem para Boston?

Matthew olhou para os vaga-lumes sonhados que ainda piscavam ao redor deles. Sonhos de Ronan. Iguais a ele.

— Qualquer lugar é melhor do que aqui — disse Matthew.

— Finalmente — retrucou Declan — algo em que concordamos.

6

— O que você sente? — perguntou Bryde.
— Uma merda — respondeu Ronan.
— Eu disse o *quê*, não *como*. Hennessy?
— Não sinto nada — disse ela. — Só a sensação das minhas artérias se fechando com a expectativa. Sente o cheiro dessa gordura. Eu amo isso.

Bryde fechou a porta do carro.
— Isso não vai fazer você se sentir melhor.
— Isso não vai fazer eu me sentir pior — retrucou Ronan .
— Se a vida me ensinou alguma coisa — disse Hennessy —, é que você sempre pode se sentir pior.

Tinham se passado quase vinte e quatro horas desde que os três sonhadores haviam deixado o Museu de História Viva. Estavam estacionados em frente ao Benny's Dairy Bar, uma lanchonete de fast food com décadas de existência, localizada em algum lugar na Virgínia Ocidental. O sol queimava sobre as montanhas erodidas circundando a cidade. As sombras dos sonhadores se estendiam pela vaga desbotada do estacionamento.

Ronan estava faminto.

Bryde lançou um olhar atento ao redor enquanto Hennessy estremecia e Ronan cuspia. O estacionamento vazio, a cidade decadente, a rua tranquila. Buscava por Moderadores. Os Moderadores eram o motivo de estarem ali, em vez de acamados em uma linha ley; mal tinham deixado o dia anterior quando Bryde de súbito ordenou a Hennessy que mandasse o Burrito seguir em uma direção completamente diferente. Ele havia obtido informações, da maneira misteriosa como ele às vezes conseguia, de que os Moderadores estavam por perto. Não podiam correr o risco de levá-los ao seu destino. Mais seguro permanecer no carro invisível até a barra ficar limpa.

O que significava que tinham passado as últimas vinte e quatro horas cochilando no carro e dirigindo em círculos.

— Desça aqui — disse Ronan para Motosserra, que voara até uma árvore próxima.

— Vamos acabar logo com este exercício — disse Bryde. — Todo esse processo é apenas para demonstração, então espero que vocês estejam em um estado de espírito educacional.

Ding!, anunciou a porta quando os três sonhadores entraram no Benny's Dairy Bar, onde encontraram nichos aparafusados às paredes, mesas rígidas aparafusadas ao chão, clientes moles locais aparafusados aos assentos, hambúrgueres finos aparafusados às mãos. Acima do balcão, uma placa de cardápio sem qualquer pretensão ou criatividade: HAMBÚRGUER. X-BÚRGUER. HAMBÚRGUER DUPLO. HAMBÚRGUER TRIPLO. FRITAS. FRITAS DUPLAS. SORVETE 1. SORVETE 2. Atrás do balcão, os funcionários vestiam camisetas roxas com o logo da Benny's. Músicas dos anos dourados tocando do alto. *Alguma coisa alguma coisa a sra. Brown tem uma filha linda alguma coisa alguma coisa.* No ar, um leve cheiro de alvejante, que em outro momento poderia ter feito Ronan perder o apetite. Mas não naquele momento. Em vez disso, ele pensou apenas no outro cheiro: gordura. Sal. *Comida.*

Ao entrarem no restaurante, todos os olhares se dirigiram a eles. Seis comensais. Dois em pé na fila do balcão. Um na área de retirada de pedidos. Um caixa. Provavelmente mais alguns funcionários nos fundos. Testemunhas, era como os chamavam, pessoas que se lembrariam de uma garota negra vestindo um top de crochê e couro, um cara com a cabeça raspada e um corvo agora de costas no ombro, e um homem de nariz de falcão com uma expressão sugerindo que nunca sentira medo na vida.

Era por isso que nunca paravam em restaurantes.

Hennessy estendeu as mãos grandiosamente.

— Isto é um assalto.

Bryde soltou um suspiro profundo e pescou um de seus orbes prateados oníricos de dentro do bolso da jaqueta cinza. Em uma das mesas, um adolescente posicionava um celular para fazer um vídeo ou foto dos recém-chegados.

Bryde apenas disse:

— Não.

Com um movimento suave do pulso, ele jogou a esfera. Não tinha muitas. Disse que eram "caras", e Ronan acreditava. Ronan não sabia nem por onde começar para sonhar uma dessas — teria receio de fazer isso. Porque elas bagunçavam as emoções, distorciam pensamentos e apagavam memórias, algumas em caráter mais permanente do que outras. Ronan sentia-se inseguro de sonhar qualquer coisa que alterasse o livre-arbítrio; o desconcertante sistema de segurança da Barns era o mais longe que ele estava disposto a chegar. Os orbes de Bryde, por outro lado, assemelhavam-se a uma cirurgia cerebral com sonhos. Tal sofisticação exigia mais controle do que Ronan julgava ter.

Pinnnnnnng! A esfera jogada atingiu o celular do adolescente. Ambos saíram voando. O aparelho, em direção aos pés de Bryde. O orbe, embaixo de um nicho.

Bryde guardou o celular no bolso.

— Ei! — disse o adolescente.

— Você não pode fazer isso — comentou o caixa, mas não disse mais nada, já que, um segundo depois, o orbe de Bryde explodiu.

Uma nuvem de confusão cresceu de dentro do nicho; começou a fazer efeito nos clientes quase de imediato. Alguns se entreolharam confusos. Alguns desabaram. O orbe não tinha sido projetado para nocautear as pessoas, mas era difícil prever como reagiriam ao ter seus pensamentos pausados e as memórias apagadas.

— Suas bolas são bem bacanas — disse Hennessy. — Adoro colocar as mãos nelas.

Bryde a ignorou.

— Tempo é essencial.

Mas Hennessy continuou.

— Deve ter exigido muita prática. Gostaria de saber em quem você praticava. Claro, poderia ter praticado com a gente, mas aí nos lembraríamos, né?

Ele também ignorou isso.

— Faça o que tem que fazer, Ronan.

Ronan é quem tinha pedido para pararem e comer, mesmo sabendo que não era o tipo de coisa permitida pelas regras não verbais de seu estilo de vida fora da lei. A comida vinha de armários e geladeiras de casas vazias, lugares sem câmeras, lugares sem pessoas. Biscoitos e enlatados, frios e maçãs, mas sua fome vinha crescendo no carro e agora seu corpo uivava que não ia aguentar muito mais tempo.

— Para a fritadeira! — gritou Hennessy ao saltar sobre o balcão.

Ronan, no entanto, foi direto para a cliente imóvel no balcão da retirada. Não perfeitamente imóvel, não como uma estátua, mas como alguém que andava por uma loja e acabava de se lembrar de que tinha esquecido algo importante em casa.

Ela não piscou nem vacilou quando Ronan tirou um saco manchado de óleo de uma de suas mãos. Ele despejou o conteúdo no balcão, desembrulhou-o e comeu, um após o outro. Um hambúrguer. Um pouco de batata frita. Uma tortinha de maçã.

Ele continuava faminto.

Pegou o milk-shake da outra mão e bebeu também. Morango. Temperatura de congelar o cérebro. Mesmo assim, ele terminou, batendo o copo no balcão como se tivesse acabado de virar uma dose de bebida.

Ainda faminto.

Um cara em uma mesa próxima havia acabado de desembrulhar seu cheesebúrguer; Ronan completou a tarefa para ele enquanto o cara piscava para o nada. Mandou pra dentro. Em seguida, as fritas grandes ao lado do sanduíche. Em seguida, o hambúrguer de frango da garota que o acompanhava, mesmo que fosse nojento. Os picles que ela abandonara ao lado.

Ainda faminto.

A voz de Hennessy se ergueu da área da cozinha.

— Se você tivesse dito antes de tudo isso que a melhor comida do mundo eram batatas fritas roubadas, eu teria gargalhado da sua cara. O que apenas serve para te mostrar que eu só sei que nada sei.

Na mesa seguinte, Ronan tomou um sorvete prestes a derreter. Outro hambúrguer. Uma salada com um molho alaranjado e pegajoso e cebolas cruas. Um prato de papel com batatas raladas e fritas.

Ainda faminto.

Ele jogou o prato de papel no chão. Próxima mesa. Bryde o observava, inexpressivo.

O monólogo de Hennessy estava chegando perto.

— Estou rededicando minha vida a essas batatas fritas. Antes deste momento eu era uma pecadora; encontrava prazer no vinho, nas mulheres, na música e, às vezes, na cocaína e no furto de automóveis, vivendo momento a momento, sem pensar nas consequências das minhas ações no meu próprio corpo ou no dos outros, mas agora encontrei a luz e, em vez disso, vou adorar no altar das batatas fritas roubadas. Vou pintar murais em homenagem a elas. Meu novo nome vai ser Tubércula.

Ronan comeu nuggets de frango, um cachorro-quente, outro milk-shake, um sanduíche de churrasco, uma salsicha no palito e um pouco de quiabo frito.

— Agora podemos parar de fingir que o que você quer é comida? — perguntou Bryde suavemente.

Ronan afundou em uma mesa. A comida o preenchia, pesada e sem sentido.

Faminto.

Bryde estava no final de um nicho.

— O que você sente?

— Fala *sério*.

— Você pode não ser capaz de sentir a linha ley, mas pode sentir o que acontece com você quando não a tem, Greywaren. Ainda assim, você finge que realmente precisa de um cheesebúrguer. Olhe à sua volta. Olhe para você. Estamos fugindo por causa das suas rodas e é para *cá* que você vem. Não existem dois de você. Greywaren, você sabe o que isso significa?

Ronan percebeu que chegara a hora do ensinamento. Esse tinha sido o motivo de Bryde usar um de seus preciosos orbes para atacar uma lanchonete. Ronan não sabia o significado de *Greywaren*, mas sabia que era importante. Sua primeira floresta sonhada, a Cabeswater, o chamava assim. Sua floresta atual, Lindenmere, o chamava assim. Seu pai morto soube, de alguma forma, chamá-lo assim. E Bryde conhecia esse nome para ele.

Ronan não sabia o que deveria estar aprendendo, então manteve os olhos no nada, carrancudo.

Bryde bateu na mandíbula de Ronan com um único dedo.

— Protetor e guardião: isso é o que você deveria ser. Rei e pastor, mas olhe para você, passando mal da sua gula de escapismo. *Não há dois de você*. O seu eu desperto não pode ignorar o que o seu eu sonhador precisa, porque eles são iguais. Agora me conte. O que você está realmente sentindo?

Ele apontou para a orelha de Ronan.

Muito lentamente, Ronan tocou a orelha e pressionou um dedo nela. Quando o retirou, a ponta estava manchada com uma gosma escura.

Tinta noturna.

Ronan não estava faminto por comida. Estava faminto pela linha ley. Estava faminto de sonhar.

— Por que sou sempre eu? — perguntou ele.

Bryde respondeu:

— Eu acabei de te contar.

A tinta noturna ocorria em Ronan com muito mais frequência do que em Hennessy. Acontecia quando ele esperava muito tempo entre extrair algo dos sonhos, como se para puni-lo por não fazer o que fora construído para fazer, mas também lhe ocorria quando estava muito longe da linha ley, como se para puni-lo por tentar viver uma vida construída para outra pessoa. Quando a tinta começava a escorrer, ele tinha cada vez menos tempo antes de começar a se sentir mal e, esperava-se, cada vez menos tempo até que uma hora ou outra aquilo o acabasse matando.

— Estou piorando — murmurou ele.

— Sim — disse Bryde.

— Por que se preocupar comigo, então?

— Porque não é só você. Esta cidade montanhosa costumava ser repleta da energia ley que a alimentava. Você viu o rio ao lado do qual viajamos por dezenas de quilômetros, o rio que esta cidade atravessa? Deve ter energia fluindo. Esta deveria ser uma cidade montanhosa de sonhadores, mas está desaparecendo, assim como o mundo inteiro. Respira cada vez mais devagar e ninguém presta atenção para marcar o momento em que a pulsação vai acabar. Poucos, eu suponho. Poucos estão ouvindo.

Hennessy perguntou:

— Espera aí. Não me interpretem mal, eu sou fã de chutar traseiros, colocar nomes na lista e assim por diante, mas, se todos nós vamos bater as botas uma hora ou outra porque o mundo está morrendo, por que salvar alguém dos Moderadores? Isso é diversão pra você?

— Não é um esporte para mim. — Bryde continuou parado perto de Ronan. — O que você *sente*?

— Eu não consigo fazer isso — afirmou Ronan. — Nunca vou conseguir. Não enquanto estiver acordado.

— Não ensine o pai-nosso ao vigário. Não enquanto você está sangrando preto. Estou nessa vida há muito mais tempo do que você. — Bryde olhou pelas grandes janelas de vidro para as árvores na beira do estacionamento, os olhos estreitos, o perfil formigando aquela coisa dentro de Ronan, aquela sensação de serendipidade, de saber, não saber, saber, não saber, e então perguntou: — Vocês dois querem saber o que eu estava fazendo antes de vocês?

Hennessy e Ronan trocaram um olhar.

— Não eram sonhadores que eu estava salvando — confessou Bryde. — Eram linhas ley.

Ótimo, pensou Ronan. No fundo, ele sentiu certa paz, mesmo com a turbulência da tinta noturna. Ótimo. Era ainda melhor do que ele esperava. Sim, *ótimo*. Muito tempo atrás, Ronan ajudara a despertar a única linha ley que corria sob sua floresta. Ele não sabia que era isso o que queria de Bryde até ter dito em voz alta.

— E você estava salvando as linhas ley de quê? — perguntou Hennessy.

Bryde riu. Era uma risada como o seu sorriso, contido e astuto.

— Cada máquina conectada, cada estrada escura como breu, cada subúrbio abarrotado, cada célula zumbindo. Sufocada, achatada, afogada e reprimida. Consegue imaginar um mundo onde você poderia sonhar em qualquer lugar?

— Deus — disse Hennessy.

Ronan pressionou o ouvido contra o ombro ao sentir a tinta noturna escorrendo pelo pescoço.

— Por que *nós* não estamos fazendo isso?

— Você — desdenhou Bryde. — Não é um jogo para os imprudentes. Não é um jogo para quem vai dormir e traz consigo tudo o que vê. É um jogo que requer controle, e agora vocês dois têm muito pouco dele. Olhe para o seu rosto. Está sentindo suas entranhas se transformarem em fuligem, Ronan? Seu jogo é este: pare de ser patético. Já é difícil o suficiente para você agora.

— Ei — disse Hennessy. — Eu adoro um bom momento de falar mal dos outros, mas já deu.

Bryde acenou com a mão.

— Por que acha que paramos aqui? Quando vocês dois sonham, há consequências para todos os outros sonhadores que vivem um pouco longe demais de uma linha ley. Você acha que já matou alguém com seus sonhos casuais? Acha que puxou a linha ley de debaixo de um sonhador que precisava dela mais do que você? Alguém já morreu na tinta noturna por causa de algum brinquedo que você tirou de um sonho?

Era muito fácil imaginar. Tudo o que Ronan sonhara ao longo dos anos. Todas as criaturas vivas, todas as máquinas barulhentas. Uma floresta inteira. Um irmão. Não suportava pensar muito sobre isso. Não agora, não com a tinta noturna corroendo-o. Enfim, a culpa nunca estava longe demais.

— Você não pode se esconder das consequências de quem você é — disse Bryde. — Não ria de mim, Hennessy. Quanta energia você acha que é necessário para tirar do sonho todas aquelas garotas com o seu rosto? Você não pode fazer isso de forma displicente. Vocês não são mais crianças.

A tinta noturna gotejou da narina de Ronan. Hennessy jogou as batatas restantes de volta no balcão. Eles não se olharam.

— Você está certo — disse Ronan, por fim. — Agora eu realmente estou me sentindo pior.

— Que bom — retrucou Bryde. — A lição acabou.

7

O melhor que o FBI poderia dizer é que Nathan Farooq-Lane havia matado vinte e três pessoas.

As vinte e três vítimas não tinham conexão entre si, pelo menos os investigadores não decifraram nenhuma. Clarisse Match, atendente de supermercado e mãe solteira. Wes Gerfers, dentista aposentado e poeta amador. Tim Mistovich, estudante de pós-graduação e troll da internet. E assim por diante. Tinham diferentes estilos de vida. Profissões diferentes. Eram de gerações diferentes. O único ponto em comum era que todos os vinte e três tinham sido encontrados com uma tesoura aberta em algum lugar da cena do crime.

Vinte e três era um número ruim.

Mas não o pior número, na opinião de Carmen Farooq-Lane. Este era o pior: dezesseis. A idade que seu irmão tinha quando matou sua primeira vítima. Ele estava no segundo ano do ensino médio. Ela, no primeiro. O que ela estava fazendo enquanto ele perseguia sua primeira vítima fatal? Entrando em clubes, era isso que estava fazendo. Clube de xadrez. Clube de arte. Clube de debate. Clube de economia. Clube de artes marciais mistas. Clube dos Jovens Cidadãos pela Abolição da Fome. Se havia um clube na escola, Carmen Farooq-Lane se juntara a ele e se tornara uma integrante modelo.

Você tem uma fascinação bizarra por correr em bandos, Nathan dissera a ela enquanto caminhavam juntos para a escola. *Eles precisam de você, Carmen. Você não precisa deles.*

Na primavera de seu primeiro ano, primavera do segundo ano de Nathan, o *quarterback* estrela da escola, Jason Mathai, havia desaparecido. No dia seguinte ao sumiço, o zelador encontrou quatro tesouras, uma em cada entrada principal da escola. Abertas, como uma cruz. Mais tarde, os investigadores tentariam entender por que houvera quatro naquele primeiro assassinato, e apenas uma em cada um dos outros. Apesar disso, de todos os quebra-cabeças em torno de seu irmão, esse fazia sentido para Farooq-Lane. Era sua viagem inaugural e Nathan queria ter certeza de que seria notado. Uma tesoura para cada entrada, por precaução.

Ele tinha dezesseis anos. Farooq-Lane não fazia ideia.

Ela não fazia ideia, embora tesouras fossem uma marca de Nathan. Ele as desenhava em seus cadernos de desenho. Pendurava-as nas paredes e na cama. Pendurava-as sobre a cama *dela* até que o obrigara a tirá-las. Eram o suficiente para que Farooq-Lane se lembrasse de mencionar a presença das tesouras para ele enquanto os rumores voavam pela escola, porque ela pensava que o irmão acharia o fato curioso.

Mas nenhuma parte de seu pensamento: *Nathan matou Jason Mathai.*

E, definitivamente, nenhuma parte de seu pensamento: *Preciso contar a alguém antes que ele mate outras vinte e duas pessoas.*

Mais tarde, os assassinatos viraram notícia. Os jornalistas experimentaram vários nomes para o misterioso assassino. O Cortador. O Alfaiate Maluco. O Açougueiro de Pano. O Assassino da Tesoura. Nenhum deles pegou. Seria diferente se o assassino tivesse matado as vítimas *com* tesouras, mas todas elas tinham sido mortas por dispositivos explosivos bizarros.

Farooq-Lane não sabia de nada disso; ela não tinha tempo para ler notícias como aquela. Havia entrado na faculdade e fundado novos clubes. Então se formou e encontrou um proprietário com um apartamento para alugar e a Alpine Financial, uma espécie de clube para adultos.

Se estivesse prestando atenção, será que teria notado? Seu trabalho consistia em padrões, sistemas, analisar o passado para criar futuros melhores. Vinte e três assassinatos eram muita informação.

Mas talvez não importasse.

Você quer que tudo faça sentido, mas as coisas não fazem, Nathan dissera a ela. *Você se apaixona por tudo o que faz sentido e ignora tudo o que não faz.*

Após a morte dos pais deles, o FBI mostrara a Farooq-Lane o manifesto que tinham encontrado no anuário do segundo ano de Nathan. Nada que combinasse com o irmão franco e eloquente que ela pensava conhecer. Em vez disso, fazia digressões, afligia-se, ameaçava e se desesperava.

O fio cortante das lâminas
Por Nathan Farooq-Lane

Apenas o fio cortante das lâminas da tesoura é puro.. Uma vez fechadas seu potencial se exaure.. Pureza é separação.. Pureza é potencialidade.. Grande parte do mundo é cego demais para cortar.. Ou já foi aberto e agora está fechado.. As tesouras cegas nunca foram tesouras elas foram apenas enfeites de gramado.. Têm forma de tesoura, mas nunca teriam um propósito.. Não são melhores nem piores do que tesouras fechadas. As tesouras fechadas também não são mais tesouras porque antes podiam cortar, mas agora estão fechadas.. Tudo o que importa é o fio cortante das lâminas, que ainda é puro.. Essas são as lâminas que têm um propósito.. Pureza é um propósito.. O propósito é pureza.. Não há espaço para a tesoura abrir se houver muitas tesouras fechadas na caixa.. Abrir espaço significa deletar.. Não cortar porque cortar deixa pedaços e pedaços ocupam espaço, só um espaço diferente.. Deletar é o apagamento que abre espaço para o fio cortante das lâminas..

E assim por diante ao longo de uma dúzia de páginas digitadas. Nathan Farooq-Lane fazia sentido?

Desde então, ela se perguntou se havia algo no eu externo do irmão que lhe tivesse permitido predizer aquele eu interno. Ela se perguntou se seus pais ainda estariam vivos se ela tivesse predito, mas Nathan era um sistema que Farooq-Lane nunca conseguira encaixar em uma planilha.

Mais tarde, os Moderadores a haviam encontrado e dito que Nathan era um Zed, alguém que poderia tirar coisas de seus sonhos, e que todos os dispositivos explosivos peculiares eram, na verdade, sonhos.

— Sei que pode ser difícil de acreditar — dissera Lock.

Mas Nathan havia matado vinte e três pessoas, começando aos dezesseis anos. Àquela altura, ela acreditaria em qualquer coisa sobre ele. O que realmente pensou foi: os Moderadores precisariam tê-lo matado aos quinze anos para salvar todas aquelas vidas.

— Bem, isso é assustador pra diabo — resmungou Lock.

O líder dos Moderadores parecia um tanque avançando por um corredor do Museu de História Viva da Virgínia Ocidental. Ombros largos. Sapatos esportivos de sola grossa esmagando detritos. Todos os lugares que o feixe aceso da lanterna de Lock iluminava pareciam destruídos pela guerra. Telhas do teto dependuradas. Pintura descascando. Móveis desbotados e tombados.

O museu em ruínas era perturbador, mas Lock não se referia a isso. Ele se referia aos manequins.

Alguém havia enchido o corredor com uma trupe de manequins das exposições do museu. Recentemente. Tudo ali estava coberto com grandes camadas de poeira, mas os manequins tinham marcas de mãos pelos braços e tórax. Fresquinhas. De alguns dias, no máximo. Farooq-Lane apontava a lanterna para cada uma conforme passava. Marinheiro. Confeiteiro. Dona de casa. Policial. Um Zed poderia ficar entre eles e os Moderadores não saberiam até que já estivesse evidente.

— Ah, é sério — disse um dos outros Moderadores, dando um chute repentino na dona de casa. O manequim saltou para o lado, mais pesado do que o esperado, e caiu nos braços de um condutor de trem surpreendentemente robusto com olhos diferentes um do outro. — Não tem nenhum Zed aqui. Já estaríamos completamente ferrados se houvesse.

O Moderador não estava errado. Cada encontro recente com os Zeds terminara do mesmo modo que o encontro com a Zed no Airstream: com os Moderadores derrotados e confusos, e geralmente se sentindo idiotas absolutos. Esses novos Zeds confundiam suas mentes. Literalmente. Farooq-Lane entendia que até mesmo esse estratagema dos manequins era principalmente para brincar com a cabeça deles. Isso não ia deter os Moderadores por muito tempo — servia apenas para perturbá-los. Era a tesoura de Nathan.

Lock apontou uma lanterna para o rosto de um manequim. Era um chef. Ele — Lock, não o chef — disse:

— A Visionária nos viu confrontando os Zeds na visão dela. Isso significa que *devemos* ter sucesso no futuro, só que ele fica sendo alterado. Vamos encontrar uma maneira de superar isso.

— Onde está a Visionária, afinal? — perguntou um dos Moderadores, um pouco nervoso. Os outros Moderadores estavam todos com muito medo de que Liliana fosse explodi-los. Um medo razoável. Ela acidentalmente explodira uma família de patos durante sua última visão.

— Está esperando no carro — respondeu Farooq-Lane. — Mas é muito estável nessa idade.

— Muito estável nessa idade. — Um dos outros Moderadores imitou a maneira clara de falar de Farooq-Lane, que, para a surpresa desta, assemelhava-se muito à de Nathan. — Ela ficaria mais estável se voltasse isso para dentro. Como todo. Outro. Visionário. Até chegar a srta. Carmen aqui.

Poucas semanas antes, Farooq-Lane teria passado um tempo se perguntando o que poderia fazer para provar sua lealdade aos Moderadores, mas não mais. Não os considerava mais o braço justo da lei onisciente. Os fracassos das últimas semanas modificaram todos eles. Os Moderadores haviam se dividido nitidamente em Equipe Desanimada, Equipe Cautelosa ou Equipe Irritada.

Carmen Farooq-Lane formava a Equipe Restauração da Ordem.

Não se tratava mais apenas de um possível apocalipse futuro. Ela considerava que os Zeds do Potomac haviam levado tudo aquilo para um novo território. Usar sonhos para mexer com a mente das pessoas era uma arma para quebrar o sistema e acabar com a sociedade, e não havia mais nenhuma dúvida de que algo precisava mudar.

Então, ela não deixou que as agulhas dos Moderadores a perturbassem. Iluminou lentamente os manequins pelos quais haviam acabado de passar. Ocorreu-lhe um pensamento engraçado de que havia vinte e três deles. Ela os contou.

Vinte e três.

Mas Nathan estava morto, e eles estavam perseguindo três Zeds totalmente diferentes e que não tinham nada a ver com ele. Era coincidência, não mágica. Seu subconsciente absorvera informações sobre o ambiente enquanto sua mente ativa estava fazendo outra coisa. Havia um prazo para isso. Cognição inconsciente? Preparação? Um desses. Ela fizera alguns cursos na faculdade.

Isso é culpa sua, Farooq-Lane disse para si mesma, permitindo-se reconhecer. Culpa por não ter impedido Nathan. Culpa por tê-lo matado. Culpa por se sentir culpada. Culpa por matar tantos Zeds nos últimos meses.

Culpa por não fazer perguntas.

Eles haviam chegado a um enorme espaço em ruínas, uma árvore irrompendo através do telhado desabado, o céu noturno visível. Farooq-Lane estremeceu com o ar repentinamente frio. Aquelas ruínas eram o que eles estavam tentando evitar. A exterminação da humanidade. Cada conquista humana reduzida a entulho e mato. A civilização era tênue por demais. Em algum momento do passado, aquele museu havia sido importante para alguém. Se um Zed tivesse feito isso, ela pensou, poderia ter se tornado permanente de uma forma sobrenatural. Esse era o perigo real dos Zeds, refletiu. Essa era a escala. Os humanos tinham limitações para o que poderiam fazer. Já os Zeds eram capazes de matar pessoas infinitas, iniciar incêndios infinitos, criar legados destrutivos infinitos.

Uma arma disparou.

Todos pularam; Farooq-Lane foi para o deque. Com as samambaias fazendo cócegas em sua bochecha e as palmas pressionando as ruínas frias embaixo dela, Farooq-Lane se perguntou: *Isso é real?*

Parecia real, mas ela também tinha presenciado como os Zeds do Potomac podiam distorcer a percepção.

Um momento depois, Lock retumbou:

— Isso foi muito pouco profissional.

Farooq-Lane ergueu a cabeça. Um dos Moderadores — Ramsay, é claro — segurava uma pistola, o cano ainda fumegando visivelmente sob o facho da lanterna. Na outra mão, segurava meia cobra preta e mole. A outra metade tinha ido parar longe. Enquanto Farooq-Lane observava, a metade inferior arruinada da cobra lentamente se retorceu em uma memória muscular de vida.

Ela desviou o olhar.

As palavras de Nathan sobre clubes ecoaram em sua mente. Ela não precisava deles, ele dissera. Eles precisavam dela.

Será que precisavam?

— As armas disparam apenas quando eu considero necessário — entoou Lock. — Esta área está obviamente limpa. Vamos seguir em frente.

Os Moderadores se viram em um velho celeiro de feno iluminado por uma dúzia de lâmpadas no alto das vigas. Estava inteiramente cheio de velhos fardos de feno seco e rodas de todos os tipos. As rodas eram claramente obras de Zed, mas não parecia haver nenhum Zed ali. Eram um subproduto do sonho? Uma mensagem?

Farooq-Lane abriu caminho lentamente por entre as rodas, girando-as aqui, girando-as ali. Cada uma trazia a palavra *tamquam*, embora ela não soubesse o significado. Então saiu do outro lado do celeiro. O ar frio açoitou suas bochechas; cheirava a natureza.

Ela parou no meio do caminho.

Lock estava encostado no exterior do celeiro, a cabeça calva tombada para o lado.

Não o Lock real, é claro.

O verdadeiro Lock estava emergindo para ficar ao lado de Farooq-Lane. O verdadeiro Lock estava soltando um suspiro ruidoso. O verdadeiro Lock estava colocando as mãos nos quadris e não dizendo nada.

Aquele outro Lock estava morto. Ou melhor, simplesmente não estava vivo. Nunca estivera vivo. Era apenas mais um manequim, mas com o rosto exato de Lock. Usava a calça esportiva e os tênis habituais de Lock, mas a jaqueta do conjunto estava ausente. Em vez disso, usava uma camiseta branca com palavras escritas a mão. *Trinta moedas de prata.*

Farooq-Lane sentiu algo estremecer dentro dela.

— O que isso significa?

Lock respondeu:

— Significa que precisamos encontrar uma maneira diferente de matar esses três Zeds antes que isso saia do controle.

8

Hennessy não conseguia realmente entender como era ser ruim em arte.

Havia evidências de que ela já tinha sido ruim um dia, é claro. Em algum lugar nos armários da casa de seu pai em um subúrbio da Pensilvânia, havia diários cheios de seus primeiros desenhos. Definhando em algum monte de lixo inglês estavam as telas encardidas que ela pintara repetidas vezes. Essas amostras antigas da sua arte eram erradas de todas as maneiras que os não artistas costumavam perceber: olhos incompatíveis, narinas fisicamente impossíveis, telhados incorretos, árvores em forma de brócolis, vacas com nariz de cachorro. E também era errada em todas as maneiras que os artistas notavam: mau uso do valor, desatenção às bordas, espessura de linha irregular, composição preguiçosa, cores turvas, escolha desleixada de paleta, camadas impacientes, estilização derivada, pinceladas experimentais, uso excessivo de médiuns, subutilização do planejamento, feiura não intencional.

Até mesmo seu processo de criação artística tinha sido ruim. Ela se lembrava de como era não ter certeza se um desenho ia "dar certo". Ela se sentava com um catálogo de roupas ou uma fotografia de uma modelo abertos no laptop de seu pai. Em seguida, apontava o lápis e pensava: *Espero que dê certo*. Ela se preocupava com o esboço por horas. Horas! Não conseguia nem imaginar agora como passara todo aquele tempo. Por que demorava tanto em um esboço casual a caneta? Ela se lembrava de ter passado momentos de agonia com a posição dos olhos, com a forma intrigante no canto da boca, o purgatório absoluto que era o queixo de uma mulher, mas não lembrava por que essas coisas eram confusas.

Sua cabeça sabia o que ela queria fazer. Por que a mão desobedecia? Narizes se desviavam com petulância. As costelas assumiam forma de barril, os pés e as mãos se transformavam em um conjunto de ferramentas incompatíveis de quatro peças. Ela se lembrava inclusive de ter uivado de frustração durante uma tentativa. Apunhalado telas com uma tesoura. Arremessado tubos de tinta pelo estúdio de J. H. Hennessy.

Ela se lembrava de como, quando *conseguia* chegar a um bom resultado, voltava a ele várias vezes ao longo do dia, tirando-o de novo e de novo apenas por prazer, surpresa e realização. Não fazia ideia de por que tudo tinha se saído bem e não conseguia ter certeza se aconteceria novamente.

Hennessy se *lembrava* disso, mas não *sentia*. De algum modo, toda a dor não tinha sido carregada com ela ao longo dos anos. Nenhuma parte sua esperava mais fracassar quando ela se sentava diante de uma tela. Ela sabia como a tinta se comportaria. Sabia do que seus pincéis eram capazes. Nenhuma parte sua duvidava de que o que quer que ela estivesse olhando viajaria através de seus olhos, passaria pelos braços e alcançaria o espaço em branco diante dela.

Certa vez, um de seus clientes perguntou se ela se considerava um prodígio. Ambos estavam parados na frente de um Cassatt que ela falsificara para ele.

— Não — respondeu Hennessy. — Eu sou a falsificação de um prodígio.

No entanto, ela sabia que era boa. Podia pensar o quanto quisesse sobre ser ruim, mas nenhum desses pensamentos mudaria a realidade. Ela podia ser péssima em todos os aspectos de ser um ser humano e de ser uma sonhadora. Porém, como uma falsificadora de arte, podia não ser a melhor, mas era uma delas.

Esse talento agora parecia inútil. Não havia ninguém que importava para mostrar. Estavam todas mortas.

Todas, exceto Jordan, que sempre fora a que mais se importava, mas onde ela estava agora?

— Eu sou bom pra cacete nisso — disse Ronan.

Os dois estavam em uma daquelas butiques eletrônicas levadas muito a sério. Iluminação indireta de néon, produtos retroiluminados, todas as prateleiras arredondadas e modernas. Telefones de todas as formas e tamanhos cobriam as prateleiras e mesas. Havia celulares tradicionais. Aparelhos de telefone fixo presos na parede. Telefones com formato de cofrinhos e outros com formato de dentaduras, telefones com formato de carrinhos de coleção e outros com formato de pássaros de cerâmica. Telefones como bolhas de sabão e telefones como canetas de correntinha com flores falsas afixadas na ponta.

Muitos deles eram impossíveis, mas isso não importava, porque se tratava de um sonho, o sonho de Ronan, e ele poderia fazer o que quisesse.

Hennessy disse:

— Você pode sonhar com qualquer coisa, em qualquer lugar, e nos leva a um playground de consumidores com os logotipos que mal foram apagados.

— Invejosa, hein? — Ronan agia de modo todo arrogante e esnobe de novo, como se não estivesse prestes a se afogar em tinta noturna se Bryde não os houvesse levado para outra linha ley a tempo.

Ela não estava com inveja; estava desconfiada. A energia da linha Ley explodia através do sonho. Hennessy não sentia tanto poder ley desde que estivera na floresta onírica de Ronan, Lindenmere. Isso tornava o sonho tão lúcido quanto qualquer experiência do mundo desperto.

Se ela tivesse seu sonho da Renda com todo esse poder à sua disposição...

— Não vamos fazer o sonho da Renda — disse Ronan. — Relaxa. O que queremos com esses telefones? Devem ser impossíveis de rastrear, eu acho. Portáteis. O que mais um telefone faz?

Por que o Adam não me respondeu?

Como estavam compartilhando o espaço dos sonhos, ela ouviu o pensamento de Ronan tal qual um grito, que viajava através do sonho com um séquito de pensamentos secundários amorfos. Adam estava ferido, estava de saco cheio de Ronan, preferia a companhia dos novos amigos urbanos, acalme-se, Ronan, pare de ser carente, Ronan, controle-se, Ronan, você é sempre o dramático, Ronan. Teria sido educado fingir que não ouvira nada disso, mas Ronan e Hennessy nunca tinham sido educados um com o outro e ela não via motivo para começar agora.

— Como é o seu *boy*?

Ronan pegou um telefone fininho do tamanho de um cartão de visita e fez uma grande encenação de examiná-lo para ver se era adequado. Não respondeu.

— Então ele é feio — deduziu Hennessy. — Ou um completo desastre.

Ronan estudou outro aparelho semelhante a um guarda-chuva.

— Como você acha que ele é?

— Sinceramente, não faço ideia — disse Hennessy. — Quem se sentiria atraído por você como parceiro amoroso? Ele tem uma autoestima extremamente baixa? Ele é um daqueles garotos molengas que se escondem nos peitorais firmes de seus parceiros assustadores? Ele é um bruxo? Ele fez um feitiço errado e você apareceu e agora vocês estão unidos pelo resto da vida?

— É — disse Ronan. — Essa opção.

Hennessy se inclinou sobre uma das prateleiras. O celular de aparência tediosamente normal ali brilhou para exibir uma fotografia de dois jovens na tela de bloqueio. Um era Ronan, rindo explosivamente. O outro era um sujeito de aparência bastante contida, marcante de um modo incomum, sorrindo um pouco com o que quer que tivesse acabado de dizer. Eles não eram exatamente opostos, mas suas aparências davam essa impressão. As sobrancelhas escuras e dramáticas de Ronan, as claras do outro rapaz, quase invisíveis. As emoções de Ronan gritavam em seu rosto enquanto as do outro menino sussurravam.

— É ele?

Ronan dirigiu-se ao sonho em geral:

— Traidor. Não precisava mostrar a ela.

— Ele não *parece* estar preenchendo um vazio dentro dele com a sua presença tóxica — disse Hennessy. Ela meio que odiava olhar para eles juntos. Isso a fazia se sentir feia por dentro. — Vocês estão apaixonados até que a morte os separe ou acham que são um jogo de tabuleiro bonito para passar o tempo um do outro?

Agora ela também falava como se fosse feia.

Mas Ronan apenas pegou outro celular e, após algum tempo, pensou:

— O *seu* telefone pode ser mais simples do que o meu, é claro. Você só precisa conseguir ligar para a Jordan, não é? Não há mais ninguém?

Uma única pergunta, clara e factual. Que arma. E Ronan dissera no mesmo tom em que poderia ter dito qualquer outra coisa, então Hennessy não percebeu a lâmina de seu significado até que estivesse fincada dentro dela.

De repente, compreendeu que o exterior cruel que Ronan Lynch exibia não era só postura.

Cada tela de bloqueio na loja mostrou brevemente o rosto de Hennessy, mas não era de fato Hennessy. Era Trinity, June, Brooklyn, Madox, Jay, Alba, Octavia, Farrah, Jordan. Todas mortas. Quase todas mortas. Teria sido mais fácil, de certa forma, se Jordan também estivesse morta. Mais simples, pelo menos.

Ronan não disse mais nada. Simplesmente deixou o silêncio fazer seu trabalho violento.

Ela descobriu que estava impressionada e grata por essa maldade em resposta à dela.

— Você queria beber meu sangue arterial depois desse talho ou apenas torcer a faca nele?

— Tanto faz — disse Ronan, mas estava claro que eles haviam chegado a um acordo.

Ronan pegou um telefone preto fosco, com o tamanho de uma bolota. Quando o prendeu no lóbulo da orelha, assemelhou-se ao vão de um alargador, fazendo-o parecer ainda mais um gótico corpulento.

Hennessy podia senti-lo pensando: *Pequeno. Sutil. Só faz e recebe ligações, sem mensagens de texto, mas tudo bem. Fodam-se as mensagens de texto. Eu não me importo com mensagens de texto. Não preciso enviar mensagens de texto nunca mais.*

Mesmo na própria cabeça, ele mentia para si.

Ronan disse de repente:

— Já pensou se todos os sonhos fossem assim? É tão fácil.

— Está bem, Bryde — disse Hennessy em tom de zombaria.

— É sério que você não percebe o apelo?

— De comprar eletrônicos na sua cabeça?

Ele a estudou, as sobrancelhas franzidas. Estava tentando entendê-la, e talvez *conseguisse* entender parte dela, a parte que era muito parecida com ele, mas ele era bom nisso fazia muito tempo. Ela era ruim nisso fazia muito tempo. Estavam começando a tomar essa forma um com o outro. O espaço entre essas duas verdades era vasto e quadriculado de Renda.

— Saca só — disse Ronan.

A loja de eletrônicos derreteu.

Estavam em um deserto vermelho escaldante. Diante deles havia duas motocicletas em preto líquido, seus corpos de cinturinha fina reluzindo com um brilho úmido permanente, os olhos compostos dos faróis apontados para uma estrada reta como uma flecha. Era sombriamente convidativo e sutilmente errado.

Hennessy lançou um olhar para Ronan.

— Você acha que o deserto é assim? Você já esteve em um? Isso aqui parece um planeta alienígena.

— Se você acha que pode fazer melhor, vamos ver.

Era um desafio. Assim como Bryde. Mudar o sonho. **Ronan não** precisou de nenhum esforço.

Fechando os olhos, Hennessy se lembrou da última vez em que havia passado por um deserto de verdade. *Não pense na Renda.* Ela não conseguia fazer sua mente se colocar em um deserto, então imaginou como pintaria um em uma tela. E, naquele momento, ela sentiu o sonho *ajudá-la*. A criatividade a arrepiou como uma explosão de adrenalina. Tudo de repente parecia mais fácil de conter em sua cabeça de uma só vez.

Hennessy abriu os olhos.

O deserto havia mudado. O novo deserto não era nada vermelho; era branco e rosa e creme e estriado com laranja e preto e amarelo. A areia era cheia de calombos e complicada com arbustos de artemísia secos devido ao calor do ambiente e cactos achatados inchados com a sorte do passado. Os dois sonhadores estavam em um vale. Platôs erguiam-se ao longe, castelos subaquáticos claros formados por um mar que, fazia muito, abandonara este mundo. O céu exibia um tom mais azul do que qualquer céu do mundo.

Aquele era um verdadeiro deserto, mas um verdadeiro deserto do ponto de vista de Hennessy. Exagerado, intensificado, feito mais ele mesmo. Arte feita.

— Porra — suspirou Ronan, sem se preocupar em esconder o espanto.

Talvez, pensou Hennessy, houvesse um mundo em que ela pudesse ser boa nisso.

Não se via a Renda em nenhum lugar.

E então eles estavam em cima das motos, rasgando por aquele deserto pintado.

Ronan invocou um bando de pássaros brancos que voavam rápido e baixo ao lado deles.

Hennessy pintou uma bifurcação na estrada, o asfalto borrado como uma pincelada.

Ronan produzia a música sob seus pneus, uma batida de contrabaixo pelo deserto.

Hennessy transformou a cena do dia em noite, o céu purpúreo, de cor forte como frutas silvestres, a areia rosa e azul.

Ronan lançou as duas motos no ar.

Alegria pura e sem medo, o único destino *para cima*. Hennessy sentia todas as partes do seu corpo subindo. A gravidade pesando no estômago. A brisa nos braços. A sensação de espaço infinito acima e abaixo. Para cima, para cima, para cima.

Hennessy soltou um grito, apenas para ouvir o próprio uivo, à medida que subiam pela noite escura. Então, de repente, romperam uma nuvem que a garota nem percebeu se aproximar. Lá em cima, o ar estava rarefeito, frio e maravilhoso, tudo tingido do vermelho-framboesa furioso de um pôr do sol quase encerrado. Ronan mostrava-se a mundos de distância da versão de si mesmo que ela vira poucas horas antes no restaurante de fast food. Lá ele parecia derrotado, culpado, tanto vítima das circunstâncias quanto um arquiteto dela. Ali ele era poderoso, confiante, alegre, um rei exultante. Hennessy *versus* Jordan.

Mas talvez não. Talvez, Hennessy pensou novamente, houvesse um mundo em que ela fosse boa nisso.

Os dois sonhadores navegaram no alto do céu incrível por sabia-se lá quanto tempo que os sonhos duravam, inspirando grandes lufadas de ar puro, sentindo a linha ley girar em torno e através deles.

Então Ronan disse:

— Precisamos acordar. Manter a Renda fora daqui está me dando dor de cabeça.

Suas palavras demoraram alguns segundos para serem assimiladas.

Quando a ficha caiu, as palavras cortaram fundo. Mais fundo do que sua pergunta intencionalmente cruel havia cortado antes, embora Hennessy estivesse certa de que, dessa vez, ele não tivera a intenção.

Hennessy falou:

— Então, você tem sido condescendente comigo esse tempo todo, é isso?

— O quê?

— Todo esse tempo você me deixou pensar que somos, o que, iguais? — O deserto se despedaçava ao redor deles. As motos haviam sumido.

Ronan olhou em volta, confuso.

— Você ficou zangada?

— Você me deixou pensar que eu estava fazendo isso.

— Você *estava* fazendo. Este é o seu deserto. — Mas ele não conseguiu disfarçar seu estremecimento. — Caramba, é forte.

— Tá. Beleza. Você bancou a babá pra mim.

— Eu só sustentei um pouco do peso...

— E não me disse?

Ronan estava confuso quando a forma quadriculada da Renda se projetou em seu rosto.

— Você sabe que isso é o que você sempre faz.

Sim, ela sabia. Só que pensava que estava melhorando. Enfim aprendendo.

O céu pulsava, e, com cada pulsação escura, a sombra da Renda era impressa nele. Era o sonho da Renda. Era sempre o sonho da Renda. Sempre seria o sonho da Renda.

Ronan pressionou a mão na têmpora.

— Eu não posso...

9

Ronan não havia pensado muito sobre o futuro. Era nesse aspecto que ele e Adam sempre tinham sido opostos. Adam parecia pensar *apenas* no futuro. Pensava sobre o que queria que acontecesse dias, semanas ou anos depois, e então colocava em prática ações que fariam essas coisas acontecerem. Ele era bom em se privar no agora para ter algo melhor no depois.

Ronan, por outro lado, não conseguia sair do agora e sempre se lembrava das consequências tarde demais. Depois de um nariz sangrando. De uma amizade desfeita. De uma enorme tatuagem. Um gato com mãos humanas... Porém, sua cabeça não parecia construída para conter o futuro. Conseguia imaginá-lo por poucos segundos até que, como um músculo fraco, seus pensamentos voltassem ao presente.

No entanto, havia um futuro que ele podia imaginar. Era meio que uma trapaça, porque estava enterrado em uma memória, e Ronan se saía melhor pensando no passado do que no futuro. Era uma memória indulgente, além disso, uma em que ele nunca teria incorrido em voz alta. Não havia muito nela. Ocorrera no verão seguinte a Adam ter se formado, o verão que ele passara com Ronan na Barns. Ronan havia voltado das tarefas nas cercas externas e jogado as luvas de trabalho no tapete coberto de grama perto da porta da antessala. Ao fazer isso, viu que as luvas de mecânico de Adam estavam alinhadas ordenadamente em cima de seus sapatos. Ronan já sabia que

Adam estava dentro da casa; mesmo assim, a imagem o fez parar. Eram apenas luvas, sujas de graxa e muito velhas. O Adam das Lojas de Segunda Mão sempre tentava deixar as coisas se desgastarem o máximo possível. Eram longas e estreitas como o próprio Adam, e, apesar da idade e das manchas, as luvas estavam impecavelmente limpas. As de Ronan, em comparação, eram grosseiras, amassadas e pareciam ásperas, jogadas com abandono despreocupado, os dedos laçados sobre os de Adam.

Vendo os dois pares caídos juntos, um sentimento sem nome tomou conta de Ronan. O motivo eram as luvas de Adam ali, mas também a jaqueta jogada em uma cadeira da sala de jantar, sua lata de refrigerante esquecida no aparador do vestíbulo, ele em algum lugar na Barns com o corpo jogado com igual conforto, sua presença comum o suficiente para que não tivesse que encenar nada nem interagir com Ronan o tempo todo. Adam não estava namorando Ronan; estava vivendo na vida de Ronan com ele.

Sapatos chutados na porta, sem luvas.

Um futuro. Um bom futuro. Um em que Ronan sempre gostava de pensar, mas a sensação da Renda ainda estava grudada nele. Era difícil livrar-se do pavor insistente. Estava acabando com a memória das luvas de Adam. Aquilo o lembrava de como, embora fosse uma grande memória, um grande futuro não tinha sido o suficiente para Ronan. Se tivesse sido, ele ainda estaria esperando em segurança na Barns até que se tornasse realidade. Em vez disso, o sentimento da Renda murmurava, ele estava lá, comprometendo aquele futuro mais e mais a cada ação. Então, o quanto ele *de fato* valorizava essa memória guardada?

Não o suficiente para mantê-la segura.

— Acredito que tenham gostado de sonhar — observou Bryde.

Quando a paralisia onírica de Ronan cessou, uma luz se acendeu, revelando a pequena cabana de caça para onde Bryde os trouxera algumas horas após o episódio no restaurante de fast food. Na parede, duas cabeças de cervo em decomposição encaravam Ronan com expressões tensas. Um abajur feito de chifres iluminava um sofá xadrez. Ronan ainda estava muito tonto por causa da tinta noturna para ter notado qualquer um desses detalhes quando chegaram. Agora pareciam singulares, charmosos, um alívio em sua mundanidade. A Renda estava desvanecendo.

Ele não sabia como Hennessy havia convivido com aquilo por tanto tempo.

— O que vocês trouxeram de volta? — perguntou Bryde. O jeito como ele tinha feito a pergunta de alguma forma parecia implicar que já sabia a resposta, mas queria ouvi-los se explicando, um professor pedindo a uma criança que explicasse seu desenho de palitinhos.

— Um celular — respondeu Ronan.

— Um celular — repetiu Bryde.

— Um celular não rastreável.

— Um celular — disse Bryde novamente.

— Você parece um papagaio. Sim, um celular, eu tenho um celular.

— Por quê?

Agora Ronan se sentia tolo, como se tivesse perdido uma lição.

— Ligar para minha família?

— Você acha que é sábio olhar pelo retrovisor? — perguntou Bryde.

Havia algo desconfortável e paternal naquela situação. Bryde tratando-os como crianças; Bryde conhecendo aquele caminho mal iluminado em que eles estavam.

— Tudo bem, Satanás — disse Ronan, e Hennessy deu uma risada falsa do sofá xadrez sombrio.

— Levante-se — disse Bryde. — Lave o rosto. Vamos dar uma caminhada.

— Tenho uma ideia! Vocês dois vão dar um passeio. Eu fico aqui me odiando — sugeriu Hennessy.

— Vista um casaco — retrucou Bryde. — Está nevando.

Os sonhadores resmungaram e atenderam.

A cabana de onde emergiram ficava incrustada na encosta de uma montanha e parecia ainda mais remota e assassina do que do lado de dentro. Não havia nada ao redor, exceto árvores e mais árvores. A pista através da floresta era pouco mais civilizada que o resto do chão da floresta.

Para surpresa de Ronan, *estava* nevando. De leve, sem urgência, mas o suficiente para conferir à noite um brilho peculiar. Na frente da cabana, o carro coberto de neve não estava mais visível do que antes. Era emocionalmente difícil de ver, não literalmente. Neve e sujeira não importavam.

Ronan puxou o gorro para baixo sobre as orelhas.

— Para onde estamos indo?

Bryde disse:

— Para cima.

Então eles subiram.

Essas eram árvores estrangeiras. Ao contrário dos enormes carvalhos e faias retorcidas de Lindenmere, as árvores de contos de fadas meio lembradas de Ronan, essas eram árvores perenes, cujas folhas não caíam no inverno. Abetos gordos com casca robusta e troncos sem galhos que se estendiam para um reino do céu nublado pela neve. Ainda árvores de contos de fadas, mas não de um conto que Ronan já ouvira. Motosserra voava acima deles, as asas batendo estranhamente audíveis no silêncio.

— Falta muito? — perguntou Hennessy.

— Para cima — respondeu Bryde.

Para cima, para cima. Ronan sentia as panturrilhas repuxarem enquanto subiam a montanha íngreme. Ali, a neve era mais densa, as árvores ainda maiores. A paisagem parecia tão onírica quanto o deserto que ele acabara de deixar. E tão real.

Hennessy, ele pensou, *ainda estamos sonhando?*

Ela não virou a cabeça. Então ele estava acordado, ou pelo menos estava em seu sonho sozinho, com uma cópia de Hennessy e uma de Bryde. A realidade era mais difícil de definir agora.

— Sabem onde estamos? — Bryde perguntou a eles. Haviam alcançado seu destino: um grande e vasto toco que um dia devia ter sido uma grande e vasta árvore, maior do que qualquer das outras remanescentes. Estava coberta de neve como todo o resto, o que de alguma forma a fazia parecer mais viva, não menos. Ronan lembrou-se de como a neve cobria o dorso das vacas de seu pai para sempre adormecidas na Barns.

— Ainda Virgínia Ocidental — respondeu Hennessy. — Certo?

— Virgínia Por Deus Ocidental — acrescentou Ronan, imitando o sotaque sulista de seu velho amigo Gansey antes de se lembrar de que nenhum desses novos conhecidos sabia quem ele era. Ali no futuro, eles não sabiam sobre seu passado. Talvez essa fosse a atração de Adam pelo futuro.

Ronan sentiu aquele formigamento da Renda de novo.

Bryde disse:

— Sim. Quase no meio da Zona Nacional de Silêncio Radiofônico.* Mais de vinte e cinco mil quilômetros quadrados sem rádio, wi-fi, sinal de celular ou fornos de micro-ondas. Lar do maior radiotelescópio dirigível do mundo e de vários programas de pesquisa alienígenas extintos. Um dos céus noturnos mais calmos a leste do Mississippi. Conseguem sentir?

Claro que não. Não agora que ele estava acordado. O poder ley sempre parecia muito claro para o Ronan sonhador. O Ronan desperto, no entanto, não conseguia sentir nada. Na verdade, muitas vezes parecia que Ronan amava as coisas que mais interferiam ativamente nesse poder. Eletricidade, motores, veículos, gasolina, adrenalina. E então o Ronan sonhador — o Ronan da tinta noturna — precisava de um mundo livre deles. Talvez por isso fosse difícil ver um futuro para si mesmo. Bryde disse que não havia dois dele. Bryde não sabia.

---

* No original, National Radio Quiet Zone. Uma ampla área na porção leste dos Estados Unidos, na qual as transmissões de rádio são restritas por lei, com o objetivo de facilitar as pesquisas científicas e a inteligência militar. Localiza-se em parte dos estados de Virgínia, Virgínia Ocidental e Maryland. (N. da T.)

— Se consigo sentir ou se gosto? — perguntou Hennessy. — Porque são respostas diferentes.

Bryde olhou para os abetos enormes ao redor deles. Uma névoa branca rastejante exalava da leve nevasca, e os troncos das árvores estavam marcados com pequenos vs de cabeça para baixo onde a precipitação grudara na casca áspera.

— O que você *ouve*?

— Nada — respondeu Ronan.

Nada. *Nada.*

Não havia som de caminhões distantes, nem zumbido de geradores, nem batidas de portas distantes. Havia apenas o silêncio suave e branco em torno daquelas árvores enormes. O solo da montanha era muito pobre; mesmo assim, elas conseguiam se tornar enormes. Ronan se perguntou quanto tempo tinham levado para realizar uma façanha daquelas.

Talvez crescessem melhor na ausência de ruído.

Como se lesse seus pensamentos, Bryde disse:

— Elas são todas muito jovens. Segundo crescimento. No início do século xx, tudo isso aqui eram gravetos, por causa da extração de madeira. Parecia uma zona de guerra. Era, inclusive. O exército costumava disparar morteiros aqui. Imagine este lugar arrasado, terreno limpo e fumegante, sons de tiros.

Ronan não conseguia.

— Sim — disse Bryde. — É incrível o que você pode mudar em um século, se tiver um propósito. A humanidade destruiu este lugar, mas a humanidade também o reconstruiu. Plantaram árvores. Colocaram cercas para manter o gado longe. Dragaram os rios para retomarem a forma que o trauma havia apagado. Substituíram todas as coisas vivas que cresciam ao longo deles para mantê-los no lugar. No fundo, sempre há alguns que não percebem. Você realmente não sente nada, Ronan?

— Não acordado — murmurou.

Bryde continuou.

— Você sentiu como a linha era forte quando você estava sonhando? E isso foi com ela sufocada. Nos anos 60, uma barragem foi construída a sudeste daqui e interrompeu a energia; mas, antes disso, era forte o suficiente para derramar energia ley em afluentes distantes.

— Mais forte do que isso? — indagou Hennessy. A julgar por sua voz, ela não parecia satisfeita.

— Venham aqui, vocês dois — disse Bryde. — Coloquem as mãos nisso.

Ambos fizeram o que ele pediu, Ronan em sua velha jaqueta de couro arranhada por pesadelos fugidos; Hennessy em seu casaco fedorento roubado, com a neve presa nas pontas da pelagem; Bryde com a mesma jaqueta de sempre, aquele blusão cinza-claro com uma faixa descendo pelo braço. Todas as mãos foram colocadas na ponta irregular do toco.

Bryde disse:

— Este é um dos originais. Parece morto, mas está apenas adormecido. Os outros o mantêm vivo. Abaixo do solo, essas árvores estão conectadas. A força de uma torna as outras fortes. A fraqueza de uma desafia as outras. Elas valorizam seus indivíduos mais velhos, assim como eu.

— Quanto tempo mais para este ensaio em vídeo? — questionou Hennessy. — Não consigo sentir meus peitos.

— Um pouco de espanto seria apropriado — disse Bryde, com calma. — Esta floresta era como a sua Lindenmere não muito tempo atrás, Ronan, mas o sonhador morreu e não havia ninguém para protegê-la. É velha e tem problemas de audição, e há muito tempo que nenhum sonhador tenta fazer amizade com ela. Ainda está fazendo seu trabalho nesta linha; é espantoso que essas árvores jovens e tolas tenham pensado em mantê-la viva afixando tudo ao solo, mas devemos ser gratos por isso.

— Obrigada pelo sonho, árvore — disse Hennessy. — Eu odiei.

— Esta é uma linha ley rara nos dias de hoje — observou Bryde, um pouco mais incisivo. — Pura, discreta, forte. Se aquela represa a quilômetros e quilômetros de distância não existisse, seria perfeito. Se você não consegue tirar esse sorriso malicioso do rosto enquanto está acordada, Hennessy, talvez consiga fazer isso nos seus sonhos. Lembre-se desta árvore, encontre-a no espaço dos sonhos da próxima vez que fechar os olhos e lembre-a de como é a amizade. Talvez isso ajude você a se lembrar do que quer e a sonhar o que sua mente deseja.

— Não acho que minha mente deva fazer o que quer — retrucou Hennessy.

Ronan ainda ouvia a Renda em sua voz.

Ele perguntou:

— Tem um nome? A floresta?

Notou que a pergunta agradou a Bryde. Notou que agradou muito a ele. Bryde respondeu:

— Esta árvore se chama Ilidorin.

Ilidorin. Parecia um nome que pertencia a Greywaren.

Motosserra, em um dos galhos bem acima, à esquerda, emitiu um som em parte crocitando, em parte grunhindo. Ela conseguia pronunciar um bom número de palavras humanas, mas aquela não era uma que Ronan já tivesse ouvido.

— Eu trouxe você aqui para ver Ilidorin porque queria que percebesse que este é o pedigree do seu poder, não o mundo que você fica olhando por cima do ombro. Pensei que você estivesse superando velhos hábitos, mas... — Bryde balançou a cabeça. — Dada a oportunidade de se comunicar com sua família, o que você faz? Sonha *celulares*.

O desdém em sua voz foi suficiente para torcer as entranhas de Ronan.

— Celulares, ele diz — zombou Hennessy. — Celulares! Essas tábuas de salvação portáteis. Até parece...

— Não comece — Bryde interrompeu seu monólogo antes que pudesse fazer efeito. — Uma criança humana acredita que todas as coisas são possíveis. Que maravilha. Que aterrorizante. Devagar, você aprende o que não pode ter. O que não será possível. O que não precisa temer. Não há monstro no armário. Você não pode voar. Que alívio. Que decepcionante, mas este é o mundo, não é? Você acredita nele. Você acredita nele tão profundamente que, mesmo quando a caixa é levantada ao seu redor, você continua a viajar em círculos não maiores do que as suas paredes. Um *celular*!

— Como é que você acha que eu deveria falar com Declan sem ser por um telefone? — questionou Ronan. — Não acho que ele realmente queira ter um cara a cara com, tipo, algum balão de sonho com o meu rosto projetado nele. Ele só quer um telefonema.

— Será que ele quer até mesmo isso?

— O quê? — questionou Ronan.

Bryde prosseguiu:

— Você realmente acha que sua família o entende? De verdade? Este mundo foi construído para eles; tão completamente que eles nem percebem. Foi construído para destruir você, tão completamente que nunca nem ocorreu a eles. Seus objetivos são fundamentalmente opostos.

— Então o que você está tentando dizer? — perguntou Ronan. — Para não falar com eles?

A expressão de Bryde se suavizou. Era pena?

— É um aviso, não uma ordem. A visão no retrovisor costuma ser dolorosa.

— Ei, cara, a Jordan não está no meu retrovisor — disse Hennessy.

— Então onde ela está? — perguntou Bryde. — Por que ela não está nesta floresta com a gente? Ela é um sonho, isso também diz respeito a ela, não é? E onde estão seus irmãos, Ronan Lynch? Onde está Adam? Eles são os irmãos e o namorado de um sonhador, isso também não é da conta deles? Por acaso vieram com a gente para salvar o mundo para os sonhadores? Não, eles acham que os sonhadores são uma tarefa para os sonhadores, não para pessoas como eles. Eles te amam, eles te apoiam, eles dão adeus enquanto você foge sozinho, e então voltam para as próprias vidas para sobreviver sem você.

— Isso é um pouco injusto — disse Ronan, desconfortável.

— E você pode culpá-los? — continuou Bryde. — Uma parte deles deve estar aliviada por não ter mais assentos na primeira fila para assistir enquanto o mundo põe vocês de joelhos. É difícil morrer. É mais difícil ver outra pessoa morrer, e, não se enganem, isso é o que vocês dois estavam fazendo. Morrendo para todos verem, centímetro a centímetro, sonho a sonho, gota a gota. Vocês deram a eles o presente de deixá-los desviar o olhar, e só estou avisando que eles podem não gostar que vocês devolvam esse presente e peguem um vale-troca na loja.

— Maravilhoso — disse Hennessy, amarga. — Maravilhoso. Inspirador. Entendi. Morremos sozinhos.

Bryde disse:

— Vocês têm um ao outro. A linha ley. Lugares assim. Eles também são sua família.

— Você está errado — afirmou Ronan. — Pelo menos sobre Adam.

— Eu gostaria de estar — retrucou Bryde. — Mas já conheci humanos demais.

— Você está errado — repetiu Ronan.

— Me conte o sonho que produziu todas aquelas rodas — disse Bryde. — *Tamquam...*

— Não diga isso de novo — ameaçou Ronan. Então, novamente: — Você está errado.

Hennessy murmurou algo, mas, quando Bryde esperou que ela repetisse, a garota apenas falou:

— Queria fumar um cigarro.

— Vamos — disse Bryde. — Temos trabalho a fazer.

10

Declan Lynch tinha um relacionamento complicado com a família. Não que ele os odiasse. O ódio era uma emoção muito pura e simples. Declan invejava pessoas que sentiam ódio de verdade. Era necessário lixar todos os cantos das coisas para odiar inequivocamente; uma emoção subtrativa. O ódio às vezes era um prêmio, mas às vezes não passava de um movimento idiota. Era irritante a quantidade de pessoas com pequenas qualidades redentoras ou motivos depressivamente compreensíveis ou outras características complicadoras que desqualificavam o ódio como uma resposta apropriada.

Declan *queria* odiar a família. Queria odiar o pai, Niall. Por ser um péssimo homem de negócios, por nunca dar atenção aos detalhes, por errar até a morte. Por ser um péssimo pai. Por ter favoritos. Por ter favoritos que não eram Declan; mas por acaso poderia culpá-lo por não querer um filho como Declan? Ele próprio não queria um pai como Niall. Gostava de *pensar* que o odiava, mas sabia que não era verdade, porque, se fosse, ele teria sido capaz de se desfazer da memória de Niall e deixá-la para trás. Em vez disso, ele a tirava da caixa e a cutucava. Declan dizia que o odiava, mas era uma aspiração.

Declan queria odiar sua mãe sonhada, Aurora, mas também não conseguia justificar o sentimento. Ela o adorava; ela adorava todos os meninos. Não era culpa dela ser um modelo defeituoso.

Ele estava cada vez mais certo de que a mãe era feliz alheia a seu status de sonho. Talvez surgira aí a ideia de ocultar as mesmas informações de Matthew. Quem tivera essa ideia? Niall? Declan? Tinha acontecido fazia muito tempo. De qualquer modo, não era culpa de Aurora que, no fundo, Declan sempre houvesse suspeitado de que ela era uma *inverdade*. Um truque. Uma história de ninar cheia de boatos para três meninos. Ele não *a* odiava. Ele odiava ter sido ingênuo o suficiente para ser enganado por ela.

E Ronan. Deveria ter sido mais fácil odiar Ronan, porque ele tinha constituição para a acrimônia. Desprezava as pessoas e presumia que elas também o desprezavam. Era teimoso, tacanho, completamente incapaz de enxergar concessões ou nuances. Já havia brigado com Declan, o que não era nada digno de nota; ele brigava com todo mundo. O mundo contra Ronan Lynch, esse era o seu lema. Como se o mundo se importasse. Niall se importava, Declan supôs. Este era o pior pecado de Ronan: idolatrar seu pai. *Cresça.* Mas Declan não podia odiar Ronan por isso; agora que não precisava mais ser pai dele, não precisava mais competir a todo momento com um fantasma.

Restando Matthew. Pessoalmente, parecia impossível considerar odiar o Lynch mais jovem; mas, na teoria, parecia impossível *não* odiar. De todos os Lynch, ele era o membro da família que mais havia tirado de Declan. Niall tinha feito de Declan um mentiroso. Aurora o tornara órfão. Ronan o transformara em um chato e, mais tarde, um fugitivo, mas Matthew tinha tomado a juventude de Declan. Declan o alimentava e lia para ele, o levava a eventos da escola e o buscava em visitas na casa de amigos. Os órfãos Lynch. Ao menos Ronan havia crescido e escolhera o caminho da independência. Matthew nem mesmo queria tirar carteira de motorista. E será que ele conseguiria viver sozinho, de verdade? Ele era um sonho com a cabeça repleta de nuvens, um sonho cujos pés o conduziam sobre quedas-d'água. Adeus, faculdades distantes em lugares interessantes. Adeus, ofertas de estágio de clientes bem-relacionados de Niall Lynch. Adeus, vida adulta despreocupada e de homem solteiro.

Adeus, seja lá qual pessoa Declan teria se tornado.

Declan deveria ter odiado Matthew.

Mas não conseguia. Não o alegre e despreocupado Matthew. Não o garoto gordinho inocente que caíra sem querer na infância sombria de Declan. Não Matthew, o angelical...

— Não vou, manezão — disse Matthew. — Você não pode me obrigar.

— Não foi um pedido. Ponha o cinto de segurança, estamos em um veículo em movimento — disse Declan.

— Se eu morresse — retrucou Matthew —, você não poderia simplesmente pedir pro Ronan sonhar um substituto pra colocar no meu lugar?

— Se eu fizesse isso, ia pedir alguém que sempre usasse o cinto. Você quer mesmo morrer em Connecticut?

Os dois irmãos estavam em um carro emprestado, que um dos ex-parceiros de negócios de Niall havia arrumado para Declan em troca do transporte do estrangeiro assustado escondido no porta-malas com uma garrafa de água e batatas chips. (Declan não sabia por que o homem precisava ser transferido secretamente de Washington para Boston, nem mesmo considerou perguntar.) Declan apenas parou pelo tempo necessário para se certificar de que o brutamontes contratado para ficar de olho neles em Boston se lembrava de onde e quando encontrá-los. Então ligou para o segundo brutamontes contratado para dar cobertura ao primeiro brutamontes, caso o primeiro fosse atacado ou comprometido. Em seguida, conversou com o terceiro brutamontes contratado para o caso de os dois primeiros darem errado. Segurança contra falhas. Declan acreditava em sistemas de segurança contra falhas. *Você é um cara nervoso*, o terceiro brutamontes tinha dito. Então, pensativo: *Você está procurando emprego?*

— Talvez eu *seja* o substituto — continuou Matthew, insistindo.

Declan se permitiu um quarto de metade de um picossegundo para imaginar como seria viajar para Boston sozinho, sentindo-se culpado por todas as partes do picossegundo.

Esse era o DNA de seu pai, ele tinha certeza. Niall não sentia nenhum remorso em fazer viagens e deixar a família para trás. *Foda-se você*, ele pensou. Então: *Eu te odeio.*

(Como ele gostaria que fosse verdade.)

Matthew continuava falando.

— Se eu fosse um substituto, nem ficaria sabendo, não é?

— Maria, por favor, me deixe surdo até a fronteira do estado — disse Declan, verificando os retrovisores, mudando de faixa, dirigindo com segurança. Sentia que Matthew estava levando tudo aquilo um pouco longe demais. Declan colocara suas crises de identidade em modo de espera várias vezes em nome do bem maior. Matthew só fora solicitado a fazer isso uma vez.

— Você ouviu um baque? — perguntou Matthew. — De trás?

— Não — respondeu Declan. — Coma seus lanches.

— Por que eu tive que passar pela puberdade? — Matthew continuou de onde havia parado. — Se eu tinha que ser um sonho, por que não poderia ter superpoderes? Por que...

Um celular tocou em algum lugar do carro, o que normalmente teria incomodado Declan, mas nesse caso o aliviou.

— Abaixe o volume do seu celular — pediu ele.

— Não tenho mais celular — reclamou Matthew. — Você me fez jogar fora. — O garoto disse isso da maneira mais irritante possível. *Você me fez jogar fora.*

Oh, certo, mas Declan também não tinha mais celular. Acabara de jogar seu aparelho pré-pago na parada da estrada e pretendia arranjar outro assim que chegassem a Boston. Queria muito fingir que era uma evidência do retorno do Declan seguro e paranoico, mas sabia que as coisas estavam diferentes. Isso era exatamente o que o Declan Idiota tinha feito para justificar aquela viagem insana para o norte. Ele pretendia recuperar seu carro. Certo.

— Então o que está tocando? — Estava muito alto para sair do porta-malas, então não poderia pertencer ao passageiro secreto.

— Dãã, ali, é aquilo — disse Matthew, batendo no visor do rádio do carro emprestado.

— Não consigo ler... estou dirigindo. O que diz?

— O celular conectado está recebendo uma chamada.

— Não há celular conectado.

Matthew falou em tom de dúvida:

— Eu acho que você deveria olhar.

Declan deu uma olhada. CHAMADA RECEBIDA DE, dizia o visor. E então exibia algo que não era bem um número nem um nome. Esse algo fez a mente de Declan girar e inclusive aproximar-se para ver melhor.

Ele apertou o botão no volante para aceitar a chamada.

— Como você está fazendo isso? — questionou.

— Então você não morreu — disse uma voz vinda dos alto-falantes do carro.

— Ronan! — exclamou Matthew.

Declan teve a sensação que sempre experimentava com Ronan: boas notícias, era Ronan do outro lado da linha. Más notícias, era Ronan do outro lado da linha.

— Curtiu? — perguntou Ronan. — Eu o chamo de MEGAFONE, em letras maiúsculas.

Matthew riu, mas a piada soou um pouco forçada para Declan. Ele perguntou:

— Você está bem?

— Não preocupe sua cabecinha cacheada. Estou ouvindo o Matthew. O que que tá pegando, cabeça de bagre? Você está bem?

— Declan está dirigindo. Tem como eu estar bem? — retrucou Matthew.

Declan persistiu:

— Por que você não ligou antes? Ainda está com o Bryde? E a Hennessy? Como é o Bryde?

— Você deveria estar acostumado, Matthias — disse Ronan, naquele tom agressivamente alegre que usava quando fazia Matthew sentir que as coisas estavam normais e ignorando as preocupações de Declan. — Uma hora ou outra você vai ter que tirar sua carteira, cara.

— Sei lá — disse Matthew. — Pode ser.

— Ei. *Ei* — disse Ronan. — Aonde vocês estão indo, afinal? Não deveriam estar, tipo, escondidos na Barns?

— Eu tenho uma tarefa para cumprir em Boston — respondeu Declan.

Um encontro casual, emendou Matthew, mexendo os lábios, mas sem emitir som, e Declan lançou-lhe um olhar sombrio.

Ronan disse:

— Uma *tarefa*! Tem uns filhos da puta à solta por aqui!

— Não posso adiar todos os aspectos da vida para sempre — disse Declan. O Declan Idiota aplaudiu alegremente. O Declan Paranoico revirou os olhos.

— Você disse que ia para a Barns. Eu pensei que você estivesse na Barns. E agora você deixou a Barns.

— Você fala igual ao D — comentou Matthew.

Declan disse a si mesmo para não entrar no jogo, para ser o mais maduro, e então perguntou:

— Qual é a sensação de pedir algo razoável e ser completamente ignorado? Qual é a sensação de saber que você fez planos para manter a família em segurança e que ninguém está cumprindo?

O silêncio se estendeu por tanto tempo que parecia que a conexão havia sido interrompida.

— Ronan?

— Tenho que ir — disse Ronan, mas não foi.

Declan mais uma vez teve a curiosa sensação de que seus papéis haviam se invertido.

— Eu mantive a cabeça baixa por anos — declarou Declan. — Não foi só você. Sacrifícios foram feitos por todos nós.

— Ótimo — disse Ronan. — Minha gratidão se transformou em onze. Boston. Parece bom. Enquanto você estiver lá, tente descobrir o paradeiro do Parrish para mim.

Já ocorrera a Declan que ele estava indo para o mesmo lugar onde o namorado de Ronan fazia faculdade, mas ele não havia planejado um *tête-à-tête*. O Declan Paranoico não pretendia ficar tanto tempo na área.

— Eu pensei que você tivesse o MEGAFONE. Ligue para ele você mesmo.

Ronan disse:

— É.

— O que isso significa? Vocês brigaram?

— Não — respondeu Ronan, parecendo ofendido. — Eu realmente tenho que desligar agora. Não esqueça de olhar por cima do ombro para evitar, tipo, hum, o bicho-papão, eu acho. Matthew, coma qualquer verdura e legume que o Grande D mandar.

— Cocô — disse Matthew.

— Cocô não é verdura nem legume — retrucou Ronan. — É mamífero.

— Você nunca me falou como o Bryde era — comentou Declan.

— Rá! — exclamou Ronan.

O telefone ficou mudo. O tráfego de Connecticut avançava ao redor deles na faixa do meio.

Declan tentou descobrir se o que sentia era a inquietude que vinha de cada interação com Ronan, ou se estava acima e além disso. Era hora de deixar Ronan crescer e tomar as próprias decisões. Declan não precisava supervisionar o relacionamento de Ronan com Adam, e, de qualquer modo, quem era Declan para falar sobre relacionamentos? Ronan não precisava de uma figura paterna. Ele precisava continuar crescendo.

Declan acreditava nisso.

Provavelmente.

Era mais difícil do que antes dizer se isso estava de fato certo ou se era apenas o que Declan queria dizer a si mesmo para que continuasse naquela aventura para Boston.

— Ele parece feliz — observou Matthew.

— Sim — mentiu Declan.

— Talvez ele possa ir à missa com a gente na próxima semana. Vamos à igreja enquanto estamos em Boston? Eu ainda recebo a comunhão agora que sei que não sou real?

Com um suspiro, Declan se inclinou e afivelou o cinto de segurança de Matthew.

— Ouvi o baque de novo — disse Matthew, sem entusiasmo. — Do porta-malas.

— Este carro pode estar com defeito; esses velhos Jags fazem isso — comentou Declan. Aprendera essa desculpa com o pai, antes de ter idade suficiente para aprender que os rolamentos não saíam com tanta frequência como acontecia no carro dos Lynch. Aquele nem era um Jaguar; Matthew não notaria. Declan nem sabia por que mentira sobre isso; a mentira era como plástico-bolha, mantendo a verdade cuidadosamente impecável e intocada para sua coleção.

— Ah, claro — disse Matthew. — Rolamentos.

Dependendo de como uma pessoa pensasse nisso, a relação de Declan com o submundo do crime havia sido a mais longa e estável de toda a sua vida.

Declan tinha um relacionamento muito complicado com a família.

11

— Todo mundo gosta dos docemetais — afirmou Jo Fisher.
— Eu não disse que gostava deles.
— Todo mundo gosta deles — Fisher repetiu para Jordan. — Todo mundo sempre gosta deles. Sempre.

As duas conversavam em uma adega bem no fundo de uma mansão em Chestnut Hill, a poucos quilômetros de Boston. Jordan precisou de poucas horas sem dormir, depois de tomar conhecimento da existência dos docemetais, para decidir que precisava saber o máximo possível sobre eles.

Porque ela precisava ter um.

Esse era o caminho para um futuro real.

Jordan não queria ligar para a subalterna de Barbara e provar que estava interessada, mas era o passo seguinte mais eficiente. Parecia óbvio que Boudicca não pudesse ter os únicos docemetais do mundo, mas Jordan precisava entender mais sobre eles antes mesmo de saber onde procurar outros. Não estava entusiasmada quanto à dinâmica de poder do encontro — ela as encontraria em seu próprio território, e em um bunker subterrâneo, como se não bastasse, mas suas tentativas de negociar uma localização mais equilibrada acabaram sendo inúteis.

Não é você, explicara Boudicca, *somos nós. Bem, são eles.*

Aparentemente, se os docemetais fossem mantidos mais próximos da superfície, eles começavam a afetar os "dependentes" da cidade.

Jordan se perguntava quanto do mundo havia sido sonhado.

— Quantos destes existem? — quis saber ela. O local cheirava a coisa velha, mas de uma forma elegante. Não a mofo, mas a fermentação. Além das centenas de garrafas de vinho abertas em cada parede, também havia alguns barris de carvalho aninhados no final do corredor. — No planeta, quero dizer.

Os docemetais tinham sido posicionados com elegância no corredor. Pinturas empoleiradas em cavaletes drapeados com tecido, joias antigas ataviadas em veludo, esculturas avaliando a sala do topo de pilares esculpidos. Uma iluminação de bom gosto destacava as peças. Se alguém não soubesse do que realmente se tratava, poderia confundir aquilo com uma venda de arte excêntrica para compradores exigentes.

No entanto, as próprias peças logo corrigiram essa impressão. Jordan sentia o poder coletivo irradiando para ela. Seu corpo parecia acordado, alerta, pronto para a ação. Era como cafeína. Ecstasy.

Não, era como ser *real*.

— No mundo inteiro? — perguntou Fisher. Ela parecia achar a pergunta estúpida como se Jordan estivesse olhando para um filhote à venda e perguntando quantos filhotes existiam no total em outros lugares. Jordan já havia apontado Fisher como uma daquelas jovens ambiciosas que precisavam se esforçar mais do que as outras para parecer que se importavam com os sentimentos das pessoas; Fisher sem dúvida entendia o significado de ser educada, mas nem sempre estava a fim de se importar com isso.

— Não tenho essa informação comigo. Não é uma pergunta comum. — Fisher conseguiu insinuar que, ao perguntar, Jordan indicava que ela poderia não ser uma compradora digna.

Jordan logo esqueceu esse julgamento.

— Esta coleção. Quando foi montada?

— Algumas semanas atrás, em Londres. Já foi para Birmingham e Dublin. Irá para Nova York e, depois, para Washington e Atlanta, se as peças não estiverem todas vendidas até lá. A propósito, são balas de verdade nessas armas.

— O quê? — perguntou Jordan. Ela olhou para os guardas armados perto da porta. — Oh. Que emocionante para eles.

— As pessoas às vezes ficam idiotas com relação aos docemetais — comentou Fisher. — Às vezes elas tentam pegá-los quando estamos de costas. E às vezes quando não estamos.

— Então: Projeto Balas.

— Certo. Pode olhar com calma. — Fisher pegou o celular. — Estou editando contratos.

Com essa confissão divertida, Jordan teve a estranha sensação de que Fisher gostaria de ser sua amiga, em um mundo diferente, em circunstâncias diferentes, possivelmente porque ela já havia matado e devorado todas as outras de sua categoria. Na verdade, as duas jovens deviam ter mais ou menos a mesma idade. Apenas tinham pegado estradas muito diferentes para chegar ao mesmo buraco no chão.

— No celular?

— O que mais eu usaria?

— Verdade, o que mais? — Jordan pegou um dos folhetos da mesinha com pés de leão no início da exposição, enquanto Fisher se concentrava em sua tela. Jordan admirou mais uma vez a coesão da identidade visual da Boudicca (fundo preto, cruz pintada de branco em cada página, docemetais numerados de forma limpa, peças vendidas pintadas de preto com uma caneta marcadora), identificando o docemetal com a lista à medida que caminhava pelo corredor. Não demorou muito para perceber que deviam estar listados na ordem geral de valor ou poder, do mais fraco para o mais forte.

24. *Paisagem, com ovelhas*, de Augustus W. Fleming. Era uma pintura muito boa. A forma como a luz brincava nos campos despertava no espectador a sensação de que o artista devia ter amado muito aqueles campos. Também era enorme — com três metros de comprimento — e não causou uma reação muito forte em Jordan, o que provavelmente justificava ser a peça menos valiosa ali. Ninguém ia

pegar o transporte público para o trabalho com *Paisagem, com ovelhas debaixo do braço*.

23. *Autorretrato*, de Melissa C. Lang. De acordo com o folheto, o retrato de Lang tinha sido feito com cosméticos diretamente em um espelho antigo, cuja metade da moldura fora artisticamente arrancada. Jordan sentia seu efeito um pouco mais que o da paisagem, mas era ao mesmo tempo muito frágil e muito feio.

13-22. Dez colheres de prata vintage combinando com cabos em forma de cisnes. Dava para presumir que houvera uma época em que tinha existido um conjunto completo delas, e, juntas, devem ter sido muito potentes. A brochura informava a Jordan que havia agora neles energia suficiente para despertar um único dependente adormecido ou, individualmente, emprestar um pouco de força a outro docemetal enfraquecido. Afinal, essas coisas não duravam para sempre.

12. A Urna da Duquesa. O folheto listava duas — uma de cada lado da entrada de uma propriedade de Yorkshire. Quando Jordan perguntou a Fisher o que havia acontecido com a outra, foi informada de que tinha sido roubada por uma mulher em Londres e depois recuperada a dezesseis quilômetros de lá. Tanto a urna quanto a mulher haviam sido destruídas durante a perseguição.

11. *O príncipe amaldiçoado*, de A. Block. Essa pintura abstrata era poderosa e bonita, murmurava o folheto, adequada para pendurar no quarto de um solteiro ou no hall de entrada, dependendo de quem o proprietário desejasse manter acordado. Jordan disse a si mesma que não ia se preocupar se Declan Lynch havia recebido seu cartão-postal ou se ele faria algo a respeito, mas irritou-se ao se descobrir imaginando qual seria a reação dele àquela pintura, muito semelhante às que ele colecionava no espaço de arte secreto em sua casa.

7-10. Os gaios azuis de pedra. O folheto construía uma imagem do docemetal ideal: algo poderoso e portátil, algo potente o bastante para manter o usuário bem acordado por meses ou anos, e algo fácil de ser carregado ou usado discretamente por seu dependente rico. Os gaios azuis eram quase bons nesses dois quesitos. Cada um pesava cerca de dois quilos e tinha aproximadamente o tamanho do punho avantajado de um homem, então podiam ser colocados em um bolso grande de casaco. Eram muito roubáveis. Jordan não seria estúpida de tentar qualquer coisa, mas estava um pouco surpresa em ver como era tentador.

5-6. Brincos Garnet, 1922. Os brincos, terrivelmente datados, embora não fossem as joias mais adoráveis, eram muito fáceis de usar e potentes o bastante para manter um dependente em pé, mesmo que fosse apenas um deles. Por isso tinham sido vendidos separadamente, embora Boudicca, por uma taxa adicional, disponibilizasse cópias comuns para fornecer um par ao usuário.

4. Coleira afegã. Provavelmente se tratava de uma coleira de cachorro. Com cerca de quinze centímetros de largura, continha um bordado intrincado de contas e tiras finas de couro como fecho. Se encaixaria com perfeição no cão sonhado de sua escolha, mas parecia um desperdício usá-lo no melhor amigo do homem — era potente a ponto de acordar dependentes a centenas de metros de distância enquanto passava por uma cidade. Provavelmente seria costurada em um espartilho ou nas costas de uma jaqueta, embora uma pessoa ousada pudesse usá-la em uma garganta muito elegante.

3. O anel de noivado Maria-Maria-Contraria. Jordan achou esse muito comovente ou muito deprimente. Era um lindo pequeno anel com um pequeno diamante igualmente lindo. O interior da pulseira exibia as minúsculas palavras *maria-maria-contraria*. Gerava várias perguntas: Quem era Maria? Ela estava morta? Ela tinha vendido o anel? O casamento tinha sido cancelado? Por que o anel não estava mais com uma Maria? Fisher não sabia e não se importou quando Jordan perguntou. A despeito disso, tinha um impacto potente o bastante para acordar uma dependente e todo um séquito de damas de honra dependentes, se necessário.

2. A tinta. O pequeno frasco com o formato de uma mulher estava cheio da tinta verde mais escura. Fervilhava com a energia que despertava os dependentes de seu sono eterno. Implorava para ser contemplado. Fazia a pessoa se sentir viva, desperta, real, mesmo que já se sentisse viva, desperta, real. Jordan começava a se sentir um pouco alta.

1. *Jordan em branco*, de J. H. Hennessy. O retrato, um dos últimos da artista antes de morrer, observava o folheto, não era portátil, ao contrário dos outros docemetais mais caros da coleção, mas não importava. Era uma obra de arte deslumbrante: apresentava uma criança de olhos intensos posando em uma camisola branca simples, com o cabelo crespo preso no alto da cabeça. E era incrivelmente potente. Qualquer um ficaria feliz em exibi-lo com destaque em sua casa para animar uma família inteira de sonhos.

Jordan ficou olhando para *Jordan em branco* por um longo tempo.

Olhou primeiro para a garota, para Jordan, e depois para a assinatura, J. H. Hennessy, e então de volta para a garota. Mãe pintando filha.

Embora Jordan supostamente fosse uma cópia direta de Hennessy, nunca tinha pensado em J. H. Hennessy como sua mãe. Por um tempo, atribuiu isso ao fato de ela não conhecer Jay como Hennessy. Afinal, Jordan só surgira logo após a morte de Jay, mas aos poucos percebeu que isso não deveria importar; Jordan tinha todas as outras memórias iniciais de Hennessy. A mãe de Hennessy deveria estar tão fresca quanto todo o resto.

Aquela pintura, porém, sublinhava a verdade não dita. Jordan tinha memórias ausentes. A Hennessy do retrato parecia cautelosa, arisca, ao contrário da Hennessy que Jordan sempre conhecera, mas sem dúvida era ela, na época em que era tanto Jordan quanto Hennessy, mas Jordan não tinha nenhuma lembrança de posar para a pintura, nenhuma lembrança de sua existência.

Era algo que havia sido escondido dela.

Jordan se sentiu muito estranha.

Não sabia se era por estar examinando um pouco de sua história ou pelo fato de a peça ser um docemetal, ou por estar tentando descobrir se Boudicca estava fazendo um jogo psicológico com ela.

Jordan encarara a pintura por tempo demais; os guardas mostravam-se inquietos. Estavam pensando no Projeto Balas.

A garota fez um gesto de arminha com os dedos apontados para eles antes de se virar para Fisher.

— Como são feitos os docemetais?

— Não entendo a pergunta — disse Fisher.

— Quem transforma essas coisas em docemetais?

— Não é a mesma pergunta?

— Essa pintura. Essas colheres. Por que elas fazem o que fazem? Não são apenas uma pintura, uma colher: elas fazem outras coisas; é por isso que estou aqui, não me deixe sentindo que estou falando comigo mesma, cara. Foi colocado nelas? Já eram assim desde o início? — Quando viu a expressão irritada de Fisher, Jordan respondeu à própria pergunta: — Você não sabe como a salsicha é feita.

Fisher disse:

— Você é uma pessoa estranha.

Sem qualquer hostilidade, Jordan continuou:

— Tudo bem então. Essas coisas vão me conter? Imagino que o preço não seja dinheiro. Porque é barato demais.

Fisher encolheu os ombros. Ao som de alguém repetindo as palavras de outra pessoa, ela disse:

— Nossa clientela inclui pessoas para quem o dinheiro não é problema.

— Deixe-me adivinhar — disse Jordan. — Eu faço o que você quiser pelo resto da vida e recebo um desses. — Ela leu o rosto de Fisher. — Eu posso pegar emprestado um desses. E você prepara um pequeno contrato no seu celular.

Fisher encolheu os ombros novamente.

Jordan a estudou, tentando lê-la.

— É por isso que você está aqui? Para um destes, algo como um destes?

— Não, alguns de nós escolhem.

— Ah. Acho que esta é a parte em que você me diz que devo tomar uma decisão logo, porque as peças estão vendendo que nem água em qualquer lugar para onde vão.

Fisher encolheu os ombros mais uma vez.

— Você dificulta meu trabalho.

Ela observou enquanto Jordan caminhava de volta ao longo dos docemetais, com tudo em si gritando para ficar perto daqueles objetos. Provavelmente Fisher pensava que Jordan estava tentando escolher qual pediria. Na verdade, Jordan tentava decifrar o que os objetos tinham em comum. Todos eram peças de arte. Ou, pelo menos, todos tinham sido feitos por um humano. Manualmente por um humano.

Seu segredo zumbia dentro dela.

— Eu deveria perguntar — disse Fisher, ao fazer uma pausa no final da fila de docemetais — se você ainda mantinha contato com Ronan Lynch.

O coração de Jordan voou para cima e para fora da adega, rumo ao céu.

Certo.

Ela deveria saber o que estava por vir. Boudicca achava que havia apenas uma Jordan Hennessy; de algum modo, Jordan conseguira esquecer esse detalhe. Agora parecia haver duas opções. Inventar uma razão pela qual ela não estava mais ciente do paradeiro de Ronan após uma saída tão dramática ou contar uma história sobre ela ser uma gêmea e não o conhecer. Era difícil dizer na hora qual era a verdade mais perigosa.

Ou talvez...

— Eu pareço um telefone para você? — perguntou Jordan.

— Um telefone?

— Se você quiser entrar em contato com alguém, é assim que se faz. Um telefone, esse é o bilhete de passagem. Eu não sou um telefone. Não sou o serviço de atendimento de um menino branco. Me conta, Fisher, você gosta quando as pessoas agem como se você fosse a linha direta da velha Barb?

Essa pergunta surtiu um efeito glorioso. A boca de Fisher trabalhou desagradavelmente. O assunto Ronan foi abandonado.

— Para quem devo ligar se estiver interessado nelas? — Jordan perguntou. — Com mais perguntas. Você?

Fisher parecia confusa.

— Você não gostou?

— Elas são legais. — *Por favor, por favor,* disse o corpo de Jordan.

— A maioria das pessoas faria qualquer coisa para ter uma dessas peças.

Jordan sorriu.

— Sou uma pessoa estranha.

Se Fisher se lembrara de já ter mencionado isso, não demonstrou. E disse:

— Melhor se decidir logo. Hoje em dia, muitas pessoas estão tentando se manter acordadas.

12

— Eu odeio a Filadélfia. Odeio essas ruazinhas pitorescas — disse Hennessy. — Odeio Pittsburgh. Odeio seus rios largos e reluzentes. Odeio tudo o que existe entre esses dois lugares. A I-70, como ela se contorce, como dá voltas, como se eleva, e cai igual a um império. Odeio. Aqueles celeiros, os dos Amish, você os vê nos calendários? Aversão líquida. Paradas de caminhão? Sim, vamos falar sobre paradas de caminhão, sim. Odeio também. Odeio as vacas. Vacas pretas, vacas pretas e brancas, mesmo aquelas marrons com cílios mais longos que os meus. Acho que odeio essas mais por causa disso. Ah. Certo, que tal: a música "Allentown". Me dá brotoeja. Já estou me coçando só de pensar.

Pela estimativa de Ronan, fazia uns vinte quilômetros de interestadual que Hennessy vinha listando tudo que odiava na Pensilvânia. Não era seu monólogo mais longo, mas talvez um dos mais marcantes. Havia algo de hipnótico e satisfatório em um verdadeiro monólogo de Hennessy. Aquele sotaque britânico com quebras secas, mas desleixado, fazia tudo soar mais engraçado, mais performativo. E tinha um jeito incessante de ir e vir ao costurar as palavras que era como música.

— Odeio os centros históricos com suas placas e ter que fazer baliza para estacionar. Odeio os subúrbios em tons pastel com seus freios ABS e seus sistemas de irrigação. Odeio a forma como o estado é escrito. Ailllllvânia. Rima com "dor simultâneahh!". Quando digo em voz alta, posso sentir minha boca terminando em formato de vômito. Odeio a maneira como eles chamam os lugares de "municipalidades". São cidades? São municípios? Localidades em terra? Ou no mar? Estou à deriva e a âncora é a porra do meu coração, uma pedra angular. Por que é abreviado como MCP? Municipalidade? Município da Pensilvânia? Se for no mar, cada bairro tem o nome de um navio ancorado? Isso é uma localidade. É uma cidade. E um navio.

Ronan não respondeu. Apenas olhou pela janela para a chuva fina e fria que tingia a paisagem de cor e tentou não pensar nos irmãos dirigindo em Boston.

— Kennywood! — exclamou Hennessy, com certa dose de triunfo, e soltou um suspiro. No retrovisor, Ronan pôde ver que ela havia expirado na janela do banco de trás e agora estava absorvendo a condensação. — Odeio que as pessoas vão a Kennywood e depois contam a você como foi, como se fosse algo que agora temos em comum, um tipo de personalidade, Kennywood. Pensilvânia! Sim, ambos compramos passagens para essa atração turística e agora estamos ligados de uma forma geralmente reservada a pessoas que sobreviveram a zonas de combate juntas. Eu odeio...

— Além disso — Bryde disse suavemente —, seu pai mora aqui, não mora?

Hennessy ficou em silêncio por um instante. Então mudou de monólogo para diálogo.

— Vamos falar sobre o *seu* pai. O pai do Bryde. Vocês mantêm contato? Para quem *você* liga tarde da noite? Não com um telefone, é claro. Isso é para gente baunilha.

Bryde sorriu fracamente. Ele era um grupo de um homem só. De mistério em mistério, era para lá que ele seguia. Salvando as linhas ley.

— Falando em ligações, como foi sua ligação para a família? — Hennessy perguntou a Ronan. — Eles estão bem, molhando suas plantas enquanto você está fora?

Ronan disse:

— Por favor, cala a boca.

— Como você já comentou, minha lista de pessoas para quem ligar é mais curta. Meninas, mortas. Mãe, bem, você sabe quem é; você a conheceu — disse Hennessy. — Nos meus sonhos. Cerca de quarenta vezes. J. H. Hennessy, aquela retratista da qual você deve ter ouvido falar, colecionado e dado um lance. Mais conhecida pelo autorretrato final, intitulado *Miolos na parede*. Também não preciso ligar para ela. Bem, você ainda não conheceu o outro, Bill Dower, meu querido e velho pai, aquele que jogou sua semente no oceano para fazê-lo ferver. *O quê!*, você está pensando, o que ele está fazendo na Pensilvânia, na odiosa Pensilvânia, em uma história contada com esse sotaque *britânico*? Bem, Bill Dower veio da Pensilvânia, e para a Pensilvânia ele voltou depois de *Miolos na parede*. Na verdade, acho que ele desistiu de toda essa coisa de sementes e oceanos.

— E você disse que *eu* tinha probleminhas de papai — zombou Ronan.

— São como catapora — disse ela. — Mais de uma pessoa pode tê-los ao mesmo tempo.

Hennessy não disse se tinha ligado ou não para Jordan, e Ronan não perguntou. A verdade é que, à luz do dia, os celulares pareciam pertencer a um tipo de vida diferente, uma que eles não mais viviam. Ligar para Declan fez Ronan se sentir mais desarmado, não menos.

— Sua saída — disse Bryde — é aqui.

— E qual é o nosso destino? — perguntou Hennessy. — Você está sendo ainda mais "estranho misterioso" do que o normal. São mais batatas fritas?

— Você disse que poderíamos acrescentar outro sonhador, então eu encontrei um.

Ronan se empertigou, agora em plena atenção.

— Você o *quê*?

— Pensei sobre a sugestão e decidi que Hennessy estava certa — afirmou Bryde.

— Eu estava brincando — disse Hennessy. — Lá de onde você vem existe uma coisa chamada piada? As piadas são conceitos apresentados de forma a chocar ou encantar pelo exagero ou, às vezes, pela subversão das normas culturais. Em geral terminam com ha-ha.

Bryde sorriu fracamente para ela.

— Ha-ha. Teremos que permanecer vigilantes. Este é um lugar perigoso.

Não parecia perigoso. Era um vale rural sem árvores, objetivamente belo, os longos campos queimados pelo gelo estendendo-se em direção a uma linha distante de montanhas baixas. O único sinal de civilização era uma bela e velha mansão de pedra e uma enorme granja comercial de perus, do tipo que abrigava trinta mil aves que nunca viam a luz do dia.

E em algum lugar dali havia outro sonhador.

— Isso é pitoresco — disse Bryde quando eles pararam em frente à mansão.

Hennessy rosnou:

— Só é uma pena que seja na Pensilvânia.

Ronan olhou para a casa. Não era tão sofisticada quanto parecia de longe; a pedra estava velha e manchada, e o telhado tinha uma parte meio solta. Pendurada em uma varanda, havia uma bandeira de Natal colorida com um peru. Uma tigela de cachorro com os dizeres AU-AU! Uma pá de neve com luvas rosa-choque enfiadas através do cabo. Era muito comum, vivo e acolhedor, o que estava em total desacordo com seu humor repentinamente azedo. Ele não se sentia nem um pouco animado por ter outro sonhador lançado de repente sobre eles.

Hennessy parecia sentir o mesmo, porque perguntou:

— Não podemos apenas salvar um sonhador diferente e acabar com isso?

— Fiquem alertas — retrucou Bryde.

Na varanda, ele tocou a campainha e esperou de seu jeito discreto e tranquilo. Havia algo na maneira como ele se portava naquele momento, com as mãos nos bolsos da jaqueta e a expressão de expectativa, que o fazia parecer familiar. De vez em quando Ronan sentia que quase o reconhecia, e então tudo se perdia de novo.

A porta se abriu.

Uma mulher surgiu do outro lado. Com base no que havia ali na varanda, ela era exatamente o tipo de pessoa que se poderia imaginar abrindo aquela porta. Uma pessoa muito reconfortante. Ela era *suficiente*. Arrumada o suficiente para parecer fazer parte do mundo, mas não tanto a ponto de parecer que estava se esforçando mais pelos outros do que por si mesma. Olhos sorrindo o suficiente para que parecesse ter senso de humor, mas sobrancelhas sérias o bastante para que não desprezasse tudo como uma piada. Idade suficiente para ter certeza de quem ela era, mas não tão velha a ponto de lembrá-lo de sua incerteza preocupada em relação aos idosos.

Bryde perguntou:

— Podemos sair do frio?

A boca dela disse *oh*, mas não emitiu nada. Instantes depois, ela disse:

— Sua voz. Você é... *Bryde*.

Bryde respondeu:

— E você é Rhiannon. Rhiannon Martin.

Ronan e Hennessy trocaram olhares. O olhar de Ronan dizia: *Que merda é essa?* Hennessy respondia: *Acho que você não era a única cabeça em que ele entrava.*

— Sim, sou eu — confirmou Rhiannon. Ela colocou a mão na bochecha, levando-a, em seguida, sobre a boca por um momento, permitindo-se alguns segundos de visível surpresa e admiração. Por fim, recuou um passo para deixá-los sair da chuva fina. — *Sou* eu. Entre, sim, claro.

Lá dentro, a mansão mostrava-se ainda menos grandiosa do que Ronan havia pensado; era apenas uma grande casa de fazenda com revestimento de pedra, embora fosse bem mobiliada e bem-amada, tranquila com suas gerações de cuidados. O tempo nada firme lá fora deixava tudo escuro e sonolento no interior dela. Cada luz formava um ponto dourado na bela escuridão, fazendo Ronan se lembrar das luzes sonhadas que ele sempre mantinha nos bolsos.

Bryde pegou uma fotografia emoldurada na mesa da entrada: a mulher, um homem, duas crianças pequenas. Então a colocou de volta na mesa.

— Por favor, sigam-me. — Rhiannon se apressou em acomodá-los em uma sala de estar formal cheia de espelhos. — Sentem-se. Vou buscar um pouco de café para nós. Em um dia como este...? Café. Ou chá? Para os jovens? — Ela saiu apressada sem uma resposta.

Ronan e Hennessy sentaram-se em cada uma das extremidades de um sofá rígido e olharam um para o outro com mais sobrancelhas levantadas, enquanto Bryde se manteve ao lado da lareira entalhada, olhando pensativamente para um dos espelhos. A chuva gelada continuava a respingar nas janelas altas.

— Aff — disse Ronan. — *Ela* é a sonhadora?

Bryde continuou a se olhar no espelho como um homem perplexo com o que via.

— O que você sente?

— Benjamin Franklin Cristo — disse Ronan. — De novo não.

— O que você sente? — insistiu Bryde.

Hennessy murmurou:

— Perus.

— Sim — concordou Bryde. — E não muito mais. Ronan?

Ronan foi salvo pelo retorno de Rhiannon, que colocou diante deles uma bandeja de bebidas e biscoitos antes de se retirar para trás de uma poltrona. Suas mãos se moveram no espaldar como se massageassem costas ansiosas, mas seu rosto permaneceu gentil e preocupado. Preocupado com o cuidado a eles, não com o próprio. Ela claramente queria que se sentissem bem-vindos.

— A casa parece festiva — comentou Bryde, embora não parecesse ter dado nenhuma atenção à casa quando entrou, exceto pela fotografia emoldurada.

— O Natal está chegando — retrucou Rhiannon. — Não sei se vou passar aqui ou com minha tia. Ela me pediu para ficar um pouco com ela, sabe? Eu disse que poderia ir lá amanhã, só para garantir caso você realmente viesse... Eu não sabia se você era real.

Bryde exibiu aquele sorriso único dele.

Rhiannon colocou a mão no rosto novamente e olhou primeiro para Hennessy e depois para Ronan.

— Mas você é. Todos vocês são muito reais. Vocês três são exatamente como no sonho. Ha-ha... Eu não sonhei vocês, sonhei?

— Não sei sobre esses dois palhaços — disse Hennessy —, mas garanto que *eu* sou real.

Rhiannon colocou uma longa mão sobre a boca.

— Você até fala como no sonho. Talvez tudo isso seja real.

— Vamos colocar desta forma, Rhiannon — falou Bryde, impaciente. — Você já sabe que é. Eu já te disse... você faz a realidade. Não estou aqui para repetir o que eu já disse. Você sabe disso no seu coração. E você poderia sonhar a gente? Com a linha ley da forma como está?

A verdade doeu. Bryde tinha ido até Rhiannon Martin assim como fora até Ronan. Ele viera a ela como um sonhador, nos sonhos dela. Quantos outros sonhadores ele também havia abordado daquela maneira? Ronan sabia que não tinha o direito de sentir ciúme ou de se sentir traído por Bryde não ser simplesmente dele e de Hennessy. Ele sabia que Bryde era famoso antes mesmo de resgatá-los. Por qual razão? Por essa, talvez. Por aparecer na cabeça das pessoas.

— Então você é uma sonhadora — pontuou Hennessy. — E o Bryde aqui também caiu de paraquedas nos seus sonhos e nos convidou. É isso que está acontecendo aqui? É? Desculpe, estou um pouco lenta. Este aqui — ela indicou Bryde — não explicou o que íamos fazer hoje quando saímos. Ele se imagina um estranho misterioso. Esses biscoitos são muito bons. Esses com formato de estrela. Você tem um dom.

— Ah, sim, Rhiannon é uma sonhadora — disse Bryde, levantando-se. — Aqui neste vale estagnado. Ela é uma sonhadora muito, muito boa.

Rhiannon corou.

— Ah, isso eu não sei.

Era muito peculiar ver uma sonhadora como ela. Todos os outros que tinham salvado até aquele momento assemelhavam-se um pouco a Ronan e Hennessy. Não exatamente *do* mundo. Viviam à margem, de alguma forma. Modernos ou esquisitos ou distantes ou errantes, mas Rhiannon parecia muito... não comum, mas... satisfeita. Bem-resolvida. Como uma boa mãe.

Como se o mundo não a estivesse desmantelando.

— Deem uma olhada — disse Bryde, indicando os espelhos que cobriam as paredes da sala. — Esse é o trabalho dela.

Ronan e Hennessy se posicionaram, cada um em um espelho diferente. O de Ronan era do tamanho de um envelope grande o bastante para mostrar seu rosto. A moldura era ornamentada, pintada grosseiramente com tinta branca para que a madeira aparecesse em alguns lugares.

Ele olhou.

O Ronan no espelho pareceu mais velho do que ele se imaginava — de alguma forma, Ronan sempre estava um pouco atrasado em sua própria estimativa de idade. No ensino fundamental, ele se via como uma criança. No ensino médio, via o garoto esquisito na puberdade, cheio de espinhas. Depois do ensino médio, ainda se considerava o adolescente rebelde.

Mas o Ronan no espelho era um homem jovem. Um pouco magricela, ele viu, para sua surpresa, como seu pai tinha sido na idade dele, e podia ver que, conforme envelhecesse, provavelmente ficaria muito bonito. Em geral ele não achava que sua aparência externa refletisse quem ele de fato era por dentro, mas aquele espelho lhe mostrava um Ronan externo tão complicado quanto o interno. O espelho apresentava um valentão cauteloso, mas cujas sobrancelhas revelavam uma delicadeza surpreendente. Havia um desprezo cruel e arrogante no rosto de Ronan, mas também bravura. A linha da boca mostrava ao mesmo tempo uma dobra de depressão *e* a forma de um sorriso. A raiva fervilhava em seus olhos, assim como um humor intenso e selvagem.

Para seu choque, ele descobriu que gostava da pessoa no espelho.

— São incríveis, não são? — perguntou Bryde. — Ninguém gosta de fotos de si mesmo. E o espelho nunca teve uma reputação de bondade, mas estes têm, não é, Rhiannon?

Ronan se juntou a Hennessy em seu espelho, cuja moldura dourada era grossa como uma pintura antiga. Nela ele viu os dois, amigos próximos, um Ronan capaz de confiar em alguém que não carregasse seu sobrenome; uma Hennessy capaz de se importar com alguém sem seu rosto.

Hennessy murmurou:

— Eu pareço a Jordan.

— O que eles fazem? — rosnou Ronan.

— O que você acha que eles fazem, Ronan? — devolveu Bryde.

Ele não queria dizer em voz alta. Parecia muito sério. Aquele reflexo era a verdade? Ou era o que ele *queria* que fosse a verdade?

— Com que frequência você sonha um desses espelhos, Rhiannon? — perguntou Bryde.

Ela continuava tempestuosa e lisonjeada.

— Ah, eu não sei. Demoro um bom tanto. Tenho que reuni-los a partir de muitos sonhos; requer muita concentração, e, se estou ocupada com outras coisas, eu os deixo de lado por um bom tempo. Isso é tudo o que eu já fiz, exceto um, e tenho sonhado com eles desde que era uma garotinha. Levo uns cinco anos, talvez? Não sei. Eu não acompanho; só continuo com eles. Fico feliz que tenha gostado.

Ronan considerou que tipo de pessoa ela devia ser, se tudo que ela sonhava eram espelhos gentis com as pessoas. Não fisicamente lisonjeiros, mas verdadeiramente gentis. O carro invisível parecia um pouco estúpido em comparação.

Ele colocou os dedos na têmpora. Começava a sentir fome de novo. Não sabia se era fome de verdade ou o mesmo que sentira no restaurante de fast food.

— E ela faz isso aqui, com a linha ley como está — disse Bryde, como se pudesse perceber o que Ronan estava pensando. Talvez ele pudesse. *O que você sente?* — Provavelmente ela ia colocar vocês dois no chinelo se deixasse este lugar.

Rhiannon ficava colocando o cabelo atrás da orelha repetidas vezes, as bochechas rosadas.

— Ah, isso eu não sei. É minha coisinha, só isso. E como eu disse a você no sonho, não posso sair.

— Eu entendo — disse Bryde. — Nem todos nascemos para sermos errantes, mas o mundo está mudando. Você não será capaz de ficar aqui por muito mais tempo, não neste vale estrangulado.

Parecia injusto Bryde pedir que ela os acompanhasse. Bryde os avisou que partir com ele destruiria seus mundos, e assim foi, mas a vida de Ronan e Hennessy já estava uma bagunça. A de Rhiannon, porém, parecia tão organizada e confortável como uma bandeja de biscoitos recém-assados.

Rhiannon disse, incerta:

— Meu bisavô construiu esta casa sobre as ruínas de uma casa que meu tataravô construiu. Meu pai tinha perus naquele celeiro. Meu irmão também, até morrer. Eu criei meus filhos aqui. E só consigo sonhar os espelhos, nada mais sofisticado.

Bryde cruzou as mãos atrás das costas enquanto olhava para um dos espelhos (daquele ângulo, Ronan não conseguia ver o que ele via, apenas o topo da própria cabeça), e então disse:

— No passado, houve uma casa grande cheia de nobres que supervisionavam tudo que era importante e bom. Como eles supervisionavam tudo que era importante e bom, todos começaram a pensar nos homens e mulheres que viviam nessa casa grande, nessa mansão, nesse castelo, nessa torre na rocha, como importantes e bons também. Sempre foi assim; quem leva o crédito leva o crédito porque, como Ronan Lynch descobriu, quando o mundo grita, as outras pessoas ouvem, estejam ou não certas.

"Esses homens e mulheres na casa grande eram ouvidos em todas as coisas, e ninguém que não fosse membro dessa casa podia legislar ou mudar o coração dos homens; afinal, quem senão um tolo ou um traidor falaria contra os detentores de tudo que é importante e bom? Um jovem desconhecido foi à grande casa e pediu para ser feito membro dessa família para que também pudesse mudar o mundo, e eles perguntaram por que ele achava que pertencia a ela.

Eu sou um poeta, disse o jovem.

Não, responderam, *já temos um poeta*.

Sou um espadachim, ele disse.

Não, eles responderam, *já temos um espadachim*.

Sou um ferreiro, disse ele.

Não, eles responderam, *já temos um ferreiro*.

Sou um mago, disse ele.

Não, eles disseram. *Nós temos um mago*.

Mas, ele disse, *vocês têm alguém que é um poeta e um espadachim e um ferreiro e um mago ao mesmo tempo?*

Eles tiveram que admitir que não, então o deixaram entrar. E ele assumiu o controle do castelo na colina e mudou o mundo."

Bryde se voltou para eles.

— Nós somos esse jovem. Todos nós juntos. A questão aqui são seus espelhos e sua arte e seus sentimentos e minhas armas. É ser um poeta, um ferreiro e um mago, então eles terão que nos deixar entrar. Pessoas que são uma coisa nunca souberam o que fazer com pessoas que são mais de uma coisa. Elas se apoderam das torres existentes e as aumentam cada vez mais. Elas fazem as regras. Elas acham que as pessoas que são muitas coisas são discrepantes. As pessoas que são muitas coisas acreditam. Por isso, continuam implorando para entrar na casa grande. E os senhores e as senhoras continuam elevando as torres para mantê-los do lado de fora. Você e todas as outras coisas que eles não conseguem entender.

Rhiannon tocou o canto do olho com rapidez, como as pessoas fazem para enxugar uma lágrima. Ronan se esforçava para lembrar exatamente o que Bryde dissera quando listou suas habilidades. Os espelhos de Rhiannon, a arte de Hennessy, a de Ronan... sentimentos? Mas Ronan não teria dito que era bom em sonhar esse tipo de coisa.

— E você, Rhiannon, tem se mantido pequena — disse Bryde. — Você se saiu bem neste mundo porque se tornou uma coisa, permaneceu neste lugar onde você é uma coisa. E, mesmo que nunca tenha sonhado nada além de seus espelhos, você faria a diferença, porque nenhum desses dois sonhadores pode se ver claramente sem eles, mas você é capaz de fazer mais. Você tem sonhado com uma das mãos amarrada nas costas. Ronan, diga a ela como é quando há energia real passando pela linha ley.

Ronan surpreendeu-se ao ser chamado, mas ficou ainda mais surpreso ao descobrir que queria fazê-la acreditar no que Bryde dizia. Queria ser um de seus espelhos, mas mostrando a ela o sonho em vez de seu rosto. Ele se debateu internamente.

— É... eu não sei. São batatas fritas da seção de congelados e batatas fritas da feira do condado. Elas têm o mesmo nome, mas não são a mesma coisa. Porque uma delas você quer comer e a outra é só uma coisa com a imagem daquilo que você quer comer.

Hennessy riu alegremente.

— Gostaria de contribuir, Hennessy? — perguntou Bryde.

A garota parou de rir.

— Quer que eu a convença a deixar a família dela?

Bryde e Rhiannon olharam para Hennessy. Bryde disse:

— A família dela está morta.

Todos olharam para Rhiannon.

Bryde inclinou o espelho mais próximo para refleti-la. Eles só tiveram tempo de ver o verdadeiro eu de Rhiannon: rosto inchado de lágrimas, boca desesperançosa de tristeza, e então ele a devolveu ao seu lugar, restaurando-lhe a dignidade.

De repente, o vazio da casa parecia óbvio para Ronan. Não poderia ter demorado muito, porque ele sabia por experiência própria que uma hora ou outra iria embora. Foi apenas nos primeiros meses que tudo dentro das paredes continuou com a forma de uma família que não existia mais.

O retrato emoldurado que Bryde havia pegado era um instantâneo do passado.

— Ah — disse Hennessy. — Nesse caso, é como a merda da Disneylândia. Quem não gostaria de experimentar pelo menos uma vez?

Bryde lançou um olhar fulminante para ela.

Rhiannon sussurrou:

— Parece impossível.

— Nós somos impossíveis — afirmou Bryde. — Você sempre foi impossível. Me diga como se sentiu quando abriu a porta e viu que éramos nós.

Ela mordeu o lábio, pensando, mas então sua expressão mudou abruptamente.

— Oh, querido, você é... — *Querido* significava Ronan. Ela estava gesticulando para ele, para seu rosto. — Você tem...

Ele se virou de volta para o espelho. A tinta noturna escorria de seu nariz. Era por isso que ele estava se sentindo estranho antes. Porque seu corpo, mais uma vez, o traía.

O espelho tentou mostrar a ele a verdade da tinta noturna, e isso o fez se sentir ainda mais estranho. Ele sempre tinha enxergado aquilo como algo tóxico. Como derrota. Como um símbolo de não sonhar, de ser fraco longe da linha ley, mas o espelho disse: *Essa tinta noturna é de tentar. Esta é a consequência do esforço.*

Ele não entendeu.

Sua cabeça doía.

Com um pulo, Rhiannon pegou tecidos de algum lugar: era esse tipo de casa, ela era esse tipo de mulher. Então pressionou um pano no rosto de Ronan e pousou a mão reconfortante em suas costas, um gesto tão maternal que Ronan não sabia dizer se ele se sentia mal por causa da tinta noturna ou da tristeza.

— É uma hemorragia nasal? — perguntou ela.

— Tinta noturna — disse Bryde. — Alguns chamam de Escorregão. Outros, de Cachorro Preto. Tem muitos nomes. Significa que o sonhador está em um lugar onde não há muita energia ley ou esperou muito tempo entre um sonho e outro.

— Isso nunca aconteceu comigo — comentou Rhiannon.

— Você não abriu a porta tantas vezes quanto ele — disse Bryde. — Ele quebrou a dobradiça assim que passou por ela e agora ficou escancarada.

— É perigoso? — perguntou ela.

— Muito. Se ele não conseguir energia ley ou sonhar com algo, é a coisa mais perigosa — disse Bryde. — Então, precisamos que você tome uma decisão.

— Bryde está certo — disse Hennessy de repente. Ela continuava olhando para o espelho. — Você deveria vir com a gente. Aqui só existe o passado. Foda-se o passado.

Rhiannon colocou as mãos uma sobre a outra.

— Eu preciso de mais tempo.

Bryde olhou pela janela de novo. Não havia nada para ver, exceto aquele céu cinzento.

— Não sei quanto tempo temos.

13

Dez: esse era o número de vezes que Farooq-Lane tinha visto Liliana, a Visionária, mudar de idade em busca da armadilha perfeita para os Zeds do Potomac.

Antes de os Zeds do Potomac chegarem, os Moderadores simplesmente perseguiam cada Zed em cada pista que um Visionário havia dado a eles. Depois de pesquisarem e localizarem os detalhes da visão, o Zed era rastreado e morto. Isso não funcionaria mais. Lock pediu aos Moderadores novas ideias.

Ninguém tinha uma. Ninguém além de Farooq-Lane.

Ocorrera a ela depois que deixaram o museu precário, provocados pela imagem da árvore que se elevava através do telhado aberto. Uma árvore em um lugar muito surpreendente. Várias semanas antes, uma cartomante no subterrâneo Mercado das Fadas sibilara para ela: *Se você quiser matar alguém e manter isso em segredo, não faça onde as árvores possam ver.*

Talvez, ela pensou, fosse assim que Bryde obtivesse as informações.

Em princípio, implementar sua ideia foi difícil. Visionários não eram jukeboxes. Os Moderadores não podiam colocar uma moeda de vinte e cinco centavos e solicitar uma visão de um Zed localizado em um lugar sem árvores. Os Visionários se pareciam mais com sistemas climáticos, e suas visões eram como tornados cujo centro sempre continha um Zed e uma imagem do fim do mundo em meio às chamas.

Percorrer tornados era impossível, mas todos eles agora negociavam com impossibilidades.

Liliana dirigia-se a uma visão repetidas vezes para Farooq-Lane, tentando pular para um futuro diferente, um futuro sem árvores.

Nove: o número de civis feridos até o momento. As visões eram muito arriscadas. Farooq-Lane logo percebeu que a versão adolescente de Liliana era a mais perigosa, porque ainda não tinha desenvolvido nenhum senso de quando uma visão estava para chegar. Em um minuto poderia estar folheando diários em branco em uma livraria com Farooq-Lane e, no seguinte... desastre.

Parsifal, o Visionário anterior, não tinha entrado em ciclos de idade até o fim de sua linha do tempo, quando começou a perder o controle da capacidade de direcionar essas transformações para seu interior. Lock sugerira cautelosamente esse método a uma Liliana adolescente e chorosa, depois que uma visão muito inesperada dizimara um punhado de esquilos próximos.

— Isso soa apenas como suicídio em câmera lenta — Liliana disse a ele.

Lock não tinha uma resposta para ela. Os Moderadores estavam sempre fazendo julgamentos sobre quem valia a pena salvar ou não, e eles não tinham, até aquele ponto, ficado do lado dos Visionários.

Mas Farooq-Lane, sim.

— Não é culpa de Liliana que ela seja perigosa — disse Farooq-Lane. — Ela *tenta* se certificar de que ninguém mais esteja por perto. Não acho que devemos tentar convencê-la a direcionar as visões para dentro.

Lock tinha dúvidas.

— Agora quem está cometendo suicídio em câmera lenta?

Oito: o número de armarinhos que Farooq-Lane tinha visitado até que a Liliana mais velha encontrasse meadas suficientes na cor que ela disse que combinaria para Farooq-Lane. Essa Liliana tinha um bom senso de quando as visões iam surgir, o que significava que o tempo com ela poderia ser gasto menos em sobrevivência e mais em conforto.

A Liliana idosa era muito voltada para os prazeres domésticos. Tricô! Pretendia ensinar Farooq-Lane, porque *se lembrava* de tê-la ensinado.

Essa era a parte mais estranha da Liliana mais velha — ela se lembrava de muito do que já havia vivido, e muito disso parecia envolver Farooq-Lane. Em seu passado. No futuro de Farooq-Lane. Em algum lugar ao longo de suas linhas temporais coletivas. Pensar demais nisso machucava o cérebro de Farooq-Lane.

— Obrigada por me defender — disse-lhe certa vez a Liliana velha, com seu jeito preciso e gentil. — Sobre voltar as visões para dentro.

— Você se lembra de mim fazendo isso? — perguntou Farooq-Lane.

— Aconteceu há muito tempo. Então foi uma bela surpresa ter sido lembrado. Bem. Não é uma surpresa. Uma dádiva. Eu sabia que você era uma boa pessoa.

Farooq-Lane queria ter conhecido Liliana antes de conhecer os Moderadores.

Sete: quantas reuniões os Moderadores realizaram para acertar a logística de um ataque que ocorreria sem qualquer tipo de árvore. Uma boa parte dessas reuniões era dedicada a debater a possibilidade de obter informações das árvores. Farooq-Lane achava a descrença uma perda de tempo, quando sua presa também era impossível.

Algumas dessas reuniões foram passadas discutindo os Zeds do Potomac. Seus antecedentes, sua família, suas esperanças e sonhos. Eles contataram o pai de Jordan Hennessy e perguntaram se ele fazia ideia de onde ela estava.

— Achei que ela já estivesse morta — disse Bill Dower. Ele parecia desapontado, se é que parecia alguma coisa. — Hum.

Conseguiram falar com o colega de quarto do namorado de Ronan Lynch em Harvard.

— Eles se separaram depois que ele destruiu o nosso dormitório — comentou o estudante com uma voz suave. — Nunca achei que fosse ouvir o nome dele de novo. O que ele fez agora?

Tentaram encontrar os irmãos de Ronan Lynch, mas, após o ataque que custara a Bellos o braço, Declan e Matthew Lynch haviam desaparecido do radar.

— As coisas deles sumiram da casa no subúrbio — disse um dos Moderadores, um tanto impressionado. — Alguém os viu voltar para pegar as coisas?

Ninguém tinha visto.

E ninguém sabia absolutamente nada sobre Bryde.

Seis: quantos tinham escapado. Seis Zeds que antes teriam sido alvos foram poupados da morte por estarem próximos de árvores nas visões de Liliana. Lock ainda *gostaria* de tê-los matado, mas as árvores estragariam seus planos. Árvores! Havia delas por toda parte, depois que a gente começava a considerá-las inimigas. Margeando calçadas. Brotando de ilhas verdes em estacionamentos. Acenando nos limites das fazendas. Por um momento, parecia que nunca haveria uma visão desprovida de árvores. Várias vezes, Farooq-Lane precisou implorar para que mantivessem os olhos no prêmio. Por acaso todos eles queriam parecer idiotas de novo?

Realmente, ela estava feliz por parar de matar um pouco. Não tinha contabilizado as mortes que causara naquele ano, porque estava preocupada que fossem chegar a vinte e três. Ela e Nathan estariam pau a pau.

Cinco: quantas agências cooperaram no planejamento do ataque à fazenda da Pensilvânia. No fundo de um vale amplo, as árvores mais próximas localizavam-se a hectares e hectares de distância. Graças à coordenação da agência, os Moderadores tinham sido equipados como nunca antes. Alguns usavam fones antirruído. Outros usavam óculos de proteção. Havia cães farejadores. Caminhões com armadura aguçada. Um cara com um lança-chamas. Uma mulher com um Stinger. Essa poderia ser a única chance deles de encurralar os Zeds do Potomac. Tinha que servir para alguma coisa.

— Não hesite como você fez das outras vezes, Carmen — advertiu Lock. Não de modo cruel, mas com firmeza. — Este é o seu plano. Você assume a liderança. Traga Liliana.

Farooq-Lane oscilou descontroladamente entre esperar que estivesse certa e temer que estivesse errada. Aquele poderia ser o ataque que acabaria com tudo.

Quatro: o número de Zeds na grande casa de pedra quando os Moderadores arrombaram a porta.

Demorou apenas um segundo para apreender a cena, os Zeds do Potomac dispostos em torno de um sofá formal como um retrato. Rhiannon Martin, toalha na mão, rosto chocado. Jordan Hennessy, agachada no braço do sofá como um gato. Ronan Lynch, com um líquido preto escorrendo pelo rosto, caído contra Bryde. Um segundo para pensar, funcionou! Bem, eles estavam *visíveis*, o que já era um avanço.

E então Farooq-Lane vislumbrou um orbe prateado voando em sua direção.

Farooq-Lane não tinha certeza de como conseguiu vê-lo a tempo, mas seu braço já estava desferindo a pistola. Conectou-se com a esfera como um pequeno taco de beisebol e a jogou direto contra a vidraça.

— Olá e vai se foder — disse Hennessy, puxando uma espada brilhante e reluzente.

Então foi o caos.

Houve saraivadas de disparos. Golpes tremendos de luz cruzaram os corredores escuros. Alguém gritou de uma forma muito espontânea. Uma voz se ergueu:

— Hennessy, o que você está *esperando*? Agora!

Eles se prepararam para um horror onírico, mas nenhum horror onírico veio. Houve apenas uma corrida frenética do lado de fora quando a mulher da agência atirou com o Stinger em direção ao interior da casa. A cena seguinte parecia uma perseguição a pé comum, um tiroteio comum. Era surpreendente que essas coisas tivessem se tornado comuns para Farooq-Lane. Era surpreendente que os Zeds ainda não tivessem desencadeado nada pior.

Três: o número de metros que Farooq-Lane descobriu que havia entre ela e Jordan Hennessy. Ela buscava um lugar onde não levasse um tiro no fogo cruzado — suspeitava de que alguns dos Moderadores poderiam ter prazer com a desculpa — e ficou pressionada contra o celeiro, que ainda cheirava a perus que haviam vivido e morrido nele. Não tinha ideia de onde Liliana estava. Tudo eram máscaras e escudos antimotim e agentes sem rosto como uma zona de guerra.

Mas lá estava Jordan Hennessy, olhando para duas figuras que se moviam em meio à comoção: Bryde e Ronan Lynch. O primeiro arrastando o segundo. A gosma preta ainda escorria do rosto de Ronan Lynch, e, mesmo dali, Farooq-Lane podia ver seu peito ofegante. Estavam sendo cercados por Moderadores, mas Bryde os mantinha afastados com uma espada de fogo solar, uma das duas armas que haviam usado para fugir nas margens do Potomac.

Sua companheira, a lâmina de fogo estelar, repousava com segurança nas mãos de Jordan Hennessy, a poucos metros de Farooq-Lane, sua lâmina gotejando luar e maldade.

Os olhos de Jordan Hennessy brilhavam de fúria enquanto ela examinava a cena.

Farooq-Lane ficou surpresa ao sentir terror. Relaxou os joelhos, afrouxou os dedos. A Zed não a tinha visto ali agachada na sombra da casa de perus, mas a veria se Farooq-Lane tentasse levantar a arma. E Farooq-Lane sabia o que aquela espada fazia. Ela teria menos braço do que Bellos antes mesmo de conseguir berrar.

— Hennessy! — gritou Bryde. — É agora ou nunca!

Dois: segundos antes de o pesadelo aparecer.

No primeiro segundo, Hennessy colocou um pedacinho de tecido escuro sobre os olhos — oh, era uma máscara, Farooq-Lane notava isso agora; havia esquecido que os Zeds as tinham usado no ataque anterior — e caiu para o chão em sono instantâneo.

Depois do segundo seguinte, quando Farooq-Lane ergueu a arma para atirar na Zed adormecida, começou o pesadelo.

Era um inferno. Era uma forma. Era uma não forma. Era uma forma. Era uma não forma. Era quadriculado e crescente, era enrugado e tentava agarrar. Farooq-Lane não queria olhar, mas não ia desviar o olhar. Não havia muito, e, embora não parecesse ter um corpo adequado, havia uma sensação distinta de que era... abreviada. Era para haver mais daquilo. Tinha sido cortado. Parcial.

E odiava Jordan Hennessy.

O ódio era maior do que qualquer outra coisa. Farooq-Lane podia ouvi-lo como um grito de guerra e um soluço.

Jordan Hennessy, porém, não levantou um dedo para se proteger. Ela estava congelada no chão, a máscara deslizada para o lado, os olhos horrorizados e miseráveis. A espada estelar caiu emitindo um ruído de metal ao lado dela na grama, lançando raios de luar alguns centímetros aqui e ali.

Estava claro que seja lá o que a Zed pretendia trazer de um sonho, não era aquilo. Aquela coisa queria matar Jordan Hennessy.

Farooq-Lane deveria ter permitido.

Em vez disso, ela saltou para a frente e agarrou a espada estelar. Só teve um momento para sentir o calor de seu punho, a glória de seu propósito, a estranheza de seu poder, e então cortou o pesadelo com a lâmina.

Fez-se um estremecimento silencioso quando o pesadelo se estilhaçou.

Farooq-Lane golpeou e golpeou. A arma fez o pesadelo recuar tão completamente que parecia ter sido *feita* para isso. Para dizimá-lo. Ela cortou e cortou, até que, de alguma forma, o minúsculo pedaço final do pesadelo conseguiu atravessar a parede e entrar na casa dos perus.

Lá dentro, os animais gritaram e gritaram, e então tudo ficou em silêncio.

— Visionária! — uivou outra voz. Um Moderador, Ramsay.

O olhar de Farooq-Lane encontrou Ramsay parado ao lado de um dos carros blindados. Ela acompanhou seu olhar. Na varanda,

Rhiannon Martin estava agachada atrás de um canteiro de concreto que dançava com pontas de laser vermelhas. Se tivesse havido um tiro certeiro, ela já estaria morta fazia muito tempo. Liliana permaneceu ao lado dela em forma adolescente, os dedos longos e elegantes pressionados contra os dentes em agonia, as lágrimas brilhando nas bochechas.

— Visionária! — repetiu Ramsay.

Um ponto de laser vermelho dançou nas mãos de Liliana. Ramsay estava apontando a arma para *ela*.

— *Ramsay!* — gritou Farooq-Lane.

— Você quer viver? — Ramsay gritou para Liliana. Lock apenas olhava para ele. Não o estava detendo. — Tenha uma visão! *Agora!*

Morte por Visionário. Fazer Liliana matar o inalcançável Zed. Tão inteligente. *Tão* inteligente.

Liliana estava longe demais para Farooq-Lane ouvir, mas viu os ombros dela se erguerem com soluços de um choro apocalípticos. Ela estava murmurando, *desculpe desculpe desculpe*, e tudo na linguagem corporal maternal de Rhiannon Martin dizia de volta: *está tudo bem, eu entendo*.

Farooq-Lane testemunhou o momento em que Rhiannon Martin tomou coragem, e então se levantou de detrás do canteiro, os braços ao lado do corpo. Ela encarava Ramsay sem pestanejar.

Nós somos os vilões, pensou Farooq-Lane.

Ramsay atirou na cabeça de Rhiannon Martin.

Um: o número de pessoas que Farooq-Lane não odiava naquele lugar inteiro.

Liliana jogou os braços sobre os olhos, os ombros tremendo. Ela precisava de alguém ao seu lado. Ela precisava de Farooq-Lane.

Tudo estava dando errado.

Tarde demais, Farooq-Lane percebeu que Jordan Hennessy não estava mais paralisada no chão ao lado dela. Estava de pé, correndo.

Um carro repentinamente visível corria em sua direção, achatando a grama, com a porta traseira aberta. Pela porta aberta, Farooq-

-Lane viu Bryde ao volante. O corpo de Ronan Lynch estava caído no banco de trás. Não com uma aparência particularmente vital.

Jordan Hennessy se jogou pela porta aberta do carro.

— Alguém pare com isso! — gritou uma voz. Talvez a de Lock.

Hennessy fixou os olhos em Farooq-Lane antes de fechar a porta. O carro desapareceu como se nunca tivesse estado lá.

Zero: Zed. 0.

Chega, pensou Farooq-Lane. *Chega*.

14

Matthew pensou que algo poderia ter acontecido com Ronan. Ele e Declan tinham acabado de invadir um dormitório em Harvard. No início, Matthew não percebeu que estavam invadindo. Não tinha prestado muita atenção em como Declan havia se aproximado do antigo dormitório de tijolos duas vezes. Primeiro, apenas passando, não parecendo destinar à porta aberta e escorada nem mais nem menos interesse do que a qualquer outra coisa na fria noite azul-meia-noite e dourada de Cambridge. Segundo, depois de tirar o paletó no carro e passar os dedos pelos cachos até deixá-los infantis e bagunçados, voltando a empurrar a porta para o cálido interior vermelho e marrom.

Lá dentro, uma fila de estudantes universitários subia um lance de escadas. Com as costas da mão, Declan deu uma batidinha descontraída no ombro do mais próximo.

— Ei. Esta é a fila para...?

Matthew surpreendeu-se ao ouvir a voz do irmão. Em vez de seu habitual discurso de vendas monótono, ele parecia um dos garotos. Até mudou a forma como ficava de pé. Antes alerta e desconfiado, ele agora estava parado ali com um jeito casual e desatento, o olhar direcionado para um grupo de garotas bonitas no corredor, então para seu celular, então de volta para o aluno na fila.

— Aquela coisa do cartão, sim — respondeu o aluno. — Está andando rápido.

Declan entrou na fila e começou a digitar no celular de sua maneira peculiar: polegar e indicador. Ele não se explicou a Matthew. Talvez não achasse necessário. Talvez uma pessoa normal tivesse adivinhado o que estavam fazendo ali. Ronan sonhara Matthew para ser um idiota? Desde que ele havia descoberto que era um sonho, vinha tentando pensar nas coisas mais como uma pessoa de verdade, mais como um adulto, no entanto isso fazia sua cabeça doer.

— Não fique roendo as unhas — Declan murmurou sem tirar os olhos do celular.

Matthew parou de roer as unhas. Eles subiram alguns degraus de cada vez. O aluno estava certo; a fila foi rápida. Alguns dos alunos desciam as escadas chorando. Não havia nenhuma outra pista de onde a fila daria.

Foi quando estavam quase no topo da escada que Matthew começou a se sentir um pouco estranho.

Não muito estranho. Talvez só estivesse com sono. Era só que... quando alcançaram o início da fila, ele evitou pisar em uma embalagem de chocolate descartada na escada final e, por um segundo, pensou que estava pisando em um lírio colorido.

Não não não, pensou Matthew. *Vou ficar bem por aqui.*

No momento em que se recompôs, percebeu o motivo da espera: Adam Parrish. As escadas levavam a um minúsculo solário, o covil imponente de um feiticeiro erguido sobre os pitorescos telhados escuros de Cambridge. O arranjo aleatório de mesas, cadeiras e lâmpadas halógenas sugeria que muitos alunos ao longo dos anos as haviam composto. Cheiravam confortavelmente a algo antigo, como a Barns. Adam estava sentado a uma mesa bem no meio dela, magro e equilibrado como sempre, as mãos compridas paralelas na beirada da mesa. À sua frente havia uma pilha de cartas de tarô e uma caneca cheia de notas e cartões-presente. Em uma cadeira perto dele estava um estudante gloriosamente grande vestindo um colete de lã de cuja aparência Matthew gostou bastante.

— Olá — cumprimentou Declan.

O tom de Adam era irônico:

— Todos na sua família gostam de fazer uma entrada surpresa, não é?

Declan sorriu suavemente e bateu ao lado de seu celular na mesa, olhando ao redor com o mesmo ar crítico que exibia ao verificar as habilidades de limpeza de quarto de Matthew.

— Fletcher — disse Adam —, você poderia avisar na fila que já encerramos esta noite?

O outro aluno se empurrou para fora de uma cadeira e, acenando com o próprio celular, disse:

— Claro. Você deve saber que Gillian ainda está falando sério sobre o recesso. Esse será o tema do debate.

— Desço em um minuto.

Eles foram deixados discretamente sozinhos.

— A Aglionby ficaria muito orgulhosa em ver você usando todos os seus talentos aqui em Harvard — disse Declan. Ele virou a primeira carta do baralho. A escrita na parte inferior dizia *Sete de Espadas*, mas a arte era muito tortuosa e complicada para Matthew conseguir focar.

— A Aglionby ficaria orgulhosa de ver dois de seus alunos aqui em Harvard ao mesmo tempo — Adam retrucou sem alterar a voz.

— Vejo que você perdeu o sotaque.

— Vejo que você perdeu o paletó.

Tudo aquilo parecia uma conversa em outro idioma, um que Matthew nunca falaria. No entanto, ele não conseguia pensar muito nisso, porque de repente se sentiu muito estranho.

Primeiro, a cabeça; depois, as pernas. Sua cabeça parecia preguiçosa, mas as pernas pareciam o contrário. Essa sensação de andar em geral significava que ele logo esqueceria o que estava fazendo e acabaria em um lugar totalmente diferente.

Não, ele disse a suas pernas. *Seja uma pessoa normal.*

Declan e Adam haviam mudado o que quer que estivessem conversando e, em vez disso, falavam sobre Declan ser um pouco a sensação da fofoca; de acordo com a última conversa de Adam com o sr. Grey, o filho Lynch estava cobrando favores e se tornando útil no mercado, fazendo tudo dentro da lei por um ano. O boato era que as pessoas tentavam arrumar emprego com ele. Mesmo? Matthew não sabia se deveria ter percebido isso pelas mensagens apressadas e os telefonemas constantes de Declan.

— Mesmo se isso fosse verdade — disse Declan —, eu não vou entrar nesse mundo.

Adam riu de forma sombria.

— Você ainda não está nele?

Declan não vacilou, e, pela primeira vez, Matthew pensou que talvez estivesse enxergando a situação de maneira complicada, real e adulta. Porque, quando ele olhou para a expressão vazia e profissional de Declan, pensou que poderia ter considerado apenas as aparências; mas, em vez disso, parecia possível, se apertasse os olhos, enxergar um pouco de tensão em torno dos lábios dele, uma pequena inclinação de seu queixo. Matthew viu como essa linguagem secreta mostrava que seu irmão mais velho ficara tanto lisonjeado quanto tentado com a declaração.

— O outro boato é que Ronan está metido com algum tipo de armas biológicas — Adam disse e, pela primeira vez, formou-se uma pequena ruga entre suas sobrancelhas claras, fazendo-o se parecer mais com o garoto que Matthew conhecera antes. — Moderadores de ponta em uma alegre perseguição com armamento Inexplicável com "I" maiúsculo.

Com uma voz suave, Declan perguntou:

— Você falou com ele recentemente?

Em vez de responder, Adam retrucou:

— Você já sabe alguma coisa sobre Bryde?

Então Matthew perdeu um pouco a noção do tempo, o que só percebeu porque, quando voltou a si, estava sentado em uma cadeira perto da janela sem se lembrar de como tinha chegado lá.

Adam estava perto de Declan e eles murmuravam. Um deles estava falando *Matthew*.

— Matthew, sério — disse Declan. — Acorda.

Assim que Declan falou, Matthew percebeu que a voz que dizia *Matthew* antes não era a de Declan, mas aquela voz que ele às vezes ouvia quando se perdia. A voz que ele procurava quando se jogava no sistema de segurança na entrada da fazenda.

Matthew piscou para Declan. Sentia-se muito frustrado por não ter conseguido acompanhar a conversa dele com Adam. Parecia uma conversa adulta muito importante. Tentou recapturar a mentalidade que lhe permitira decodificar a expressão de Declan antes, mas estava tudo muito complexo.

— Ele parece estranho — disse Adam. Então se deu conta de que isso era grosseria, e dirigiu a pergunta seguinte a Matthew: — O que você tem?

— Isso é o que acontece quando a vida da gente é ligada à do meu irmão — disse Declan. — Só Deus sabe o que ele está fazendo.

Porque o problema não era de fato com Matthew. Ele estava daquele jeito por causa de um problema com seu *sonhador*.

— Ele normalmente fica tão ruim assim?

Não. Ele não ficava tão ruim, a menos... Declan disse:

— Matthew. Matthew. *Matthew*.

Matthew.

A torre do mago, as cartas de tarô do mago e o próprio mago começaram a se desfazer. Todos os pensamentos de Matthew estavam se desfazendo.

Onde quer que Ronan estivesse, estava em sérios apuros.

15

Hennessy sempre sonhava com a Renda.
Deixada por sua própria conta, era sempre a Renda.
Tinta noturna e sangue e um celeiro cheio de perus mortos atrás deles, tinta noturna e sangue e uma noite cheia de desespero diante deles, porque Hennessy não podia sonhar com nada além da Renda.

O carro quase invisível ia rasgando pela noite enquanto Bryde o dirigia por uma estrada, depois outra e depois outra. Ronan estava em silêncio no banco de trás. De vez em quando, Hennessy olhava por cima do ombro para ver se ele havia morrido. Difícil dizer. Ronan continuava esparramado exatamente como fora jogado ali. Moribundos e mortos tinham uma aparência muito semelhante.

— Talvez seja tarde demais — disse ela.

A voz de Bryde soou fina como um fio.

— Eu saberia se fosse tarde demais. Vire aqui.

Ela se perguntou se ficaria triste caso Ronan morresse. Com raiva. Alguma coisa. Porque agora não sentia absolutamente nada. Não se importava com o destino deles. Não se importava se ele estaria morto quando chegassem lá. Não se importava se Bryde perdesse a paciência com ela e a abandonasse na beira da estrada. Não se importava se Jordan estava com raiva por ela não ter ligado para contar como estavam as coisas. Nada parecia particularmente bom ou ruim, exceto dormir um sono vazio, livre da Renda, livre de tudo. Sono vazio para sempre, não acordar nunca. Não a morte, porque isso arruinaria a vida de Jordan. Apenas uma pausa vazia sem fim. Isso seria bom.

— Esquerda, esquerda — disse Bryde. — Rápido. Pare aí. Isso vai ter que servir.

Hennessy não sentiu muita energia ley, mas seguiu as instruções. Burrito desceu por uma estrada escura e não pavimentada que terminava em um pequeno aclive coberto de grama pegajosa e murcha. Os faróis brilhavam na água além dele.

— Me ajude a arrastá-lo — disse Bryde.

Ronan estava com uma aparência horrível, lavado de preto, afundado no banco de trás do carro invisível. No entanto, não era a tinta noturna que lhe dava a má aparência. Era a frouxidão de seu rosto. A rigidez. Ele já parecia morto.

— E quanto ao frango dele? — perguntou Hennessy. A corva de Ronan era uma pequena pilha de penas imóveis.

— Deixe-a — disse Bryde. — Traga sua máscara.

Sua máscara. Ela nunca mais queria vê-la outra vez.

— Então é um sonho com a Renda que você quer?

— Não temos tempo para petulância — disse Bryde. Hennessy nunca o vira tão agitado. — Imagine que você estivesse perdida na sua Renda, e não houvesse ninguém para te encontrar, nunca. É aí que ele está. Nas profundezas. Podemos não recuperá-lo, mesmo que haja energia ley suficiente para reverter a tinta noturna. Você entende? Ele não vai ter nenhuma utilidade para esse corpo do jeito que está agora. Ele simplesmente se esvai, se esvai e se esvai, um novelo de lã jogado no espaço.

— Ainda não entendo por que você precisa de mim, cara.

— Ele será atraído por você mais do que por mim.

— Seria a primeira vez na história do mundo.

Bryde se exaltou:

— Se ele morrer, esta é a última vez que você vai vê-lo e tudo isso terá sido em vão.

Hennessy pegou a máscara.

* * *

Hennessy sonhou com a Renda.

Ela sonhou com a Renda, sua borda quadriculada, seu ódio fervilhante, e então...

Ela estava subindo pelo escuro.

A Renda havia sumido. Desaparecido tão completamente que era difícil lembrar que algum dia estivera lá.

Em vez disso, havia escuridão e uma lua cheia logo acima dela, maior do que qualquer lua que ela já tivesse visto. Hennessy não conseguia ver sua face, mas parecia perturbada.

Ela estava subindo.

Estava muito escuro para ver no que ela estava subindo, mas podia sentir rochas e pedras deslizando sob seus pés.

Ela não estava sozinha.

Tinha consciência de que alguém caminhava ao seu lado, embora não pudesse ver quem era. Podia ouvir seu progresso — o barulho e o deslizar de pés nas rochas. Essa presença parecia ser mais leve do que ela, diferente dela, embora o som pudesse estar sendo distorcido pela paisagem oculta. Parecia mais um corpo pulando e batendo as asas, unhas ou garras encontrando apoio antes de decolar, mas não poderia ser uma ave, ela pensou, porque uma ave voaria. A menos que estivesse apenas sofrendo ao lado dela para lhe fazer companhia. Para se parecer mais com ela.

Hennessy não sabia para onde estavam indo, além de para cima, onde havia mais claridade. Ela conseguia ver, uma sugestão de cinza. Não o amanhecer, mas a promessa do amanhecer, o melhor que o amanhecer poderia fazer naquela situação.

Para cima. Para cima. Iam para cima e suas pernas pesavam, mas parecia crucial sair do escuro. Ficava mais claro adiante, ela pensou, claro o suficiente para que achasse que o céu poderia até ter um pouco de rosa. Claro o suficiente, ela pensou, que poderia ver uma borda na rocha nua em que estavam subindo.

A borda era bastante irregular para lembrá-la de...

— Eu sei que este não é o meu sonho — disse Hennessy. — Porque não tem...

— Não diga esse nome aqui — repreendeu quem a acompanhava. — Não é disso que se trata o sonho. Quem procuramos? Isso é importante. Não vou ajudá-la a se lembrar.

— Ronan — respondeu ela.

O preto intenso agarrava-lhes enquanto subiam. Estava em toda parte. Tinta noturna.

Sim, ela se lembrava.

— Você consegue — disse quem a acompanhava. — Você não é diferente quando está acordada de quando está dormindo.

Hennessy se lembrou de um pouco mais.

— Rhiannon Martin pensaria diferente. Seu otimismo em mim, cara, a matou. Engole essa.

Quem a acompanhava não disse nada, ainda subindo no escuro. Tateando e arranhando, farfalhando e estalando. Isso a fez pensar em Motosserra, a corva de Ronan.

— Eu sonharia o fim disso, se pudesse — disse Hennessy. — Eu acordaria sem isso. Apenas vá embora.

— Você insulta a morte dela — pontuou Bryde, porque agora certamente a voz era dele. — Você insulta o que estamos tentando fazer.

O céu acima deles clareou ainda mais, assumindo aquela complicação de rosas e dourados e vermelhos e azuis que o nascer do sol era capaz de ser sem entrar em conflito. Agora havia uma linha definida em direção ao cume, uma borda irregular que marcaria o fim da escalada. Parecia a Renda, mas Hennessy não afirmou isso em voz alta.

— Você diz que as linhas estão piorando — disse Hennessy. — Você está dizendo que sonhar está pior, mas é a mesma coisa para mim. Sempre foi assim. Continua sendo assim. Quantos sonhadores mortos você quer com meu nome neles?

Agora estava claro o suficiente para que Bryde aparecesse ao lado dela, sua silhueta subindo, o rosto pensativo. Ele era uma pessoa de aparência peculiar, Hennessy pensou. A maioria das pessoas poderia ser colocada em uma categoria ou em outra. Fulana me lembra sei lá quem, alguém diz. Esse cara é esse tipo de pessoa. Ah, eles são *esse* tipo de pessoa, mas o que era Bryde? Bryde. Grupo de um. Se ele a lembrava de alguma coisa, ele a lembrava de... a semelhança desapareceu.

Bryde disse:

— Então melhore.

— *Melhore*, diz ele, mamão com açúcar, fácil. Você é um verdadeiro idiota, sabia? Quando foi que alguma coisa sua não deu certo?

— Você está nisso há semanas — disse ele. — Você sabe quantos anos eu tenho?

Havia algo um pouco perigoso nessa questão. Hennessy não sabia dizer se era perigoso responder certo ou responder errado. Instantes depois, disse:

— Mais velho do que Ronan pensa.

— Sim — concordou Bryde.

Agora dava para ver que se dirigiam a um grande toco oco, uma árvore que devia ser enorme quando viva, mas então Hennessy se lembrou: *estava* viva. Era a árvore da Virgínia Ocidental, transplantada. Ilidorin.

— Sim — Bryde disse novamente, e parecia cansado. — Mais velho do que ele imagina.

A árvore crescia de uma rocha nua e escura em um precipício que se projetava acima de um vasto e brilhante oceano rosa-laranja-amarelo-azul. O mar abaixo parecia frio e antigo, as ondas quase inaudíveis quebrando lenta e seguramente. Tudo continuava escuro onde o sol ainda não alcançava.

Era lindo e Hennessy odiava. Ela odiava ou odiava a si mesma. Este.

— O ódio a si mesmo é um hobby caro pago por outras pessoas — disse Bryde. — Olhe. Aqui está ele.

Ronan estava na árvore. Ou melhor, havia *um* Ronan dentro da árvore. Esse Ronan estava vestido de preto, enrolado dentro do oco, com os braços cruzados, a postura inegavelmente a mesma de Ronan no mundo real, mas esse Ronan era velho. Bem, mais velho. Grisalho. Esse Ronan havia caminhado e caminhado pelo mundo. Tinha as bochechas duras e esculpidas sob a sombra da árvore. Pés de galinha profundos haviam se formado ao redor dos olhos por décadas de risos e de franzir a testa ao sol. A cabeça raspada crescera apenas o suficiente para mostrar que as têmporas estavam grisalhas, assim como os pelos que sombreavam sua mandíbula. Havia um rastro espesso de tinta noturna que escorria de um de seus olhos fechados, mas dois ratinhos minúsculos do tamanho de nozes trabalhavam furiosamente nisso com as patas e a língua.

Velho. Mais velho do que ele imagina.

Hennessy queria dizer algo para cortar o momento, mas não conseguiu. Ela estava com tanta raiva, tão enredada nas garras daquele oceano selvagem, daquele nascer do sol distante, daquele pico cada vez mais claro, daquele Ronan desgastado de outra época encolhido em uma árvore antiga. *Por que tinha que ser assim?*, ela continuou pensando. *Por que tinha que ser assim?*

Ela ansiava pela Hennessy no carro, aquela que julgava não se importar com nada. Que mentirosa esplêndida ela era. Ela se importava com *tudo*.

Depois que os ratos terminaram, eles correram para a escuridão da cavidade da árvore, deixando Ronan imóvel na curva protetora do toco.

— Volte, Ronan — disse Bryde baixinho. — A tinta noturna não vai pegar você desta vez

Silêncio. Apenas o som quase inaudível daquele oceano lento e antigo lá embaixo.

— Ronan Lynch — chamou Hennessy.

Os olhos de Ronan se abriram.

Eram seus olhos, afinal, azuis, brilhantes e intensos. Ele olhou para ambos, esse jovem velho Ronan.

— Chega de brincar — disse. Ele parecia cansado. — Vamos salvar as linhas ley.

16

Declan, havia muito tempo, tinha ouvido que precisava saber o que queria, ou nunca ia conseguir. Não por seu pai, porque seu pai nunca teria dado conselhos pragmáticos de um modo tão pragmático. Não, mesmo se Niall Lynch acreditasse no sentimento, ele o teria envolvido em uma longa história cheia de metáforas, magia e enigmas sem sentido. Apenas anos depois de contar a história, Declan estaria sentado em algum lugar e perceberia que o tempo todo Niall estivera tentando ensiná-lo a equilibrar seu talão de cheques, ou seja lá qual fosse o verdadeiro tema da história. Niall nunca dizia simplesmente o que queria dizer.

Não, esse conselho — *Você tem que saber o que quer, ou nunca vai conseguir* — fora dado a Declan por um senador de Nevada que ele conheceu durante um passeio da escola a Washington, DC, no oitavo ano. As outras crianças tinham ficado entediadas com a contrição de pedra clara da cidade e a mesmice das agências da lei e do governo. Declan, no entanto, ficara fascinado. Ele perguntou ao senador que conselho ele daria para quem quisesse entrar na política.

— Venha de um berço endinheirado — disse o senador primeiro, e então, quando todos os alunos do oitavo ano e os professores permaneceram sérios, ele acrescentou: — Você tem que saber o que quer, ou nunca vai conseguir. Estipule metas.

Declan estipulou metas. A meta era Washington, DC. A meta era a política. A meta era estrutura, e mais estrutura, e ainda mais estrutura. Ele fez aulas de colocação avançada em ciência política e políticas públicas. Quando viajava com o pai para os mercados clandestinos, ele escrevia ensaios. Quando recebia ligações de gângsteres e de obscuras casas de leilão de antiguidades, organizava entregas perto de Washington e arranjava entrevistas com o pessoal de RH. A Aglionby Academy realizou algumas ligações e mexeu os pauzinhos; ele conseguiu nomes, números, estágios. Tudo ocorria de acordo com o plano. Seu pai foi inconvenientemente assassinado, mas Declan continuou. O testamento do pai convenientemente deixou para ele uma casa adjacente a Washington. Declan seguiu em frente. Manteve os irmãos vivos; se formou; se mudou para Washington.

Ele fazia a meta; ia em direção à meta.

Na primeira reunião de almoço com seu novo chefe, ele se viu tomado pela mesma expectativa de quando era um aluno do oitavo ano. Aquele era o lugar, ele pensou, onde as coisas aconteciam. Do outro lado da rua, a embaixada mexicana. Atrás dele, o FMI. A Escola de Direito George Washington, a um quarteirão de distância. A Casa Branca, o Serviço Postal dos Estados Unidos, a Cruz Vermelha, tudo ao alcance de uma pedrinha lançada.

Isso foi antes de Declan entender que, para ele, não haveria *sucesso*. Ele vinha de um berço endinheirado, sim, mas do tipo errado de dinheiro. A influência de Niall Lynch não era relevante naquele mundo da luz do dia; ele só tinha status durante a noite. E não se superava isso tudo permanecendo invisível para proteger o irmão perigoso.

Naquele primeiro dia de trabalho, Declan entrou na Renwick Gallery e se viu dentro de uma instalação que ocupava o segundo andar ao redor da escadaria grandiosa. Dezenas de milhares de fios pretos tinham sido instalados em pontos ao longo de todo o teto, emaranhados em torno da escultura de LED de Leo Villareal que normalmente iluminava a sala, envolvendo o corrimão sobre as escadas, bloqueando a luz dos altos arcos que delimitavam as paredes, transformando os espaços de circulação em confusos e escuros túneis de coelho. Os frequentadores do museu tinham que andar com cuidado para não serem enredados e trazerem o mundo inteiro abaixo com eles.

Ele tinha, o que era bizarro, sentido as lágrimas ardendo nos cantos dos olhos.

Antes disso, não havia entendido que suas metas e o que ele queria poderiam não ser a mesma coisa.

Foi ali que ele encontrou a arte.

No pequeno Museu Isabella Stewart Gardner em Boston, Declan encarava o *El Jaleo* de John Singer Sargent. A sala escura, o chamado Claustro Espanhol, era comprida e estreita. As paredes eram coloridas com complicados azulejos mexicanos e ladeadas por fontes e bacias de pedra. *El Jaleo* era a única pintura da sala, pendurada em um nicho raso emoldurado por um arco mourisco. Vasos antigos repousavam em torno de sua base, enganando o observador e fazendo-o acreditar que aquilo fazia parte da cena da pintura. Um espelho astuto roubava a luz do corredor e a jogava sutilmente na tela. Gardner reformara aquela sala especialmente para *El Jaleo*, e cada parte dela era uma extensão da atmosfera da pintura.

Quanto maior a obra de arte, geralmente mais longe dela deveríamos ficar para observá-la, então Declan não estava bem na frente da tela, mas sim a quatro metros de distância. Apenas olhando para ela. Olhando para ela havia dez minutos. Provavelmente ia olhar para ela por mais dez minutos.

Uma lágrima quis rolar de seus olhos.

— Certa vez, um homem em Florença teve um ataque cardíaco quando viu o *Nascimento de Vênus*, acredita? — disse uma voz ao lado dele. — Se bem que as palpitações são mais comuns. Isso é o que Stendhal sentia. Não conseguia andar, relatou ele, depois de ver uma obra de arte particularmente comovente. E Jung! Jung decidiu que era muito perigoso visitar Pompeia na velhice porque o sentimento... o sentimento de toda aquela arte e história ao seu redor poderia matá-lo. Jerusalém... Turistas em Jerusalém às vezes se enrolam em lençóis de hotel. Para se tornarem eles também obras de arte, sabia? Parte da história. Uma festa de togas coletiva e inconsciente. Uma senhora na cidade sagrada decidiu que estava dando à luz o filho de Deus. Ela nem grávida estava, antes que você pergunte. Engraçado o que a arte pode fazer com a gente. Síndrome de Stendhal, como eles chamam, em homenagem ao nosso rapaz que tinha palpitações, embora eu prefira seu nome mais moderno: Declan Lynch.

— Oi, Jordan — disse Declan.

Ele permaneceu ali por um tempo com Jordan Hennessy, os dois olhando para a pintura. *El Jaleo* era tanto escura quanto luminosa. Nele, uma dançarina espanhola serpenteava por uma sala escura. Atrás dela, os violonistas oscilavam em torno de seus instrumentos e os espectadores aplaudiam. Era tudo preto e marrom, exceto pelo branco marcante da dançarina e o rubor do vermelho nos detalhes. Estando ali, era óbvio quanto rigor fora colocado na dançarina contorcida e quão pouco havia sido dedicado aos músicos e ao fundo, o que forçava a atenção do espectador sobre ela, apenas ela. Todo o trabalho parecia fácil, se a pessoa não entendesse bem das coisas (Declan entendia bem das coisas).

— O senhor é meu cliente em potencial, não é? — Jordan perguntou. — Eu deveria saber. Sr. Pozzi, do sul de Boston.

Declan disse:

— Como você encontra um falsificador? Esteja no mercado atrás de uma falsificação.

— Pozzi é certeiro, você não acha?

Samuel-Jean Pozzi era o tema de um dos retratos mais dramáticos de John Singer Sargent, uma glória de corpo inteiro no qual exibia seu amigo, o dr. Pozzi, um conhecido dândi e ginecologista obstetra, em um roupão vermelho vívido. Declan temeu que usar tal nome ao contatar Jordan solicitando uma falsificação denunciasse o jogo, mas a recompensa potencial de parecer inteligente era uma tentação muito grande.

— Você não descobriu, não é? — Declan ergueu o cachecol vermelho do colarinho. — Estou usando este cachecol em sua homenagem.

— Vermelho-cádmio — declarou Jordan. — Ligeiramente tóxico, mas apresenta pouco risco se bem manuseado. Antes que eu me esqueça...

Ela lhe entregou as chaves de seu carro roubado.

— Você se lembrou que tinha que ser gasolina premium?

— Caramba, eu sabia que tinha esquecido de alguma coisa. Completei o fluido de limpeza.

— Onde está?

— Uma dama nunca conta. — Ela sorriu para ele. Em seguida, se aproximou da pintura o máximo que era permitido, dobrando a cintura para estudar as pinceladas, graciosa como uma das dançarinas de Degas. Seu sorriso se alargou quando ela adivinhou, corretamente, que Declan olhava para ela. Endireitando-se, ergueu o braço e torceu o corpo, imitando perfeitamente a dançarina de *El Jaleo*. Não havia nada como o som de um museu, e o Gardner não era exceção. O murmúrio de outros clientes no pátio adjacente, o som de passos ecoando nos corredores, os sussurros respeitosos. Jordan Hennessy era arte na frente da arte em uma sala que era arte em um prédio que era arte em uma vida que era arte, e Declan disse a si mesmo que fora ali apenas para pegar seu carro de volta.

O Declan Tolo sorriu; o Declan Paranoico zombou.

O Declan Paranoico perdeu. O Declan Tolo disse, em um tom neutro:

— Você nunca terminou meu retrato. Parece pouco profissional largar um cliente no vácuo assim.

Jordan concordou.

— E agora você quer um reembolso.

— Um reembolso não vai preencher aquele buraco na minha parede.

— Seriam necessárias várias sessões. Pode ficar feio ao longo do caminho antes do fim.

— Eu confio na sua experiência.

Jordan bateu as pontas dos dedos com jeito distraído. Ela não olhou para Declan.

— Sabe, no final das contas, ainda é um retrato, certo? Apenas uma cópia do seu rosto. Não importa o quanto acabe bem, isso nunca muda. É apenas uma cópia.

Declan disse:

— Estou aperfeiçoando minha compreensão da arte a cada dia.

Jordan franziu a testa — ou pelo menos parou de sorrir, o que para ela era tão bom quanto uma testa franzida.

— O que você diria se eu dissesse que encontrei uma maneira de manter os sonhos acordados?

— Eu esperaria pelo final da piada.

— E se eu dissesse que essa pintura manteria Matthew acordado se algo acontecesse com Ronan? Que tinha energia de sonho nela?

Declan não respondeu de imediato, porque um trio de mulheres entrou na sala, com um docente. Os quatro passaram uma quantidade excruciante de tempo olhando para a pintura e tirando fotos na frente dela e, em seguida, fazendo perguntas ao docente sobre o paisagismo antes de todos entrarem na sala ao lado.

Ele deu uma olhada para ter certeza de que estavam fora do alcance da voz, então lançou um olhar para ver que Matthew continuava sentado no banco do pátio, olhando para as flores. Por fim, disse:

— Eu não acho que diria nada. Eu ficaria ouvindo.

E ele o fez, em silêncio, enquanto Jordan pressionava uma das mãos em seu ombro para se inclinar e sussurrar no ouvido dele tudo o que havia aprendido sobre os docemetais. Ela sussurrou como percebera que eram todas peças de arte e sussurrou que talvez fosse por isso que se sentia tão em casa nos museus. Ela sussurrou que talvez fosse por isso que se sentia tão atraída por John Singer Sargent em particular, e sussurrou que decidira vir para o Sargent mais famoso em Boston para ver se era um docemetal.

— E é — disse Declan.

Eles olharam para a pintura em questão. Nenhum dos dois disse nada por um tempo. Apenas ouviram o som de ambos respirando e observando a pintura.

Jordan perguntou:

— Se você fosse eu, o que faria agora?

Ele sussurrou:

— Roubava.

Ela riu de alegria e ele memorizou o som.

— É uma pena que você tenha sentimentos confusos sobre o crime, Pozzi — disse Jordan —, porque tenho certeza de que você foi feito para isso, mas não acha que o Gardner já foi saqueado o suficiente?

— Então o que *você* vai fazer?

— Eu acho... Acho que vou descobrir como eles são feitos — disse Jordan. — E, se eu puder, vou tentar fazer um.

Ela olhou para ele. Ele olhou para ela.

Declan agora sentia todos os seus objetivos anteriores vagando ainda mais para longe dele, todos parecendo bobos e arbitrários, os sonhos de infância de uma criança em busca de estabilidade, desejando uma estrela que mais tarde viria a se mostrar um satélite.

— Diga que você vai ficar em Boston — pediu ela.

Você tem que saber o que quer, ou nunca vai conseguir.

— Vou ficar em Boston — afirmou ele.

17

Ronan pensou: *Foi para isso que fui feito, provavelmente.*
Os três sonhadores estavam sentados ombro a ombro, olhando para a paisagem da Pensilvânia abaixo, o vento os atingindo com força. A aparência dos cumes e vales de montanha era a de que dedos haviam beliscado a paisagem em alguns lugares e impresso os polegares em outros. Um largo rio movia-se de noroeste para sudeste. Um rio menor vinha de oeste para leste, serpenteando de um modo que o lembrava da cobra preta que eles haviam encontrado no museu. As fazendas eram cortadas em retângulos que se chocavam com florestas escuras e selvagens. As estradas eram finos cabelos brancos por todas elas, como vermes parasitas em um prato. Daquela altura, os humanos tornavam-se invisíveis.

— O que você sente? — perguntou Bryde.

Liberdade. Reclusão. Vida. Culpa. Poder. Impotência. Ronan sentia tudo, menos a linha ley.

Hennessy suspirou.

Bryde disse:

— Salvar as linhas ley é enxergar o padrão. É difícil ver o padrão quando você está nele, mas os humanos fazem as mesmas coisas repetidamente; eles não são tão complicados. Em um par, eles são indivíduos. Incomuns. Incaracterísticos. Se você tem meia dúzia, dois ou três te fazem se lembrar dos demais. Quando você tiver cem ou duzentos, verá os tipos repetidos continuamente. Coloque dois tipos juntos; eles reagem de uma certa maneira. Coloque-os com um tipo diferente; eles reagem de uma forma diferente, mas previsível. Os humanos se formam em grupos ao longo das mesmas linhas de novo e de novo; eles se fraturam em grupos menores ao longo de outras linhas previsíveis de novo e de novo. Cento e cinquenta, o número de Dunbar. É esse o número de conexões que os humanos podem suportar antes que as coisas comecem a se desintegrar e a se refazer. De novo e de novo. Os humanos dançam com tanta elegância quanto as estrelas mecânicas se movem no céu, mas eles não percebem isso porque são *as* estrelas.

Estavam muito no alto. Milhares de metros, pés balançando, pressionados juntos no *hoverboard* sonhado, bochechas queimando de frio, pulmões queimando com o ar rarefeito. O vento os movia de um lado para o outro; eles só corriam o risco de cair se resistissem ao fluxo. Não estavam em um sonho, mas a *sensação* era de sonho e, pela primeira vez, Ronan sentiu como se entendesse o que Bryde queria dizer quando afirmava que não havia dois dele.

Bryde continuou:

— O mundo não humano também tem padrões. Veja os veios de uma folha, sua mão, uma árvore, ouro através da rocha, um rio que leva ao mar, relâmpago. E de novo e de novo, não apenas no visível, mas também no invisível. No fluxo de ar, partículas, ondas sonoras, linhas ley, também, percorrendo esse nosso lar pobre e maltratado. De novo, de novo, de novo. Tudo prevê todo o resto. Tudo afeta todo o resto.

Ronan sentiu Hennessy estremecer. Ele encostou a cabeça na dela e, sem pausa ou resmungo, ela se inclinou para trás.

— Não é preciso muito para interromper o padrão. Olhe aquele rio ali. Com o passar dos anos, o lodo se acumulou ao longo de suas margens, o que o torna mais lento. E, à medida que desacelera, ele se torna menos capaz de mover o lodo, então desacelera ainda mais, então há ainda mais lodo e, portanto, desacelera ainda mais. À medida que diminui a velocidade, o rio se torce com mais força para longe do obstáculo, procurando o caminho de menor resistência. Torce, desacelera, torce, desacelera, até que as curvas sejam tão estreitas que se torne apenas um lago curvado aqui e então um pequeno lago ali e, finalmente, a água é conduzida para baixo do solo. Isso também é o que acontece com as linhas ley.

Ronan quase podia imaginar. A energia brilhante da linha ley cintilando na paisagem abaixo, pulsando sob as montanhas, infiltrando-se nos rios. Tudo parecia óbvio e conectado em seu último sonho, quando ele estava encolhido dentro de Ilidorin, e um pouco dessa conectividade perdurava.

— Lentamente, as linhas ley são fechadas uma a uma por eletricidade e estradas e lixo e barulho e barulho e barulho e barulho. — Bryde respirou fundo. — É por isso que nós, sonhadores, somos forçados a ir de veio em veio enquanto elas desabam atrás de nós.

— Então, um sonhador é apenas um parasita — disse Hennessy.

— Não somos nada sem eles.

— Seu cérebro é um parasita? — perguntou Bryde.

— É — respondeu ela imediatamente.

— Seus pulmões, seus rins, suas mãos? Seu coração bombeia sangue por todo o corpo. Tire o sangue e as coisas começarão a falhar. Isso torna o cérebro menor que o sangue? A mão esquerda, uma serva das veias que a alimentam? Precisamos da linha ley. A linha ley precisa de nós. O mundo precisa de nós. No futuro, se todos nós morrermos... e *estamos* morrendo, alguns mais depressa do que outros... então o resto vai morrer. Nosso falecimento será um sintoma de uma doença maior.

— E se consertarmos as linhas ley? — perguntou Ronan. — A doença vai embora?

Bryde não respondeu de imediato. Ele deixou que o vento o atingisse; essa era a maneira de não cair do *hoverboard*. Dobrar, não quebrar. Então disse:

— Um corpo saudável pode resistir a doenças. Pode viver em paralelo a elas. Um mundo cheio de energia ley não apoia os sonhadores e sonhos apenas ao longo das linhas, assim como um corpo saudável não é vivo apenas onde passam as veias. É vivo da cabeça aos pés. Cérebro e pulmões, rins e mãos. Corrija as linhas ley, e os sonhadores e os sonhos simplesmente existirão onde quiserem.

Um mundo onde Matthew poderia apenas viver.

Um mundo onde Ronan poderia apenas sonhar.

Um mundo onde todos os sonhos eram claros, nítidos e fáceis de navegar, para que nunca houvesse acidentes ou pesadelos.

Ele queria.

Fazia muito tempo que Ronan queria que algo acontecesse, em vez de querer que algo *não* acontecesse. Ele tinha esquecido como era. Grande e terrível em partes iguais. Queimava.

— Restaurar as linhas ley é um jogo de dominó — disse Bryde. — Se abordássemos cada dominó separadamente, nunca terminaríamos. Os dominós seriam restaurados assim que virássemos as costas. E seríamos parados antes que estivéssemos perto de terminar. Mas, em vez disso, nos concentramos apenas nos dominós que derrubarão muitos outros.

— Metáfora legal — disse Ronan. — O que os dominós representam?

— Você já sabe — desconversou Bryde. — Todos os obstáculos bloqueando a energia ley. Ruído humano.

— E o que é derrubá-los? — perguntou Hennessy. — Por favor, me diga que é explodir as coisas.

— Às vezes — admitiu Bryde. — Muitas vezes.

Hennessy fez um barulho satisfeito.

— As outras pessoas vão se machucar? — perguntou Ronan.

Bryde hesitou por apenas um segundo.

— Não se estivermos criando soluções diferenciadas, em vez de martelar nosso caminho. Somos sonhadores. Podemos dar um passo leve.

— Qual é o primeiro dominó? — quis saber Ronan.

— Essa não é a pergunta certa — observou Bryde. — Sempre pergunte: "O que fazemos por último?" E então você trabalha nessa direção. O homem que pensa passo a passo só vê os pés. Olhos para cima. O que nós queremos?

— Salvar as linhas ley.

— Recue um pouco — disse Bryde. — Um passo antes disso é o quê? Ronan pensou.

— Salvar a linha ley de Ilidorin.

— Um passo antes disso?

Ronan estava mais uma vez encolhido em Ilidorin, conectado com tudo. Uma emoção o gelou quando ele disse:

— A represa.

— Sim — disse Bryde. — Mas também há etapas entre nós e isso. Não faz sentido mover a barragem sem liberar os afluentes primeiro. Por que acionar o interruptor sem nenhuma lâmpada conectada? Primeiro temos que remover os obstáculos mais abaixo na linha e nas linhas adjacentes. A linha de Ilidorin será a primeira e a mais difícil, mas é um bom dominó. Ele derrubará muitos outros depois de nós. Hennessy, você está quieta.

Uma fina nuvem cinza passou entre eles e o mundo abaixo.

Os campos de retalhos desapareceram e reapareceram.

— Você não precisa de mim — afirmou ela.

— Não venha me dizer do que eu preciso — retrucou Bryde.

— Eu não pude fazer nada lá atrás. Eu não conseguia sonhar uma arma porque não havia ninguém para segurar minha mão. Ronan Lynch aqui pode fazer qualquer coisa que eu possa e muitas coisas que eu não posso. Apenas me liberte.

Bryde não disse: *E quanto à Renda?* porque raramente mencionava a Renda em voz alta, a menos que fosse necessário. Ele ficou quieto por um longo tempo e então disse:

— Eu não vou arrastar você.

Mas Ronan arrastaria.

Ele rosnou:

— Supere-se, princesa.

— O quê? — ela questionou, chocada.

— Basta dizer que você quer fazer algo mais fácil se é isso o que você está querendo dizer, mas não jogue a carta da choradeira pra cima de mim. Puxa vida! Minha família inteira foi fuzilada, eu não vou aguentar, por favor, implore para eu ficar e me fazer sentir bem.

Hennessy torceu o corpo tanto quanto ousou encará-lo.

— Você é carne de pescoço.

Ronan desferiu um sorriso maldoso para ela. De alguma forma ele saltou direto para a sordidez, mas era tarde demais para se segurar agora.

— Eu salvei sua vida. Você está me devendo uma.

— Eu salvei a sua. Isso é o que chamamos de "quites".

— Quer ligar para Jordan e contar a ela que você desistiu, então? — Ele não conseguia parar. Veneno continuava pingando dele. — Você vai começar a ajustar o cronômetro de novo, viver a vida em blocos de vinte minutos de privação de sono, dane-se tudo, privação de sono de novo? Ei, Jordan, elas morreram em vão, posso ficar com você? Valeu.

A expressão de Hennessy não mudou, mas ele a observou engolir em seco, as rosas tatuadas em sua garganta brilhando levemente com o movimento.

— E quando eu trouxer toda a Renda e explodir o mundo?

Bryde disse:

— Não vamos deixar isso acontecer.

— Ah, mas você fez, mano. A única razão pela qual não havia mais Renda era porque não havia ley suficiente para isso, havia? Na verdade, eu trouxe a Renda para fora *e*, ao mesmo tempo, levei nosso menino aqui mais para perto da morte. Fiz várias tarefas ao mesmo tempo como uma mãe.

Hennessy ia deixá-los. Ronan sabia que era o que ela ia fazer. Ele podia ver que cada pedacinho dela estava pronto para desistir. Eles conseguiriam fazer tudo aquilo sem ela? Talvez. Provavelmente. Mas, de alguma forma, a ideia de salvar linhas ley sozinho com Bryde era terrível. Terrível como uma tempestade. Terrível. Estarrecedor. Ronan não conseguia pensar muito a esse respeito, porque o fazia sentir vontade de fugir do *hoverboard* apenas para ver o que aconteceria. O que era real? Cair? Morrer? Voar? Eles estavam flutuando trezentos metros acima do solo. Real? Em um sonho não haveria consequências.

Ronan estava tão assustado por sentir esse impulso em si mesmo quanto pela ideia de salvar as linhas ley apenas com Bryde.

— Por que você se importa? — perguntou Hennessy. — A verdade. Chega dessa conversa de merda.

Ele sentia o impulso de derramar mais veneno, mas o conteve. Observou sua corva circular bem abaixo deles, entrando e saindo das nuvens.

Sua voz, quando ele falou, soou quase inaudível contra o vento.

— Eu não sei. Eu só me importo.

Não foi uma resposta muito boa, mas era a verdade.

Hennessy disse:

— Tudo bem. Tanto faz, mas não diga que eu não te avisei.

O coração de Ronan batia forte novamente. Semelhante ao barato que sentia quando as máscaras eram retiradas, quando ele sabia que iam sonhar, só que era muito maior do que isso. Eles mudariam o mundo. Eles mudariam seus próprios mundos. Não tinha volta. Ele ia mesmo fazer isso? Deveria. Para que ele tinha sido feito, senão para isso?

Bryde disse:

— Então começamos de onde eu parei.

18

Jordan não conseguia realmente assimilar o que era ser excelente em arte.

Outras pessoas lhe diziam que ela era excelente em arte o tempo todo. Ficavam boquiabertas com a rapidez com que ela fazia um desenho a lápis. A facilidade com que misturava pigmentos. A confiança de suas pinceladas. E não era que ela não entendesse por que diziam isso. As telas que produzia eram impressionantes. O domínio da técnica era notável para sua idade. Sua habilidade de pintar o que via diante dela em velocidade era incomum.

Mas ela apenas imitava a excelência de outras pessoas.

Não que fosse incapaz de grandeza. Era possível (provável?) que tivesse aptidão para isso. Jordan tinha um conhecimento muito bom da teoria artística. Sabia como conduzir o olhar do espectador em torno de uma tela. Sabia como subtrair e adicionar elementos para fazer o olho demorar ou passar rápido. Sabia quais cores aqueciam um objeto mais próximo e quais resfriavam os objetos no fundo. Sabia como a luz brilhava no vidro, no metal, na grama, no tecido. Sabia quais de suas tintas eram finas e quais eram grossas; sabia quanta terebintina adicionar para obter a pincelada desejada; sabia quais problemas de valor o verniz resolveria ou não. Conhecia toda a matemática e a ciência complicadas que faziam a arte e a emoção funcionarem em uma boa tela. Jordan tinha os pré-requisitos para ser uma artista excelente.

Mas não era uma artista excelente. Era uma grande técnica.

Estar na presença de pinturas como *El Jaleo* e *Jordan em branco* só dava mais sentido a isso. Eles não eram grandiosos por serem tecnicamente perfeitos. Havia algo mais. Algo mais. Se esse algo poderia ser nomeado — docemetal? —, ela não tinha certeza. Mas tinha certeza de que peças como aquelas tinham uma maneira de ver o mundo que ninguém jamais havia notado.

Isso era grandiosidade.

Jordan sabia disso com cada fibra de seu ser. Cada vez que forjava um Edward Lear, um Henry Ossawa Tanner, um Frederic Remington, um Georgia O'Keeffe, um Homer, ela sabia. Usava um pouco os chapéus de excelência de cada um deles sempre que fazia uma falsificação, mas isso não a tornava excelente como eles. A lacuna entre o que ela fazia e o que aqueles artistas faziam era vasta. Antes de Ronan, ela pensava que permaneceria assim. Percebeu que ficaria sem tempo muito antes de ter a chance de ver do que era capaz, mas agora estava em Boston e seu coração continuava batendo e seus olhos continuavam abertos. Com um docemetal nas mãos, ela poderia ter mais tempo do que esperava.

Jordan não era excelente em arte, mas pela primeira vez pensou que teria a chance de descobrir se ela poderia ser.

— Obrigada pela ajuda — disse Jordan.

— Não foi nada — respondeu Matthew Lynch. — Obrigado por me comprar um cachorro-quente no palito.

— Era isso que você estava comendo? Achei que fosse uma meia.

Matthew esfregou a barriga com entusiasmo usando uma das mãos e ajeitou a enorme sacola de roupas em seu ombro com a outra.

— Todo mundo precisa de mais meias, é o que Deklo diz.

Havia três vantagens em trazer o Lynch mais jovem como assistente. Em primeiro lugar, Jordan *poderia* usar um par extra de mãos. Não apenas era bom ter outra pessoa para mover a iluminação ou ajustar o cabelo, mas os clientes também pagavam mais por artistas que traziam assistentes. Parecia que deveria ser mais caro, então era: uma daquelas profecias autorrealizáveis. Em segundo lugar, Declan Lynch tinha perguntado se ela poderia ficar de olho em Matthew enquanto resolvia alguns assuntos, presumivelmente de legalidade ou segurança duvidosa, e era bom poder fazer um favor a ele para mostrar que ela apreciava sua vinda a Boston. E, por fim, não demorara muito para Jordan descobrir que Matthew Lynch era um pouco como um docemetal, mas para os humanos. As pessoas o amavam. Elas não sabiam por que o amavam, mas amavam. Completamente, simplesmente, descaradamente. Isso parecia um golpe de sorte para se ter em um trabalho.

— Você vai me dizer o que eu preciso fazer, né? — perguntou Matthew. — Quando estivermos lá?

— Esse é o plano — disse Jordan. — Deve ser agradável e relaxado. Queremos que eles sintam que se divertiram. Você os faz felizes, eles contam aos amigos sobre você. E pessoas em lugares como este têm amigos...

— Com o símbolo de dólar no lugar de olhos? — perguntou Matthew. — Espera, não, você é quem ficaria com o símbolo de dólar no lugar dos olhos, porque é você quem está sendo paga. Ou o símbolo de libra? Símbolos de libra nos olhos?

Ele continuou tagarelando enquanto Jordan mandava uma mensagem de texto à cliente avisando que já estava na porta. Era uma entrada impressionante, uma soleira revestida de pedra com o dobro de sua altura. A grande e velha igreja de pedra de Boston fora convertida em quatro enormes apartamentos de luxo, cada um tão grande quanto a maioria das mansões suburbanas. Carros caros e de bom gosto estavam estacionados no meio-fio. Uma babá lançou-lhes olhares desconfiados enquanto empurrava um carrinho de bebê pela calçada. Matthew acenou para a menina que seguia a babá; a menina acenou de volta.

Houve um pequeno zumbido de uma fechadura elétrica, e então a porta se abriu.

A mulher na porta combinava com os carros na calçada. Cara e de bom gosto. Seu sorriso, no entanto, era gratuito para todos.

— Olá, sou Sherry. Jordan Hennessy?

Jordan sorriu de volta.

— E meu assistente, Matthew. Um lugar excelente.

— Nós adoramos — disse Sherry. — Ainda cheira a arrependimento. Entrem.

Eles entraram. Jordan estava combinando negócios e prazer, ou pelo menos negócios e assuntos pessoais. Até onde Sherry sabia, Jordan desejava obter fotos de referência para uma encomenda artificiosa, mas Jordan também descobriu que Sherry e o marido, Donald, provavelmente haviam comprado um docemetal por meio de um dos leilões da Boudicca anos antes. *Provavelmente* porque Jordan não tinha cem por cento de certeza de que a coleção de onde vinha era composta de docemetais. Ela sabia apenas que havia sido um conjunto eclético de obras com preços inesperados. E que era muito, muito secreto. Mais secreto do que se poderia esperar de uma coleção que incluísse cabeceiras, abajures e fotografias artísticas. Foi preciso muito trabalho braçal e influência social para obter até mesmo *essa* informação. Parecia-se muito com as horas investidas na possibilidade de olhar para *talvez* outro docemetal para ver o que ele tinha em comum com *El Jaleo* e os outros docemetais que ela havia visto. Tratava-se de uma fotografia, então era único, pelo menos. E, afinal, que outras pistas tinha?

Por dentro, o apartamento era moderno e simples, aproveitando os tetos elevados da igreja para incorporar uma escultura alta e elegante e um foco de luz tubular, concentrado como laser. Não fazia o estilo de Jordan, mas ela sabia o valor. Declan provavelmente teria ficado louco vendo aquilo. Era uma versão adulta, muito cara e muito específica de sua casa geminada estéril no subúrbio, combinada com a arte abstrata que ele havia escondido no sótão.

— Eu sei que isso é meio cafona — disse Sherry. — Essa coisa toda, mas adoro essa ideia desde que era criança, e estou crescida demais para usar agora, e, como Harlow tem idade suficiente para ser retratada, eu pensei, vou fazer, vou puxar o gatilho antes de mudar de ideia ou de Donald me convencer do contrário.

— Há uma longa tradição — disse Jordan. — Então você está em boa companhia. No entanto, John White Alexander não é o que eu imaginei que você gostaria. Não com o seu estilo.

Sherry olhou ao redor da sala.

— Ah, este é o estilo de Donald. Eu posso decorar a biblioteca e o quarto; ele tem a sala de estar e a área de jantar. Dividimos os territórios no acordo de paz.

— Ah, entendo — disse Jordan enquanto Sherry levava as crianças para uma biblioteca. Era muito mais o que ela esperava de um cliente que desejava encomendar um John White Alexander, um contemporâneo tradicional e bem-educado de John Singer Sargent. Havia estantes escuras do chão ao teto e uma mesa ornamentada e volumosa sustentando um abajur Tiffany. Bronzes trabalhados tinham sido dispostos em nichos; o tapete era um exemplar tecido a mão tão surrado que devia ter custado uma fortuna. A prateleira contava com uma lacuna do tamanho certo para uma abordagem Jordan Hennessy de John Alexander White.

— É muito bonito — elogiou Jordan.

— Obrigada — agradeceu Sherry, enquanto examinava o celular com aborrecimento. — Desculpa por gastar seu tempo assim, mas parece que a babá não está olhando o celular. Ela nem deveria estar aqui hoje, mas houve uma confusão, então eu disse a ela para ficar, e é claro que ela levou as crianças para passear. Vou ter que alcançá-la antes que ela os leve para o aquário ou algo assim. Você pode me dar um minuto? Sirva-se de um café; acabei de pôr a cafeteira pra fazer. Siga o aroma... a cozinha é logo ali.

Assim que ficaram sozinhos, foram buscar um café. A cozinha era linda e desprovida de uso, exceto pelos aparelhos no balcão: cafeteira; liquidificador; máquina de pão.

— Este café é complicado — queixou-se Matthew.

— É chique — disse Jordan.

— Tudo é chique aqui. O que aquela mulher quis dizer com a sua pintura? Por que ela acha que a pintura é ruim antes mesmo de começar?

— Ah, porque não é um original — explicou Jordan, abrindo e fechando todas as gavetas e armários da cozinha. — Porque ela não me quer, entende? Ela quer John White Alexander, mas ele está muito morto, o que não é bom para os negócios. Então ela me encontrou e quer que eu coloque sua filha pequena em uma das pinturas dele.

Sherry havia contratado Jordan pelo boca a boca bastante comum para fazer uma de suas falsificações menos sexy, porém mais comuns: peças históricas refeitas com o rosto dos clientes. A de Sherry, pelo menos, era um pedido de bom gosto, sua filha feita no mesmo estilo que os elegantes *Repose* ou *Alethea* de Alexander, duas peças sutis o suficiente para parecerem homenagens em vez de um verdadeiro truque. Atualmente Jordan tentava evitar pintar clientes no *Nascimento de Vênus*.

— Tipo Photoshop — disse Matthew. — Oh, Deus, oh, não, falar assim parece maldade, eu não...

Ela riu. Matthew jamais pareceria cruel.

— Você não está muito errado. Não é uma cópia direta, é por isso que estou mais na onda do que as outras pessoas que estão fazendo o mesmo. O que devo fazer é pintar como Alexander teria feito se estivesse por aqui, não apenas uma fotocópia. A paleta dele, as pinceladas, a composição. Meu cérebro. A filha dela. Nova pintura.

— Parece difícil.

— Não é. Bem, não mais. É apenas meu trabalho. — Engolindo o resto do café chique, Jordan se apoiou no balcão branquíssimo para olhar as paredes da sala. Sem fotos. Ela se perguntou se o docemetal estava mesmo na casa. Não conseguia sentir nada; não era como *El Jaleo*, que parte dela sempre saberia se estava ali ao virar uma esquina, antes mesmo de vê-lo. Bárbara ou Fisher haviam dito algo sobre os docemetais se desgastarem. Talvez esse tivesse se desgastado.

— É um trabalho legal. — Matthew olhou para Jordan quando pensou que ela não estava vendo. Provavelmente julgou estar sendo discreto, mas não foi. Seu rosto demonstrava curiosidade. — Mais legal do que os outros amigos de Declan.

— Ele tem amigos? — perguntou Jordan, a boca com uma expressão de divertimento. Ela duvidava muito disso. Amigos exigiam honestidade, o que não era um dos pontos fortes de Declan. — O que eles fazem?

— Empregos com números? Política. Usam gravatas. Eles têm essas coisas. — Ele fez um gesto na frente do rosto, indicando uma barba. — Coisas do Declan.

Jordan surpreendeu-se ao ver que Matthew parecia acreditar na pessoa neutra e entediante que Declan apresentava ao resto do mundo. Isso significava que Declan desempenhara esse papel até em casa.

— Você estuda, Matthew?

Sua expressão reluzente e despreocupada assumiu um tom de preocupação e, em seguida, ficou vazia. Essa era uma expressão muito diferente da de antes. Algo havia acontecido na escola, ela pensou, ou algo…

Ah, não. Havia algo de errado.

Sua mente estava escapulindo por uma das janelas altas da igreja, subindo para o céu. Ela podia ver nuvens, asas, pássaros, galhos…

Jordan se arrastou de volta ao presente. Fazia pouco tempo desde que tivera um de seus episódios oníricos. Não importava, ela pensou. Tinha sido suave. Poderia passar por isso. Já tinha conseguido antes; poderia conseguir de novo. Era só quando ficavam muito ruins que outras pessoas começavam a perceber que ela estava em dificuldade.

Oof. Veio de novo, em uma onda.

Flashes de imagens se moveram diante de seus olhos. Imagens de outra época, de outro lugar. Real? Irreal? Passado? Futuro? Ela não sabia. Era difícil entendê-los e ainda mais difícil se lembrar de tentar entendê-los.

Bastou uma olhada para ver que Matthew também estava passando por aquilo. Ele havia largado o café e caminhava muito, muito lentamente em direção à porta, balançando um pouco a cabeça.

Que dupla! Ambos estavam falhando. Sherry voltaria com a filha e os encontraria embriagados em meio a seus móveis, completamente fora de si. Seria uma situação ruim para qualquer cliente, mas parecia pior se fosse um cliente que tivesse um conhecimento mesmo que passageiro dos docemetais e das pessoas que precisavam deles.

Espere um instante, pensou Jordan. O docemetal. Claro.

Ela se empurrou para fora de uma cadeira (quando se sentara em uma cadeira?) e tentou ouvir. Uma sensação. Um sentido. Se houvesse um docemetal naquela casa, com sorte ele lhes devolveria seus pensamentos até que a linha ley se recompusesse. Ela achou que tinha captado um rastro.

— Vamos — disse ela a Matthew, puxando-o pelo braço mais para dentro do apartamento. — Concentre-se, se você puder. Vamos!

Juntos, eles investigaram o lugar o mais rápido e silenciosamente possível. Ali estava a biblioteca de novo; eles se viraram. Aqui, um quarto de criança. Um banheiro, um closet, um escritório. Espelhos, arte, livros. Era difícil lembrar o que já tinham visto. Difícil lembrar o que estavam olhando, mesmo enquanto olhavam.

Oh, graças a Deus, lá estava.

Ela sentiu o docemetal assim que passou pela porta. Entrar na sala foi como entrar na própria realidade.

Era uma suíte master enorme, e o docemetal, onde quer que estivesse na sala, funcionava bem o suficiente para fornecer uma clareza dramática. Tornava cada detalhe nítido: cada ponto no edredom, cada ondulação nos pilares entalhados do dossel da cama, cada ondulação de veludo da cortina.

Tanto Jordan quanto Matthew suspiraram aliviados enquanto desabavam em uma das extremidades de uma namoradeira na área de estar principal. Lentamente, os dois recarregaram as baterias.

Jordan pôde ver esse retorno em câmera lenta para si mesma refletido no rosto do irmão mais novo de Declan. Essa confusão se transformando em alívio se transformando em frustração e, por fim, o retorno à normalidade. Isso a lembrou, infelizmente, das meninas. Todas elas tinham feito isso juntas também, quando Hennessy esperava muito para sonhar ou quando a linha ley enfraquecia. O que estava acontecendo agora? Difícil dizer. Hennessy ainda não havia conseguido entrar em contato com Jordan.

— Eu não sabia que era isso que estava acontecendo comigo — disse Matthew. — Antes de eu descobrir. Eu não sabia que acontecia porque eu era um sonho. Eu nunca vi nada fazer isso antes. Qualquer coisa humana, quero dizer. Ah, eu não queria ser maldoso, eu não...

— Eu sei o que você quis dizer. Não ser uma das coisas de Ronan. Uma pessoa. Eu também nunca vi um animal fazer isso antes da ave dele, então somos iguais, você e eu.

Matthew continuou franzindo a testa para o chão, mordendo o lábio de modo pensativo, então Jordan se levantou e bisbilhotou pela sala até encontrar o docemetal. Tinha sido empurrado para baixo da cama, provavelmente por não combinar com mais nada naquele quarto. Era uma fotografia em preto e branco de uma lanchonete com um homem magricela de polainas em pé na frente dela, olhando para algo fora do enquadramento. Jordan sentia que era um docemetal, mas não sabia dizer por quê. Era como a paisagem na festa da Boudicca. Não conseguia dizer por que gostava daquele, e também não conseguia dizer por que gostava desse. Ela empurrou o artefato de volta para baixo da cama, onde o havia encontrado.

— Acho que Ronan me sonhou para ser estúpido — disse Matthew. — Acho que sou mais estúpido do que a maioria das pessoas. Eu não penso muito; eu não penso.

— Você parece normal para mim.

— Você sabia que deveria procurar aquela coisa debaixo da cama. Eu estava andando em círculos.

— Talvez eu apenas seja muito inteligente.

— Sonhada para ser inteligente?

— Inteligente porque Hennessy é inteligente e porque eu tomo uma vitamina diariamente.

— Sei lá. — Matthew pareceu desapontado.

— Não acho que seu irmão tenha sonhado um irmão idiota para si — disse Jordan; mas, de alguma forma, isso a fez pensar sobre como ela sentia falta das memórias de Jay. Sempre se considerou idêntica a Hennessy, exceto pelo sonho, mas era óbvio que não era. Ela não achava que Ronan tinha sonhado seu irmão para ser um idiota, mas talvez o *tivesse* sonhado para ser adorado pelos outros. Talvez Hennessy tivesse sonhado Jordan sem essas memórias de propósito.

— Ah, aí estão vocês! — disse Sherry. Ela segurou a mão da menina para quem Matthew acenara antes. A babá desconfiada estava no corredor atrás dela, com um bebê no colo.

— Desculpa termos andado pela casa — disse Jordan.

— Eu tive que fazer xixi — explicou Matthew com uma risadinha, e, por se tratar de Matthew, Sherry riu com ele. Jordan não achava que o garoto fosse tão inocente quanto ele temia; era uma sólida fachada.

— E enquanto procurava o banheiro eu vi este sofá — Jordan disse, gesticulando para a namoradeira em que Matthew estava. — E acho que é até mais do que estamos procurando. A iluminação através desta janela fará um grande trabalho por nós. Você tem um olho excelente.

Sherry se iluminou.

— Comprei esse sofá ano passado! Eu achei que era especial. Fico muito feliz por isso.

E, assim, eles se safaram.

Jordan e Matthew se puseram a trabalhar. Matthew foi buscar a sacola de roupas no outro cômodo e emitiu um ruído de surpresa tão alto ao deparar com os enormes vestidos de época ali dentro quando o abriu que Sherry e a filha riram dele. Jordan posicionou a filha e começou a tirar fotos de referência. Enquanto o fazia, Matthew contava piadas a Sherry. Por fim, Matthew deixou Sherry tão alegre que Jordan a persuadiu a experimentar o outro vestido de época e também a posicionou com a filha na namoradeira. O retrato único tornou-se duplo, o que aumentou o preço em um terço e também o tornou extremamente mais interessante.

Ela e Matthew eram, na verdade, uma equipe muito boa, pensou Jordan, ao aceitarem o depósito de Sherry e se retirarem da igreja.

Na calçada, Jordan dobrou algumas das notas para Matthew.

— Isso é dinheiro de pena? — perguntou Matthew, desconfiado.

— O que isso significa?

— Não sei, para me fazer sentir como um adulto.

— Você fez um trabalho; estou te pagando por ele. Não seja complexado. Eu sei que os irmãos Lynch adoram ser complexados, mas tente evitar.

Ele suspirou.

— Obrigada, então. Por aquilo lá também.

A sonolência do sonho. Ela havia esquecido de como os episódios podiam ser ruins, de como podiam começar de repente. Havia esquecido como estava no meio de um deles quando Declan percebeu que ela era um sonho. Havia esquecido por que entendera o motivo de isso o afastar. Ninguém queria ser a única pessoa que sobrara acordada.

Normalmente, um episódio de sonho teria acabado com o humor de Jordan pelo resto do dia, mas ela descobriu que seu humor continuava tão leve quanto antes. Era por isso que estava ali em Boston. Era por isso que estava procurando debaixo da cama de estranhos. Era por isso que tinha comprado mais uma entrada para o Gardner. Ia encontrar um docemetal. Ia ter um docemetal. Ia ficar acordada. Ia ficar acordada tempo o bastante para se tornar excelente.

19

Ronan Lynch ainda se lembrava do melhor sonho que já tivera. Era um sonho antigo, de dois anos. Talvez um pouco menos. Naquela divisão entre antes da morte de seu pai e depois, foi *Depois*. Foi também *Depois* da morte de sua mãe. E *Antes* de Harvard. *Antes* de Bryde.

Quando este apareceu, Ronan tinha uma longa lista de bons sonhos. A maioria deles era de *Antes*, e a maioria, como muitos sonhos bons, era a realização de desejos. Havia os sonhos usuais de posses de valor: abrir a porta de um quarto para descobrir que o colchão fora substituído por um sistema de som moderno e muito caro. Havia sonhos de habilidades impossíveis: voar, acelerar, saltos longos, socos um-dois que despachavam os intrusos para o ano seguinte. Sonhos sexuais tinham uma boa classificação, dependendo dos jogadores envolvidos (poderiam com a mesma facilidade deslizar para o território dos pesadelos). Lugares de beleza irreal frequentemente faziam parte da lista — ilhas verdes rochosas, lagos azuis límpidos, campos repletos de flores. E, claro, havia aqueles em que ele tinha sua família de volta.

— O que você faria se acidentalmente trouxesse sua mãe de volta? — Adam perguntara certa noite, antes de partir para Harvard. — Se você acordasse com outra Aurora, ficaria com ela?

— Não estou com humor para jogos de palavras — respondeu Ronan.

— Você já pensou sobre isso, tenho certeza.

Claro que já. A ética de substituir seu pai era clara o suficiente — copiar uma pessoa real era uma ideia de jerico —, mas Aurora já era um sonho, o que tornava as águas mais turvas. Ele não teria se contentado com uma cópia sonhada, mas Matthew, sim. Poderia acabar com o luto de Matthew trazendo outra mãe? Poupar Declan do esforço de criar Matthew ao providenciar outra mãe? Faria um desserviço à memória da mãe verdadeira, mesmo que ela já fosse um sonho? E se ele fizesse errado? E se trouxesse uma cópia idêntica, exceto por alguma falha fatal? Uma Aurora desinteressada em amar Matthew. Uma Aurora que não envelhecia. Uma Aurora que envelhecia rápido demais. Uma Aurora com desejo de comer carne humana. O que então, o que então?

— Não pensei — mentiu Ronan. Ele não mentia, especialmente não para Adam, mas queria encerrar a conversa.

— E se você trouxesse outro *eu* de volta? O que você faria com o Adam sobressalente? — Adam perguntou, curioso. Sossegado. Ele não era de melindres e, de qualquer modo, era apenas um exercício de pensamento para ele. Os *seus* sonhos não trariam outro Ronan.

Mas os sonhos de Ronan sim. Ele havia perdido o sono com essa questão, perguntando-se se de fato tinha forças para matar um humano sonhado indesejado. Ele havia aprendido a matar *dentro* dos seus sonhos, é claro. No segundo em que percebera que não tinha controle suficiente para evitar manifestações indesejadas, ele havia derrubado todos os que estavam à vista e, consequentemente, acordado com sua cota de cadáveres, mas matar um sonho depois de acordar? Matá-los uma vez que eram reais? Parecia uma linha perigosa de cruzar.

— Isso não vai acontecer — disse Ronan —, então não importa.

— Acho que você deve presumir que isso vai acontecer em algum momento e fazer um plano para isso — disse Adam.

— Isso não vai acontecer — repetiu Ronan.

Mas a ameaça se alojou dentro dele, e agora os sonhos tinham de ser despovoados para cair na lista de *sonhos muito bons*. Ele não podia arriscar mais Matthews. Mais Auroras. Nem mesmo qualquer pequena Opala, que era um pouco mais criatura do que humana. Era muito pesado.

Então, o melhor sonho. Foi isto que aconteceu no melhor sonho: Ronan estava em um carro, um carro lindo. Lindo na aparência — longo capô reluzente, rodas pretas brilhantes, faróis iluminados com grade fosca e dentes à mostra — e também no som — motor ganhando potência, escapamento roncando urgentemente. Cada detalhe que Ronan podia ver era arte. Metal e madeira, osso e vinhas. Era um daqueles objetos de sonho que não faziam sentido por completo de acordo com as regras do mundo desperto.

O carro já estava em movimento quando o sonho começou. Ronan dirigia. Podia se ver no retrovisor. Ele era mais velho, esse Ronan no espelho, sua mandíbula estava mais quadrada e com a barba por fazer. Vestia algo de couro e descolado.

Não sabia de onde vinha; o sonho não estava interessado nisso. O sonho estava interessado em para onde o carro estava indo, e o carro estava indo em direção a uma cerca de arame. A caixas de papelão e recipientes de plástico e brinquedos. Sobre outro carrinho no meio do asfalto, pneus desintegrando a janela traseira do outro carro enquanto ele passava. Passou pela placa de uma loja de colchões. Amassou um boneco de neve inflável na frente de outra loja. Podou um outdoor, fazendo tudo atrás dele desabar.

Arrancou pontos de ônibus e semáforos, placas de trânsito e caixas de correio.

Não havia pessoas nesse sonho, então não houve gritos. Ninguém para machucar. Ninguém para trazer de volta por acidente. Havia apenas o uivo do motor, o baque do para-choque, o apocalipse triturante sob os pneus. A música saía dos belos alto-falantes esculpidos do carro. Todo o sonho podia ouvi-lo.

Por fim, Ronan se viu correndo diretamente para cima de um carro idêntico com um Ronan idêntico dentro. Demorou um pouco para perceber que não era de fato outro carro, mas a frente espelhada de uma danceteria. A música do local abafava todos os outros sons. O tipo de música que Ronan ouvia o tempo todo quando estava na Aglionby, as coisas que o faziam sentir como se ele realmente não fosse como as outras pessoas; não porque fosse gay ou porque seu pai tivesse sido assassinado ou porque ele conseguisse tirar coisas de seus sonhos, mas por ele não conseguir cantar com as merdas que os outros alunos cantavam. Engraçado como um punhado de pessoas que amavam uma música que você não suportava poderia fazer você se sentir não humano.

Nesse sonho, o melhor sonho, Ronan e o carro sonhado entraram quebrando a janela da danceteria.

Não havia ninguém dançando. Apenas música eletrizante, luzes estroboscópicas, purpurina e dez mil bebidas alcoólicas no chão, onde deveria haver pessoas.

Ronan começou a dar cavalos de pau.

Os pneus cantavam; bebidas voavam; alto-falantes tombavam; plástico lascava; metal torcia; o vidro estremecia.

A destruição abafou a música da danceteria e de Ronan e foi lindo.

Então Ronan acordou. Coração batendo forte. Mãos ainda cerradas em punhos. Ouvidos ecoando o som lembrado. Paralisado. O que ele trouxera de volta? Apenas a alegria furiosa do sonho.

Esse foi o melhor sonho.

A primeira coisa que os sonhadores destruíram com Bryde foi uma rampa de saída. A batalha ocorreu sem drama, sem contestação. Era uma vez uma rampa de saída cortada profundamente em uma montanha por tratores, um trevo de asfalto imposto à natureza. E então, um pouco mais tarde, a rampa de saída não existia mais. Restava apenas uma pilha de escombros que devolvia a encosta à sua forma natural, obra de uma tempestade transitória sonhada para destruir logo abaixo do solo. Por que precisava mesmo estar lá, uma nova rodovia, um novo trevo, no meio do nada? Porque era possível.

Em seguida, foi o aterro. Lixo empilhado sobre lixo. Alimentos velhos apodrecendo, novos eletrodomésticos enferrujando, garrafas plásticas sangrando o restante de seu conteúdo. Ronan jamais vira um lixão tão grande, não tinha acreditado que esses lixões existissem nos Estados Unidos. Ele não imaginava que houvesse tanto lixo no país, muito menos em um único lixão. Demorou a noite toda para até mesmo um sonhado fogo azul queimar tudo, e, quando o fogo atingiu os edifícios de apoio bem como a estrada que levava ao lixão, os sonhadores não o pararam. Foi só quando as chamas do outro mundo começaram a se espalhar em direção ao estacionamento de trailers abaixo que Bryde cuspiu com desdém e sinalizou para Ronan sufocá-las com um cobertor sonhado rapidamente, que ia se dissolvendo.

O passo seguinte foi ir a uma área comercial novinha em folha, que era idêntica à área comercial a poucos quilômetros de distância, que era idêntica à área comercial a poucos quilômetros de distância, que era idêntica à área comercial a poucos quilômetros de distância, que era idêntica à área comercial a poucos quilômetros de distância, que era idêntica à área comercial a poucos quilômetros de distância. Os sonhadores chegaram, colocaram as máscaras e, menos de uma hora depois, tudo havia desaparecido. Desenterrado. Revirado. Um dragão de terra sonhado avançou do solo para destruir e então se dissolveu com a mesma rapidez quando o caos acabou.

Depois disso, os sonhadores destruíram uma linha de transmissão subaquática, uma linha de 230kV que ao mesmo tempo conectava geradores em lados opostos das margens de rio e também desordenava a linha ley local por completo. Quando a noite caiu, um cardume, um enxame, um furacão de golfinhos pretos como piche serpenteava em direção à linha. Era difícil vê-los na água, pois refle-

185

tiam a luz quase como a água do rio ao seu redor. Eles eram, afinal de contas, feitos quase inteiramente de gelo escuro. Ao mesmo tempo que derretiam, nadavam em direção ao propósito sonhado, mas não tão rápido a ponto de arruinar sua missão. Apenas o bastante para esfriar o rio enquanto cavavam o lodo e os sedimentos até a linha de transmissão. Apenas o bastante para não poderem mais nadar em velocidade ao abrir a boca pontuda e revelar dentes famintos e brilhantes. Apenas o bastante para que, depois de mastigarem o trabalho que levara muitos meses, não houvesse mais nada para ver dos golfinhos, a não ser alguns corações derretendo no fundo do rio.

Todos os dias, os sonhadores viajavam centenas de quilômetros para se distanciarem de seu crime mais recente. De novo e de novo, eles viajavam até um destino, planejavam a melhor forma de destruí-lo, sonhavam a ferramenta de destruição, liberavam-na e, em seguida, demoravam o suficiente para se certificarem de que não tinham deixado vestígios dos sonhos para trás. Eles interromperam um comboio de caminhões que transportavam transformadores. Aerossolizaram oito mil metros quadrados de estacionamento de concreto sem uso do lado de fora de um shopping center moribundo. Encheram canais e esvaziaram piscinas. Todos os lugares por onde passavam ficavam diferentes depois que iam embora. Ou melhor, pareciam menos diferentes. Mais como antes da chegada dos humanos.

Quando eles sonhavam, Ronan sonhava com Ilidorin. Ele sonhava com o toco e sonhava com um broto verde que se desenrolava lentamente e crescia em seu interior. Estava ficando mais forte.

Ronan também ficava mais forte.

— O que você sente? — perguntou Bryde.

Eles se sentaram na linha do telhado de um edifício vitoriano abandonado, elevando-se sobre a cidade destruída ao redor. Era apenas o pôr do sol, e mal havia iluminação suficiente para ver as formas à luz natural. Os sonhadores estariam visíveis em seu poleiro se alguém olhasse para cima, mas ninguém naquela cidade olhava para cima havia décadas.

— Ronan — chamou Bryde. — O que você sente?

Ronan não respondeu. Era o tipo de noite que o fazia querer correr e correr e correr até não conseguir recuperar o fôlego, mas esse não era o tipo de sentimento a que Bryde se referia.

— Sinto como se ainda pudesse sentir o cheiro daquela fábrica — disse Hennessy. — Vou cheirar assim pelo resto da minha vida.

Os sonhadores haviam acabado de destruir uma fábrica de celulose do outro lado da cidade. Tinha sido um dos piores cheiros que Ronan já sentira, e isso incluía os odores do Museu de História Viva da Virgínia Ocidental, o depósito de lixo que haviam destruído e os corpos que enterrara ao longo dos anos. Ele se perguntou quanto tempo as pessoas levariam para perceber que havia sumido. A fábrica. O cheiro. Tudo isso. Será que notariam a ausência da silhueta no horizonte antes de o sol se pôr? Talvez no dia seguinte, quando chegassem para trabalhar, apenas para descobrir que a fábrica havia sido substituída por um prado. A menos que o dia seguinte fosse um fim de semana. Ronan não tinha ideia de que dia da semana era. Agora o tempo funcionava de maneira diferente. Os fins de semana pareciam um conceito que tinha sido importante *Antes*.

— O que você *sente*? — insistiu Bryde. — Nada?

— Este dinossauro — disse Ronan, passando os dedos pelas garras protuberantes de Motosserra. A corva agarrou-se ao topo do telhado ao lado dele e olhou para o sol que desaparecia, o bico aberto, como se imaginando se o gosto teria sido bom. — E a coluna vertebral deste telhado até meu...

Hennessy ofegou.

Bryde mal teve tempo de agarrar o braço dela antes que a garota caísse do telhado. Os dedos de Hennessy agarraram-se a ele enquanto a puxava de volta.

Ronan não teve tempo de perguntar o que havia acontecido. Atingiu-o em seguida.

De repente, ele estava elétrico.

Ele estava livre, os pensamentos voando no ar. Estava aprisionado, o corpo fundido a algo nas profundezas da terra. Ele era as duas coisas ao mesmo tempo. Sentia-se capaz de fazer qualquer coisa, qualquer coisa que ele já quisera fazer, qualquer coisa exceto se desvencilhar daquela coisa em que estava enrolado. Essa coisa, essa coisa. Essa entidade, essa energia, essa seja o que for, era o que o tornava tão poderoso, tão vivo.

Ele entendeu, ele ouviu, ele *era* aquilo...

— Maldição — sussurrou ele.

Bryde sorriu.

Era um sorriso totalmente diferente dos outros que Ronan já vira, os dentes claros visíveis na escuridão cada vez mais profunda, os olhos semicerrados, a cabeça jogada para trás. Eufórico. Aliviado.

— Essa é a linha ley — disse Bryde.

Ronan sentiu aquilo se desenrolar através dele, como videiras se estendendo em direção ao sol. Era a possibilidade murmurante de seus sonhos, a sensação de opções cada vez maiores, mas ele estava acordado.

Com um grito glorioso, Motosserra se jogou do telhado e voou alto no ar. Parte de Ronan sentia que poderia se juntar a ela.

— Por que ele está fazendo isso? — Hennessy perguntou em voz baixa. Bryde ainda a segurava firme no telhado, uma mão agarrada com muita firmeza ao redor de seu braço.

— É uma onda — disse ele. — Não vai durar. Se tivermos sorte, vamos sentir outra. Talvez uma terceira. O batimento cardíaco de um planeta doente voltando.

A tinta noturna parecia estar a um milhão de quilômetros de distância, como algo que nunca poderia tocar Ronan. Ele era a noite e ele era o mundo e ele era tão infinito quanto os dois.

Motosserra crocitou lá em cima e Ronan levantou-se espontaneamente, mantendo o equilíbrio com facilidade na crista do telhado. Ele grasnou de volta para sua corva onírica a plenos pulmões. O som ecoou por todos os telhados daquela cidade morta, como se houvesse um bando de corvos, um bando de Ronans, embora fossem apenas dois.

— É muito forte — disse Hennessy, embora já estivesse começando a desvanecer.

O mundo estava mudando, tornando-se um lugar para o qual alguém como ele havia sido feito.

Bryde disse:

— Este é apenas o começo.

20

Carmen Farooq-Lane não havia contado a Lock sobre a espada de Jordan Hennessy.

No tumulto causado pela morte de Rhiannon Martin, ela a enfiara às pressas através de um dos ventiladores galvanizados na extremidade do celeiro de perus. Mais tarde, depois que todos foram informados e a área estava sendo limpa, ela a esgueirou para o carro alugado.

Não era o primeiro segredo que guardava dos Moderadores, mas, sem dúvida alguma, era o mais dramático. A espada, quase tão alta quanto ela, fora forjada de forma impressionante e impossível. Parecia uma extensão do seu braço, não mais nem menos pesada que sua própria mão. O punho era belíssimo, um metal suave e prateado gravado com as palavras NASCIDA DO CAOS, e, sempre que alguém a empunhava, essa pessoa *sentia* as palavras mesmo quando não estavam visíveis. A lâmina tinha sido feita do céu noturno, uma sentença absurda para ser dita em voz alta, porém ainda mais absurda de processar. Ela não se parecia com uma janela em formato de espada no céu noturno. Ela era o céu noturno. Era tudo isso. Quando Farooq-Lane a brandia — e ela fazia isso um número embaraçoso de vezes, para diversão de Liliana, levando-a para as salas de estar e quartos de hotéis e para os quintais dos lugares em que ficavam —, a espada deixava um rastro de luz de estrelas e luar, cometas faiscando e pó de universo cintilando. Ela trespassava praticamente qualquer coisa, mas *trespassar* ainda não era a palavra certa. A lâmina *conquistava*. Conquistava como a noite conquistava, como a escuridão conquistava. Ela simplesmente descia. Farooq-Lane suspeitava de que apenas outra arma fosse capaz de detê-la: a lâmina do sol, vista pela última vez presa às costas de Ronan Lynch.

— Cai bem em você — disse Liliana, com um sorriso divertido, quando Farooq-Lane a tirou no último chalé alugado para turismo. A lâmina lançava padrões de luz loquazes e quadriculados através do dormente de pérgula coberta por jasmim debaixo do qual as duas estavam. Mesmo com o leve frio, Liliana permaneceu ali, para estar perto de Farooq-Lane, aninhada em uma cadeira de vime desbotada, tricotando e balançando os pés de um jeito bem-humorado. Estava na meia-idade agora, no auge da vida. O cabelo brilhava, o tom multifacetado do cabelo ruivo, de seu próprio modo impossível como algo saído de um sonho. Como sempre, ela o domara com a faixa azul, mas o nó na nuca pálida estava afrouxando. A pele ali sempre pareceu muito macia.

Farooq-Lane brandiu NASCIDA DO CAOS de novo, estudando-a, tentando entender tanto a espada quanto a própria fascinação.

— Uma arma não cai bem em ninguém.

Essa, no entanto, meio que caía; não tinha certeza de como se sentia quanto àquilo. Era um sonho, e, havia meses, ela vinha dando duro para matá-los.

Farooq-Lane usou a espada para escrever CARMEN no escuro. Era um chalé muito legal mesmo aquele em que estavam hospedadas, um pequeno bangalô fofo com a pérgula, um lago de carpas e uma horta nos fundos. Todos esses chalés eram legais. Tinham que ser. Essa fora a exigência de Liliana para trabalhar para os Moderadores. Ela precisava ser alocada em lugares que pareciam casas de verdade, e devia ser alocada neles com Farooq-Lane. Uma transação simples. Estabilidade para o presente dela em troca de visões para o futuro deles. O relacionamento de Farooq-Lane com os Moderadores também deveria ser simples. Em troca de seus serviços como Moderadora, ela recebia um propósito. E *era* simples, disse a si mesma. Quando se descobria que o mundo corria perigo, quem poderia virar as costas?

— Nunca encontraram nenhuma das armas do meu irmão — disse Farooq-Lane. Só depois ela percebeu que dissera aquilo em voz alta, e quase desejou de imediato não o ter feito. Esperava que Liliana não tivesse ouvido.

Mas Liliana parou de tricotar.

— Você quer mesmo falar disso? — perguntou.

— Não — respondeu Farooq-Lane. Então, a espada se inclinou um pouco na sua mão. — Está tudo bem.

— Essa espada é fatal e você tem medo do quanto gosta dela.

Liliana a conhecia bem em todas as idades. Farooq-Lane rebateu:

— Você não viu a cara dela. A da Jordan Hennessy. Ela não trazia uma arma de propósito. Seja o que for aquela coisa que eu cortei... essa espada parece *feita* para destruí-la. É o oposto de destruir o mundo por livre e espontânea vontade.

Liliana voltou a tricotar, sacudindo o pé mais uma vez.

— Você não vai dizer nada? — perguntou Farooq-Lane.

— Você já disse — respondeu Liliana, do seu jeito manso.

Farooq-Lane voltou a brandir a espada.

— Mesmo assim, acabar com o mundo sem querer ainda é acabar com o mundo.

Liliana ergueu o tricô para longe do corpo. Estava se transformando em uma meia, ou um cachecol, ou algo comprido.

— Então eles precisam ser detidos, doa a quem doer — declarou Farooq-Lane. — Bem, controlados. Já sabemos que o apocalipse tem de ser gerado por aqueles Zeds. Não há outra explicação para eles continuarem aparecendo nas suas visões, mesmo se não pudermos dizer o que estão fazendo.

Os atos de espionagem industrial dos Zeds do Potomac ficavam cada vez maiores, embora os Moderadores tivessem contado com certa sorte em interceptá-los nisso como em todo o resto. Era difícil adivinhar o propósito; mas, sem dúvida, havia um. No entanto, mesmo diante disso, Lock havia anunciado recentemente que eles retomariam os métodos antigos de eliminação dos Zeds. Os Zeds do Potomac não podiam detonar transistores *e* proteger outros Zeds, ele concluiu. Ao retomar os métodos antigos, os Moderadores poderiam deter um ou outro em vez de apenas ficarem de braços cruzados. De volta aos velhos negócios, disse ele, assim que a informação quanto à localização foi processada na visão seguinte.

Os velhos negócios.

— Eu vou dar o fora — disse Farooq-Lane, de repente. Ela voltou a guardar a espada na bainha, reduzindo, no mesmo instante, a luz do quintal frio para o mero brilho sutil dos pisca-piscas entrelaçados na pérgula. — Vou deixar os Moderadores.

As agulhas de tricô de Liliana clicavam bem baixinho enquanto ela tricotava outra fileira.

O coração de Farooq-Lane batia nos ouvidos, e as mãos estavam frias como gelo.

— Você não vai dizer nada?

Fazia pouco mais de um ano que Nathan havia matado os pais deles. Que Farooq-Lane descobrira que o irmão era um assassino em série. Que descobrira que ele era um Zed. Que descobrira que o fim do mundo estava próximo. Que ajudara a matar um Zed atrás do outro enquanto o fogo se aproximava mais e mais. Havia perdido a maior parte da vida com os assassinatos e cedido o restante dela para se juntar aos Moderadores. Sem eles, ela teria que conceber um futuro totalmente novo para si, inventar tudo.

— Liliana — chamou Farooq-Lane. — Nada mesmo?

Dobrando com capricho a meia-cachecol e colocando-a sobre a cadeira, Liliana se levantou. Caminhou até Farooq-Lane, pegou a bainha da mão dela e a apoiou no suporte da pérgula. Os pisca-piscas criaram uma galáxia de estrelas noturnas em seus olhos quando ela se aproximou.

Então, devagar, Liliana escovou o cabelo de Farooq-Lane com a palma da mão, e a beijou.

Farooq-Lane fechou os olhos. Levou as mãos ao lugar em que o nó da faixa azul estava afrouxando. A pele lá era muito macia.

Quando o beijo chegou ao fim, Liliana disse:

— O que vai fazer, então? Vou com você, é claro.

Seria muito difícil fazer isso sozinha. Tirar dos Moderadores a única ferramenta sobrenatural que eles tinham no arsenal: Liliana. Deixá-los cegos para confiar nela mesma.

No entanto, a voz de Farooq-Lane nem titubeou ao responder:

— Salvar o mundo.

21

Um passeio de barco.
 Jordan supôs que poderia fazer um passeio de barco, embora admitisse que se sentia decepcionada. Era muito civilizado. Muito bonito. Foram a Boston Harbor mais ou menos uma hora antes de escurecer, enquanto o céu ardia alaranjado por trás da linha do horizonte, formada por arranha-céus e torres de relógio. A água gelada batia escura nos barcos turísticos dormitando no cais. Os veleiros que ainda navegavam até aquela época do ano repousavam graciosos na água, a plumagem abaixada, só restando os ossos.

Por hábito, Jordan pensou em como poderia pintar os arredores, qual pincel usaria para desenhar aqueles fios muito, muito finos do cordame delicadamente gravados em contraste com o céu, mas era um exercício um tanto entediante. Era um cenário muito óbvio, escolhido por muitos artistas e fotógrafos ao longo dos anos. Por ser bonito.

Bonito era bom, disse a si mesma. Legal era bom. Só um pouquinho decepcionante.

— Matthew, é melhor prender o colete salva-vidas. Melhor. Prender — disse Declan Lynch. Ele parecia muito à vontade ali na água, muito à vontade ali em Boston, de modo geral, um belo irlandês-americano com uma cabeça de cachos domados e aqueles olhos estreitos e semicerrados dos celtas. Camisa de colarinho, suéter legal, um bom casaco, toda uma pintura junto à bela linha do horizonte e o barco e a água. Hennessy o odiaria tanto, Jordan pensou. *Parabéns*, ela diria, *você encontrou o Homem Branco Chato número 314*.

Um encontro na Boston Harbor só salientaria o ponto de Hennessy. Porque era legal. Porque era bonito. Porque você poderia ler sobre o lugar no site de turismo e comprar os ingressos. Porque era algo de que todos poderiam gostar.

Que romântico. A voz de Hennessy gotejaria crítica.

Jordan precisou se contentar com imaginar a voz de Hennessy, já que ela não havia ligado. Por que ela não havia ligado? Jordan sabia que Hennessy estava viva e bem, porque Ronan ligara para Declan. Bem, e porque Jordan ainda estava de pé.

O silêncio da parte de Hennessy preocupava tanto quanto as palavras.

— Como você sabe que eu não fui feito para flutuar? — perguntou Matthew, com petulância.

— Santa Mãe — rebateu Declan, irritado. — Temos mesmo que fazer isso todo dia? Basta dizer que quer um terapeuta de presente de aniversário.

— Ainda se chama aniversário mesmo se for o dia em que você só, tipo, apareceu? — questionou Matthew.

Jordan refletiu se deveria se meter na discussão, mas decidiu que aquilo dizia mais respeito aos irmãos do que ao sonhar. Sabia mais de uma dessas coisas do que da outra.

— Todo mundo simplesmente aparece em algum momento, Matthew — afirmou Declan, removendo o resto das cordas que os prendia ao píer. — Jordan, você está amarrada?

Ela o saudou.

E se foram. O motor abafou os protestos das gaivotas acima e as vozes dos pedestres no cais que deixaram para trás. A água fatiada em branco e cinza e preto no encalço deles. O oceano Atlântico assoviava o vento frio do inferno do horizonte que escurecia. Não era totalmente civilizado, Jordan supôs. Porque a temperatura estava muito descontrolada, e Declan conduzia o barco um pouco rápido demais através das ondas para ser um passeio romântico.

Por que Jordan se preocupava com o que Hennessy pensaria, afinal? Não se importava, na verdade. Só sentia saudade dela.

Enquanto Matthew se acomodava na parte de trás do barco com um saco de batata chips, Jordan por fim se cansou do frio e se juntou a Declan ao leme, por trás da relativa proteção do para-brisa.

— Onde aprendeu a pilotar barcos? — perguntou Jordan, erguendo a voz para ser ouvida. Seria mais fácil falar se Declan desligasse o motor, mas ele parecia decidido a chegar ao destino, disparando por vários cais e olhando com frequência para trás para se orientar.

— Com o seu pai?

Declan riu.

— Um senador para quem eu trabalhava me ensinou. Ele disse que era uma habilidade útil.

— Em um apocalipse zumbi?

— Oportunidades para angariar fundos.

— Mesma coisa.

Declan lançou um sorriso contrito para o oceano.

— É aquele círculo vicioso do dinheiro. As pessoas se sentem melhor doando dinheiro para pessoas que já o têm. Descobriu alguma coisa hoje?

Por semanas, Jordan vinha se dedicando à questão dos docemetais. Ela voltava ao *El Jaleo* de novo e de novo, tentando entender as regras dele. Até onde ia a influência da peça, se ela variava diariamente... como fazia o que fazia. Também não foi o único Sargent que visitou. Ela rastreou o máximo possível, para verificar se algum deles também era docemetal. Não foi difícil encontrar um Sargent em Boston; aquela havia sido a cidade dele quando estava nos Estados Unidos. Ele pintara os murais nos tetos do Museu de Belas Artes de Boston e as paredes da biblioteca pública. O Museu de Arte de Harvard e a Sociedade Histórica de Massachusetts tinham retratos dos ricos e poderosos. No Peabody Essex, no Addison e no Worcester havia ainda mais retratos, muitas aquarelas, muitos, muitos esboços. Viu as peças que copiara antes, como o esplêndido, e de certa forma etéreo, *As filhas de Edward Darley Boit* no Museu de Belas Artes de Boston, e viu muitas outras que os dedos coçavam para copiar, como uma simples aquarela de crocodilos no Worcester. Viu dúzias e mais dúzias das obras dele.

Várias lhe passaram a sensação de ser um docemetal, mas apenas três pareciam fortes o bastante para chegarem a ser úteis para um sonho que necessitava de energia. *El Jaleo*, as filhas de Boit, e uma pintura descoberta apenas recentemente, um nu dramático de Thomas McKeller, o homem Negro que Sargent usou como modelo principal para os murais do Museu de Belas Artes. O último tinha passado anos escondido na coleção particular de Sargent, e seu relacionamento verdadeiro com o homem da pintura também permaneceu assim.

Não estava mais perto de entender o funcionamento dos docemetais. E, se alguém soubesse algo sobre eles, não estava contando para ela.

— Vários dos Monets são docemetais — disse Jordan. — No Museu de Belas Artes.

— *Os nenúfares?* — sugeriu Declan.

— Uma das catedrais, se puder acreditar. Os nenúfares não me deram indicação de nada.

Segundo sua primeira teoria, o valor de uma peça de docemetal estava ligado ao mérito do artista, mas precisou descartá-la por falta de evidência. Várias das peças que pareceram mais fortes para Jordan na demonstração da Boudicca foram as menos artisticamente talentosas, afinal de contas; e muitas obras-primas a deixavam indiferente no departamento dos docemetais. A teoria seguinte? Não havia uma. Decidira que os próximos passos seriam um mergulho nos planos de fundo de cada um dos docemetais que encontrara, para ver se havia pistas lá, mas então Declan a convidara para esse passeio de barco.

Passeio de barco.

Era uma boa distração, disse a si mesma. Não podia se deixar sentir apressada por causa da linha do tempo da Boudicca. Pelo silêncio de Hennessy.

— Pensou em roubar algum? — perguntou Declan, despreocupado. — Não do Gardner, mas de algum lugar.

— É claro.

— Qual?

— Seria mais fácil afanar um como o de Sherry Lam, mas a peça não parece muito digna do crime, não é? Não haverá muito vigor nisso. Se eu roubasse um, eu iria com tudo.

Ele inclinou o leme para a esquerda, conduzindo-os ainda mais para dentro da enseada.

— Me diz como você faz isso. Esse brainstorming ilimitado.

Jordan passou por baixo do braço dele no leme para se sentar em seu colo. Com naturalidade, ele arrumou o rabo de cavalo volumoso de Jordan quando ela inclinou a cabeça em seu peito para olhar a mudança do céu noturno. Declan curvou a cabeça em oração, os olhos ainda no destino. Agora bocas e ouvidos estavam próximos o bastante para falarem em volume normal nesse barco veloz.

— O Jogo da Procedência sempre faz mais sentido para mim.

Procedência era o trabalho verdadeiro de um falsário. O *mostre a sua obra* para o mundo da arte. Beleza não significava nada sem linhagem. Criar arte no estilo de um mestre era só o primeiro passo. Então vinham a papelada e a pesquisa, trabalho meticuloso que começava e terminava com a história. Uma obra forjada não podia apenas saltar para a vida; ninguém ia acreditar que alguém havia achado um novo Monet, um novo Cassatt, um novo seja lá o que fosse do nada. Um álibi precisava ser inventado, provado, entretecido. Onde a peça estivera todos aqueles anos? Quanto mais desejável a obra, melhor tinha que ser a história. Escondida na coleção particular de um recluso. Por anos atribuída erroneamente aos matutos. Descoberta em um porão escondido depois de um incêndio.

Mas não se podia simplesmente inventar colecionadores reclusos nem matutos incertos nem porões escondidos. O falsário precisava encontrar o que já existia e infiltrar a história, fazendo a menor incisão possível na verdade a fim de promover uma cura sem máculas na linha do tempo. Às vezes, a depender do comprador, era tão simples quanto incluir um recorte de uma notícia de incêndio recente em uma mansão. Para bons museus ou compradores exigentes, notas de venda ou pedidos de indenização para obras roubadas ou cartas de contemporâneos mencionando a obra ou fotografias dela perto de parentes do artista às vezes precisavam ser forjadas.

Procedência.

— O ponto crucial disso, o ponto crucial do plano — disse Jordan —, seria convencer o museu de que a peça que eles já tinham na parede era uma falsificação, que havia sido uma falsificação o tempo todo. Provavelmente um rapaz habilidoso com boa lábia para convencê-los de que o original havia sido trocado em algum momento, de preferência antes da posse deles, sem ressentimentos. Eu escolheria um ano antes de obter evidências científicas mais sólidas, o máximo escrutínio, todas aquelas coisas tontas que complicariam a falsificação. Antes que o quadro passasse pelo raio x. Análise química dos pigmentos, tudo isso. Eu os convenceria de que todas as coisas sobre as quais estudaram e escreveram em seus artigos científicos eram, na verdade, atributos da falsificação, que o original tem camadas e danos completamente diferentes.

Declan a acompanhou com maestria. Ele disse:

— Você precisaria de um bode expiatório.

— É claro. — Ela sempre se surpreendia com o quanto ele conhecia bem esse mundo paralelo; ele só não *parecia* se encaixar no papel. Jordan supunha que havia sido o objetivo da camuflagem dele o tempo todo. Pareça com um homem que leva seus encontros a atrações turísticas bregas. Seja o homem que rouba pinturas. — Você teria que pôr a culpa do primeiro roubo em alguém que está lá no momento ou que aguente o tranco.

— Então você apareceria com o seu "original" — disse Declan. — E diria a eles que estava disposta a trocá-lo, em segredo, pelo falsificado que está em exibição e, também, permitir que a negligência da equipe permaneça em segredo, se eles te ajudarem.

— Você entendeu direitinho.

— *A dama sombria*. — Ele não parecia nem um pouco magoado que o roubo do quadro da sua mãe tivesse sido o que os unira no início. — Mas você não quer fazer isso.

— Eu não entendo como se vive assim — confessou Jordan. — Não posso andar por aí, tipo, com uma pintura famosa enquanto sigo com minha rotina; eu ficaria presa no mesmo quarto que a peça. Uma pintura. Uma pintura inteira. Eu poderia cortá-la em pedacinhos? — Ela sentiu o corpo de Declan se retrair com a perspectiva. — Não há como descobrir até que você arruíne a coisa que você batalhou para roubar. E eu poderia seguir com a vida sabendo que picotei um Sargent? Não é muito provável.

Jordan moveu a cabeça no peito de Declan; ele inclinou o queixo. Ela o sentiu prender o fôlego.

— Só o conceito me dá indigestão — disse Declan. Então contraiu o ombro, indicando para ela se mover. — Preciso nos conduzir para dentro. Estamos quase lá. Pode nos amarrar?

Para sua surpresa, eles estavam em um local pitoresco ou em um destino romântico. Era um cais particular ligado a um condomínio com a mais fina flor de casas geminadas que se projetavam direto para a enseada.

— Matthew, a pintura — pediu Declan. — Por favor, não a deixe cair na água.

— O que é tudo isso? — perguntou Jordan, enquanto Matthew prosseguia com cautela na direção deles com um pacote em um embrulho muito familiar: *A dama sombria*. O sonhado retrato da mãe biológica de Declan, Mór Ó Corra, adornado com a propriedade mágica de fazer sonhar com o mar qualquer um que dormisse sob o mesmo teto que ele. O retrato sonhado que Jordan havia uma vez forjado e uma vez roubado e uma vez devolvido. Declan estendeu a mão para ajudá-la a descer do barco balançante para o píer. — Eu disse que você ia se divertir, não disse?

Três pessoas excepcionalmente louras haviam saído de uma das casas: um homem, uma mulher e um adolescente, todos vestidos de acordo com o clima, cada um carregando ou arrastando uma bagagem. Eles percorreram o píer em direção a um barco ainda maior do que aquele em que Declan, Jordan e Matthew haviam chegado, mas, ao avistar Declan, o homem parou.

— Ah, certo, Cody... — disse o homem ao menino, a voz elevada enquanto vasculhava um molho de chaves e as balançava. — Pegue aquele quadro com ele e o guarde lá dentro, sim? Com as outras coisas que vão ser retiradas. Tranque a porta ao sair. Tranque-a. E, dessa vez, verifique, por favor.

O adolescente olhou feio para Declan, pegou a pintura e correu com ela de volta para a casa enquanto o casal se juntava a Declan, Jordan e Matthew.

— Vou lá colocar essas coisas no lugar — informou a mulher, lançando um sorriso educado, mas seguindo pelo píer.

— Estarei lá em um minuto — disse o homem. Ele e Declan trocaram um aperto de mãos, despreocupado, leve e, então, educado, ele também apertou a mão de Jordan. Estendera a mão para Matthew também, mas o menino havia se virado bem naquele momento para se agachar e olhar a água por cima da beirada.

— Desculpa por ter falado tão em cima da hora — prosseguiu o homem.

— Sem problemas — disse Declan. — É uma boa forma de fugir do trânsito.

— Parece bobo para mim isso não poder ser feito via e-mail ou telefone, mas é tradição, e não serei eu o primeiro a quebrá-la, sabe o que quero dizer? — perguntou o homem. — O que você quer saber?

Em vez de responder, Declan disse:

— Jordan, Mikkel fez parte do conselho do Museu de Belas Artes por...

— Quinze anos.

— Quinze anos — concordou Declan. — Ele lidou com vários docemetais.

Jordan olhou para Declan em vez de para Mikkel. Um passeio de barco. Um belo e agradável passeio de barco.

— Há muitas lendas em torno deles — prosseguiu Mikkel. — Não quero dizer uma sociedade secreta porque isso faz a coisa parecer organizada, e, na verdade, não é. Está mais para quando alguém que lida muito com arte logo aprende a dizer qual arte é boa e qual não é, o que vai causar impacto e o que não vai. Você tem uma ideia do que vai fazer seu tempo valer a pena. E não é difícil dizer depois de um tempo lidando com arte, arte de ponta, que algumas delas são esses docemetais. São especiais, sabe? As pessoas gostam deles, eles têm aquele algo a mais. E por isso são vendidos a um preço maior do que você espera, então vale a pena ficar de olho. Mas são um segredo conhecido. Não se chega a falar neles. Não se anuncia algo como um docemetal. É... qual é mesmo a palavra? *Gauche*. O mistério é parte do que faz deles o que são. Por isso a tradição de não fazer quaisquer registros por escrito, caso se possa evitar, e, se fizer, queimar; bem parecido com uma tábua Ouija. O que você quer saber?

Declan estendeu a mão para Jordan, o gesto universal para *Depois de você?*.

— Como eles são feitos? — perguntou Jordan. — Como essa coisa é posta neles? Você sabe?

Mikkel semicerrou os olhos, como se a pergunta não soasse muito lógica para ele, mas, então, respondeu, devagar:

— Ah, entendo o que você quer dizer. O artista o faz. Diz respeito a algo que ele sente quando está criando a arte. Quando vi um pela primeira vez, pensei que era porque, de certa forma, a arte era especial para o mundo. Um original de verdade, sabe? Mas foi explicado para mim mais tarde e isso faz mais sentido. Eles são, de certa forma, especiais *para o artista*. São um original para o artista, algo novo para eles, algo pessoal para eles. Algumas vezes, o que é retratado; em outras, como se sentem quando o pintam. É isso o que parece transformar alguns deles em docemetais. Não acho que seja o artista que o faz. É como, tipo, o espírito do tempo. Há um termo para isso em francês, não é? Há um termo em francês para tudo. Isso responde à pergunta?

Declan olhou para Jordan.

— E você não sabe o que é esse fator, que parte específica é causada pelo processo do artista que o cria — disse ela. — Não sabe algo mais específico sobre esse... espírito do tempo.

— Tudo o que sei é que artistas que produzem docemetais nem sempre criam docemetais — respondeu ele. — Eles podem criar dois seguidos, talvez, e depois disso mais nenhum. Agora, a maioria deles está em mãos de particulares... mas sabe que há uns poucos na cidade, certo? Abertos ao público?

— *El Jaleo* — disse Declan.

— Isso — confirmou Mikkel. — Sargent era bom neles, mas suponho que ele tenha sido muito produtivo também, certo? Já viu o *Retrato de madame x*?

É claro que sim. É claro. O *Retrato de madame x* era a autoproclamada obra-prima de Sargent, com toda a sua história colorida. Foi um dos primeiros Sargent que Jordan tentou copiar. Ela e Hennessy se revezavam, às vezes até trabalhando na mesma cópia enquanto a refaziam de novo e de novo. Havia uma cópia completa dele na mansão McLean com um punhado de buracos de bala na cabeça, assim como as pobres meninas que talvez ainda estivessem lá.

Mikkel notou pela expressão deles que sim.

— É um docemetal também. Acima da média. Seja o que for que aqueles dois têm em comum, é o que faz deles um docemetal.

O filho adolescente veio correndo para entregar as chaves de casa a Mikkel; ele havia trancado a pintura em segurança lá dentro.

— Obrigado por arranjar um tempo antes da sua viagem — agradeceu Declan.

— Eu que agradeço por você facilitar as coisas — respondeu Mikkel. — Tenho certeza de que nos falaremos de novo. Esse número da mensagem é o seu, certo? — Mãos foram apertadas de novo, mais cordialidades foram murmuradas e então, por fim, Declan, Jordan e Matthew foram deixados no píer. Com o vento chicoteando-os. Os mastros por trás deles pareciam esqueletos. O belo anoitecer se tornava algo ainda mais bravio.

— É meio estranho isso de a água te mostrar o seu próprio rosto — comentou Matthew, um pouco distraído.

Jordan respondeu:

— Essa era a pintura da sua mãe.

— Sim — disse Declan. — Ainda é. Eu só não a tenho mais.

— Você a trocou por essa informação.

— Isso mesmo.

Eles se estudaram. Ele parecia menos comum enquanto o sol desaparecia e aprofundava as sombras sob suas sobrancelhas, escurecendo o formato dos olhos, a expressão.

— Foi divertido, Pozzi — disse ela.

Declan virou o rosto na direção do vento para que a escuridão encobrisse seu sorriso. Então falou:

— Espero coisas grandiosas do meu retrato.

22

Hennessy sabia que todo mundo tinha segredos.

Segredos tornavam você quem você era. Uma vez, Hennessy lera um livro sobre desenho segundo o qual a chave para conseguir uma boa semelhança era trabalhar bem as sombras. Não é pelas formas positivas que reconhecemos alguém. Reconhecemos o rosto das pessoas pelas sombras deles.

Hennessy achava que segredos eram assim. Cada uma das suas meninas começava a vida como Hennessy, pensava como ela, agia como ela... mas, em algum momento, algo acontecia, e elas guardavam um segredo. E então elas se tornavam a sua própria pessoa.

Talvez Hennessy acreditasse que as pessoas simplesmente *fossem* os próprios segredos.

O segredo de J. H. Hennessy era que ela só conseguia amar uma pessoa por vez. Podia *parecer* que ela amava outras pessoas, como a filha, ou outras atividades, como a pintura, mas ela só amava Bill Dower. Tudo ia bem com a pintura e com Hennessy contanto que tudo estivesse bem com Bill Dower; agora, caso contrário, qualquer coisa poderia ser sacrificada em serviço para preservar esse amor. Filha, carreira, amigos, casa... todos peões bem-tratados no tabuleiro de um jogo com apenas dois jogadores.

O segredo de Jordan era que ela queria viver separada de Hennessy. Ela podia ter negado isso para poupar os sentimentos de Hennessy, mas esta a seguira; tinha visto os apartamentos com os quais Jordan sonhava acordada. Ela havia olhado o celular de Jordan enquanto a garota dormia e visto os códigos postais com os quais ela fantasiava. Sabia das galerias que Jordan namorava, sabia das escolas que Jordan se via frequentando. Não importava a empolgação que Hennessy trouxesse para a vida delas, não importava quantos trabalhos de ponta as fazia aceitar, quantas festas *underground* ela as fazia frequentar, o quanto ela tornava a vida delas grandiosa, Jordan ainda queria ter uma vida própria. Ninguém queria viver com Hennessy para sempre, nem ela mesma.

O segredo de Hennessy era que ela não queria que a linha ley ficasse mais poderosa.

— Quando alguém causa estragos o tempo todo — disse Hennessy —, a coisa se torna meio um desestrago.

Os três sonhadores estavam na antiga vizinhança. Hennessy havia muito perdera o senso de localização. Cidade e estado eram todos negociáveis. A luz era peculiar e amarelo-esverdeada. O dia terminava, o que normalmente tornava lugares feios mais pintáveis. Mas, naquela noite, as nuvens pendiam baixas e erradas sobre essa cidade, presas em farrapos nos fios telefônicos, e o resto do sol poente vinha oblíquo e lúgubre. A neve caía aqui e ali, como se as nuvens se desfizessem. A neve caída e derretida e a areia enlameavam as ruas.

Era feia. Impintavelmente feia.

Hennessy prosseguiu.

— O próprio ato de interrupção em vez disso se torna o oposto, rupção, o ato de manter o *status quo*, porque o *status quo* agora se tornou caos. Agora, se alguém quer se provar como revolucionário, essa pessoa, em vez disso, deve restaurar a ordem. Uma senhora manipulação mental! Para...

— Você está dizendo que precisa de uma pausa depois disso? — interrompeu-a Bryde.

— Eu estava fazendo umas observações psicológicas. Tipo uma conversa. Para matar o tempo.

— O que você sente? — perguntou Bryde.

Ronan bufou enquanto tamborilava os dedos na janela. Estava ficando mais e mais inquieto nesses últimos dias. Joelhos sacolejando. Dedos tamborilando. Andando para lá e para cá. Pulando em cima das coisas. Pulando para fora das coisas. Ele sonhava quando precisava sonhar. Do contrário, nem pregava o olho. Hennessy pensou que esse jogo de dominó o estava mudando. Ou talvez o revelando.

— É estranho pra cacete — disse ele.

Era estranho sentir a verdadeira força da linha ley ali, porque havia tantas coisas que Hennessy agora conhecia e que a obscureciam. Linhas telefônicas baixas sem blindagem, água cheia de óleo sempre empoçada no asfalto esburacado, casas amontoadas umas sobre as outras revelando fios como se fossem vísceras. Antenas parabólicas brotando como cogumelos escuros de alguns dos telhados. Havia algo mais, no entanto, que tornava o cenário verdadeiramente feio; Hennessy não conseguia descobrir o que era. Talvez fosse apenas o seu humor.

— Hennessy — chamou Bryde, ríspido, virando-se no assento do passageiro para olhar para ela lá atrás. — O que você sente?

— O que Roman Lynch disse — respondeu Hennessy. — Algo está estragado.

Bryde disse:

— Essa vai ser das difíceis. Três prédios grandes precisarão ser destruídos. Não sei como seremos capazes de sonhar quando estivermos no lugar; talvez precisemos usar coisas que já temos. Precisaremos ficar focados. Talvez eu precise que você cumpra essa missão sozinha. Ainda não sei.

Ronan capturou o olhar de Hennessy pelo retrovisor; as sobrancelhas grossas se ergueram. Aquilo era incomum. Ela deu de ombros.

— Na verdade — começou Bryde —, preciso que um de vocês nos leve até lá, só para garantir.

Preciso. Preciso que um de vocês dirija. Bryde não precisava deles para nada. Eles é que precisavam de Bryde.

Mas, naquela noite, Bryde parou o Burrito em um estacionamento desnivelado na frente de um depósito de madeira. Enquanto Ronan e Hennessy brigavam para decidir quem dirigiria em seu lugar — Hennessy ganhou (Ronan estava distraído, mantendo Motosserra dentro do carro) —, Bryde foi para o assento de trás.

Depois de fechar a porta, Ronan disse entredentes:

— O que está acontecendo?

— Eu pareço a cuidadora dele? — retrucou Hennessy. — Pergunte *você* a ele. — Eles voltaram a entrar. E não perguntaram nada. Ninguém disse coisa alguma enquanto conduziam pela da cidade feia e por uns poucos minutos de área rural fragmentadamente ocupada. A estrada sulcada de repente terminou em uma entrada escura e recém-pavimentada de algum tipo de ocupação corporativa. Em uma placa muito branca constava apenas: SOLUÇÕES DIGITAIS.

Hennessy olhou para Bryde pelo retrovisor. Sob a luz amarelo-esverdeada, ela viu que ele estava sentado perfeitamente parado ao olhar pela janela, os olhos semicerrados como se os protegesse do sol.

SOLUÇÕES DIGITAIS acabou por ser um complexo de três edifícios brancos singelos e enormes no meio de um estacionamento bem-cuidado. Em todos os sentidos, ele se mostrava menos feio que a cidade que haviam deixado para trás. Grama bem cortada que parecia verde demais para aquela época do ano. Asfalto muito, muito preto nivelado como vidro. Laterais brancas e limpas nos prédios, cada um marcado com as mesmas palavras ambíguas: SOLUÇÕES DIGITAIS.

Hennessy aproveitou a oportunidade do estacionamento vazio para dar um cavalo de pau com o Burrito, esperando deixar o humor feio zonzo o bastante para ir embora e não voltar mais; porém, em algum momento, ela teve que parar. Os ouvidos estavam zunindo.

Ela bocejou para desentupi-los, e bocejou de novo. Continuaram zunindo. Era um pouco como quando você batia a cabeça e lutava com a vertigem. Também era um pouco como quando você deixava a televisão ligada, mas colocava no mudo. Também era um pouco como uma geladeira.

Ela puxou o freio de mão. A neve flutuava feito cinza diante do para-brisa e derretia na grama com aspecto falso. Os ouvidos continuavam a zunir.

— Que som é esse?

— Eu lá sei, porra? Pensei que fosse só comigo — respondeu Ronan.

O som continuou. Um som estranho, um som amarelo-esverdeado que combinava com a tarde amarelo-esverdeada. Não havia carros no estacionamento. Nem pessoas. Nem sinais de vida. Só as nuvens irregulares e a cor nauseante sangrando no horizonte. Os flocos de neve grumosos que derretiam direto na imundície.

Fora do carro, o som estava ainda mais alto. O mais angustiante era a natureza imutável e infinita disso, pensou ela. Nunca variava, então se tornava parte de você. Pressionava para dentro, pressionava para fora. Do ar. Do solo. Dos prédios. A corva de Ronan fez um voo breve antes de voltar para o asfalto e ficar de pé estupidamente, balançando a cabeça como se algo se agarrasse a ela.

Ronan se juntou a Hennessy, e ficaram ombro a ombro, olhando os prédios, as luzes do estacionamento, os prédios idênticos com entradas idênticas feitas de vidro preto, tudo simples como o desenho de uma criança. O som continuou a vir de toda parte. Parecia óbvio que não havia nada vivo ali.

Ninguém poderia pedir por algo que fosse o mais completo oposto da floresta silenciosa e vital que rodeava Ilidorin.

— O que governa o mundo, mano? — perguntou Hennessy, de repente entendendo para o que estava olhando. — Zeros e uns. Memes e risadas. Fóruns e Fortnite. Né? É um... como você chama isso? Fazenda de dados. Fazenda de servidores.

— Um o quê?

— Eu aposto o meu belo traseiro que dentro desses prédios estão bancos e mais bancos de servidores — disse Hennessy. — Facebook-Instabook-Twitterbook-Tiktokbook-Tumblrbook. Essa é uma das mentes de colmeia deles. Posso estar errada, mas acho que não estou. Vi uma exposição de arte uma vez que falava de um cara que tentou abrir um processo contra um som.

— Servidores fazem barulho? — perguntou Ronan. Ele respondeu à própria pergunta: — *Coolers*.

— É isso, senhor conserta-tudo.

— Não posso sonhar aqui — afirmou Ronan, sem esboçar emoção. — Seria uma merda de proporções épicas. Precisamos derrubar essa coisa com o que já temos. Uma pena você ter entregado sua espada para os Moderadores. Precisamos destruir toda a construção ou apenas tudo o que há dentro dela? Bryde?

Mas Bryde não respondeu. Não se juntou a eles na frente do carro.

Eles se viraram para olhar.

A porta de trás do veículo estava aberta. Bryde havia conseguido escapar, mas não muito. Ele estava meio que agachado na sombra difusa da porta aberta do carro. Meio que em pé. O corpo curvado como um ponto de interrogação. E tremia. Os dedos eram jaulas sobre as orelhas.

Ele estava gritando.

Ou pelo menos parecia que estava gritando. Com as mãos sobre as orelhas, Bryde gritava e gritava, mas não saía som.

Era toda a agonia de um berro sem qualquer barulho, o que de alguma forma conseguia ser pior. Era como se o som da fazenda de servidores e o grito fossem algo acontecendo com Bryde; faziam dele uma pessoa diferente. De certa forma menos presente. Projetado em frente a uma locação diferente.

Não precisavam que lhe dissessem que aquilo o machucava.

O que você ouve?

Ronan pareceu abalado também, mas foi com a voz ameaçadora que ele virou o rosto para longe de Bryde e disse:

— Está por nossa conta, então.

— Podemos simplesmente ir — disse Hennessy. — Deixar essa coisa intocada. Dizer a ele que fizemos. Talvez ele não note.

Ronan lhe lançou um olhar.

— O carro. Vamos conduzir o Burrito através dele.
— Através do vidro e das coisas? É resistente o bastante para isso?
— Por favor. — Ronan lhe lançou outro olhar. — Você vem ou vai esperar aqui?
— Vamos levá-lo?

Eles olhavam para trás, para Bryde. Era estranho vê-lo ainda pregado no lugar. Um som poderia matar alguém? Algo poderia matar Bryde? *Mais velho do que ele imagina*, lembrou-se das palavras.

— Vá em frente. Ficarei de vigia. Vou te dar uma pontuação. Dez redondo se o carro voltar sem nenhum arranhão. Nove se você arrebentar um retrovisor. Daqui em diante, só piora. Um no caso de termos que atravessar aquela cidade a pé, a qual, devo dizer, me lembra da Pensilvânia.

— Nós estamos na Pensilvânia — observou Ronan. — Isso resolve tudo.

Hennessy permaneceu no estacionamento enquanto Ronan conduzia o carro para longe de ambos, girando com habilidade para a esquerda a fim de bater na porta dos fundos ainda aberta. Logo ficou difícil ver o carro, mesmo que ainda ouvisse o bater do baixo da música tocando no veículo. Não foi o suficiente para encobrir o som do complexo, que ainda estava em toda parte. Dentro dela, inescapável. Implacável. Não requeria mãos humanas para fazer o seu trabalho; estava lá propulsando aquele som por si mesmo, trabalhando com devoção em Bryde sem qualquer sentimento, sem qualquer pausa.

Humanos eram tão bons em poluir. Os melhores.

De repente, um buraco enorme apareceu nas portas escuras de vidro do saguão do prédio mais próximo. Ronan tinha atravessado direto. Só por um momento, Burrito ficou visível no reflexo do vidro restante, e então piscou fora da vista. Som de coisas quebrando vinha de dentro do prédio.

Minutos se passaram.

Embora fosse impossível ver o que estava acontecendo, ainda assim era óbvio que algo *estava* acontecendo, porque o som terrível diminuíra um pouco, substituído agora pelos alarmes de segurança. Bryde havia parado de gritar e, em vez disso, estava apenas agachado, olhos fechados de dor, mãos ainda cobrindo as orelhas.

Hennessy perdeu o momento em que Burrito emergiu do primeiro prédio, mas viu quando ele bateu no segundo. Aquele vidro trêmulo, aquele breve reflexo. Mais uma vez, enquanto Ronan fazia seu trabalho dentro do prédio, o som terrível diminuiu mais um pouco, substituído pelo uivo ainda mais comum dos alarmes. Ela se perguntou se estavam ligados a algo. Ela se perguntou se precisaria ofuscar quaisquer forças de segurança com um dos orbes prateados de Bryde. Esquadrinhou a própria consciência para ver se estaria disposta a vasculhar o casaco de Bryde para pegar um dos orbes enquanto ele estava parado lá. Normalmente Hennessy não tinha nenhum problema em violar o espaço particular das pessoas, mas, com Bryde, parecia errado. Isso, pensou ela, talvez estivesse relacionado aos segredos dele.

Quando Ronan e Burrito bateram no terceiro prédio, Bryde já tinha tirado as mãos das orelhas e só estava lá, encarando a distância com um olhar de peixe morto e abatido.

Então o som terrível se calou, assim como os alarmes, que provavelmente Ronan também destruíra. Ouvia-se apenas o som de um parque comercial desguarnecido a vários quilômetros de distância da cidade feia. Caminhos distantes. O calor longínquo dos aparelhos de ar-condicionado. Tratores e pássaros.

Dessa vez a onda de ley surgiu tão poderosa que quase derrubou Hennessy.

A sensação foi menos como se tivesse sido fisicamente atingida e mais como se o solo sob seus pés tivesse perdido a importância de repente. Ela se tornou parte de algo imenso e antigo que se esticava devagar, que voltava à vida devagar, e, de repente, ela pensou que entendia de uma forma muito real a razão pela qual os Moderadores faziam tudo em seu poder para capturá-los.

Bryde estava quase de volta ao seu normal quando o som do motor do Burrito se aproximou. Ainda era difícil ver o carro, mas Hennessy supôs que Ronan não tivesse perdido um retrovisor. O Burrito era forte. Ronan era forte. Hennessy era forte. Todos eles eram muito, muito fortes.

E ficavam mais fortes o tempo todo.

A linha ley cantava através dela ainda mais alto que a fazenda de servidores cantara, só que era pior, porque Hennessy sabia que essa sensação significava que ela poderia manifestar muito, muito da Renda.

Bryde disse, baixinho:

— Descobriu meu segredo, Hennessy?

A garota avaliou Bryde. Mais uma vez, pensou no quanto ele era uma pessoa incomum. Semelhante ao carro, difícil de olhar. Difícil de ver. Ou talvez só estivesse pensando naquilo agora que o vira gritar; era difícil olhar para ele da mesma forma. Ela respondeu:

— Isso é um jogo?

Bryde fechou os olhos. Ainda estava um pouco ferido. Com a voz rígida, ele falou:

— Tudo é um grande jogo. Nós somos as peças. — Então, voltou a abrir os olhos. — Você pediu um descanso. Estamos quase no fim.

— Eu não pedi uma pausa — rebateu Hennessy. O segredo dela era este: Estava cansada de tentar.

23

Retrato de madame x. *Retrato de madame x. Retrato de madame x.*
Quando Declan dormiu, sonhou com ela, Virginie Amélie Avegno Gautreau, a bela ruiva que empoava o rosto e rosava as orelhas para se tornar inesquecível, uma pintura antes mesmo de aparecer em uma tela como *Retrato de madame x* de John Singer Sargent. Virginie Amélie Avegno Gautreau, o rosto se tornou um perfil surpreendente, os ombros orgulhosos, os dedos pousados na mesa. Virginie Amélie Avegno Gautreau, com seu adequado casamento jovem, mas problemático, seus muitos *affairs*, a alça do vestido escorregando do ombro para dar um indício sutil das duas vidas que vivia: uma existência apropriada à luz do sol e uma existência roubada e sombria que era uma reação à inadequação da primeira. *Retrato de madame x.*

Quando ele acordou, pensou nas circunstâncias sob as quais ela havia sido pintada. Quando Declan foi dormir, pensou no quanto ela devia ser similar ao *El Jaleo*. Em todas as horas desse ínterim, ele pensou em como o processo poderia ser replicado para criar um novo docemetal. *Retrato de madame x. Retrato **de** madame x. Retrato de madame x.*

E por *Retrato de madame x* ele se referia a Jordan Hennessy. Não podia ter o bastante dela.

Boston lhe caía bem. O horário lhe caía bem. Compromissos, ligações, objetivos... todos lhe caíam bem. Construir uma teia intrincada (uma adequada, de estrutura sólida nos cantos externos e pegajosa somente no meio, de modo a prender apenas os insetos que ele gostava de comer, e não a si mesmo) lhe caía bem. Ele forjava um plano. Os riscos eram altos, e era perigoso, e Jordan estava certa: Ele gostava. Ele gostava de tudo isso.

Declan gostava do alarme às seis da manhã. Gostava dos cafés que acordavam antes mesmo dele. Gostava do tinido do e-mail sinalizando que o jornal havia sido entregue na caixa de entrada. Gostava de usar o cartão de passagem na catraca, gostava das sacudidas e do barulho do metrô de Boston enquanto lia as manchetes e passava para a seção de negócios. Gostava de ter notícias de um novo contato de negócios que conseguira em meio aos velhos contatos do pai. Gostava das reuniões de trabalho e das tarefas que se tornavam cada vez mais complexas à medida que a confiança se construía.

Declan gostava de estar enterrado até o pescoço em história da arte. Havia começado como Pozzi, e Pozzi tinha sido um bom começo. Pozzi era como o *Retrato de madame x* havia começado, com Sargent pedindo ao amigo dr. Pozzi que o apresentasse a Virginie Amélie Avegno Gautreau como uma possível retratada. Madame Gautreau! Sargent a achou uma modelo incrivelmente bela e extremamente preguiçosa. Ele a esboçou de novo e de novo, pintou-a de novo e de novo, tentando capturar na tela aquilo que a fazia famosa nos círculos sociais. E quando conseguiu, quando pintou aquela beleza altiva com a alça impudente caída no ombro de mármore, o escândalo quase a arruinou. Algumas coisas não deveriam ser pintadas às vistas. O amigo de Sargent, o escritor Henry James, persuadiu-o a se mudar para a Inglaterra a fim de escapar da desgraça, então Sargent começou a vida lá a partir do zero, sem saber que, em algum momento, *Retrato de madame x* seria a pintura pela qual ele seria mais conhecido. Era isso o que Declan estava fazendo? Ali em Boston? Ele não sabia, mas gostava.

Declan gostava de festas. E sempre havia tantas delas. Nunca se permitira ser tão público em Washington, tão ele mesmo, tão solto, mas Jordan argumentou que a extroversão, na verdade, era mais segura. Não precisou de esforço, ela notou, fazer desaparecer alguém que não existia de verdade, então eles deveriam viver, deveriam viver em grande estilo. Era uma lógica impecável e, de qualquer forma, o que Declan queria ouvir. Ele gostava de fazer do celular vagabundo o seu celular de verdade, certificando-se de que, sim, era um bom número para ele, um número permanente para ele, um lugar onde conseguir o homem para o trabalho. A primeira reunião foi pequena: uma mostra de abertura numa galeria minúscula no Fenway. Bebidas e música, uma atmosfera moderna, colecionadores jovens e um *after-party* que se derramou em um bar. Depois disso, Declan esbarrou na filha da irmã de seu senador na rua em Somerville e a convidou para jantar, o que se transformou em uns drinques, que se transformaram neles dançando. Tudo isso se transformou em mais mensagens de texto e em ligações e em convites. Jordan era uma festeira excepcional e experiente. Declan gostava de como ficava nos braços dela.

Ele gostava de descobrir o quanto Sargent havia sido apaixonado por *El Jaleo*. Sendo um músico, Sargent fora fascinado pela cultura do flamenco, e uma viagem para a Espanha havia deixado tamanha marca que três anos depois ele ainda pintava estudos de dançarinos e violões para a peça que acabaria pendurada no Gardner. Quando a pintura de três metros e meio debutou no prestigiado Salon, alçou Sargent à fama e cimentou a carreira que duraria a sua vida toda. Essa era a semelhança que a pintura tinha com *Retrato de madame X*? Era por que havia mudado a vida dele, ou por que ele *sabia* que a peça mudaria a sua vida? O que era *alma*? Declan não sabia, mas gostaria de tentar descobrir.

Declan gostava dos novos papéis que os irmãos desempenhavam nessa construção fantástica. Mesmo se sentindo culpado por deixar as tarefas escolares de Matthew em segundo plano (A propósito, ele iria para a faculdade? Algum dia ele seria um adulto de verdade?), Declan gostava de pedir comida para viagem com ele, e gostava de usá-lo como desculpa para ver atrativos turísticos, e gostava de passar os feriados com ele. Os episódios sonhados de Matthew pareciam menos frequentes agora, e Declan se sentia seguro o bastante para deixar Matthew trabalhar meio período em uma das galerias da cidade, embalando pedidos, o que parecia melhorar o humor dele. Todo mundo amava vê-lo; quem não amava Matthew? E, mesmo que Ronan não estivesse em Boston, sua presença ainda era imensa na vida de Declan. Quando este parou de mudar o número de telefone e começou a ir a festas, uma Moderadora chamada Carmen Farooq-Lane ligou para perguntar se ele entrara em contato com Ronan Lynch desde o incidente no rio Potomac. (*Não*, respondeu Declan, *mas, já que estou com você na linha, gostaria de te informar que fiz uma bela amizade com um advogado desde o seu ataque surpresa na minha residência pessoal*, uma frase que encerrou a ligação.) E, nos lugares mais estranhos, as pessoas se inclinavam e sussurravam de repente: *Você é o irmão de Ronan Lynch? Por favor, agradeça a ele.* Isso teria petrificado Declan em Washington, mas, agora, tudo aquilo o fazia se sentir parte de algo maior. Matthew, o menino de ouro, encantando a cidade. Ronan, o rebelde, enfim se tornando útil. Declan, o astuto, traficando arte e histórias. Os Irmãos Lynch. Ele não se preocupava com eles o tempo todo.

 Declan gostava de vir ao Fenway Studios no fim do dia, quando Jordan acordava para o seu dia de trabalho, que durava a noite toda. Ele gostava do fato de, sem qualquer conversa, eles terem decidido que era certo para ele se sentar na velha cadeira de couro perto da janela e contar a ela como fora o seu dia enquanto ela trabalhava nas telas. Ele gostava de que Jordan tivesse começado a pintá-lo de novo, embora se recusasse a lhe mostrar o retrato. Gostava de saber que ela estava tentando fazer dele o seu docemetal. Gostava de observá-la criando cópias de *El Jaleo* e de *Retrato de madame X*, sua habilidade com o pincel sempre o fascinava enquanto ela forjava camada em cima de camada de pintura a óleo, o mesmo quando a vislumbrara pela primeira vez no Mercado das Fadas. Virginie Amélie Avegno Gautreau.

Jordan Hennessy.
Pensava nela o tempo todo.
Gostava de tudo isso. Gostava demais.

— Em que você está pensando? — perguntou Matthew.
— O quê?
— Em que você está *pensando*?
— Não estou pensando em nada, Matthew, só estou esperando a Jordan, assim como você.

Os dois irmãos se demoravam na Sala Holandesa no museu Gardner, matando o tempo até Jordan vir encontrá-los para um almoço tardio. Café da manhã para ela, já que devia estar acordando só agora.

— Você *está* pensando, no entanto — insistiu Matthew. Ele usava aquele tom queixoso na voz que antecipava que esse seria um dos dias difíceis. — Você está pensando nas coisas sobre as quais vai falar com a *Jordan*. Por que não fala delas *comigo*?

O garoto não estava errado, o que, embora fosse uma impressionante demonstração de discernimento de sua parte, não era menos irritante. Declan respondeu:

— Porque vocês são duas pessoas diferentes. Não vou copiar e colar uma conversa.

— Você só acha que eu sou mais burro que ela — disse Matthew. — Você guarda todas as coisas inteligentes para falar com ela e comigo só aponta pessoas levando o cachorro para passear.

— Você gosta ou não que eu aponte os cachorros? — perguntou Declan.

Matthew resmungou:

— Eu não gosto *apenas* de quando você aponta os cachorros. Eu quero saber o que você anda fazendo, o que você, tipo, sabe, *pensa*.

— Tudo bem — disse Declan. — Eu estava me perguntando se essas pinturas são docemetais. Se é por isso que foram roubadas.

A Sala Holandesa com seu papel de parede verde no Gardner era notável por muitas coisas, incluindo um autorretrato de Rembrandt, alguns Rubens e um mobiliário histórico excelente, mas agora, provavelmente, era mais famosa por coisas que *não estavam* lá.

Em um março gélido várias décadas antes, dois ladrões trajados como policiais haviam roubado trinta quadros, incluindo um Rembrandt e um Vermeer. O episódio continuava sendo o maior roubo não resolvido de arte da história. Qualquer crime daquele tamanho seria notável, mas a perda sentida fora ainda mais aguda porque o museu Gardner era tão pequeno quanto incomum, incapaz de se recuperar como qualquer outro museu conseguiria. Isabella Stewart Garden supervisionara cada centímetro da criação do seu museu particular. Ela havia adquirido e disposto cada peça, microgerenciado o prédio e derrubado paredes e outras características arquitetônicas, e segundo um dos tópicos do seu testamento nada no museu deveria ser mudado após a sua morte. Até mesmo expandir uma das portas alguns centímetros devido à acessibilidade havia exigido petições e papelada. Esse mandato significava que o museu não poderia adquirir novas obras ou reorganizar as antigas para preencher o lugar das que tinham sido roubadas. Em vez disso, as molduras vazias haviam sido penduradas onde as peças estiveram. Em essência, a perda em si agora era exibida, e que peça mais universal de arte poderia haver?

— Docemetais, por quê? Porque são escolhas estranhas? Isto é, as coisas roubadas? — perguntou Matthew, o que, mais uma vez, exibia ligeiramente mais foco do que Declan veio a esperar do irmão. O garoto estivera prestando atenção em suas muitas visitas.

— Porque elas são esquisitas, sim. Porque há peças muito mais caras penduradas a uns poucos metros e eles as deixaram. Porque levaram aquele remate de bronze, entre todas as coisas.

— A coisa do pássaro — disse Matthew.

— Isso — ecoou Declan, seco. Aquilo foi mais do que esperava do irmão. — A coisa do pássaro.

Por décadas, especialistas se esforçaram para entender por que os ladrões haviam tirado tantas peças, e por que as trataram do modo como trataram. Picotaram telas valiosas da moldura. Embolsaram obras díspares no papel. Levaram a taça de bronze da dinastia Shang que se encontrava na mesa diante do Rembrandt que eles também roubaram. E, é claro, como Matthew notou, a coisa do pássaro... eles haviam roubado um remate de águia de bronze da ponta de um mastro aleatório. Era pessoal? Perguntaram-se os especialistas. Algo pego ao acaso? O que esses trabalhos tinham em comum?

— Eu estava pensando que, se fossem docemetais, a aleatoriedade faria sentido — disse Declan. — Ou talvez mais sentido do que qualquer outra explicação. Não seria por causa do valor tradicional ou do mérito artístico. Somente energia.

— Mas por que não levaram a dama dançando, então?

— *El Jaleo.*

— Foi o que eu disse. A moça dançando com o braço para trás. — Declan se ressentiu da descrição um tanto quanto precisa da pintura, mas deixou passar.

— Não sei. Talvez tenham ficado sem tempo. Talvez fosse grande demais. Talvez alguém tenha dito que não a pegassem.

— Quem?

— Pessoas poderosas estão interessadas nessas coisas — disse Declan. — Pessoas poderosas controlam várias delas. É por isso que trabalhamos com tanto cuidado.

— Isso não significaria que, se a Jordan criasse isso, ela seria uma pessoa poderosa? — perguntou Matthew.

Declan lançou um olhar penetrante para o irmão.

— Sim, acho que sim. — No entanto, não disse em voz alta que o poder desprotegido era, na verdade, uma fraqueza. Se você tinha algo que alguém quisesse, e não fosse possível impedi-lo de pegar esse algo, você estava vulnerável à exploração. Jordan e seu docemetal. Ronan e seus sonhos. Por isso que uma teia de aranha era tão importante, embora não estivesse prestes a abordar o assunto com Matthew. A teia era para protegê-lo, não para enredá-lo.

Jordan, então, apareceu na porta estreita, e, quando se juntou a eles, Matthew disse:

— Foi difícil? Nós conversamos. Não foi só copia e cola.

— Que conversa? — perguntou Jordan. — Foi das boas. Foi sobre mim? Essa *seria* muito boa.

— Esses caras — disse Matthew, apontando para uma moldura vazia.

Levando as mãos aos quadris, ela a observou com atenção, como faria se ainda houvesse uma pintura lá.

— Você acha que eram docemetais? Era nisso que estava pensando?

Grato, Matthew entrou na conversa enquanto Declan olhava para os dois. Ele se sentiu tão contente no momento, ouvindo os dois despreocupados, debatendo teorias, que tudo se transformou em incerteza. Ele gostava muito dessa vida. Gostava muito das pessoas que havia nela. Parecia que uma bomba explodiria a qualquer momento.

— A propósito, você jamais vai adivinhar quem fez a bondade de me ligar e me acordar — Jordan disse a Declan. — Nossa boa amiga, Boudicca, foi atrás do meu senhorio despudorado para me avisar de que os docemetais delas estão acabando rápido e que elas querem notícias minhas... e também perguntou se alguma vez eu pensei em montar um portfólio para uma galeria.

— O suborno é novidade. O que você disse?

— Que agradecia a dedicação delas e que eu ainda estava pensando se precisava mesmo de um. E perguntei se elas poderiam me avisar quando a última peça estivesse à venda.

Isso talvez fosse o que Declan mais gostava naquilo, mais gostava em Jordan Hennessy: Ela podia cuidar de si mesma. Declan nunca tivera ninguém na vida que não precisasse dele para gerenciar, guardar, punir, proteger. Nunca tivera um igual, nem nunca sequer soubera que *queria* um igual, e, agora que ela estava lá, ele gostava disso.

— Elas amaram, é claro — completou Jordan, com o sorriso de sempre.

Não, *aquilo* provavelmente era do que Declan mais gostava nisso tudo. Nunca na vida ninguém teria acusado Declan Lynch de ser otimista, mas precisava admitir que começava a ver as vantagens. Talvez as coisas terminassem bem, pensou. Jordan e Matthew eram sonhos, sim, mas, contanto que Hennessy e Ronan continuassem vivos, eles poderiam levar a própria vida. E, se algo acontecesse com Hennessy ou com Ronan, agora Declan sabia que os docemetais existiam no mundo para acordá-los. Mesmo que ainda não tivesse um, não precisava mais temer a possibilidade de perder toda a família que lhe restava de uma vez só; havia um recurso. As coisas poderiam ficar bem. As coisas *estavam* bem. Nunca havia se sentido assim.

Ele gostava muito disso, muito mesmo.

Quando os três saíram do museu para o dia frio, o celular tocou. Ele fez um sinal para os outros e lhes avisou que os encontraria no carro em um minuto; então, atendeu a ligação.

— Alô?

Adam Parrish disse:

— Precisamos muito falar sobre o Bryde.

24

— A cidade acordou — declarou Adam.
— Volte um segundo — retrucou Declan. — E me explique o que isso quer dizer.

Encontrara Adam na fila de um food truck de um chef-celebridade na Harvard Square, um estabelecimento que servia waffles gourmet com coberturas deliciosas a catorze dólares cada. Adam apresentou os outros estudantes que esperavam com ele na fila como seus bons amigos da faculdade, mas Declan desconfiou. A forma como eles ficavam juntos com Adam lhe lembrava um pouco um papel de parede de computador que vira na secretaria da escola: um enorme cão pastor de pé com um bando de patinhos amontoados ao redor das pernas. Provavelmente era para a foto ser fofa, mas, na época, Declan havia pensado no quanto o esforço devia ser pouco recompensador e unidirecional para o cão. Essa sensação de Declan se fortaleceu quando o grupo do amigo descobriu que o food truck aceitava apenas dinheiro e começou a choramingar, forçando Adam a contar, com paciência, as notas que havia na carteira e pagar pelos waffles, ouvindo, em seguida, os "te devo essa".

Adam mudara desde a época em que haviam frequentado a Aglionby Academy juntos, Declan pensou. O velho Adam nunca tinha dinheiro. E o velho Adam teria apontado sarcasticamente para a placa enorme dizendo SOMENTE DINHEIRO pregada no truck em vez de vir ao socorro de seus amigos ricos.

— Pensei que Cambridge estivesse morta antes disso — disse Adam, conduzindo Declan em uma caminhada vivaz pelo campus de Harvard. Eles deixaram os patinhos de Adam comendo para poderem conversar em particular, e agora estavam fora da vista deles. Adam foi comendo o waffle chique no caminho, a toda pressa, uma mordida atrás da outra, até acabar tudo, sem qualquer sinal de prazer. — Nenhuma energia ley. Por isso Ronan ia direto para a tinta noturna aqui.

— Era isso o que queria que eu visse? — perguntou Declan.

— Não chegamos ainda. Eu não a uso como ele, mas também posso sentir a linha ley. Eu a uso se precisar fazer previsões ou ler cartas. — Olhando para trás, Adam saiu de Harvard Yard com Declan e os dois seguiram para a Oxford Street. Lá, ele diminuiu o ritmo, mas Declan não viu nada de diferente. Era tudo bucólico e pitoresco: tijolinhos vermelhos, guarnições brancas, árvores pretas, céu azul. — Eu não pude mesmo fazer nada disso depois de vir aqui. Como eu disse, a cidade está morta. Aquelas leituras de tarô que você viu foram apenas uma demonstração. Eu só leio as pessoas. Truques de salão. Magia falsa. Mas, ultimamente, tenho sentido esses... Eu não sei. Pulsos. Como ondas de poder. Ou batimentos cardíacos.

Declan não tinha certeza de que gostara dessa última parte. *Ondas de poder* soava clínico e manejável. *Batimentos cardíacos* parecia vivo, e coisas vivas eram imprevisíveis e difíceis de controlar.

— E, então, algo realmente aconteceu na noite passada — disse Adam. — Olhe aqui.

Eles encararam um prédio mais moderno classificado como CENTRO DE CIÊNCIAS. Olhando com discrição de um lado ao outro da rua, Adam se agachou ao lado de um banco de concreto construído na parede. Levando a mão até lá embaixo, raspou um punhado de escombros.

Então os mostrou para Declan.

Para surpresa de Declan, não eram folhiços, mas besouros. Alguns eram insetos pequenos e comuns, pretos e indistinguíveis. Outros eram enormes e pintalgados, com a graciosidade portentosa dos elefantes. Alguns tinham enormes chifres bifurcados. Outros eram de um azul brilhante, com galáxias de estrelas reluzindo em meio à cor.

Declan não precisava ouvir que eles não eram nativos de Cambridge.

— São besouros Rockefeller. Alguns deles. Sabe o que são esses? Há centenas de milhares deles em exibição no Museu de História Natural bem ali. — Adam tirou um em meio ao punhado e o mostrou a Declan. O besouro em forma de bala era de um tom feroz de verde. Também se via nele um buraquinho perfeito quando colocado contra o sol. — É onde o alfinete entraria, para prender o espécime no suporte.

— Sonhos — disse Declan. Adam assentiu, severo.

— Seja o que for que se passou, esse pulso foi forte o bastante para acordar esses sonhos. Longo o bastante para eles encontrarem uma forma de sair de suas caixas no museu e chegarem aqui, mas não longo o bastante para mantê-los acordados.

— Como descobriu isso?

Com cuidado, Adam varreu os besouros de volta para debaixo do banco.

— Eu estava fazendo leituras, e fiquei perdido em uma das cartas quando a onda veio. Depois que voltei a mim, saí para procurar de onde ela tinha vindo, bem a tempo de vê-los se arrastando pela rua até aqui.

Ficou perdido. Voltou a si. Havia tomos emocionais inteiros entre essas palavras.

— Certo — disse Declan. — Então a cidade acordou. Por um tempo. — Ele não havia contado a Adam sobre os docemetais, e o Declan Paranoico odiava dar mais informações, mas perguntou, com cuidado: — Por que você acha que isso tem algo a ver com o Ronan? Poderia ser uma fonte de energia trazida por um forasteiro?

Adam franziu o cenho, e Declan quase teve certeza de que ele sabia que Declan estava retendo informação. Adam, como a criatura reservada que era, entendia de segredos, mas simplesmente perguntou:

— Como você sabe o que Ronan anda fazendo?

Declan balançou a cabeça. Sabia apenas que Ronan, Hennessy e Bryde estavam interferindo na tentativa dos Moderadores de matar outros sonhadores. Tinha parecido nobre. Útil. Uma válvula de escapa aceitável para as habilidades e a rebeldia de Ronan. Talvez ele só quisesse que fosse. Queria menos patinhos para variar.

Adam respondeu:

— Não há evidência concreta, mas Ronan e os outros estão envolvidos em mais vinte incidentes de espionagem industrial.

Não foi surpresa o que Declan sentiu, então alguma parte dele devia saber. Pelo menos suspeitar. Essa tinha sido a outra rasteira.

— Que tipo de espionagem industrial?

— Tive acesso a alguns dos documentos das agências — disse Adam, despreocupado. Essa, Declan pensou, era a razão pela qual aqueles colegas na fila do waffle não poderiam ser amigos do peito de Adam. Adam andava lendo documentos da inteligência sobre o namorado e eles estavam pesquisando chefs-celebridades na internet. — Eles estão destruindo redes de energia. Fazendas de servidores. Áreas de rejeitos corporativos. Aquele apagão de semanas atrás? O que afetou dezenas de milhares de pessoas em Delmarva? Foram eles. Rede de transmissão. O preço está na casa dos bilhões.

— Bilhões — ecoou Declan. Era muito para absorver. — Qual é o objetivo?

— Os Moderadores não sabem, ou pelo menos não colocaram por escrito. Mas acho que posso adivinhar. Durante a noite, comparei as datas e a hora da espionagem com as ondas, e elas casaram. Casaram direitinho. Acho que Ronan e os outros estão trabalhando para eliminar os obstáculos das linhas ley e para deixá-las mais fortes. Cada vez que conseguem, isso cria uma reação em cadeia que faz com que a linha debaixo de Boston e Cambridge, essa linha que estava adormecida, ressurja também. Matthew vem tendo menos desses episódios estranhos ultimamente?

Declan não sabia. Não havia perguntado. Matthew não dissera nada. Em teoria, Declan vinha pensando sem parar no docemetal para assegurar o próprio futuro, mas, na verdade, era nisto que Declan vinha pensando sem parar: Jordan Hennessy.

— Eu não ficaria surpreso — respondeu Adam. — Ele deve estar se sentindo ótimo a cada vez que uma dessas ondas acontecem.

Declan não via problema algum com isso, e deixou claro.

Adam apontou para os besouros.

— Você não vê problema com aquilo?

— Vejo algo que significa que, em algum momento, Matthew poderá ficar acordado por contra própria, estou certo?

A voz de Adam soou paciente, como se Declan fosse uma criança.

— Multiplique isso por milhares. Imagine um mundo no qual todas as coisas com que os Ronan Lynches do planeta sonharam ao longo dos anos acordassem. Ao longo das décadas. Dos séculos. Pense nas lendas que poderiam estar falando dos sonhos. Pense em todos os monstros. Dragões. Minotauros. Quantas dessas coisas são apenas histórias e quantas delas são sonhos que estão dormindo agora porque os sonhadores morreram há muito tempo? Neste momento, Ronan é limitado pela força da linha ley. Quantos Ronans existem? O que fariam se não tivessem limites? Pare de pensar no Matthew por um segundo e *reflita*.

E então aquilo começou a girar na mente de Declan, um futuro no qual sonhadores ambiciosos acabariam com a economia, mudariam o mundo da arte, sonhados virando armas em ascensão. A habilidade de Niall e de Ronan não tinha sido uma ameaça porque fora limitada tanto pela aptidão quanto pelo alcance — eles queriam viver no mundo como o mundo era —, mas alguém com poder absoluto e sem freios ou equilíbrio, Declan pensou, alguém com ambição...

— Isso não se limita a manter Matthew acordado — disse Adam — É um plano maior. É uma estratégia.

— Não parece algo que Ronan faria

— Por que você acha que eu disse que precisávamos conversar sobre Bryde?

Bryde.

— Declan — começou Adam —, os Moderadores têm videntes especiais. Visionários, é como os chamam. Eles viram o futuro, e pensam que Ronan e os outros vão sonhar com o apocalipse. É por isso que estão tentando matá-lo, e à Hennessy e ao Bryde. Acham que eles *vão acabar com o mundo*.

Adam prosseguiu, aos sussurros:

— Há algo à solta por aí. Uma coisa que acabaria com o mundo, se pudesse, um tipo de pesadelo coletivo. Eu o vi da última vez que fiz uma previsão. Um sonhador poderia trazê-lo à vida. Eles não precisariam nem tentar de forma consciente. Você viu o que Ronan é capaz de fazer. Basta um sonho ruim com energia ley suficiente para torná-lo realidade e, então, será o fim do jogo. Os Moderadores têm razão, é o que estou tentando dizer. Pense. Eles têm razão. E ainda teriam mesmo se não houvesse um plano maior do que simplesmente fazer as linhas ley recuperarem o poder.

Por um momento eles permaneceram em silêncio. Declan se sentou no banco de concreto e olhou para a rua em Harvard. Pensou em como, no início do semestre, Ronan havia vindo ver apartamentos, e Declan acreditara de verdade que o irmão rebelde talvez pudesse levar uma vida tranquila como aquela, pelo bem de Adam.

— Ele ligou para você? — perguntou Declan, já sabendo a resposta, não por causa de algo que Adam dissera, mas por tudo o que não dissera.

Adam apenas o olhou.

— Você confia no Ronan? — perguntou Declan. O irmão era muitas coisas, pensou, mas não assassino. Pior ainda, era apenas a si mesmo que ele queria destruir, e esse não parecia o Ronan que ele ouvira ao telefone. O pecado de Ronan era o imediatismo, não a vilania.

Adam pareceu pensativo.

— Eu não confio no Bryde.
— Isso não responde à pergunta.

Adam, porém, apenas deu um peteleco em um besouro e o jogou de volta para debaixo do banco, virando o rosto para o pôr do sol que se aproximava.

Declan entendeu, então, que Adam Parrish não estava permitindo que ele se aproximasse muito mais do que aqueles amigos da fila do waffle. Aquela ainda era apenas uma das facetas da situação. Uma faceta bem diferente da que ele compartilharia com os colegas de Harvard, mas mesmo assim. No nível precisa-conhecer. Nada mais. Proximidade e verdade real haviam sido reservadas para uma pessoa apenas, e o relacionamento de Declan com essa pessoa era a única razão para ele estar tendo um vislumbre das preocupações de Adam.

— Por que você queria que eu soubesse disso? — perguntou Declan.

— Ele está atendendo às suas ligações? — devolveu Adam.

25

Quando os garotos eram menores, a família Lynch não havia falado de sonhar.

Agora, parecia inconcebível que todo o sustento deles tivesse se baseado em sonhos, que dois quintos deles tivessem *sido* sonhos, que dois quintos deles tivessem sido sonhadores e, ainda assim, não tocassem no assunto. Niall Lynch vendia sonhos no mercado ilegal, e Declan recebia ligações de compradores querendo sonhos, e, ainda assim, não tocavam no assunto. Aurora era um sonho, e Niall sempre soubera que, se algo acontecesse a ele, no mesmo instante as crianças se tornariam órfãs de uma mãe adormecida, e, ainda assim, não tocavam no assunto. Ronan, sem querer, sonhou com um irmão e o fez existir, e tiveram que ensinar a ele como impedir que isso voltasse a acontecer, e, ainda assim, não tocavam no assunto.

Ronan acreditara que ninguém no mundo era igual a ele, e isso quase o matara, e, ainda assim, não tocavam no assunto.

Olhando em retrospecto, Ronan tentou de novo e de novo entender as coisas pelo ponto de vista de Niall e de Aurora. Talvez pensassem que haveria menos probabilidades de os filhos traírem o segredo se não tivessem palavras para descrevê-lo. Talvez pensassem que Ronan ia crescer e se livrar dos sonhos se não prestasse atenção no assunto. Talvez tivessem perdido a fé nos humanos de forma tão completa que incluíram os filhos entre os indignos de confiança.

Não se lembrava da primeira vez que sonhara com algo que tinha feito existir. Não se lembrava de sonhar Matthew. Lembrava-se, no entanto, de uma das únicas vezes de que haviam falado de sonhar.

Ronan ainda era jovem. Não se lembrava se Matthew já existia. As memórias assemelhavam-se a sonhos nesse sentido, elas pulavam as partes que não lhes eram interessantes na época. Ronan estivera brincando nos campos traseiros da Barns, o pasto com uma profunda inclinação onde ele e Adam tinham cavado. Era jovem o bastante para não ter permissão para sair sozinho, então Aurora estava lá com ele, lendo um livro debaixo da sombra de uma árvore, rindo consigo mesma de quando em quando.

Que idílico deve ter sido, pensava agora. O jovem Ronan tropeçando pela grama que lhe batia na cintura. A bela Aurora esparramada na grama em um dos seus vestidos leves, o cabelo louro como o de Matthew ou o de Bryde, um livro em uma das mãos, a outra pegando uvas da cesta que trouxera com eles. Acima, as nuvens no céu azul do verão eram tão convidativas e sonolentas quanto um edredom à tarde.

Ronan havia caído no sono. Ele não se lembrava disso; só se lembrava de acordar. Lembrava-se de acordar na grama e de não conseguir se mover. Não apenas as pernas tinham dormido, mas todo ele, a mente olhava para o corpo esparramado na grama perto da sua bela e meiga mãe.

E então a lembrança saltou para ele colhendo algo na grama para mostrar a Aurora. Era um livro como o que ela estivera lendo, mas muito menor, perfeito para as mãos de uma criança.

— O que temos aqui? — perguntou ela, largando o seu de lado.
— Abra.

Aurora abriu o exemplar minúsculo. Dentro não havia páginas, mas um céu de verão agraciado com nuvens brancas altaneiras. Ela passou os dedos pelo livro e observou as nuvens se dividirem ao redor deles. O céu estava no livro, mas também estava sobre o livro, uma página e um céu, bidimensional e tridimensional ao mesmo tempo, erguendo-se acima.

— Olhe só para você, sonhador impossível — sussurrou Aurora, com ternura. Ela o abriu e o fechou várias vezes para ver se o céu mudaria. Mudou. Do dia para a noite e de volta para o dia. Do sol para as estrelas e de volta para o sol. — Agora vamos enterrá-lo.

— Enterrá-lo — ecoou Ronan. Queria mostrá-lo a Declan. Para Niall. Queria colocá-lo na sua prateleira.

Aurora se levantou e bateu a grama da saia.

— Coisinhas como essa são melhores se mantidas em segredo. É muito importante se lembrar disso.

Não pareceu importante se lembrar daquilo. Pareceu importante mostrar a coisa para alguém. Ronan tentou entender.

— Por quanto tempo?

Ela beijou o topo da cabeça do filho.

— Para sempre.

Para sempre?

— Este lugar parece bem legal — disse Hennessy. — Estamos aqui para destruí-lo?

Burrito havia acabado de cruzar acres de plantações de milho secas para chegar a uma casa velha o bastante para ter o nome em uma coluna de tijolos perto da entrada: Barnhill. As plantações de milho levavam a um quintal bem-cuidado, e então havia a casa branca quadrada, e mais além o capim-marinho seco e então, esperava-se, o pântano e, por fim, o mar. Toda a propriedade tinha uma beleza assombrada e solitária. Não se acharia o lugar por acidente.

Ronan concordou com Hennessy. O lugar parecia muito legal.

Lembrava-lhe da Barns, e ele não queria destruí-lo.

Bryde não respondeu, só olhou para a casa enquanto eles paravam o carro invisível na garagem separada. Ele não voltara a ser o mesmo desde a fazenda de servidores, embora Ronan não pudesse apontar o que havia mudado. Queria dizer que era algo como uma seriedade adicional, concentração na tarefa, mas ninguém jamais se concentrara nisso como Bryde. Ele parecia afastado. Introspectivo. Era, pensou Ronan, como se estivesse bravo ou decepcionado com Ronan ou Hennessy, embora não pudesse pensar no que poderiam ter feito para aborrecê-lo.

— Peguem suas coisas — disse ele, enfim, já abrindo a porta. — Não, não só a espada. As bolsas.

— Vamos ficar aqui? — perguntou Ronan, surpreso. As luzes estavam acesas na casa e, sem dúvida alguma, havia uma aparência de habitada nela. Não era o estilo de Bryde. Não mesmo.

— Se vamos matar pessoas e tomar a casa delas — disse Hennessy —, posso comer primeiro? Na verdade, acho que eu poderia comer essas pessoas. Estou com fome suficiente para comer um bebê. Vai ter bebês?

Bryde, porém, já tinha saído e estava quase na varanda da casa, ainda mais desinteressado nas piadinhas deles desde que tudo aquilo começara. Com um resmungo, Ronan jogou sobre o ombro a bolsa e a bainha com a RUMO AO PESADELO e o seguiu. Quando Hennessy enfim subiu os dois degraus da porta para se juntar a eles, ouviram passos dentro da casa, muitos deles.

Ronan e Hennessy trocaram um olhar pelas costas de Bryde.

Ela parecia tão confusa quanto ele.

Então, a porta se abriu e uma mulher baixinha de pele negra clara e cabelos castanhos presos afastados do rosto apareceu. Mesmo que a aparência tivesse pouco em comum com a de Hennessy, ela, ainda assim, lembrava a Ronan a aparência de Hennessy quando a conhecera: exausta e amedrontada. Assim como Hennessy, ela escondia a exaustão e o medo sob uma expressão muito diferente, mas eles ainda vazavam ao redor dos olhos, do sorriso contrito. Quando os viu, um pouquinho da exaustão e do medo se foram, substituídos por curiosidade e cautela.

Ótimo, pensou Ronan. Era a resposta certa para os três aparecendo na porta de alguém.

Ela examinou Bryde de cima a baixo e então olhou para trás.

— É ele?

Atrás dela, várias vozes se ergueram em um coro de animação juvenil.

— Ele está *aqui*!

— É ele?

— Eu *disse* que ele estava aqui? Eu já disse isso.

— É o Bryde!

— E a Jordan Hennessy?

— Sim, eu estou vendo a Jordan! Eu vejo a Jordan!

— E o Ronan Lynch?

— Ele é *alto* e *careca*! Ele está com uma *espada*!

As crianças haviam corrido para trás da mãe como uma onda estourando na praia, parando pouco antes de irromperem para a varanda. Cinco rostos felizes em diferentes alturas. Eles sussurravam e se cutucavam e apontavam para Hennessy e para Ronan, posicionados atrás de Bryde.

Ronan e Hennessy trocaram outro olhar.

Essa não era a resposta que Ronan teria considerado correta para os três aparecendo na porta de alguém.

Mas ele meio que gostou.

— Vocês podem também entrar para que eles possam atacá-los — disse a mulher. — Não que esteja aqui por mim, mas eu sou.

— Angelica — disse Bryde, ao passar por ela e entrar no corredor abarrotado. — Angelica Aldana-Leon. Sim. Eu sei. Eles me disseram.

— Quando o queixo da mulher caiu, ele ergueu um punho fechado e disse para as cinco crianças: — Presentes, mas só quando me disserem o que são.

— São sementes?

— Você é de verdade?

— Ele disse para não perguntar isso!

235

Bryde abriu a mão fechada e deixou uma única semente cair na palma da mão de cada um deles.

— Agora, como as farão crescer?

Eles se consultaram como se aquilo fosse um game show. Então, um sussurrou a resposta para o outro e, juntos, bateram as sementes nas mãos. No mesmo instante, cada uma explodiu em um lírio azul radiante, e só então Ronan percebeu, estupidamente, que eles todos eram sonhadores, cada uma daquelas crianças, e Bryde havia aparecido para eles em seus sonhos também, e mostrado a eles as sementes sonhadas que lhes daria.

Ronan buscou dentro de si o mesmo ciúme que sentiu pela primeira vez de Rhiannon, mas não o encontrou.

— As crianças me disseram que é você quem tem que parar a...
— Angelica perguntou a eles, apontando para os próprios olhos e nariz. A tinta noturna.

— A gororoba! — gritou um dos meninos.

— Obrigada. Muitíssimo obrigada. Não sei como te agradecer pelo que está fazendo, então, obrigada, você os salvou — disse Angelica, emocionada.

— Não foi nada — respondeu Bryde. — Não sei quanto tempo vai durar, mas vamos continuar trabalhando.

Ronan encarou as crianças, que o encararam de volta. Agora ele entendia por que Angelica parecia amedrontada e exausta. Sonhadores. Pequenos sonhadores, como ele fora, mas crescendo em um mundo em que a falta de energia ley os estava matando. Perguntou-se quantos sonhadores haviam morrido de tinta noturna sem nem saber que existia alguém como eles, nem saber que poderia se salvar se se mudassem para um lugar com mais energia.

Era por isso que estavam fazendo tudo aquilo.

Olhou para baixo. Uma das crianças havia pegado a sua mão e a sacudia, tentando fazer com que Ronan a seguisse. Outra estava rindo sem parar enquanto Motosserra pousava em seu ombro, esforçando-se muito para ser extraordinariamente gentil com as garras.

Eu também, Motosserra, pensou.

Uma terceira lhe abraçou a perna, e, sem olhar, Ronan apoiou a mão na cabeça dela, seu inconsciente se lembrando tanto de Matthew quanto de Opal. Durante essas duas últimas semanas, havia esquecido como era abraçar e ser abraçado. Parecia fazer eras que não sentia um daqueles pequenos confortos.

Angelica disse algo em um espanhol rápido e as crianças começaram a discutir entre si, fazendo muito barulho. Em inglês, ela lhes disse:

— As crianças mostrarão a vocês onde podem colocar as suas coisas. Sinto muito, é um beliche para vocês, meninos. Não temos muito espaço.

— Está ótimo — disse Bryde. — Será bom tomar um banho e ter o que comer esta noite.

Hennessy foi levada, e Bryde e Ronan ficaram em um quarto com os beliches prometidos. Não havia nada de elegante nas camas, era só madeira rústica aparafusada com um ar de faça você mesmo e cobertores que não combinavam entre si, mas tudo aquilo era mais acolhedor do que qualquer lugar em que tinham ficado desde a partida.

Bryde pareceu não se importar. Depois de colocar a bolsa no beliche de baixo sem dizer nada, ele se virou para sair.

— Espera um segundo — disse Ronan. — Espera um maldito segundo.

Bryde parou e Ronan quase perdeu a coragem. Não esperara que Bryde fosse dar ouvidos.

— O que fizemos? — perguntou Ronan.

Estreitando os olhos, Bryde balançou a cabeça de leve.

Ronan insistiu.

— Não temos tentado? O que mais você quer de nós? Vamos aos lugares em que você nos diz para ir, fazemos o que você nos diz para fazer. Você me pediu para ouvir, e eu ouvi. O que eu fiz? Com o que eu ferrei?

A expressão de Bryde mudou.

— Não estou bravo com você. É o que está pensando?
— Não sei o que pensar.
— Eu também não — confessou Bryde. — Por que Adam continua tentando te encontrar nos sonhos estes últimos dias?

Tamquam.

— E por que — prosseguiu Bryde — você o está evitando?

Ronan sentiu o rosto esquentar, as mãos esfriarem. Não achou que Bryde notaria.

— Você não o conhece. Ele não consegue deixar as coisas para lá. Ele é meticuloso. Ele se importa. O fato de ter encontrado uma forma de procurar por mim no espaço dos sonhos assim que começamos a liberar mais energia só prova isso. Se eu permitir que ele me encontre no espaço dos sonhos, ele não vai parar de pesquisar os Moderadores e todas essas coisas até desvendar tudo. Eu não o farei ser expulso de Harvard.

— Pelo próprio bem dele — disse Bryde, mas não como se acreditasse ou duvidasse, apenas como se previsse o resto da frase de Ronan. Então olhou para longe e, ao fazer isso, assumiu aquela mesma expressão que fez Ronan pensar que ele estava aborrecido com eles.

As sobrancelhas se ergueram, os olhos estreitaram, a boca se apertou. Não tão passivo quanto o Bryde que tinham conhecido semanas antes. Baixinho, ele disse, quase que para si mesmo:

— Não, não estou bravo com você. Você fez tudo o que eu esperava. Você e Hennessy são muito diferentes do que eu pensei. Melhores do que eu esperava.

A boca de Ronan abriu e fechou. Foi tão oposto ao que ele esperava ouvir que as palavras sumiram.

— Não, não estou bravo com você — prosseguiu Bryde. — Estou cansado. Estou orgulhoso. Estou confuso. Estou triste, porque sei que as coisas não podem ficar como estão agora. Até mesmo agora, estamos trabalhando para mudar as coisas e elas nunca mais serão como são neste momento. É uma forma ridícula de pensar, estar mais interessado no presente que no futuro, e, se fosse você ou a

Hennessy, eu jamais permitiria. Não vou perder o caminho. Eu sei disso, mas posso imaginá-lo. É comigo... é comigo que estou bravo.

Ouvir aquelas palavras significou mais para Ronan do que ele pensava, mesmo que não as tivesse entendido por inteiro.

— Estamos quase na última etapa — disse Bryde. — Só resta a barragem. Então o jogo será outro, completamente diferente.

— Por que estamos aqui, então? — perguntou Ronan, e a boca de Bryde se curvou, pesarosa, o que fez Ronan pensar que talvez Bryde esperasse uma pergunta diferente, embora não pudesse imaginar qual seria essa outra pergunta.

— É só uma recompensa. É só para que vocês vejam por que estamos fazendo isso e para nós dormirmos uma noite com um travesseiro de verdade e nos refestelarmos na gratidão de uma das muitas vozes que tem o nome de vocês nos lábios por esses tempos. Você é um herói. Aproveite.

Um herói. Era um conceito desconhecido. Ronan havia passado tanto tempo sendo o vilão, se é que tinha sido algo. O único metido em apuros, o único com a ficha suja, o único sendo perseguido, o único sendo acusado. E, antes disso, havia sido o jovem sonhador. Oculto. Eterno. Agora era um herói para a família de jovens sonhadores que jamais teriam que se sentir sozinhos.

Tanto Bryde quanto Ronan saltaram ao ouvir um trinado. Era o celular sonhado de Ronan. Quase esquecera do aparelho; não o usava desde aquela primeira ligação para Declan.

E era Declan agora. Não havia como identificar a pessoa que ligava visualmente, é claro, já que o telefone sonhado se parecia com um alargador de orelha. Mas, ainda assim, algo no toque deu um forte *indício* de ser Declan.

Foi uma interrupção irritante. Declan pertencia a outro mundo, a uma cronologia diferente, mas, com uma olhada para Bryde, Ronan bateu o dedo na orelha para atender a ligação.

— Deklo.

— Que bom, funcionou.

— Como você fez isso? — perguntou Ronan.

— Tive que voltar para o carro em que eu estava quando você ligou e encontrar a sua ligação nas chamadas recebidas. É claro, eu não podia digitar aquela bobagem que foi mostrada como seu número, mas eu podia simplesmente pedir que retornasse a ligação.

— Espera, em que carro você estava?

Declan nem se incomodou em responder.

— Quero que você venha para a missa este fim de semana.

Levou um momento para Ronan analisar o pedido. Era um pedido bastante comum, um que Declan fizera inúmeras vezes ao longo de muitos anos, o que resultava em Ronan revirando os olhos e saindo de manhã bem cedo para chegar à missa das onze com os irmãos do outro lado do estado. Agora aquilo pareciam lembranças de outra pessoa. Um sonho.

Passou pela cabeça de Ronan que algo ruim devia ter acontecido.

— O que foi? O Matthew está bem?

— Reunião de família — disse Declan, um declanismo que nunca deixava de irritar. *Reunião de família* queria dizer Declan balançando o dedo para um dos outros irmãos Lynch.

— Do que se trata?

— Do futuro.

— Você está falando sério sobre a missa, porra? É daqui a dois dias.

— Tenho fé em você.

— Um monte de gente está no nosso encalço.

— Nos diga a igreja, a localização, e estaremos lá. — Bryde esperava, as sobrancelhas erguidas.

— Meus irmãos querem me ver — Ronan disse a ele. Por algum motivo, aquilo fazia o seu pulso disparar, pensar naquilo, ou pensar em contar a Bryde sobre aquilo. Não podia dizer o quê. — Este fim de semana.

— Com quem você está falando? É o Bryde? — perguntou Declan.

— Temos um encontro com Ilidorin — disse Bryde, baixinho.

— Vou ter que pensar — Ronan disse ao telefone. — Não estou perto de Boston.

— O que é importante para você? — perguntou Declan. — Eu não estaria pedindo se não fosse importante.

Bryde continuava com a mesma expressão de expectativa, a mão na maçaneta para ir até os sonhadores que eles tinham ido ver.

— Tenho que ir — disse Ronan. — Eu ligo de volta. — E desligou.

Pensou ter entendido o que Bryde havia acabado de dizer quando o telefone tocou, porque ele, também, sentia-se meio dividido entre a possibilidade de voltar a ver os irmãos por alguns minutos e o conhecimento de que os sonhadores estavam quase no fim da primeira parte daquele empenho e qualquer coisa poderia mudar uma vez que o último obstáculo na linha de Ilidorin fosse removido.

— Não vou te dizer o que fazer — disse Bryde. — Mas tenho que ir em frente. Não posso parar quando estamos tão perto do final.

— Eu sei — retrucou Ronan.

Era complicado ser um herói.

26

Matthew estava caminhando.

Não *vagando* dessa vez, mas caminhando com determinação. Declan dissera a ele que conversara com Ronan e que ele deveria ficar quieto enquanto cuidava de uns afazeres. Não dissera que as duas coisas estavam conectadas, mas Matthew supôs que estivessem. Ele *teve* que supor, porque, não importa o que Matthew dissesse, Declan ainda não tinha conversas de verdade com ele. Ele confiava em Jordan, se é que confiava em alguém, e continuava apontando cães para Matthew. Isso causava em Matthew uma sensação ruim, e a sensação ruim, coroando todas as coisas ruins de antes, o fez caminhar.

Não vagar.

Caminhar.

Como um humano, não como um sonho.

Ele marchou, as mãos enfiadas nos bolsos da jaqueta acolchoada azul-berrante, a cabeça baixa. Observar os tênis baterem um na frente do outro só o fazia caminhar mais rápido e com mais força, o asfalto escuro e a calçada desapareciam sob eles. Declan achava esses tênis brancos e imensos ridículos. Matthew sabia disso agora. Não soubera quando os comprara, todo animado por ter juntado o dinheiro necessário. *Eles não são legais?*, dissera, e Declan havia murmurado: *É o par de calçados mais inesquecível que eu já vi na vida*, e, na época, Matthew pensara que Declan os amara tanto quanto ele.

Que idiota tinha sido, pensou, as orelhas queimando.

Que idiota sempre tinha sido quanto a tudo.

Até mesmo a ideia de que Matthew se animara por finalmente ter juntado dinheiro o bastante para comprar os tênis era ridícula. O dinheiro viera do salário de uma semana que ganhava por fazer tarefas, um sistema iniciado por Aurora na época da Barns e que Declan continuara adotando, mesmo depois de eles terem se mudado para a cidade. Matthew jamais questionara a retidão da coisa. Sim, é claro, recebia mesada por limpar o próprio quarto, passar o aspirador, tirar a louça da máquina, espirrar desinfetante na porta da casa para se livrar do pólen, tirar o lixo do Volvo de Declan depois que voltava da escola.

Deus, ele não podia suportar pensar naquilo. Ele simplesmente não *suportava*. Havia sido apenas o dinheiro de Declan, apenas um irmão mais velho dando dinheiro para uma criancinha idiota que permanecera idiota mesmo depois de grande. Todos os amigos de Matthew na escola conseguiram empregos limpando mesas e trabalhando em caixas registradoras, e Matthew pegava notas em uma caneca no balcão da cozinha. E agora não era diferente, ele apenas pegava a mesada com os donos de galeria que lhe davam trabalhos estranhos como um favor para Declan, porque achavam o irmão caçula de Declan Lynch fofo e seu amor por tênis feios engraçado.

Matthew continuou caminhando, caminhando. Batendo o pé. Caminhou para fora do bairro, passou pelos restaurantes cheios de comensais e por belas casas geminadas de tijolinhos acesas ao entardecer, por uma lojinha de conveniências que o fez lembrar de uma em que Declan às vezes parava na volta para casa quando esquecia de comprar leite durante a semana. Pensou nas vezes em que eles só se sentaram lá por vários e longos minutos com Declan encarando o nada com o tíquete do leite entre as mãos e o volante. *A gente não vai para casa?*, Matthew perguntava. *Joga o seu joguinho*, Declan respondia, e Matthew fazia isso, ele apenas jogava qualquer jogo idiota que tinha no celular enquanto o irmão mais velho ficava lá no posto de gasolina, a cinco minutos de onde moravam, por, às vezes, quase uma hora em vez de voltar para casa, e Matthew nunca perguntara por que estavam parados lá ou em que Declan estava pensando ou se ele odiava tudo em sua vida.

E agora essa coisa dos docemetais, essa coisa que eles diziam procurar para manter Matthew a salvo enquanto não falavam com ele sobre nada?

Todo mundo ainda agia como se ele fosse um bichinho de estimação.

Os pés de Matthew continuaram marchando, levando-o mais à frente, para mais longe de casa. "Casa." Com aspas, porque *casa* sem aspas ou era a Barns ou era Washington. "Casa" era o apartamento da Fenway no qual Matthew pensava como Sobrancelha de Velho, porque os detalhes acima das janelas pareciam sobrancelhas gordas e franzidas. Havia sete quartos, os quais Matthew nomeara para si mesmo. Duas vezes. Uma vez usando o nome dos Sete Anões, e mais uma usando os sete pecados. Gula Feliz era a cozinha. Dengosa Preguiça, a sala. Luxúria Zangada, o quarto de Declan. Daí por diante. E por aí vai. Declan gostava do apartamento. Matthew podia dizer que Declan gostava. Ele gostava de tudo o que havia na sua vida ali, mesmo Matthew não tendo lá muita certeza do que sequer a vida dele ali abarcava. Declan não falava disso com Matthew. Não dizia que estava mais feliz, embora claramente estivesse. Aquilo meio que fazia Matthew se sentir mal por dentro.

Tremendamente mal por dentro, mas não sabia por quê.

Os pés o levaram a uma parte da cidade que parecia mais próxima da costa e mais longe das pessoas e dos negócios.

Ao lado dele estava um viaduto que acabava de repente, cheio de ervas daninhas por baixo, pronto para uma cena de ação.

Declan ficaria desapontadíssimo se o encontrasse ali. No dia em que Matthew descobriu que era um sonho, Declan lhe disse que ele era tão irmão Lynch quanto os outros dois, mas Matthew sabia agora que não era verdade. Porque ele não estava frequentando a escola. Não estava sendo preparado para o futuro. Ele estava sendo cuidado e amado e controlado. A coisa que acontecia com essa vida do Declan, pensou Matthew, a *coisa que havia com ela*, era que Matthew simplesmente era uma coisa *nela*. Um fruto do sonho. Um filhotinho com quem passear e depois voltar para "casa" com um pouco da energia queimada.

Seu olhar foi atraído para um guindaste desocupado, um bem bacana. Tinha uma daquelas colunas gigantescas que pareciam uma escada e lá em cima estava um gancho.

Matthew pensou, sem hesitar. *Vou escalar aquilo.*

E escalou. Ele subiu pelo corpo e depois pela coluna, e para cima e para cima e para cima. Pensou no quanto Declan ficaria bravo. Que bom, pensou. Bom, muito bom, mas *eu te disse para ficar em casa*, diria Declan, confuso. *Era para você ficar exatamente onde o deixei, como um brinquedo.*

Ele meio que desejava nunca ter descoberto que era um sonho.

Lá no alto da coluna do guindaste, Matthew fechou os olhos. Costumava imaginar que o ar era um abraço que sempre acontecia, mas, naquele momento, tinha a impressão de não conseguir invocar aquele pensamento feliz.

Levou muito tempo para entender que ele era uma âncora na vida de Declan.

— Caramba!

Abrindo os olhos, percebeu que havia uma pessoa minúscula olhando para ele. Uma Jordan minúscula. Bem, uma Jordan de tamanho normal, bem lá embaixo.

Ela protegeu os olhos.

— É, eu pensei que fosse você!

— Você não pode me fazer descer — disse Matthew a ela.

— Tenho certeza de que não posso mesmo — concordou a garota —, mas é mais difícil conversar desse jeito, você aí em cima e eu aqui embaixo.

— Não fale comigo como se eu fosse uma criança. Sei que você está falando comigo como se eu fosse uma criança, e eu *não gosto*.

Jordan cruzou os braços, uma postura legível mesmo de lá do alto do guindaste.

— Tudo bem, então lá vai: Escalar um graveto suspenso no céu é um jeito estúpido de lidar com qualquer problema, mas a estupidez é um direito seu, então se quiser ficar aí em cima só me fala quanto tempo vai levar, assim eu decido se vou ter tempo de pegar uma bebida ou se devo só ficar por aqui.

— Por que eu preciso ser vigiado, para começo de conversa?

— Porque você escalou um guindaste, parceiro.

Matthew pensou naquilo e então pensou um pouco mais e, então, com um suspiro, desceu até onde Jordan esperava.

— Como você sabia que eu estava aqui?

— Você passou pelo meu estúdio. Não o reconheceu? — Não. Idiota. — O que está pegando? — perguntou Jordan, quando eles começaram a voltar pelo caminho pelo qual Matthew viera. — Está dando uma chance para a rebeldia? É porque seus irmãos mentiram para você?

Só porque ela foi direta em vez de fazer rodeios, Matthew respondeu. Ele contou tudo. Todas as questões que o incomodavam, desde as grandes até as pequenas e de volta para as grandes de novo.

— Parece uma merda mesmo, sinto muito — disse Jordan, abrindo a porta do Fenway Studios. Juntos, eles percorreram o corredor em direção ao ateliê dela. — O problema, a meu ver, é parte por causa dessa merda de ser um sonho, mas a outra parte é só essa coisa de crescer, e, para ser sincera, ambas as situações são lamentáveis, se quer saber a minha opinião.

— Eu queria — disse Matthew.

— Queria o quê, parceiro?

— Saber a sua opinião.

Jordan riu aquela gargalhada típica enquanto ele sorria para ela. Então lhe deu um "toca aqui" de levinho e empurrou a porta para que eles entrassem no ateliê.

— Ah, é.

— Nossa — disse Matthew. — Isso está bom.

Desde a última vez, Jordan havia trabalhado duro nas cópias do *El Jaleo* e de *Retrato de madame x*. Diante de cada tela havia um cavalete individual e menor, com fotos de referência e paletas de cores, e instruções, e cartões de visita presos em cima delas, mas o que ele olhava era o trabalho que Jordan fizera no retrato de Sherry e da filha, o mesmo em que ele a ajudara no início. As partes ainda se encaixavam, mas os rostos estavam muito bons e as cores eram tão nítidas e bonitas como as das pinturas de John White Alexander que ela havia prendido no cavalete ao lado.

— Obrigada — disse Jordan.

— Está bem melhor do que essas outras coisas esquisitas. — O resto do ateliê estava repleto do trabalho normal da pessoa que o ocupava: nus alongados e coloridos com seios em forma de pepinos.

— Na verdade, não — disse Jordan. — Tipo, os Sargent são melhores que o Senhor Tetas, é óbvio. É por isso que o Sargent era famoso, e esse cara é só, sabe, esse cara, mas essas minhas pinturas são cópias. Pelo menos o cara está fazendo algo original. É parte do processo, eu acho. Não sei muito sobre os docemetais, mas sei que jamais criarei um pintando Sargents.

Matthew afastou a almofada de Jordan para se sentar no sofá laranja berrante.

— Então o que você acha que vai criar?

Ela se empoleirou no braço do sofá.

— É o que aquele cara disse, não é? O camarada do barco, o que o seu irmão nos levou para ver. A arte precisa fazer algo com o artista. Tem mais a ver com o criar do que com a forma como é criado. A pintura os muda, eu acho. Se você é um artista badalado que sempre pinta obras incríveis, isso nada significa quando você faz outro trabalho excelente. Precisa ser algo mais, não um trauma exatamente, é mais como… energia e movimento. Um cria o outro. Há movimento na vida deles, na técnica, de alguma forma, isso captura aquela energia ley, é movimento. Eu acho. Não sei, na verdade. Estou falando pela bunda, e, se a minha voz te parece desesperada, é por isso, é porque está saindo da minha bunda.

Matthew gostou de ela estar falando como se ele fosse uma pessoa de verdade.

— Então você acha que fazendo uma... uma não cópia, é, bem, um original, vai criar um docemetal para você? Porque você sempre faz cópias?

Ela apontou para ele, estalando os dedos.

— Isso. Isso. É o que estou esperando, mas não saberei se vai dar certo até eu precisar, não é? Tenho trabalhado em um original, aquela pintura do seu irmão, mas não posso contar, sentada aqui, se está funcionando. Não consigo sentir nenhum dos docemetais da mesma forma nestes últimos dias, na verdade, por causa de seja lá o que for que a Hennessy e o Ronan estão fazendo com a linha ley. Você reparou? Reparou que está tendo menos episódios?

Matthew ficou tão aliviado por ouvi-la dizer isso, como se fosse algo normal, corriqueiro.

— Eu não tenho vagado!

— Não é? Quando cheguei aqui da primeira vez, eu sentia os docemetais com tanta força. Eu podia sentir o *El Jaleo* fazendo algo comigo, acho que porque eu precisava dele. Agora é como se tivesse mais energia para se ter ao redor, então eu me sinto normal quando o vejo. Tipo, eu amo o quadro, sim, claro, mas não sei se seria capaz de dizer que ele é diferente de qualquer quadro comum se o visse pela primeira vez hoje. Então não posso sentir se a minha pintura está ou não chegando lá.

— Você pode pegar outro sonho — sugeriu Matthew. — Um adormecido. De um sonhador morto. Lá na Barns ainda tem uma tonelada dos do meu pai, eu acho.

— É uma ideia muito boa.

Pareceu que ela quis mesmo dizer aquilo. E, por isso, ele se sentiu corajoso o suficiente para perguntar:

— Posso ver?

— O quê? Ah. A pintura. Você sabe que ele ainda não viu.
— Uhum.
— Você seria a única pessoa além de mim que o veria.
— Uhum.
— Ok, tudo bem, mas o meu ego é muito frágil quanto à peça, então não me diga nada ruim sobre ela. Talvez seja melhor você não dizer absolutamente nada. Só dê um grunhido, e aí eu o guardo bem rapidinho.
— Uhum.

O ateliê de pé-direito alto tinha uma pequena sacada, de onde Jordan tirou uma tela enorme e, então, fazendo uma careta, virou-a aos pés da escada para que Matthew a visse.

O garoto a olhou por um bom tempo.

— Esquece, diga alguma coisa; o silêncio é muito pior — Jordan disse a ele, e Matthew também gostou disso, porque o fez sentir como se ela se importasse com o que ele pensava.

— Declan sabe como ela é, pelo menos um pouco? — perguntou. Quando ela fez que não, ele olhou um pouco mais e então disse:
— Você vai se casar com o meu irmão?

— Caramba, cara, você pega pesado. Pensei que você fosse dizer que o primeiro plano estava muito confuso ou que eu tinha feito o nariz dele errado.

— Por que ele te trata como se você fosse real? — perguntou Matthew.

Jordan o encarou por um bom tempo, por tanto tempo quanto ele olhara para a pintura, e, então, levou o retrato de Declan para o segundo andar de novo. Quando retornou, ela se agachou diante de Matthew e disse:

— Porque eu *sou* real.
— Como você sabe?
— Porque estou falando com você, cara! Porque tenho pensamentos e sentimentos próprios! Não importa como chegou aqui. Você está aqui.

Matthew encarou as mãos.

— E se o Ronan me fez assim? E se ele me fez como eu sou?

— E se for isso mesmo? — Ela pegou a mão dele e a sacudiu. — Por que você acha que o Declan tem aqueles cachinhos? Por que você pensa que o Ronan é um babaca? Todos puxamos coisas dos nossos pais. Todos temos um corpo que obedece às regras com as quais lidamos. Não somos tão diferentes quanto você acha.

Matthew sentiu que se afastava dessa última sentença tão rápido quanto caminhava para longe do Sobrancelha de Velho.

— Olha, não estou tentando dizer que é fácil — disse Jordan. — Lidar com tudo isso, ser um sonho. Só quero dizer... só quero dizer, se você está pensando, *Essa é a coisa mágica que explica por que tudo é estranho e errado e por que é tão difícil descobrir onde eu me encaixo*, bem, as coisas não se resolvem assim. Não somos diferentes do jeito que importa. O seu menino Declan só finge que importa para que ele não tenha que pensar demais na mãe e em como ele se sente quanto a isso, e porque ele está com medo de que, se *você for* uma pessoa de verdade, vai crescer e o abandonar e então ele não terá uma família e não saberá quem é. Pronto. Essa é a sua sessão de terapia digna de dois dólares, não sei se é por você ou por ele, mas talvez vocês possam dividir o ônus.

— Você é muito legal — disse Matthew.

— Oun, eu sou sim. — Ela voltou a trocar um "toca aqui" levinho com ele. — Então, o que você achou da minha pintura?

Matthew apontou para um longo seio laranja na tela mais próxima.

— Eu acho que é melhor que aquele ali.

Jordan riu de felicidade.

— Ei, eu vi um sorriso nesse rosto. Está mais feliz, então?

Matthew refletiu.

— Uhum.

Na verdade, era melhor que felicidade. Pela primeira vez desde que se descobrira um sonho, Matthew se sentiu como ele mesmo de novo.

27

Hennessy se lembrava de posar para *Jordan em branco*. Jay havia passado a manhã chorando diante de um espelho no segundo andar da casa geminada delas em Londres, e Hennessy passara a manhã observando através da porta entreaberta. Ela havia desenhado a forma da mãe no tapete felpudo em que estava sentada e apagado de novo e de novo, tentando aperfeiçoar o delineado dos ombros, a curva do pescoço. Era difícil dizer se Jay chorava de verdade ou se chorava para referência. Ela estava tirando fotos com o celular em frente ao espelho e, em seguida, digitava algo rapidamente.

Depois de algumas horas disso, Jay saiu sem fazer alarde, e, embora Hennessy tivesse saído tropeçando para evitar ser descoberta, a mãe a encontrara enrolada na cortina no fim do corredor.

— Fantasminha — disse ela a Hennessy. — Vamos para o ateliê. — Raramente deixavam Hennessy entrar no ateliê e, com certeza, nunca tinha sido convidada, então foi com perplexidade que ela aceitou a mão da mãe e foi de elevador até o ateliê do terceiro andar.

Não havia nada parecido com o ateliê de J. H. Hennessy quando ela estava no auge da carreira. Esse mundo secreto era acessível apenas por um elevador decodificado ou por uma escadaria escura que terminava em uma porta sem maçaneta, só uma chave na fechadura. Dentro, era velho e novo. Velhas janelas guilhotina, paredes brancas e elegantes. Tábuas corridas velhas, pintura gráfica nova em preto e branco. Do teto pendiam luminárias imensas, presente de um colega artista, uma confusão de lâmpadas e capim e folhas secos. Do chão brotavam abajures de metal com a cúpula cortada com precisão para lançar uma luz geométrica e rendada. Digitais em gradiente pontilhavam cada superfície plana, incluindo o piano branco, onde Jay testava a esmo as tintas novas. E, é claro, havia as pinturas, em todos os estágios de acabamento. Os olhos eram vivos. As mãos eram vivas.

Assim que a porta do elevador se fechou atrás delas, Jay levou só um momento para olhar alguma coisa pelas janelas do ateliê e, quando não encontrou a coisa, voltou para provocar um grande rebuliço por causa de Hennessy. Ela a fizera provar vários dos vestidos que havia jogado no sofá. E a posicionara de diversas formas em uma cadeira simples de madeira. Havia mexido no seu cabelo e brincado com as tranças e passado batom nela e depois tirado. Todo o tempo dizendo a Hennessy o quanto ela seria bonita quando crescesse, que juntas fariam uma pintura maravilhosa. Não! Não *uma* pintura. Uma série de pinturas. Uma exposição. Aquele parecera um dia que havia acontecido com outra pessoa. Hennessy se sentou bem parada na cadeira, como um animal na beira de uma estrada, temendo se mover o mínimo para não sair de um lugar seguro para outro pior. Sentia frio com aquele vestido branco soltinho, mas não queria nem mesmo tremer no caso de a mãe se lembrar de que Hennessy não costumava ser tratada assim.

O feitiço, porém, não foi quebrado. Trabalharam o dia inteiro, a noite toda. Na manhã seguinte, Jay ainda estava entusiasmada. Encomendou um café da manhã farto com doces de uma das padarias e, então, elas voltaram para mais trabalho, dessa vez indo pela frágil escada dos fundos que terminava na porta sem maçaneta. Passaram duas semanas assim, com Hennessy sentada paradinha na cadeira sem nem tremer e a mãe a pintando e as sacolas de comida para viagem e do delivery empilhadas na escadaria.

A certa altura, Jay abaixou o pincel, chocada.

— Eu te criei. Um dia você vai crescer e ser uma mulher, e eu criei você.

Jay olhou para Hennessy, e esta de repente teve a impressão de que Jay a via de verdade, pensava de verdade no que significava ser Hennessy, ser a mãe de Hennessy.

Jay olhou de Hennessy para a pintura e de volta, e então disse:

— Como você vai ser bonita.

Foi o melhor momento da vida de Hennessy.

Daí se ouviu uma batida alta. A porta da frente. Bill Dower voltando do lugar para onde havia ido. Jay saltou tão rápido que a banqueta dela retiniu no chão. O godê ainda úmido foi abandonado no piano. A porta do elevador se fechando com um zumbido.

Hennessy se viu sozinha antes mesmo de entender o que havia acontecido.

Sentou-se na cadeira fria por um bom tempo, não querendo se mover para o caso de a mãe voltar. Depois de uma hora, puxou o pano que cobria as coisas e se envolveu nele, e esperou um pouco mais (fantasminha!). Enfim se permitiu tremer e admitiu que Jay não voltaria.

Com um leve suspiro, ela caminhou descalça pelo chão frio e foi até o elevador, mas descobriu que ele não se moveria sem a senha, que ela não tinha. Em vez disso, andou até a porta sem fechadura, mas ela não abriu. Estava trancada; o buraco da fechadura, vazio.

Hennessy estava presa no ateliê.

De início ela chamou bem baixinho, embora não pensasse que qualquer um dos pais ouviria acima das próprias vozes exaltadas. Então ela gritou. E bateu.

Enfim, desistiu. Esperou. E veio a noite.

Hennessy secou as lágrimas e acendeu os abajures, que projetavam padrões rendados rígidos pelo chão e paredes. Ela decidiu ver a tela em que a mãe trabalhara em todas aquelas semanas.

Era horrível.

Foi a pior pintura que Hennessy já tinha visto a mãe fazer. Era engraçadinha e fofinha, um retrato franco e entediante de uma menininha tola e valente sentada de um jeito estranho em uma cadeira.

Os olhos não estavam vivos. As mãos não estavam vivas. Hennessy, que vinha trabalhando e aprendendo com a própria arte todo aquele tempo, sentiu vergonha pela mãe. Foi terrível ela não ter ido até lá por Hennessy e seu estômago roncando, mas pareceu ainda mais terrível que alguém algum dia fosse ver aquela tela.

Hennessy olhou para o quadro por um bom tempo, e então contou, dizendo a si mesma que, se um dos pais viesse buscá-la quando chegasse ao seiscentos, ela não faria isso.

Seiscentos segundos se passaram. Oitocentos. Mil.

Hennessy parou de contar.

Revirou as gavetas perto da parede e juntou todas as tintas que quis. Então, voltou a umedecer as tintas a óleo da mãe no godê, pegou um pincel e começou a pintar. Depois de alguns minutos, ela arrastou o espelho de corpo inteiro ao lado do sofá, e refez o rosto estúpido do retrato com a sua verdadeira expressão cautelosa. Pintou por cima das sombras entediantes do vestido branco com cores sutis. Encolheu um pouco os ombros daquela menina friorenta, não a ponto de estar tremendo, mas como se quisesse. A cada passo, ela se levantava para comparar as pinceladas com as outras pinturas do estúdio. Ela criou olhos vivos. Ela criou mãos vivas.

Pintou o retrato que Jay deveria ter pintado. Levou a noite toda.

Era um J. H. Hennessy pelas mãos de Jordan Hennessy. Passou-se mais um dia até que a mãe veio pegá-la, e, àquela altura, Hennessy estava agitada e queimando com uma febre que surgira na segunda noite. Bill Dower havia ido embora de novo.

— Ficou melhor do que eu pensava — disse Jay, olhando a tela, passando os dedos sobre a assinatura no canto, pintada por Hennessy horas antes. — Oh, Jordan. Pare de reclamar. Vou pegar o paracetamol lá embaixo. Vamos lá, que provação. Da próxima vez não fique tanto tempo escondida e não vai se sentir tão mal.

A primeira falsificação de Hennessy foi dela mesma.

* * *

Sentada no porão da casa de Aldana-Leon, as pernas cruzadas em borboleta no colchonete, Hennessy pegou o telefone sonhado e o segurou no colo. Então olhou ao redor do ambiente escuro. Estava abarrotado com caixas de papelão, uma família que ou ainda não havia desembalado a mudança ou que se preparava para uma. Em um canto, via-se uma mesinha coberta por tubos de tinta guache e pincéis baratos. Havia alguns pedaços de papel amassado ali, e alguma criança pintara o tampo da mesa. Hennessy respeitou aquela criança.

Com um calafrio, instruiu o telefone sonhado a ligar para Jordan.

Tocou por quase um minuto, e então:

— Jordan Hennessy — disse Jordan, educada, sem reconhecer o número do identificador de chamadas. — Alô?

A voz a atingiu como um saco de pedras.

A melhor falsificação de Hennessy. Jordan, pelas mãos de Hennessy. Todos esses anos juntas. Todas as outras garotas, mortas. Por que Hennessy não ligara antes para ela? Como havia esquecido que Jordan era a única coisa que fazia aquele sentimento dentro de Hennessy desaparecer? Aquele pavor horroroso, aquela sensação da Renda, até mesmo quando estava acordada.

Hennessy ainda não havia falado. Não sabia o que dizer.

Do outro lado da linha, uma voz monótona soou ao fundo.

— Vou experimentar... é mais rápido assim, mesmo com a caminhada. Vai querer o *baba ghanoush* ou não?

Declan Lynch.

Declan Lynch.

Por que se sentia surpresa por ouvir a voz dele? Ela sabia que Jordan havia ido embora no carro dele, semanas e semanas atrás.

As palavras de Jordan soaram ligeiramente abafadas quando ela se afastou do telefone.

— Se você for pagar, eu quero. Peça para mim todos os acompanhamentos que eles tiverem. — Então, voltou para o telefone: — Desculpa, quem é? A ligação não está muito boa. Não consigo te ouvir.

Essa voz, a que ela usava no telefone, era muito diferente da que havia acabado de usar com Declan Lynch. Ela usara a voz distante, profissional, para falar ao telefone, e sua voz próxima e real para falar com Declan Lynch. Hennessy e suas meninas eram as únicas que costumavam ouvir a segunda. Elas tinham sido as únicas importantes.

As bochechas de Hennessy esquentaram.

— Alô? — disse Jordan. Então, para Declan: — Não, algum pé no saco ligando, eu acho. Ou uma chamada ruim. Não se deve supor o pior.

— É *mais seguro* supor — disse Declan, seco, e a risada de Jordan esmaeceu quando ela afastou o telefone da cabeça.

Hennessy desligou.

Ela se recostou no colchão.

Permitiu-se pensar naquilo. Aquilo era o que ela sempre quisera.

Não que Hennessy quisesse que Jordan fosse infeliz em sua ausência. Afinal de contas, tinha sido ela quem insistira para que Jordan fosse com Declan, né? Suas memórias estavam turvas. Ela podia ouvir uma vozinha sugerindo que Jordan realmente tivera a ideia, mas a formulou com cuidado para que Hennessy pensasse que partira dela. Isso era verdade?

Ela pensou em subir para encontrar Ronan. Ele se lembraria. Ele estava lá naquela noite.

Mas encontrar Ronan significava encontrar Bryde também, porque eles estavam juntos no quarto do beliche, e também porque os dois eram inseparáveis. E Bryde apenas tentaria transformar a infelicidade atual em lição. Hennessy não achava que suportaria mais qualquer lição.

O porão era frio. Ela puxou o lençol ao redor do corpo para cobrir os ombros e, simples assim, foi transportada para a lembrança no ateliê de Jay. *Fantasminha.*

E se Jordan deixasse de amá-la? E se ela nunca a tivesse amado, só *precisado* dela? E se Hennessy tivesse perdido a única coisa verdadeira na vida ao fugir para perseguir sonhos com Bryde e Ronan Lynch?

O que ela estava *fazendo* ali?

Eles não eram uma empresa para três sonhadores. A dupla Bryde e Ronan era uma coisa. Hennessy era outra.

E ela estava muito cansada de estar sozinha. Muito cansada.

Então girou o telefone nas mãos. Até mesmo o aparelho era um lembrete de como ela mal pertencia àquele lugar. Se não fosse por Ronan, não seria um telefone em suas mãos, seria a Renda, assim como na fazenda de Rhiannon Martin. Com raiva, passou pelas opções, procurando ver o que o seu subconsciente e o subconsciente de Ronan haviam sonhado nele. Número de contato. Viva voz. Mensagem de texto.

Alarme.

Antes de Ronan e Bryde, Hennessy sempre programava o alarme quando ia dormir. Vinte minutos. Era o máximo que podia dormir sem sonhar. Com o tempo, começou a programar o alarme enquanto estava acordada também, porque dormir sem sonhar acabava deixando a pessoa propensa a cair no sono mesmo enquanto pintava ou dirigia.

O alarme daquele celular tinha apenas um programa. Vinte minutos.

Foi o seu subconsciente ou o de Ronan que adivinhara que ela talvez fosse procurá-lo em algum momento? Qual deles não havia confiado nela? Perguntou-se se poderia voltar para aquela vida. Tudo parecia imaginário com tão pouco sono. Com certeza tinha sido pior do que essa realidade.

Com certeza.

Hennessy tentou não pensar na voz de Jordan.

Ela tentou não pensar na voz dela falando com Declan.

Fantasminha. Hennessy estava assombrando a vida de Jordan. Ela sabia qual das duas era a Jordan Hennessy mais vital.

A sensação hedionda aumentou e aumentou dentro dela. Sabia que, se fosse até Ronan e Bryde, eles a mandariam rapidamente para um sonho cheio de coisas impossíveis, pensando que isso a lembraria da alegria de sonhar. Eles jamais consideraram como isso apenas a lembrava da alegria do sonhar deles. Não, precisava lidar com aquilo sozinha.

Só queria deixar esse sentimento de lado por alguns minutos.

Qualquer um no mundo poderia dormir até passar.

Não Hennessy.

Era sempre A Renda. Sempre seria A Renda.

Fechando os olhos, pensou na última vez que vira Jordan. Ignorou aquela voz maldosa. Tinha certeza de que Jordan não queria deixar Hennessy. Tinha certeza de que havia sido ideia de Hennessy mandá-la embora com Declan para que ficasse segura. Tinha certeza de que Jordan acreditara nela.

Tinha certeza.

Movendo os ombros para afastar o lençol, Hennessy saiu do colchão. Ela não programou o alarme. Em vez disso, pediu ao telefone que lhe mostrasse uma das pinturas de John White Alexander. Era um dos seus favoritos. Jordan e Hennessy. Hennessy e Jordan.

Foi até a mesa coberta por material de arte, espremeu um pouco de tinta e pegou um dos pincéis.

Então começou a fazer uma coisa, ao menos, em que sabia que era boa: forjar a genialidade de outra pessoa.

28

Ronan acordou com um susto.

Estava no beliche de cima em um quarto que dividia com Bryde. Ainda estava escuro.

Em silêncio, ele se virou para ver se Bryde estava dormindo.

Notou o beliche de baixo vazio, os cobertores atirados para o lado. Então pegou a calça jeans do lugar em que a atirara, aos pés do beliche, a jaqueta da cabeça de unicórnio de plástico na parede e as botas ao lado da porta.

Ainda em silêncio, foi para o corredor escuro.

Viu Bryde abaixado sobre uma forma caída. Matthew. Uma das mãos do garoto, com a palma para cima, exibia uma pequena estatueta de falcão. Ele estava obviamente morto.

— O que você *fez*? — Ronan rosnou.

— Correlação não é causa, Ronan Lynch — disse Bryde. Adam fez uma breve aparição no fim do corredor e, com a mesma rapidez, foi embora.

— *O que você fez?*

— Acorde — disse Bryde.

Ronan acordou com um susto.

Estava no beliche de cima em um quarto que dividia com Bryde. Ainda estava escuro.

Em silêncio, ele se virou para ver se Bryde estava dormindo.

Notou o beliche de baixo vazio, os cobertores atirados para o lado. Então pegou a calça jeans do lugar em que a atirara, aos pés do beliche, a jaqueta da cabeça de unicórnio de plástico na parede e as botas ao lado da porta.

Ainda em silêncio, foi para o corredor escuro.

Viu Bryde abaixado sobre uma forma caída. Matthew. Uma das mãos do garoto, com a palma para cima, exibia uma pequena estatueta de falcão. Ele estava obviamente morto.

— O que você *fez*? — Ronan rosnou.

— Correlação não é causa, Ronan Lynch — disse Bryde. Adam fez uma breve aparição no fim do corredor e, com a mesma rapidez, foi embora.

— *O que você fez?*

— Acorde — disse Bryde.

Ronan acordou com um susto.

Estava no beliche de cima em um quarto que dividia com Bryde. Ainda estava escuro.

Em silêncio, ele se virou para ver se Bryde estava dormindo.

Viu Bryde de pé perto do beliche, olhos nos olhos de Ronan; de alguma forma, menos como ele mesmo, aterradoramente perto.

Ele não sorriu, mas era todo dentes. Então disse:

— De quem é esse sonho?

Ronan acordou com um susto.

Estava no beliche de cima em um quarto que dividia com Bryde. A luz diurna do pleno inverno branco fluía pela janela. Estava silencioso, mas, ainda assim, Ronan tinha aquela sensação que as pessoas costumavam ter ao acordar, a sensação de ter sido despertado por um som. Nesse caso, um grito.

Permaneceu na cama por alguns segundos, ouvindo, esperando, e agora parecia ouvir uma conversa bastante acalorada nas profundezas da casa. Ouviu-a por tempo o bastante para saber que estava acordado ou, pelo menos, que esse sonho seria diferente dos anteriores. Ele se vestiu e saiu. Não havia ninguém no térreo, apenas material escolar espalhado pela mesa da sala de jantar, então Ronan desceu até o porão.

Levou um momento para absorver todo o cenário.

Viu a pintura de uma mulher usando um vestido azul rodopiante cobrindo por completo doze das caixas empilhadas. Não era sonhado. Feito com tinta de verdade, algumas ainda um pouco escuras e úmidas. Na mesa enfiada ao lado das caixas, frascos de tinta escolar barata e pratos de papel com rostos infantis sorridentes desenhados neles; Hennessy devia provavelmente ter pintado com as crianças. A tinta barata parecia não combinar com o trabalho sofisticado nas caixas, mas não era magia, era Hennessy. Era nisso que era boa. Era excelente. Hennessy estava diante do seu mosaico de papelão, uma mão pressionada nas rosas tatuadas ao redor da garganta, olhando para o chão. Havia vômito diante dela.

Bryde estava lá, sangue cobrindo o braço de cima a baixo, sem qualquer sinal de onde provinha. Ele ficou em silêncio enquanto Angelica gritava na cara dele.

As crianças choravam.

Katie estava encolhida, os braços envolvendo as talas ortopédicas, choramingando. Yesenia soluçava e vez ou outra balbuciava, a voz rouca quando o fazia. Stephen tentava permanecer estoico enquanto via Angelica falar poucas e boas para Bryde, mas a boca dele estava franzida e o queixo ondeando de um jeito que lembrou a Ronan de quando Matthew ficava chateado. Wilson e Ana se agarravam a Angelica, o rosto enterrado na camisa da mãe. Havia sangue na roupa dela também.

— Que diabos — disse Ronan, mas as palavras se perderam em meio à cacofonia.

— Acidentes acontecem — disse Bryde. — E é óbvio que você pode dizer só de olhar para ela que não foi de propósito.

— Não importa se foi um acidente — berrou Angelica de volta. — Colisões no trânsito são acidentes... isso não significa que eu mande meus filhos para brincar na rua!

— Eu estava apenas um minuto atrás dela no sonho — apontou Bryde. — Eles nunca estiveram em perigo.

Angelica passou o braço por cima das crianças.

— Você e eu temos uma visão muito diferente do perigo! Eu vi aquelas coisas... aquela coisa. Eu vi. Isso... — A raiva desapareceu por um momento enquanto ela sufocava um meio soluço horrorizado.

Hennessy olhou para Ronan, a expressão bastante calma, mas, quando piscou, duas lágrimas logo se libertaram e escorreram livres por suas bochechas.

Então Ronan entendeu. Ela havia tirado a Renda.

De alguma forma, Bryde despachara a coisa, mas Ronan sabia que aquilo não importava muito no esquema relativo das coisas. O ferimento da Renda não tinha sido sei lá qual confronto que causara o sangramento, mas a mera existência dela. Acontecia que, antes que você visse a Renda, você não imaginava que algo como ela existisse. Especialmente se não soubesse, antes daquele minuto, que algo poderia odiá-lo com tal intensidade. Especialmente se não soubesse, antes daquele minuto, que você poderia se odiar com tal intensidade.

Katie tinha parado de choramingar e encarava o nada, o olhar perdido.

Hennessy olhou para Ronan e balançou a cabeça enquanto outra lágrima escapava.

— Eu sinto muito — ela disse a Angelica. — Eu sinto muito, eu sin...

— Quem é você para ter aquilo na sua cabeça? — perguntou Angelica.

Então as sobrancelhas dela meio que se juntaram e toda a expressão assumiu um ar severo. Ronan sabia que tudo o que ela diria em seguida seria a mais absoluta verdade e, com a mais absoluta das certezas, destruiria Hennessy. No entanto, antes que ela pudesse dizer, Bryde ergueu a mão.

Ele se virou para Ronan e Hennessy.

— Peguem as suas coisas. Depois entrem no carro.

— Por quê? — perguntou Hennessy, com a voz vazia.

— Na verdade, esqueçam as coisas. Eu as pegarei. Só vão para o carro — ordenou Bryde.

Ele se virou para Angelica e, enquanto eles saíam, Ronan o ouviu dizer:

— Você deve lembrar que aquela sonhadora já foi uma criança também, e não faz muito tempo.

Do lado de fora do carro, Hennessy parou de supetão, olhando fixo e através do veículo. Não por ele ser invisível. Ela estava olhando fixo e através de qualquer coisa à sua frente; os olhos estavam tão sem vida e os ombros tão derrotados que Ronan envolveu os braços ao redor dela.

— Não sou uma boneca, Ronan Lynch — disse, a voz abafada. — Tire as mãos de mim.

Então ele a abraçou com mais força, enquanto ela chorava no seu peito.

Minutos depois, Bryde saiu, parecendo exausto e inexpressivo, com as bolsas de Ronan e Hennessy nos ombros.

— Ligue para o seu irmão — ele disse a Ronan. — Diga que poderemos vê-los por algumas horas.

29

Um tipo especial de relacionamento acontecia entre um artista e uma obra de arte, por conta do investimento.

Às vezes era um investimento emocional. O tema significava algo para o artista, tornando cada pincelada mais pesada do que parecia. Podia ser investimento técnico. Um novo método, um ângulo difícil, um desafio artístico que significava que nenhum sucesso na tela poderia ser dado como certo. E, às vezes, era o simples e puro investimento do tempo. Arte levava horas, dias, semanas, anos de foco absoluto. Esse investimento significava que tudo o que envolvia a experiência de criar arte era absorvido. Música, conversas ou programas de televisão experenciados durante a criação se tornavam parte da peça também. Horas, dias, semanas, anos mais tarde, a memória de um podia, no mesmo instante, invocar a memória do outro, porque eles estavam inextricavelmente unidos.

Copiar e recopiar o *Retrato de madame x* de Sargent sempre estaria associado com Hennessy; devido à intensidade com que os dois haviam trabalhado na criação, o processo tão intensamente emaranhado, era como se uma única entidade, Jordan Hennessy, o tivesse criado.

Copiar *As filhas de Edward Darley Boit* estaria eternamente associado a June e às outras meninas, porque foi a primeira vez que Jordan tinha imaginado fazer algo original, pensando em como um retrato de todas as meninas de Hennessy poderia ser representado com um caos similar, mas estruturado de forma semelhante para conseguir um bom efeito, os rostos impressionante, assustadora e incisivamente iguais.

Copiar *A dama sombria* de Niall Lynch estaria eternamente associado ao Mercado das Fadas e ao desespero crescente dos últimos dias com Hennessy antes dos assassinatos.

E copiar *El Jaleo* de Sargent estaria eternamente entrelaçado ao luto e à esperança. Intimamente ligado à música que liderava as paradas na primeira semana que passara em Boston, a nova e feliz descoberta de que os docemetais existiam, o som da voz daquele garotinho quando ele acordara na festa da Boudicca, a qualidade da luz entrando na Blick's enquanto ela comprava pincéis novos para substituir os que perdera, a excitante oportunidade de que artistas talvez conseguissem se manter acordados se fossem originais o bastante.

Jordan começava a entender como era possível a energia ley estar entrelaçada com o processo de criação artística.

— É claro, **Ronan** não pode me falar com precisão quando estará aqui — disse Declan.

A frase surgiu de repente, já que antes ele estava, em sua cantilena calmante, contando a ela sobre o Quantum Blue, um novo pigmento azul inventado com nanotecnologia, criado para replicar a exata cor da idílica "hora azul" de um crepúsculo grego. Ele ainda estava sentado na cadeira como sempre se sentava quando vinha, uma perna cruzada sobre a outra, a gravata frouxa, o paletó retirado e apoiado sobre os joelhos como se tivesse acabado de chegar do trabalho, o que, normalmente, era o caso. Jordan não lhe dissera que o retrato estava pronto, então ele ainda posava.

— Não é típico de Ronan Lynch prover informação suficiente para que nos preparemos.

— Para que, exatamente, você esperava se preparar? — perguntou Jordan. Ela mesma não sabia bem o que sentir quanto à notícia de que Ronan, Bryde e Hennessy estariam visitando Boston, devido a um fato doloroso: Hennessy ainda não havia ligado. Dez anos de completa codependência e, de repente, Hennessy ficava muda igual a um rádio. De início, atribuíra ao fato de Hennessy não conseguir localizar Jordan, já que ela se mudara para Boston e arranjara um telefone pré-pago. Mas, agora, Declan havia recebido duas ligações de Ronan, e Jordan ainda não recebera sequer uma única mensagem de Hennessy. Ela foi da preocupação para o aborrecimento para a calma e de volta. Verdade fosse dita, o que realmente a mantinha acordada à noite era a conclusão de que Hennessy não dera a Jordan todas as memórias quando a havia criado.

Fazia semanas que estava esperando para exigir uma resposta àquilo, e a ligação nunca veio.

— Eu nunca fui muito bom em lidar com o Ronan, e não existe um manual de instruções para a conversa que precisamos ter agora — disse Declan.

— Claro que existe. É um clique, uma leitura rápida em grupo. O manual chamado *Seu namorado ligou, ele acha que você se juntou a uma seita, aconselhamento, por favor*.

— Ronan não é muito do tipo que lê — comentou Declan, sério.

— Não quero falar disso.

— Você que abordou o assunto.

— Foi? Do que eu estava falando?

— Quantum Blue. Alexopoulou. Hora azul.

Jordan sabia, sem nem ter que pensar demais, que essa conversa também seria codificada na pintura que estava em sua frente naquele momento, *Retrato de um homem sem nome*. Veria para sempre as palavras *Quantum Blue* e pensaria naquela tela, naquelas noites longas e frias no ateliê emprestado na Fenway, Declan Lynch posando numa poltrona de couro, as luzes da cidade murmurando do lado de fora das paredes altas por detrás dele. Para sempre estaria atada àquele experimento nas bordas coloridas do quadro, a decisão que tomara para criar a paleta de cores, o pincel favorito sendo reduzido a nada e então substituído pelo seu segundo favorito, e com a tentativa de fazer as pessoas sentirem algo pelo retrato assim como ela sentia pelo retratado, não importava quantas décadas se passassem.

Seu primeiro original.

Teria ela feito um docemetal? Não sabia.

Declan observou:

— Pode abaixar o pincel, embora seja uma interpretação muito boa. Eu sei que a pintura está pronta.

— Quem é o artista aqui, sr. Pozzi? Talvez eu ainda esteja estudando os seus maneirismos.

— Esse pincel não vê tinta há três dias.

— Não cabe a você questionar o meu processo. As musas são notoriamente mal-acostumadas. — Ela largou o pincel. — Matthew disse que talvez você pudesse pegar um dos sonhos do seu pai para testar.

— Você não sabe dizer?

— Seja o que for que Bryde e eles estejam fazendo, não consigo mais sentir os docemetais do mesmo jeito. Não preciso deles, não simplesmente andando por aí. Não saberei a menos que o pior aconteça.

— Pareceu diferente criar um deles?

Claro que sim. Era o seu primeiro original, e, durante as primeiras várias sessões, o peso disso reduzira a velocidade do pincel para um rastejar. Não podia decidir quantas das suas decisões artísticas naquela peça estavam sendo inteligentemente influenciadas por artistas que havia pintado antes e quantas eram simples cópias. Era, sem dúvida alguma, a paleta de Turner, argumentou consigo mesma. Uma composição de Sargent. Era uma falsificação, apenas uma boa falsificação.

Mas então algo aconteceu na terceira sessão. Declan lhe contava a história do *Estudo em preto e verde* de John White Alexander, dizendo o quanto a peça havia sido sensacional na época em que fora pintada, revelando que a retratada era uma mulher cujo marido assassinara o antigo amante dela no meio da Madison Square Garden e se safara com uma alegação de insanidade temporária. Como curiosidade, ela adicionara que John White Alexander era casado com Elizabeth Alexander, uma mulher cujos amigos os haviam apresentado em uma festa porque ambos tinham o mesmo sobrenome.

Jordan rira, e o pincel, cheio de branco-titânio, escorregara.

Desastre.

Antes que pudesse detê-lo, lançou um olhar enviesado para o canto do pescoço de Declan na tela. Aborrecida, pegou um trapo, mas a tinta por baixo ainda estava muito úmida para que pudesse limpar o erro por completo. A borda ficou brilhando, mas, ao virar a cabeça para o lado, tentando imaginar os mínimos passos possíveis para consertar a beirada, percebeu que o brilho ficara muito bom. Não parecia realidade. A sensação *era* de realidade. O modo como a luz brincava com a sombra enganava seu olho como acontecia com um objeto de verdade. A dissonância parecia certa. Em vez de consertar, ela a enfatizou o máximo que se atreveu a fazer.

Na sessão seguinte, ousou ainda mais. Levou o efeito mais longe, para além do ponto do conforto. Até que se tornou mais real que a realidade. Não sabia se o efeito ia funcionar, porque não estava mais copiando. Aquela era uma estrada desconhecida.

Tinha parecido diferente criar? É claro que sim. Pareceu aterrorizante. Pareceu emocionante. Queria que as pessoas o admirassem. Temeu que o odiassem.

Um Jordan Hennessy original.

— É uma doideira, na verdade — comentou Jordan. — A coisa toda. Um docemetal. Todo mundo enlouquecendo tentando conseguir um, eles são tão raros, é impossível. E aqui estou eu pensando, ah, certo, tudo bem, vou só fazer um, então. Nunca pensei em mim mesma como alguém egoísta, mas eu realmente devo ser.

Declan sorriu ao ouvir isso, virando o rosto como fazia, como sempre.

— Só estou surpreso por você nunca ter se considerado egoísta.

— Isso é muito fofo.

— Posso ver? — perguntou ele.

— Não.

— Por que não?

— Porque você é o maior esnobe de arte que eu conheço, o que é dizer muito, e você é um mentiroso com "M" maiúsculo, e acho que não aguentaria se você não gostasse do quadro nem se mentisse para mim caso não gostasse.

Com certa curiosidade, Declan perguntou:

— Você acha que eu ainda poderia ser convincente ao mentir para você?

— Não vejo por que não.

— Você acha que eu *mentiria*?

— Não vejo por que não.

— Depois de tudo isso?

— Depois de tudo o quê? — perguntou ela, em tom de zombaria.

— Só porque eu roubei o seu carro.

Eles ficaram quietos, então, por um tempo. Declan olhou a escuridão através da janela, mais pensativo que no seu retrato. Tanto o Declan Real quanto o Declan Retratado posicionavam a mão do mesmo jeito, os dedos entrelaçados de forma desigual, algo neles sugerindo poder no descanso, mas o Declan Retratado mostrava o Declan de poucos minutos antes, a cabeça virada rapidamente para esconder aquele sorriso secreto, aquele seu eu individual. Os olhos do Declan Retratado estavam semicerrados, olhando para o nada, com uma expressão de diversão íntima e afetada. Os do Declan Real estavam abertos, desconsolados.

— Levou dias para a minha mãe dormir depois que o meu pai morreu — disse Declan. Jordan demorou uns instantes para perceber que ele se referia à Aurora sonhada, não à mãe biológica, Mór Ó Corra. Era a primeira vez que se lembrava de ele fazer isso. — Ele morreu imediatamente, é claro. O cérebro foi esmagado. Tiveram que tirar um pouco do cascalho da estrada para limpar a cena, se você pode imaginar, esse é o seu trabalho, a pá, certifique-se de que pegou tudo, não queremos que as crianças tropecem em massa cinzenta. No entanto, eles não levaram a minha mãe, porque ela ainda não parecia morta. Ela parecia bem. Tão bem quanto era de esperar nessas circunstâncias. Não, levou dias. Ela foi descarregando, como uma bateria. Quanto mais ela se afastava dele, o máximo que havia sido desde que ele estava vivo, menos ela era, até que ela simplesmente... dormiu.

Não era a voz que Declan costumava usar para contar histórias. Não havia encenação. Ele olhava para o nada.

— Ronan e Matthew queriam que ela acordasse de novo, é claro... por que não iam querer? Por que você não ia querer? Verdade seja dita, por que não? Vejo bem agora. Vejo pelo ponto de vista deles, mas Ronan e eu brigamos. Eu disse que não importava, ela não era nada sem o nosso pai. Sempre um acessório dele, uma reação dele. Por que acordá-la? Não dava para acordar o morto junto com ela, então ela sempre seria uma moldura para uma pintura destruída. Ficamos órfãos quando meu pai morreu porque ela era apenas um órgão morto. O que era ela a não ser o que o meu pai a tinha feito ser? O que ela poderia fazer a não ser o que ele queria que ela fizesse? Ela tinha que nos amar. Ela sempre foi um HD externo para os sentimentos dele. Ela...

— Pare — disse Jordan. — Você precisa saber agora. Dizer que ela não era real não faz as coisas serem mais fáceis. Só diferentes. A raiva não faz o rímel borrar tanto assim.

Os olhos de Declan brilhavam, mas ele piscou e voltaram ao normal.

— Ronan está tentando acordar o mundo. Estou tentando pensar em como convencê-lo a não a fazer isso, mas ele fala de um mundo em que ela jamais dormiria. Um mundo em que Matthew é só uma criança. Um mundo em que não importa o que Hennessy faça, caso algo aconteça com ela. Um campo nivelado. Não creio que seja uma boa ideia, mas não é como se eu não pudesse ver o apelo, porque agora estou sendo tendencioso, estou sendo tendencioso demais para ser claro. — Declan balançou a cabeça de leve. — Eu disse que jamais me tornaria o meu pai, não seria nada parecido com ele. E, agora, olhe para mim. Para nós.

Ah, e lá estava.

Não precisou se esforçar para se lembrar de como ele a olhara no primeiro momento em que percebeu que ela era um sonho.

— Eu sou um sonho — disse Jordan. — Eu não sou o *seu* sonho.

Declan apoiou o queixo na mão e voltou a olhar pela janela; aquilo, também, daria um bom retrato. Talvez o fato de gostar de olhar para ele a fizesse pensar que cada pose seria boa. Uma série. Que futuro aquela ideia prometia, noites sob luzes como aquela, ele sentado lá, ela de pé ali.

— Quando nos casarmos — disse Declan, enfim —, quero que você solicite um ateliê diferente aqui porque as pinturas desse cara são muito feias.

O pulso dela saltou duas leves batidas antes de seguir o ritmo normal.

— Não tenho documentos só meus, Pozzi.

— Eu compro documentos para você — disse Declan. — Pode usar no lugar do anel.

Os dois se olharam através da tela no cavalete.

Enfim, ele disse, baixinho:

— Eu deveria ver a pintura agora.

— Tem certeza?

— Está na hora, Jordan.

Deixando o paletó de lado, ele se levantou. Esperou. Ele não daria a volta para olhar se não fosse convidado.

Está na hora, Jordan.

Jordan jamais havia sido completamente sincera com alguém que não tivesse o rosto de Hennessy. Mostrar a ele aquela pintura, aquele original, parecia ser o mais honesta que ela já tinha sido na vida.

Ela deu um passo para trás para abrir espaço.

Declan olhou. Seus olhos foram de um lado a outro na semelhança, desde o paletó na perna do Declan Retratado até o de verdade, que ele deixara no encosto da cadeira. Jordan observou o olhar dele seguir a borda viva que ela havia tomado tanto cuidado para pintar, aquela eletricidade sutil de cores complementares em volta da sua forma.

— Está muito bom — murmurou Declan. — Jordan, está muito bom.
— Eu achei que seria o caso.
— Não sei se é um docemetal, mas você é muito boa.
— Eu achei que seria o caso.
— O próximo será ainda melhor.
— Eu acho que será o caso.
— E, daqui a dez anos, a sua escandalosa obra-prima a fará ser expulsa da França também — disse ele. — E mais tarde você poderá vendê-la para o Met. Crianças terão que fazer redações sobre você. Pessoas como eu contarão histórias sobre você para os acompanhantes no museu, para parecerem interessantes.

Ela o beijou. Ele a beijou. E esse beijo, também, foi todo envolvido na criação artística do retrato no cavalete ao lado deles, misturando-se com todos os outros sinais e sons e sensações que haviam se tornado parte do processo.

Foi muito bom.

30

Certa vez, na época em que moravam na capital nacional, Hennessy e Jordan tinham comandado por um breve tempo algo chamado Jogo. O Jogo começava à meia-noite na saída da River Road na I-495. Não assim que pegasse a saída. *Nela*. Na interestadual, gritando por ela. Uma proposta meio complicada com o tráfego de Washington. Subestime o congestionamento e o candidatado-a-jogador acabaria passando a River Road minutos depois de todos os outros terem ido embora. Superestime-o e o jogador acabaria aparecendo cedo demais, esperando que eles não demorassem muito tempo zanzando por ali, esperando por outra abordagem.

Fácil? Não, mas Hennessy nunca se interessara pelo fácil.

À meia-noite, prontos-ou-não-lá-vou-eu, Hennessy uivava pela saída da River Road em qualquer veículo que tivesse tirado da mansão McLean ou que tivesse afanado temporariamente, conduzindo um desfile inquieto de cavalos de potência até o local do jogo. As outras meninas, June etc., já estariam lá, duas delas marcando o início e o fim, as outras posicionadas nas saídas. A carta na manga: rádio na frequência da polícia, detectores de radar, catorze olhos atentos.

E então elas corriam. Ponto a ponto, rachas, derrapagens, corrida de moto, corrida de carro, o que desse na cabeça de Hennessy naquela noite. Às vezes, quando era Hennessy, na verdade era Jordan. Às vezes, ambas.

As apostas do Jogo eram sempre altas. Às vezes usavam drogas como prêmio. Armas. O carro do perdedor. Um ano de aluguel da casa de veraneio muito chique de alguém. Bens muito controversos para serem vendidos no mercado aberto. Os motoristas, os jogadores, os peões eram todos de um certo tipo: homens de vinte e trinta e poucos anos que só ganhavam vida depois do anoitecer, normalmente brancos e desenrolados o suficiente para sobreviverem a qualquer infração de trânsito que pudesse vir na direção deles, todos dirigindo carros desenhados para fazer mais do que conseguir multas na pista de alta velocidade. Eles se reuniam em fóruns para discutir o Jogo, para oferecer prêmios para a próxima corrida, para falar merda e medir rolas. De início, todas ocorriam em áreas marcadas, mas, de vez em quando, as pessoas vinham de todos os lados do corredor da 95 na esperança de entrar no Jogo.

Hennessy e Jordan costumavam apenas mediar a corrida em troca de uma parte dos prêmios, mas, quando precisavam de dinheiro ou ficavam intrigadas com uma das ofertas, elas corriam também. Hennessy era boa nisso porque não tinha medo nem inibições. Jordan era melhor porque era. Juntas, eram conhecidas como Valquíria, embora alguns dos jogadores frequentes mais observadores as chamassem de Valquírias.

O Jogo quebrava uma tonelada de regras.

Hennessy amava. Ou pelo menos amava o fato de não pensar em nada mais enquanto estava lá.

Era o mais próximo que chegava da felicidade. Pensava que talvez aquilo fosse o melhor pelo que podia esperar.

— Entra, anda logo, o tempo é uma cachoeira e o momento que estamos tentando capturar é uma nadada rápida em direção à margem — disse Hennessy.

— *Hennessy?* — perguntou Jordan, chocada.

Jordan Hennessy estava de pé na calçada escura perto do Fenway Studios, a bolsa jogada sobre o ombro, parecendo elegante e urbana com o cabelo natural puxado para trás em um rabo de cavalo alto, a jaqueta bem ajustada, cropped laranja, legging preta e sapatilha com padrão de ziguezague.

Jordan Hennessy também estava atrás do volante de um barulhento Toyota Supra parado na calçada, parecendo pronta para a câmera com o cabelo volumoso, os lábios de um roxo intenso, uma jaqueta bomber masculina, um corset roxo intenso e saltos que pareciam dificultar o uso da embreagem.

Duas Jordan Hennessy compartilhavam piercings idênticos no nariz, tatuagens florais idênticas nas mãos. Tatuagens florais quase idênticas ao redor da garganta.

Mas ninguém acharia que eram a mesma pessoa.

— Você não ligou, cara — disse Jordan.

— Entra.

Jordan entrou.

Ela havia mudado um pouco desde que Hennessy a vira pela última vez, mas não tanto para que Hennessy não conseguisse ler sua expressão. Era uma coisa sutil, essa expressão. Choque era o sabor principal. Então havia uma nota de alívio. E então, bem lá no fundo da língua, cautela.

Tudo isso era esperado, mas Hennessy não esperara ver a alegria. Ela irradiava de Jordan antes de ver Hennessy. Ela caminhava pela calçada no meio da porra da noite com um sorriso no rosto, um sorriso que ela continuava tentando esconder, mas que teimava em escapulir. De alguma forma, Jordan estava vivendo ali em Boston, longe de Hennessy, e não apenas estava bem, mas tão bem que explodia felicidade e não podia impedir ninguém de vê-la. Hennessy estava conjurando a Renda e Jordan estava sendo *feliz*.

Hennessy não sabia o que fazer com isso, então começou a tagarelar. Tagarelou enquanto conduzia o Supra rua abaixo, e Jordan colocou a bolsa no assoalho perto dos pés como sempre fizera. Tagarelou quando conduziu o Supra até a estrada e Jordan fechou a janela para que o vento forte parasse de chicotear o seu cabelo. Tagarelou quando se juntaram a elas outros carros mais robustos nos túneis debaixo da Boston Harbor. Tagarelou enquanto Jordan olhava os outros carros e colocava o cinto de segurança.

— Com que antecedência você avisou a eles? — perguntou Jordan. Ela não era idiota. Reconhecia o Jogo quando o via.

— Cinco horas — respondeu Hennessy. — Naquele Slack de banqueiros de investimentos doidões de nootrópicos, lembra dele? Isso significa que, estatisticamente, há uma chance muito boa de que um desses motoristas esteja sob influência de algum produto totalmente não regulamentado à base de plantas sul-americanas.

Voaram para o oeste de Boston a uma velocidade vários pauzinhos acima do apropriado. Haviam adquirido uma frota bastante impressionante. Vagões plataforma, carros rebaixados, flanqueados, esperando. O Jogo estava se preparando para afastar os sentimentos de Hennessy. Ainda não tinha conseguido, mas chegaria lá.

Tinha que chegar lá.

Hennessy não sabia o que pretendia ao voltar a ver Jordan, mas não era isso. Uma parte dela sempre soubera que, se ligasse, Jordan estaria bem sem ela. Sabia que, se ela aparecesse, Jordan estaria bem sem ela. Sabia que, se houvesse uma forma de terem suas vidas separadas, Jordan estaria bem sem ela. Sabia que era Hennessy que não podia viver sem Jordan.

Supôs que tinha esperanças de estar errada.

Enquanto os carros se reuniam e aceleravam, Jordan perguntou:

— Como poderemos correr no Jogo? Não tem ninguém guardando as saídas. Elas estão todas mortas.

— Estraga a diversão quando você diz isso, então vou fingir que você não disse — retrucou Hennessy. — No mais, eu já pensei e, como dizem, agi de acordo. É em linha reta. Começa com um lampejo triplo das luzes e então segue por exatos onze quilômetros. Sem saídas no meio. Se fizermos uma largada limpa, devemos estar tranquilas no final. Sem surpresas para nós. Só aproveitando os velhos tempos.

— "Nós." *Nós* vamos correr.

— Vamos.

— Hennessy — disse Jordan —, tem um GTR bem ali. Um 911 novinho atrás dele. Não posso ver aquela coisa dois carros para trás porque é rebaixado demais, mas os meus feromônios dizem que é uma McLaren. Você está planejando simplesmente observar as lanternas traseiras?

Ela porém, não parecia zangada; ela nunca parecia zangada. Sempre topava qualquer loucura em que Hennessy se metia. Não era melhor assim?, pensou Hennessy. Não era assim que devia ter sido? Ela e Jordan, Hennessy programando o alarme no telefone, ficando acordada o máximo possível, nunca vendo a Renda.

— Deveríamos fazer isso de novo — disse Hennessy.

— Estamos fazendo isso de novo.

— Quero dizer você-e-eu, quero dizer Jordan Hennessy. Você deveria vir com a gente ou eu deveria vir iluminar Boston, exceto que, sério, podemos ir para Nova York em vez disso? Porque este lugar parece mais a dobra do cotovelo de uma garota gostosa. É legal, mas não tem muito o que fazer com isso.

— Você anda dormindo, Heloise? — perguntou Jordan.

A pergunta era absolutamente intolerável. Toda ela. O conteúdo, o momento, o apelido.

— Você anda pintando? — rebateu Hennessy. — Não pude deixar de notar um pouco de tinta no seu pescoço. Parece púrpura tíria.

— Não parecia. Parecia tinta branca comum, mas púrpura tíria era uma referência melhor a Declan Lynch.

Jordan deveria ter se irritado com a indireta de Hennessy, mas, em vez disso, sua boca exibiu aquele sorriso de novo, o que Hennessy havia visto na calçada. Ela tocou o pescoço com os dedos, sentindo a tinta, e a doçura do toque acertou em cheio a razão do sorriso.

Ela gostava daquele babaca. Aquele arremedo de cretino mala: ela *gostava* dele. Hennessy havia implorado para Bryde e Ronan pararem por causa do Supra, sabendo o quanto Jordan ia gostar dele, e ali estavam as duas naquela rodovia à meia-noite, as Valquírias, rodeadas por cavalos de potência de milhões de milhares de dólares, e Jordan estava sorrindo por causa daquele branquelo imbecil de Washington.

Uma parte de Hennessy estava sempre procurando por aquela velha porta sem maçaneta, um buraco de fechadura sem chave.

— Preparar, apontar, fogo — disse Hennessy.

Ela piscou os faróis. Um. Dois. Três. Os carros arrancaram.

Como Jordan previra, o Supra não era nem de perto tão rápido quanto o mais veloz dos competidores. O pelotão de elite acelerou enquanto o mediano ficou médio e o lento permaneceu lento.

Jordan acariciou o painel do Supra como se para fazer o carro se sentir melhor por não estar na dianteira, e então, em um tom de voz diferente, ela perguntou:

— Você me sonhou sem as lembranças da Jay?

O problema de a linha ley ficar mais forte era que Hennessy sentia que às vezes ela podia ver a Renda mesmo com os olhos abertos.

— Vamos fazer um truque bem bacana aqui — disse Hennessy.

Formas rendadas foram projetadas pelos faróis de reposição.

— Hennessy. — Jordan a puxou de volta. — Foi isso?

Fios rendados de agulhas de pinheiro ficaram presos sob o limpador do Supra. Hennessy prosseguiu.

— É uma coisa chique que eu afanei do Bryde. Merdinha chique. Tem uns efeitos colaterais divertidos.

As sombras da Renda cruzavam atrás dos postes enquanto elas passavam.

— Hennessy...

Cílios de Renda piscando-piscando-piscando. Parecia o padrão dos abajures da mãe lançados na parede do ateliê.

Abaixando o vidro, Hennessy pegou o pequeno orbe de prata roubado no compartimento da porta. Ela o rolou na palma da mão como via Bryde fazer quando ele queria que o orbe fosse mais rápido do que estava sendo lançado, e então o jogou na escuridão.

Por um momento, não teve resultado nenhum. Só as lanternas dos carros prestes a fazerem um tempo melhor que o do Supra.

O orbezinho disparou à frente delas. E se desdobrou. A nuvem se libertou em um estouro.

E, então, o caos.

Os carros giraram. Um aqui, outro ali. Bateram um no outro. Mergulharam na valeta. Um Subaru capotou em pleno ar. Um Corvette girou e então derrapou para trás quase tão rápido quanto o Supra seguia adiante. Seguiu por metros e mais metros. Durante todo o tempo, houve um barulho estridente que lamuriou, e lamuriou, e lamuriou, e Hennessy não conseguiu decidir se era ela ou Jordan ou os pneus gritando.

Havia supercarros por toda parte, ofuscados ao longo da pista. Alguns colidiram de frente, os faróis apontados para todos os lados.

— Ganhamos — disse Hennessy. Ela parou o Supra e puxou o freio de mão.

Jordan saiu do carro no mesmo instante, as mãos cruzadas ao redor da nuca, examinando os danos. Hennessy podia dizer que ela estava horrorizada, e, por alguma razão, isso era ótimo, perfeito, exatamente o que Hennessy queria. Era muito melhor que o sorriso vago de Jordan, a alegria indomável.

Hennessy fez um gesto eloquente.

— O prêmio é qualquer coisa que quisermos. O que você quer?

Jordan se virou para ela.

— Isso não é um sonho!

— Eu sei — disse Hennessy —, porque eu posso controlar tudo aqui.

— Alguém poderia ter *morrido* aqui. — Jordan andou para lá e para cá e então correu pelo asfalto, abaixando a cabeça para dar uma olhada em um ou outro motorista. Todos olharam para ela e para além dela, as expressões boiando. Hennessy zumbiu:

— Babacas morrem em corrida de rua, noticiário das onze.

— Isso não é um sonho!

— Que tal a Lamborghini? — perguntou Hennessy. — Acho que a Lamborghini seria muito divertida.

Jordan abriu a porta de um Porsche pequeno e bonitinho todo detonado e brilhante como a lâmina do céu de Ronan. O motorista estava caído sobre o volante, que entrara o bastante para pressioná-lo com as costas no assento. Os olhos encaravam o nada, mas era difícil dizer se o motivo era o orbe sonhado de Bryde ou se ele estava ferido.

— Eu não quero roubar carros e foder com as coisas, Hennessy! — retrucou Jordan, remexendo até encontrar os controles do assento. Ela se esforçou para puxar o assento para trás o suficiente para tirar o homem de lá. Hennessy não moveu um músculo enquanto Jordan usava todo o peso para puxar o homem. — Eu tenho uma vida aqui. Eu quero viver a minha vida. Minha vida real. Arte e amadurecimento, não *isto*.

— Que bom pra você — disse Hennessy.

— Por que você está agindo assim, cacete? — exigiu Jordan. — Foi para isso que percorreu essa distância toda? Pelo Jogo?

Hennessy a encarou enquanto ela apoiava o motorista no volante do carro e ia olhar o próximo.

— Eu queria que você estivesse morta.

Isso fez Jordan girar feito um pião.

— O que você disse?

— Queria que você tivesse morrido com as outras — disse Hennessy. Foi horrível, foi terrível, a boca não parava de dizer aquilo, a expressão não parava de ser mordaz. — Eu queria que vocês todas estivessem mortas, então seria apenas eu e eu poderia fazer o que eu quisesse. Posso sentir você me puxando para baixo a cada segundo de cada dia. Estou cansada pra caralho de você.

Os braços de Jordan pendiam nas laterais do corpo. Ela não parecia brava nem magoada, apenas encarava, parada no meio dos carros apontados para todas as direções.

— Você veio aqui para me dizer *isso*?

Hennessy não sabia o que tinha ido fazer lá, mas já havia feito. Compreendeu que queria que Jordan a odiasse. Ela não sabia por que isso era melhor que qualquer outra coisa, mas soube com certeza que esse era o objetivo.

— Eu queria ver o seu rosto para ter certeza de que era verdade — disse Hennessy.

Ela deu de ombros.

Podia *sentir* os ombros se movendo mesmo que nem tivesse pensado naquilo.

Era como se tivesse manifestado algo de um sonho e estivesse paralisada, observando a si mesma de cima. A coisa que ela manifestara era essa Hennessy pavorosa dando o seu melhor para Jordan se estilhaçar e gritar para ela ir embora.

— É disto que você veio — disse Hennessy, apontando para si mesma —, e você está usando isto para se tornar uma pintora habilidosa e fazer bebês com aquele branquelo? Acho que eu deveria ter dado algum crédito para as lembranças da minha mãe. Eram uma salvaguarda contra a classe média alta.

Baixinho, Jordan perguntou:

— Por que você sempre faz isso? — Porque Hennessy sempre sonhou com a Renda, era por isso, porque era sempre o mesmo sonho, sempre o mesmo. — Aproveite o seu pesadelo — disse ela.

31

Declan se lembrava do pior sonho que já tivera na vida.
Era o seu último ano na Aglionby. Estava passando nas aulas. Havia arrastado Ronan pelas aulas com a ajuda de Gansey, amigo de Ronan. Havia comprado presentes de Natal para Matthew. Tinha um estágio garantido e a mudança planejada para a casa que o pai lhe deixara. Fizera as contas com o dinheiro deixado no testamento e calculara quanto precisaria ganhar e quanto poderia gastar por ano para manter o estilo que ele pensava ser o correto de viver. Estava saindo com uma menina chamada Ashleigh, depois de terminar com uma menina chamada Ashley. Ashleigh estava pensando em estudar em Washington para ficar mais perto dele. Declan estava de olho em uma Ashlee menos atenta para substituí-la. Estava fazendo o seu melhor para evitar que o laço com os sócios malignos do pai se apertasse antes de ele se formar.

Esse não era o pior sonho, mas o mundo desperto. O pior sonho era este: era quase Natal. Havia gelo na grama descorada ao redor da casa de fazenda na Barns.

Niall havia acabado de voltar de uma viagem de negócios de dezembro e agora estava dando presentes aos filhos, como fazia na vida real.

Deu a Matthew um filhotinho que só ficava vivo quando Matthew o segurava ("Eu nunca o soltarei", declarou o Matthew do sonho).

Deu a Ronan um livro didático sem nenhuma palavra nele ("O meu tipo favorito", Ronan dissera).

Deu a Declan uma caixa... e na caixa estava a habilidade de sonhar as coisas para dentro da vida.

— Sua mãe disse que você estava pedindo isso — Niall explicou a ele.

Declan acordou com uma onda de adrenalina elétrica. O horror pulsava no mesmo ritmo do coração.

Olhou ao redor, apavorado, mas o quarto continuava do mesmo jeito de quando fora dormir. Não havia nada lá que não tivesse sido transportado por mãos humanas comuns, que não tivesse sido feito pelo trabalho humano comum. Não havia milagres nem maravilhas. Só o seu quarto não mágico com as coisas de que precisava para a sua vida não mágica.

Nunca tinha se sentido tão aliviado.

Declan encarava o *El Jaleo*. Estava parado lá, de braços cruzados, a cabeça inclinada para um lado, estudando-o. Um pouco mais de perto do que normalmente estaria. Não, muito mais de perto do que normalmente estaria. Ele havia ultrapassado a corrente de proteção da obra, e estava perto o bastante para ver o sulco das pinceladas, para cheirar a velhice da tinta no espaço confinado. Pareceu bastante ilícito, e ele não podia imaginar o que lhe dera. Perto assim, tudo parecia um pouco diferente do que se lembrava.

Levou um momento para perceber que parte da sua desorientação não era motivada pela proximidade, mas sim pelo fato de o museu estar escuro.

A dançarina era iluminada apenas pela fraca luz de segurança que atravessava a janela à direita da pintura e refletia no espelho à esquerda dela.

O museu também estava em silêncio.

O prédio pequeno e estreito nunca era barulhento, mas, naquele momento, faltava até mesmo o murmúrio distante das pessoas nas outras salas, o som da vida. Prendia o fôlego ou soltava o fôlego. Tipo um túmulo.

Declan não sabia como havia chegado ali.

Declan não sabia como havia chegado ali.

Olhou para si mesmo. Vestia a mesma roupa de quando saíra do ateliê de Jordan. Paletó, gravata afrouxada. A mesma roupa que o Declan no retrato estava usando. A mesma roupa que o Declan que beijara Jordan estava usando. Ele lembrava de voltar ao apartamento. Não lembrava? Seria possível que só estivesse lembrando das outras vezes que ele voltara e todas as memórias se empilharam para disfarçar que estava perdendo uma?

Aquilo era lógica dos sonhos, não lógica desperta. Ele se sentia desperto. Ele estava desperto, com certeza. Mas...

— Bom truque, certo? — perguntou Ronan.

O irmão Lynch do meio se recostou casualmente na entrada do pátio, o ombro apoiado no batente da porta, braços cruzados, observando-o. Ele havia mudado desde que Declan o vira. Não estava mais alto, porque Ronan já era alto, mas maior, de alguma forma. Mais velho. Ele não se barbeava havia alguns dias e uns fios grisalhos o envelheciam instantaneamente. Ele não era um menino. Nem um estudante. Era um homem jovem.

— Ronan — disse Declan. Não podia pensar no que mais dizer, como dizer, então apenas enfiou tudo o que queria dizer naquela única palavra. *Ronan.*

— O guarda vai ficar atordoado por um tempo. As câmeras também estão atordoadas. É muito astuto. Tentei fazer o cara dar um nome a isso. O ATORDOADO, tudo em maiúsculo, mas ele não fazia o estilo. O que você queria ver aqui? Você pode ver qualquer coisa. Tocar qualquer coisa. Ninguém vai saber.

Declan estava terrivelmente desorientado.

— Eu não entendo.

Bryde entrou na sala. Era uma figura composta, controlada. Declan reconheceu a postura de imediato. Não era ego. Ia além do ego. Um homem que conhecia bem os seus limites e operava com tanta minúcia dentro deles que era intocável e sabia disso. Ele não tinha que erguer um punho, ou erguer a voz. Era o tipo de poderoso que outras pessoas poderosas respeitavam.

Ele ergueu um pequeno orbe prateado entre o indicador e o polegar.

— É bastante caro — disse ele, estudando-o. — Requer boa energia ley, um bom sonho, foco perfeito. Foco afiado, na verdade. Você precisa manter em mente o que significa ser humano, porque você não quer tirar isso deles. Essas pequenas bugigangas precisam disparar e enviar a mente em todas as direções, mas manter essas peças próximas o bastante para serem reunidas de novo. Não há razão para gostosuras se for tudo travessura. Você pode muito bem atirar em alguém se não pretende colocar a mente da pessoa de volta no lugar. Um açougueiro destrói, um sonhador incentiva.

Declan se viu com exatamente a mesma sensação que ele teve depois do seu pior sonho. Ansiava acordar no apartamento e encontrar tudo como sempre ao seu redor. *Eu não confio no Bryde*, Adam dissera, e por que confiaria? Olhe para ele. Ouça-o. *Sinta* o que ele pode fazer.

Declan não se lembrava de nada do processo de ter chegado ali. Bryde havia tirado isso dele.

Declan deu dois passos para trás, colocando-se no lado certo da corrente que protegia o *El Jaleo*. E logo se sentiu melhor, devolvendo espaço à pintura uma vez mais.

Bryde guardou o orbe e disse a Ronan:

— Deixei a Hennessy pensar que ela havia roubado um, então só temos este. Seja eficiente.

— Onde ela está? — perguntou Declan. — Hennessy, quero dizer. Ela está aqui?

— Ela foi ver a Jordan — respondeu Ronan, e Declan sentiu uma pontada de incerteza em seu âmago. Para Bryde, Ronan disse:

— Ela estava bastante irritada. Nós sabemos...?

— Ela vai voltar — disse Bryde, com absoluta certeza. — Ela sabe o lugar a que pertence. Vá em frente. Olho no relógio. Isso não vai durar para sempre.

Ele voltou para o pátio mal iluminado, desaparecendo em meio às sombras escuras e intrincadas das palmeiras tropicais e das flores.

Declan se viu sozinho com o irmão, experimentando a impressão de privacidade, senão de realidade. Não o via desde que haviam se separado às margens do rio Potomac, e percebeu que parte dele vinha se preparando para a noção de que talvez nunca mais o visse. Foi uma preocupação que nunca sentira por inteiro até agora que o perigo dela tinha passado, e se viu com as pernas bambas de alívio. Ronan, sua família, seu irmão. Mais velho, mais estranho, mas, ainda assim, obviamente Ronan.

— Você o ouviu — disse Ronan. — Em qual sala você sempre quis entrar? Que outra corda você sempre quis ultrapassar?

Declan não gostava de passear pelo museu sob essas circunstâncias, mas queria distância de Bryde para conversar com Ronan, então caminhou com o irmão pelo prédio sinistro e silencioso. Eles se viram parados na Sala Holandesa, o papel de parede verde parecendo preto à pouca luz. Havia duas molduras vazias diante deles, uma para cada irmão.

— Qual é o problema aqui? — perguntou Ronan.

— Eu estava prestes a fazer a mesma pergunta.

— As molduras vazias.

Qualquer outra hora, Declan teria toda a história na ponta da língua, mas, naquela noite, ele apenas disse:

— Foram roubadas. Há vinte anos. Talvez trinta. Tem sido uma vigília desde então. Todo esse espaço foi feito por uma mulher que queria que ele ficasse igual depois da morte dela; então, quando as pinturas foram roubadas das molduras, o museu pendurou as molduras de volta nas paredes para esperar, até que... você se importa com isso? Você não se importa com isso. Ronan, andei ouvindo as notícias. O que você está fazendo?

— Parece que você já sabe.

— Estou preocupado — disse Declan, seguindo Ronan enquanto ele começava a andar de novo. — Não se esqueça de que há um mundo real para o qual você quer voltar. O objetivo era chegar a um lugar em que você possa fazer isso.

— Era mesmo?

— Não faça isso. Eu me lembro do que conversamos. Não finja que isso sou eu dizendo a você como viver. Adam. Você queria o Adam.

— Adam — disse Ronan, devagar, como se se lembrasse, como se ele mesmo fosse um homem encantado, e Declan percebeu que ele não sabia nada que Bryde podia ou não podia fazer com os sonhos. Talvez esse nem fosse Ronan, talvez fosse um Ronan... não. Nem sequer se permitiu imaginar isso; era uma via única para a completa loucura.

— A Barns — adicionou Declan, em tom conciso. — Você me disse que queria ser fazendeiro.

A boca de Ronan deslizou em um sorriso, pegando Declan de surpresa.

— Você se lembra.

E agora o próprio Declan estava confuso, porque não pensou que Ronan parecesse minimamente tão encantado como pensara um momento antes. Agora ele parecia vivo e afiado, olhos brilhantes e alegres.

— Não se trata de mim, mas de outras pessoas como eu. E não se trata de Matthew, mas de outras pessoas como Matthew. Eles não conseguem viver, mas eles vão viver. É disso que se trata esta reunião? Pensei que Matthew estivesse tendo um colapso. Pensei que você precisasse de armas. Pensei que precisasse de sonhos para construir o seu império. Dinheiro. Carro. Garotas.

— É uma reunião de família para nos certificar de que você sabe onde estará daqui a três anos — disse Declan. — Objetivos de longo prazo.

— Oh, Deus, é uma reunião para ouvir declanismos? Quanto mais as coisas mudam, blá-blá-blá do caralho.

— O que o seu plano está fazendo pelas outras pessoas? Você está danificando o mundo?

Ronan riu animado.

— Espero que sim.

Ele os havia conduzido de volta para o Claustro Espanhol. Declan não costumava pensar em Ronan como uma pessoa particularmente pontual, mas Bryde dissera para ele ser eficiente, e ele tinha sido. Ele levara Declan de volta para lá sem Declan sequer se dar conta disso. Era uma coisa muito sonho de se fazer. Era uma coisa muito adulta e estratégica de se fazer.

Bryde aguardava em frente ao *El Jaleo*, as mãos enfiadas nos bolsos, os olhos lançados em sombras. A voz era um pouco sabida.

— Você poderia pegar qualquer coisa daqui neste momento. Poderia pegar essa pintura e pendurá-la na sua sala e nunca mais ter que se preocupar com o seu irmão Matthew de novo.

Já havia passado pela cabeça de Declan que qualquer um com aquele impossível orbe de sonho do Bryde roubaria qualquer coisa que quisesse daquele lugar. Faria o que bem entendesse. Declan ouvira a ameaça velada de Bryde. Todas as memórias de Declan poderiam ter sido destruídas para sempre, por um sonhador cruel.

As mãos de Declan estavam um pouco trêmulas.

— Esse museu já teve o bastante tirado dele — disse Declan. — Mesmo se eu não me importasse com isso, não quero andar por aí com um alvo nas costas. E isso conserta muito pouco, como tenho certeza de que você já refletiu. Matthew não pode envolver essa pintura em torno de si mesmo e levar uma vida normal. Roubar desse lugar, e pelo quê? Uma prisão no meu apartamento?

— Bom — disse Bryde. — Então você entende o que estamos fazendo. Você quer que Matthew viva como qualquer outra pessoa. Nós também.

— Você poderia fazer isso sem o Ronan — retrucou Declan.

— Não — murmurou Bryde. — Eu não poderia.

Um som surgiu de algum lugar no museu.

Não um alarme, não ainda, mas movimento.

Bryde olhou para cima de repente. Para Ronan, ele disse:

— Estamos quase sem tempo. Vou ter que usar esta última aqui, e não serei capaz de conseguir outra até que saiamos da cidade; é barulhento demais aqui.

Declan não conseguia pensar no que dizer. Achara que a conversa mudaria a seu favor, mas era ele quem estava dando voltas e voltas. Tudo em que pôde pensar para disparar para Ronan foi:

— Você deveria ir ver o Matthew antes de ir embora de Boston. No caso...

— Uhum, você está certo — disse Ronan, mas olhou para Bryde para confirmar. Foi só depois de Bryde assentir de forma imperceptível que Ronan repetiu, com firmeza:

— Certo.

Bryde tinha o irmão na palma da mão.

32

Dez. Esse era o número de cafés que Carmen Farooq-Lane havia pedido enquanto esperava no café Somerville.

Não queria ocupar a mesa gastando o mínimo, quando outro cliente pagante poderia usá-la, mas também não queria boiar em um lago de café.

Olhou para a hora no telefone. Trinta minutos se passaram desde o horário acordado para a reunião. Quando ela deveria desistir?

— Só mais um, por favor — disse ao atendente.

Deus, ela estava nervosa. Não sabia se estava mais nervosa com a reunião ou em ser descoberta pelos Moderadores. Ela havia se demitido logo depois que entregara o pitoresco chalezinho alugado. Bem desse jeito. Tirou os lençóis da cama, certificou-se de que todos os pratos estavam na lava-louças, apagou todas as luzes, escondeu a espada enluarada de Hennessy em um armário de lençóis, basicamente o único trabalho que lhe pareceu importante. Lock aceitou as chaves do carro alugado cravejado de balas e a fez assinar um acordo de confidencialidade.

É claro que estou decepcionado, Lock havia resmungado, *mas respeito a sua decisão.* Farooq-Lane não estava totalmente certa de que acreditava nele; os Moderadores nunca tiveram o interesse de respeitar as decisões das pessoas antes daquele ponto.

Ele foi menos cortês com a demissão de Liliana poucos minutos depois, mas Liliana fora insistente. Gentil. Justa. Ela citou a forma incorreta como lidaram com o trabalho de Rhiannon Martin e a cicatriz emocional do seu eu adolescente. Notou que os Moderadores não tinham, até aquele ponto, se mostrado capazes de usar as suas visões para fazer do mundo um lugar mais seguro. Ela lembrou a eles que a presença de Farooq-Lane sempre tinha sido parte integrante do acordo com os Moderadores. Não, não poderia ser persuadida a ficar mais tempo para ajudá-los a encontrar outro Visionário. Sim, ela lamentava deixá-los às cegas, mas lhes desejava boa sorte.

Farooq-Lane não pensou que os Moderadores fossem deixá-las ir, mas deixaram.

Ela mergulhou nas contas bancárias dos pais para comprar um carro na concessionária mais próxima, fez uma breve parada no chalé alugado para recuperar a espada de Hennessy, e então deixou aquela parte da sua vida no retrovisor.

Boston era o destino delas. Liliana tinha acabado de ter uma visão.

Nove da manhã, Declan Lynch havia ligado para discutir um assunto urgente. *Eu preferia ter essa conversa na linha mais segura possível*, murmurou ele. *Requer a máxima discrição*. Por coincidência, ela dissera, estava na região de Boston, ele queria se encontrar pessoalmente? Sentiu-se muito grata por ter sido ela a ligar para ele no início do mês para falar de Ronan Lynch. Agora ele estava atrasado.

— Srta. Farooq-Lane?

Declan Lynch estava parado perto da mesa. Ele se parecia com o irmão Ronan, mas com as arestas lixadas, os pedaços memoráveis deletados. Usava calça social elegante e civilizada; um suéter elegante e civilizado; barba elegante e civilizada; sapatos muito bacanas. Não havia um ponto fora do lugar naquele café de luxo cheio de alunos tagarelas da Tufts e médicos residentes sonolentos.

— Não te vi entrar — disse ela.

— Vim pelos fundos. — Ela o viu verificar os arredores, mas só porque o observava com atenção. Ele era muito bom. Tinha bastante prática com a paranoia. — Desculpa o atraso. Tive que me certificar de que não estava sendo seguido.

Ela não podia acreditar naquilo, não de verdade. Ali estava ele. A visão de Liliana prometera isso, mas as visões eram sempre coisas para os Moderadores interpretarem, não ela, e elas eram sempre para matar Zeds, não para tentar algo mais sutil.

— É claro. Posso te pagar um café?

— Devemos ser breves — disse Declan como resposta. A voz dele era vaga, anasalada; parecia anunciar a ata de uma reunião. — É insensato abusar da sorte.

Oito minutos, foi o tempo que levou para Declan Lynch dizer a que tinha vindo.

— Eu amo o meu irmão — disse Declan. — Então saiba que quando digo isso estou falando com muito carinho: Ronan é um seguidor. Ele sempre precisou de um herói para seguir. Quando criança, idolatrava o meu pai. Quando estava na escola, idolatrava o melhor amigo. Agora ele está, obviamente, idolatrando esse tal de Bryde. Ele não tem ideias próprias. Parece ruim. Lembre-se de que eu disse que o amo. Quero dizer isso com a melhor das intenções. Quero dizer deste jeito: não é ele o problema de vocês. Levem o Bryde, e Ronan será o mesmo de sempre, um garoto que voltará para a Virgínia para brincar com carros, e lama, e bosta de vaca. Quem estava na liderança quando você os viu juntos? Era o Bryde, não era? Não o meu irmão. Não a Jordan Hennessy. De quem é o nome que vem sendo sussurrado de forma subversiva há semanas? De Bryde.

Ela empinou o queixo.

— Estamos de acordo. Bryde é o alvo.

— *Estamos* de acordo? Porque eu quero me certificar de que você saiba da razão de eu estar sentado nessa mesa.

Uma vez um colega da Alpine Financial dissera a Farooq-Lane que, neurologicamente, a maioria das pessoas viam o próprio eu futuro como uma pessoa diferente e, portanto, o tratava com menos empatia, como um estranho. Pessoas com alto desempenho, no entanto, viam o eu do futuro e do presente como uma única pessoa e, por isso, tomavam decisões mais sábias. No mesmo instante, Farooq-Lane decidiu que o emprego como conselheira financeira era para fechar a lacuna entre esses dois eus.

Ela fechou a lacuna para Declan Lynch.

— Você está aqui para se certificar de que sua família tenha a oportunidade de ter uma vida adulta significativa — disse Farooq-Lane, com composta certeza. — Você está aqui para se certificar de que haja mesmo um mundo em que eles possam ter essa vida. Você está aqui porque o que viu em Bryde te assustou e você quer deixar o seu irmão o mais longe dele possível, porque isso não é o que o seu irmão defende e você não quer que a vida dele seja definida por uma única decisão. Você está aqui falando comigo porque está ciente de que não tem capacidade de fazer isso sozinho. Você está aqui porque é um bom irmão.

A boca de Declan se ocupou. Ele era esperto o bastante para saber que Farooq-Lane também estava sendo esperta, mas não discordou dela.

— Meu irmão não deve ser prejudicado — disse. — Quero ver você dizer isso.

A promessa não teria significado nada se Farooq-Lane estivesse com os Moderadores, mas ela não estava com os Moderadores.

— Você tem a minha palavra — disse.

Park Drive, 73, Boston, MA. Era tudo o que estava escrito no cartão que Declan deslizou pela mesa quando se levantou.

— É onde eles encontrarão o Matthew. Bryde mencionou na noite passada que ele não tinha mais daqueles sonhos que ele usa para deixar as pessoas confusas e não pode conseguir outros até eles saírem da cidade. É verdade que você matou o seu próprio irmão?

Ela foi pega completamente de surpresa.

— Você não é a única com acesso à informação — disse ele, daquele jeito brando.

— Meu irmão era um assassino em série — retrucou ela. — Ele também era um Zed. Eu não puxei o gatilho, mas, sim, eu ajudei que o encontrassem. Seu irmão não é um assassino em série. Ele é só um Zed.

Declan Lynch estreitou os olhos. Pelo mais breve segundo, ele não pareceu nada como se pertencesse a um café bacana e civilizado.

— Não se esqueça da sua promessa — disse ele. — E não chame o meu irmão disso.

Seis. Era o número de cenários que Farooq-Lane repassou ao olhar para o endereço da Park Drive em vários mapas por satélite. Pertencia a um jardim de rosas no Emerald Necklace, uma série de parques encadeados pela área de Boston. Um local ruim para um ataque. Bem no meio da cidade. Bem em meio aos brejos pantanosos que davam a Fenway o seu nome; caminho dos brejos. Rodeado pelas árvores que deram a Bryde as informações.

Mas Liliana dissera a Farooq-Lane que só era necessário tempo suficiente para sacar a espada de Hennessy.

— Estou confiando em você — Farooq-Lane disse a Liliana.

Uma espada sacada, um segundo, uma morte. Quando chegasse a hora, ela mataria alguém, pensou. Para salvar o mundo. Ela havia testemunhado e ajudado os Moderadores a matarem muitos outros, afinal de contas. Não podia apagar isso, só tentar fazer com que importasse. Uma pessoa, um Zed. Uma espada. Ela podia fazer isso.

Não eram vinte e três pessoas. Era uma.

— Vai dar tudo certo — disse Liliana, com cuidado.

— O que acontece na visão? — perguntou Farooq-Lane. — O que eu fiz? Onde eu estava?

— Vai dar tudo certo — repetiu Liliana.

* * *

Cinco minutos depois de Farooq-Lane chegar ao James P. Kelleher Rose Garden, os Moderadores a encontraram.

— Achou que não mandaríamos seguir você, Carmen? — Lock resmungou, decepcionado. Era difícil dizer se ele estava decepcionado com ela trabalhando sem eles ou por não ter coberto os rastros. Ele ofereceu um café para viagem do local em que ela se encontrara com Declan, e Farooq-Lane encarou o copo. Tinha sido cuidadosa. Tinha certeza disso. — É muito mais fácil rastrear você do que a um Zed em um carro invisível. Sabe por quê? Você obedece à lei.

— Eu tenho um plano aqui — disse Farooq-Lane. — Queremos a mesma coisa.

Lock lançou um olhar significativo para a espada de Hennessy. Embora seguramente coberta por sua bainha de ombro, a identidade estava clara, o punho gritava NASCIDA DO CAOS.

— E é um plano que você acha que pode executar melhor sozinha? Respeito o que você fez aqui, Carmen, mas não podemos arriscar que você tenha parte nisso. Assumiremos agora. A equipe toda está aqui. Obrigado pelo bom trabalho.

— Eu fiz uma promessa de que só abateria o Bryde — disse Farooq-Lane, desesperada. — Pretendo manter essa promessa.

— Arriscou a sua palavra nisso?

— Pretendo manter essa promessa — repetiu Farooq-Lane. — Deixe-me fazer. Por favor.

— Que tal isso — ofereceu Lock. — Que tal você nos deixar te ajudar a manter essa promessa? Como você disse, queremos a mesma coisa, e você precisa dos nossos olhos.

Não era como se ela tivesse escolha. Não havia tempo. Ela estava em minoria.

Queremos a mesma coisa, mas era apenas a Farooq-Lane do passado que acreditava de verdade naquilo agora. A Farooq-Lane do presente não tinha certeza. E a Farooq-Lane do futuro... incerta.

— Certo — disse Farooq-Lane.

Ela explicou o plano. Era algo apressado, construído com pouquíssimos dados. O endereço de Declan e a hora. A descrição da visão de Liliana. A compreensão de Farooq-Lane do que a espada de Hennessy podia fazer se empunhada sem hesitação.

O plano era esquelético em sua simplicidade. No meio daquele jardim de rosas havia uma pequena fonte, com pouco mais de trinta centímetros de profundidade. Estava o mais longe das árvores grandes do que alguém poderia esperar em uma cidade; não havia evidência de que Bryde podia receber informações por meio das rosas. Carmen Farooq-Lane ia entrar na fonte, deitar-se na água quase congelada e respirar por meio de um canudo que chegasse à superfície. Ela esperaria lá na temperatura cruel até os Moderadores mandarem mensagem avisando que os Zeds haviam chegado ao jardim. Então ela saltaria da água com a espada de Hennessy como um anjo vingador, e mataria Bryde com um único golpe enluarado.

Seu celular havia sido feito para funcionar somente por uma hora debaixo da água, mas o frio a mataria antes desse tempo.

— É assim que você viu? — ela voltou a perguntar a Liliana.

— Vai dar tudo certo, Carmen.

Vai dar tudo certo.

Não pareceu tudo certo quando ela se deitou no fundo da fonte. Tentou impedir que a mão tremesse enquanto segurava com firmeza o tubo de respiração entre os lábios frígidos. Concentrou-se em uma pena preta que flutuava na superfície da água acima dela.

Farooq-Lane esperava para matar. Esperava para matar. Esperava para matar. Tinha que pensar nele como não humano. Como um não vivo. Simplesmente uma árvore a ser derrubada.

As árvores, no entanto, estavam do lado dele, o que significava que as árvores também tinham sentimentos. Nada era mais tão simples.

Ela era aquela pena. Ela era aquela pena. O telefone vibrou contra ela.

Os Zeds estavam ali.

Quatro segundos se passaram antes que Farooq-Lane pudesse animar o corpo gelado. Ela emergiu da água, a espada já viva com luz e balançando.

A lâmina errou Bryde por vários centímetros. A corva de Ronan Lynch berrou no ar. Os olhos de Bryde encontraram os dela.

Aquilo estava errado. Aquilo já estava errado. Tinha que ser imediato, ou não daria certo. Não podia lutar com eles. Qualquer coisa além de um único golpe seria uma bagunça, e qualquer bagunça significaria que ela não poderia garantir a promessa.

Ronan sacou a espada de fogo solar em um segundo, mas Bryde a arrebatou dele.

— Cai fora daqui! — disse Bryde, ríspido. — Você sabe o que fazer!

Farooq-Lane não teve tempo para ver se Ronan obedeceria, porque Bryde veio para cima dela com a RUMO AO PESADELO.

Eles lutaram.

Eles *lutaram*.

O brilho sinistro das armas iluminava o jardim de rosas.

As mãos de Farooq-Lane estavam tão congeladas que ela mal podia sentir o punho, mas lhe pareceu que a espada *queria* que ela fosse bem-sucedida. Mesmo quando os dedos ficaram dormentes demais para empunhá-la, a lâmina escolheu um caminho efetivo. No entanto, a lâmina de Bryde também queria que *ele* fosse bem-sucedido, e assim a batalha foi travada. Não importava que nem Farooq-Lane nem Bryde fossem espadachins. As espadas tinham sido feitas para lutar, e elas iam lutar, e Farooq-Lane e Bryde as empunhariam.

Roseiras picadas. Vasos de pedra rachados.

Treliças voaram em todas as direções como costelas quebradas.

Mas nem a lâmina de fogo solar nem a lâmina iluminada pelas estrelas sofreu qualquer dano.

Estivera certa quando supôs que a única rival para NASCIDA DO CAOS era essa outra espada.

Farooq-Lane estava levemente ciente de que, do lado de fora da vívida luz das lâminas, Moderadores e Zeds lutavam. Um tiro soou. A furiosa luz sonhada de ambas as espadas aqueceu o corpo gelado de Farooq-Lane e repeliu as balas, fatiando-as com a mesma facilidade com que fatiariam qualquer outra coisa.

Balas!

Ela estava quebrando a promessa.

Declan Lynch tinha vindo a *ela* e pedido a *sua* ajuda e ela dera a *sua* palavra. Tinha acreditado de verdade quando prometera a ele que Ronan permaneceria intocado. Os Moderadores estavam matando Zeds e agora matariam a sua integridade também.

A essa altura, o fato pareceu mais intolerável que qualquer outra coisa.

Ela tinha prometido.

— Eu só quero você — gritou Farooq-Lane para Bryde quando as espadas se encontraram de novo. — Se quiser mesmo que os outros se safem, você tem que desistir. Sabemos que é você. Eu sei que é você.

— Você não sabe nada do que pensa que sabe, Carmen Farooq-Lane — retrucou Bryde.

— Não faça esses seus jogos mentais comigo! — gritou ela.

— Eu não sou de joguinhos — disse Bryde. — Eu só abaixo o volume nas merdas que não importam.

De repente, ela foi atingida pelas costas.

O golpe no meio das costas foi tão forte que os joelhos dobraram. Não havia como discutir com aquilo. Ela estava de joelhos, e depois de cara no chão. O cascalho mordia seus lábios. Sentiu a espada vencedora cair de sua mão. Sentiu a visão piscar.

Sentiu tudo dando errado.

Tiros salpicavam como o sol de castanholas atrás de uma dançarina.

Ouviu alguém gritar.

Acreditara em Liliana. Era para estar tudo bem.

Três Zeds saíram em disparada do jardim de rosas.

Estavam a pé; tinham que estar. Um deles havia partido o *hoverboard* sonhado nas costas de Farooq-Lane. Foi por isso que a coluna dela doeu, por isso que ainda sentia a dor disparar do pescoço até a ponta dos dedos. Era por isso que a espada de Hennessy queimava a grama seca a alguns centímetros enquanto ela se sentava com cautela.

Foi assim que Bryde escapou.

Podia ouvir os gritos, mais tiros, sirenes, tudo se movendo mais e mais longe dela. Estava errado. Tudo errado. Os Moderadores estavam jogando os Zeds no chão e quebrando a sua promessa ao mesmo tempo. Declan Lynch confiara nela. Ela confiara em Liliana. Ela confiara em si mesma.

A ferida mais profunda era uma que nem sequer entendia. A voz de Bryde na sua cabeça: *Você não sabe o que pensa que sabe.*

Apenas palavras. Apenas palavras de um Zed. Então por que ela queria chorar?

Liliana se inclinou para ajudá-la a se levantar.

— Vai dar tudo certo — disse ela.

Dois deles estavam no jardim de rosas. Farooq-Lane se inclinou e guardou a espada de Hennessy na bainha. A grama abaixo dela queimara até ficar arruinada. Todo o jardim estava arruinado. Aquelas rosas antigas, em pedaços. O caminho de cascalho, profundamente despedaçado. A fonte tingida com um tom feio do sangue de alguém.

Tudo estava pior do que quando eles chegaram lá. Os Moderadores haviam desaparecido, perseguindo os Zeds, mas Farooq-Lane sabia que não importava. Bryde escaparia. No segundo em que o seu primeiro golpe o errara, ele sempre escaparia. Ela sabia disso.

— Eu confiei em você — ela disse a Liliana.

Liliana fez sinal para Farooq-Lane olhar para trás.

Uma figura voltou em silêncio para o jardim de rosas.

Havia um porte orgulhoso nos ombros, no erguer do queixo. Um poder serpenteando no andar, que era mais um *perseguir*. Os olhos eram intensos e brilhantes, mas a forma da boca não combinava com o resto. Algo naquela expressão era miserável. Vulnerável.

Jordan Hennessy.

— Você está com a minha espada — observou ela, parando entre as ruínas dos pedaços das rosas antigas.

Cautelosa, Farooq-Lane entrou na frente de Liliana. Ela levou a mão ao punho da espada, em aviso. O coração mais uma vez batia forte; vai saber quais sonhos letais essa Zed não estaria carregando?

— Eu não quero lutar. Não estamos aqui por sua causa.

— Eu sei. Estou aqui por sua causa. — Hennessy fez um show ao virar os bolsos do avesso e mostrar o interior da jaqueta de couro. Então ergueu as mãos de cada lado dela como em rendição. — Estou desistindo. É assim quando desisto.

— Como eu sei que isso não é uma armadilha? — perguntou Farooq-Lane.

— A vida é uma armadilha — respondeu Hennessy, de um jeito meio desolado e engraçado. Liliana saiu de detrás de Farooq-Lane, o rosto gentil e nada surpreso, e Farooq-Lane percebeu que Liliana sabia que seria assim. Ela tinha visto *isso* em sua visão. Aquele momento. Não Farooq-Lane fatiando Bryde. Ela deixou Farooq-Lane entrar na água congelante, sabendo que ela não conseguiria deter Bryde quando saltasse de lá. Ela soubera que aquele era um plano ridículo e havia deixado tudo acontecer para chegar a esse momento. Não matar Bryde, mas conseguir esta Zed, um Zed a mais do que qualquer outro plano já havia conseguido.

Tudo teria dado certo da mesma forma se Farooq-Lane estivesse envolvida desde o princípio?

Confiança era algo difícil.

— Está tudo bem — Liliana disse a Hennessy. Então foi direto até ela como se a garota não fosse um dos três Zeds mais perigosos no país, e apertou uma das mãos de Hennessy com tanta animação que a Zed a encarou. — Todas nós finalmente nos encontramos.

33

Cabeças de fósforo acendendo. Plástico derretendo. Papel se contorcendo. Fumaça de gasolina. Qualquer coisa pode queimar se você bater com a força necessária para mexer com os átomos de oxigênio em seu núcleo. O coração de Ronan estava incinerado.

Eu dirijo, Bryde tinha dito. *Você não serve.*

Ele estava certo.

Enquanto a linha do horizonte de Boston diminuía no retrovisor do carro invisível, Ronan continuou piscando como se as coisas fossem ficar mais claras, mas elas nunca clareavam. Ou talvez estivessem claras demais. Cada poste, cada árvore esquelética, cada outdoor se cauterizava na sua visão, cada detalhe perfeitamente visível para que ele não pudesse se concentrar em nenhuma parte disso. Estava sentado no banco do carona, as pernas balançando. Se estivesse dirigindo, teria afundado o acelerador e verificado quanta velocidade havia de fato sonhado naquela coisa. Se estivesse dirigindo, teria esmagado o carro todo em alguma coisa só para ver se ele queimaria também.

Seu telefone vinha tocando sem parar nos últimos dez minutos.

Furioso, ele o atirou no painel. O aparelho bateu no para-brisa e deslizou, escorregando até os pés de Bryde.

Apenas uma pessoa sabia onde eles estariam. Apenas uma pessoa. Declan.

Sem dizer nada, Bryde se inclinou para pegar o telefone sem nem olhar, e o largou na palma da mão de Ronan.

Quantos minutos Declan teria esperado antes de trair Ronan falando com os Moderadores? Talvez ele já tivesse feito isso antes de entrar em contato com Ronan na casa dos Aldana-Leon. Enquanto Ronan conhecia os pequenos sonhadores cujas vidas ele salvara, Declan fazia planos com os Moderadores. Trazendo Ronan, de modo fortuito, para eles. Sabendo que Ronan sempre vinha quando chamado.

— Ou fale com ele ou ponha no silencioso — disse Bryde. — Tome uma decisão.

Ronan apertou o telefone na orelha e atendeu:

— O quê?

— Graças a Deus — disse Declan. — Onde você está?

— Como se eu fosse voltar a te dizer isso. Você me dedurou, seu babaca. Golpe baixo, até mesmo para você. Foi por trinta moedas de prata ou você os fez corrigir o valor com a taxa de inflação?

— Você não sabe do que está falando.

— Queria que fosse verdade. Deus sabe que eu queria que fosse verdade. Você era o único que sabia onde estaríamos. Porra! Você está sempre forçando. Negociando pela maior parte de nada. Você é tipo um corretor de irrelevâncias.

— Ei, olha... — começou Declan.

— Tudo com o que você se importa é encontrar uma forma de manter Matthew acordado. De manter a sua vida no lugar. Você assistiu ao mundo ferrar com a gente feio uma vez atrás da outra e... tudo do que eu precisava era que você não se metesse. Nunca pedi outra coisa. Só não se meta.

— Eu não estava tentando deter *você*.

Ronan olhou pela janela, mas agora de modo oposto ao de antes; os olhos não se fixavam em nada. Ele via o jardim de rosas de novo e de novo. Encontrando não Matthew atravessando as treliças, mas uma mulher voando na direção deles com a espada roubada de Hennessy em punho.

— Você só estava correndo o risco de eles talvez me matarem também?

— Eu estava fazendo isso *por* você.

Ronan riu. Ele riu, e riu, e riu. Não era engraçado. Nada era engraçado.

Quando ele parou, Declan disse:

— Eu tinha que te afastar dele. Valia o risco para te afastar dele. — Quando Ronan não respondeu, ele acrescentou, inexpressivo: — Eles não o pegaram, pegaram? — Atrás do volante, a expressão de Bryde não mudou. Ele não parecia nem com raiva nem surpreso. Ele sabia que Declan o traíra, mas não disse uma palavra contra ele. Não dissera muito de nada desde que haviam escapado.

— Você ainda está com ele — disse Declan. Não era uma pergunta. — Você saiu da cidade.

Ronan sabia quando o silêncio era a melhor opção e compreendeu que agora era o momento.

Deixou Declan absorver a verdade.

Depois de quase um minuto, quando Ronan não tinha certeza de que Declan ainda estava mesmo lá, mas se recusava a perguntar *Você ainda está aí?*, Declan enfim disse:

— Ele é perigoso, Ronan. Eles não estão errados quanto a isso. Eu sei que você não é assim. Sei que você não mataria pessoas. Sei que se importa com o futuro. Com Matthew. Com Adam. Com...

Ronan desligou na cara dele.

Por vários e longos minutos, o carro permaneceu em silêncio. A mente de Ronan voltou para o jardim de rosas. Não para o início, dessa vez, mas para o final. Quando ele e Bryde fugiram, e Hennessy, não.

— Você vai em frente ou não? — perguntou Bryde, baixinho. — Tome uma decisão.

Ronan não tinha certeza de como o outro sabia exatamente seus pensamentos, mas ele não estava errado. Esfregou o dedo na orelha perto do telefone, pensando, decidindo, e, então, disse ao telefone sonhado para discar para outro número.

Era hora.

— Ronan? — perguntou Adam, surpreso. Ele atendera imediatamente, mesmo que o nome na tela não fizesse qualquer sentido.

— Por que você não respondeu à mensagem de texto?
— Responder... à mensagem? Você não ligou. Já faz semanas.
— Mas por que você não respondeu à mensagem de texto?
Houve um silêncio. Quase silêncio. Onde quer que estivesse, Adam se dirigia a outro lugar; ouviu-se o som de uma porta se fechando.
— Eu estava em uma moto. Depois eu ia ter uma prova. Depois eu devia estar, não sei, dormindo. Não lembro. Eu vim ver você, eu estava fazendo o melhor que podia. Não demorou tanto assim. E eu *respondi* à mensagem. Como eu poderia saber que você mudaria o seu número? Ronan, você não *ligou*.

O sotaque tinha desaparecido. Era como falar com um estranho. Ronan pensara que seria diferente. Ou talvez não. Não sabia. O peito ainda queimava. O fogo rugia por ele, direto para as terminações nervosas das mãos e dos pés.
— Estou ligando agora.
— Eu não sabia o que estava acontecendo — disse Adam. — Eu não sabia o que você estava fazendo, se você ao menos estava vivo. Eu não sabia se estávamos... se isso... o que...
— Estou ligando agora — repetiu Ronan. — Preciso ver você.
— Você está aqui? — perguntou Adam, ainda mais surpreso do que quando atendera a ligação. — Ah.

Algo naquele *Ah* incomodou Ronan. Parecia triste. Não como se Adam estivesse triste ao dizê-lo.

Mais como se algo naquele *Ah* fosse entristecer Ronan, embora ele tivesse continuado de qualquer forma.
— Você pode nos esconder aí por algumas horas enquanto descobrimos o que está acontecendo com a Hennessy?

Adam não respondeu de imediato. Então disse:
— Nós quem?
— Bryde e eu. Eles... eles estão com a Hennessy, eu acho.

Ronan sabia que era mentira. Ou pelo menos uma verdade parcial. Bryde não tinha visto, mas Ronan, sim. Ele tinha visto Hennessy dar meia-volta. E ele deixara. Deus, tudo estava indo para o inferno.

Adam falou, com muita precisão:

— *Você* pode se esconder. — Então, no caso de Ronan não ter entendido, ele repetiu: — Você.

— Que tipo de idiota você pensa que eu sou?

— A Renda tem medo dele, Ronan. Eu também tenho. Deixe-o arcar com as consequências.

E então Ronan entendeu por que o *Oh* o deixara tão triste. Já sabia disso subconscientemente, mas agora tinha certeza: Adam sabia que Declan estava traindo os sonhadores. Ele sabia que os Moderadores estariam esperando no jardim de rosas.

Todos eles estavam envolvidos naquilo.

Embora parte de Ronan estivesse ali naquele carro invisível, fugindo da família, parte dele também se encontrava naquela lembrança de estar encolhido em Ilidorin quando quase se perdeu para sempre para a tinta noturna. Bryde havia tentado alertá-lo quanto aos outros quando os apresentou para Ilidorin, e Ronan e Hennessy tinham feito pouco caso. Eles ficaram tão ofendidos por seu desprezo pelos telefones sonhados, mas agora Ronan entendia muito bem a razão. Só que a verdade era pior do que Bryde avisara. Declan e Adam simplesmente não queriam deixar a própria vida para lutar aquela batalha com ele. Eles estavam se empenhando para detê-la de uma vez por todas.

Eles queriam que o mundo mudasse só o bastante para manter Ronan vivo. Vivo, mas não vivendo. Era bom o bastante para eles.

Não era bom o bastante para ele.

— Ronan, você sabe que o que estou dizendo é verdade — disse Adam. — Você sabe o que está acontecendo aqui. Se você pensar no assunto, você *tem* que...

Ronan desligou na cara dele também.

Tirou o telefone sonhado da orelha, abriu a janela e o atirou com o máximo de força possível.

Então apoiou a cabeça no assento enquanto eles saíam da cidade com um sonhador a menos do que quando haviam chegado.

34

Vinte minutos.
   Alarme.
Vinte minutos.
Alarme.
Vinte minutos.
Alarme.
Vinte minutos.
Alarme.

Era assim que Hennessy vinha vivendo desde que tudo aquilo começara, e era como estava vivendo desde que tinha saído da casa dos jovens sonhadores.

Ajustou o alarme no seu celular sonhado e, vinte minutos depois, quando ele disparou, ela o configurou de novo. Precisava despertar o bastante entre os alarmes para garantir que não cairia em um sono profundo. Não podia ser um sono de oito horas interrompido dezenas de vezes. Tinha que ser dezenas de sonos por oito horas.

— Mas não dá para sobreviver assim — disse Carmen Farooq--Lane. — Nem é justo. — Farooq-Lane era uma jovem tão bem-arrumada que se tornava difícil um palpite certeiro da sua verdadeira idade. Quando ela falava, parecia óbvio. Como se fizesse sentido. Como se a situação tivesse sido despojada de emoção, levada às cinzas e se revelado como irrazoável. É claro que não dá para viver assim. É claro que não é justo.

— Eles não deveriam ter feito tão pouco-caso da Renda — disse Liliana, com a voz meiga de senhora. — Nunca será simples a ponto de simplesmente dizer para a coisa ir embora.

Liliana a Visionária era meio que uma senhora muito bem-arrumada, tão bem-arrumada que também era difícil dar um palpite certeiro da sua verdadeira idade. Quando ela disse aquilo, também pareceu óbvio, embora Hennessy achasse a declaração mais difícil de aceitar. Ronan e Bryde tentaram com afinco fazer Hennessy simplesmente desviar da Renda nos seus sonhos, e lhe disseram tantas vezes que ela simplesmente se agarrava à coisa. O que mais a Renda fosse, também era sua culpa. E eles a tinham visto, então com certeza sabiam.

Mas aquilo não era algo em que Farooq-Lane e Liliana parecessem acreditar. As três estavam no segundo andar de uma casa de chá histórica e intrincada, em uma salinha cheia de cadeiras estofadas, pufes, mesas de canto e livros de viagem. Música retinida tocava acima. Tinham o cômodo só para elas. Era uma sensação muito íntima e segura, o oposto de tudo o que Hennessy vinha fazendo nas últimas semanas. Nos últimos anos. Farooq-Lane as levara de carro até lá enquanto Liliana, no banco do carona, usava o telefone de Farooq-Lane para procurar um lugar apropriado para conversarem. Foi uma experiência muito diferente da última viagem de Hennessy. Quando procuravam por bons lugares para ficar e discutir os planos, Bryde e Ronan não teriam filtrado a busca com "ambientação calorosa" e "estacionamento gratuito". Ficava claro ao observar Farooq-Lane e Liliana que elas tinham viajado muito juntas e que ambas amavam conforto.

Também ficou claro que elas tinham uma quedinha uma pela outra.

— Isso tudo é muito inspirador — disse Hennessy, de onde estava no pufe —, enriquecedor e tudo o mais, mas e daí? E se não é justo, nem fácil, ainda está lá. Ainda há essa coisa pairando sobre mim a cada vez que eu sonho, e, se Ronan e Bryde tivessem conseguido o que queriam, eu não teria sido capaz de detê-la.

Liliana murmurou algo no ouvido de Farooq-Lane, que fez o rosto bonito de Farooq-Lane ficar consternado. Ambas olharam para Hennessy.

— Então eu entendo se decidirem me matar — disse Hennessy, falando rápido. — Venho pensando muito nisso. Nos episódios passados, teria sido uma decisão muito egoísta, por causa das minhas meninas e da forma como contavam comigo para existir, mas na situação atual, com todas as outras mortas, quase, o destino do mundo nas mãos, bem... — Ela abriu as mãos, ou pelo menos o melhor que pôde, considerando que segurava um chocolate quente em uma delas. — É a coisa mais altruísta a fazer, sério.

— Temos outra ideia — comentou Farooq-Lane.

Hennessy estreitou os olhos.

— Você quer dizer que as duas tiveram essa ideia, ou que *ela* teve uma ideia e a sussurrou para você bem agora?

Liliana deu um sorriso meigo.

— Eu te disse que ela era esperta.

A expressão Farooq-Lane pragmática de Farooq-Lane não mudou.

— Você pode sonhar algo que sufoque a linha ley?

Hennessy tinha um único sonho. A Renda. Sempre A Renda. Ela era um bar com uma única chopeira. Estava prestes a dizer isso a elas, mas no passado Jordan sempre dissera a Hennessy: "Você não tem permissão para descartar mais nenhuma das minhas ideias até ter uma própria".

Então não a descartou. Afundou-se no pufe e as encarou.

— Não creio que se matar seja a resposta — disse Farooq-Lane. — Você também tem valor.

— Senhora, acabamos de nos conhecer — observou Hennessy.

Liliana se intrometeu:

— Você sabe o que significa ser uma Visionária, Hennessy? Nem sempre eu tenho essa aparência. Às vezes sou uma menina. Às vezes sou uma mulher. Às vezes sou isto que você vê agora. Toda vez que mudo entre essas idades, tenho uma visão do futuro, e todo o som do que aconteceu ou acontecerá nos anos vindouros sai de mim. Ele destrói cada um que esteja perto o bastante para ouvi-lo. Ao longo dos anos, conheci e conhecerei pessoas que me encorajam a voltar a visão para dentro. Se eu fizer isso, não vou mais mudar entre as idades, e não vou ser mais um perigo para os que estão ao meu redor. Mas, com o tempo, esse método acabará *me* matando.

— Compreendo que, já que estamos falando com uma versão mais velha de você, você escolheu a porta número um — disse Hennessy. — Continuar explodindo?

— A maioria dos Visionários morre cedo — disse Liliana. — Cedo demais para mudar o mundo. Ainda estou aqui não porque acho que a minha vida é valiosa, embora ache isso, mas porque ficar viva significa que terei mais visões, e, quanto mais visões eu tiver, mais posso salvar o mundo de si mesmo. Você também tem valor, Hennessy, o valor vem de estar vivo.

— E, se você desligar a linha ley — disse Farooq-Lane —, mais nenhum Zed... sonhador... terá que morrer. Todos vocês seriam tão perigosos quanto pessoas normais. Só poderão machucar ou ajudar tantas pessoas quanto qualquer um.

Ela havia se corrigido, mas Hennessy preferiu o primeiro termo que ela usara. Zed. Isso é certo. Zero. Nada. Perdedor.

— Você não tem que sentir esse medo e essa dor o tempo todo. Você tem autorização para interrompê-los — disse Farooq-Lane.

— Sei que você não tem nenhum amor por si mesma — Liliana voltou a se intrometer, e a voz dela foi tão gentil que Hennessy voltou a se sentir absurdamente à beira das lágrimas. Elas queimavam nos olhos; ela as odiava. Queria que aquilo parasse.

Como queria que aquilo parasse.

— Então você pode não tomar essa decisão por si mesma, já que não acha que merece. Você pode fazer pelos outros. Seria nobre deter a linha.

Deter a linha ley significava deter o caminho da Jordan.

Farooq-Lane pareceu adivinhar o que ela estava pensando.

— Se o fim do mundo chegar, os seus sonhos morrerão com o resto de nós. Dessa forma eles adormecerão. Isso não tem que ser para sempre. A morte é para sempre.

Queria que você estivesse morta, dissera a Jordan.

Por que você sempre faz isso? Jordan perguntara.

Hennessy quase desejou que Farooq-Lane e Liliana tivessem lhe dito que teriam que matá-la. Não que ela quisesse morrer. Só não queria ter que viver consigo mesma.

— Vocês estão esquecendo de uma coisa — disse ela. — Eu só sonho com a Renda. O dia todo todos os dias, é uma megaloja da Renda. Não posso sonhar com algo que sufoque a linha ley. Eu só sonho com a Renda.

A música retiniu acima. O pufe abraçou Hennessy. Ela bebeu um pouco do chocolate quente. As avaliações que Liliana havia lido no caminho estavam certas. Era um chocolate quente muito bom mesmo. Seria uma boa última refeição.

Liliana olhou para Farooq-Lane, a expressão compreensiva e suave.

Farooq-Lane olhou para Hennessy, a expressão compreensiva e dura. Então ela levou a mão às costas para pegar a NASCIDA DO CAOS, em sua bainha, na frente de Hennessy e do pufe.

— Então explique isto — disse.

35

Ronan não teve a intenção de sonhar com Matthew.
   Era época do Natal. Dias curtos. Noites longas.
Ele sempre ficava desassossegado nessa época do ano. A expectativa crescia nele à medida que os dias se tornavam mais curtos; até por volta do fim de dezembro, a sensação acabaria por extravasar e ele voltava a se sentir normal de novo.

Sabia agora que havia sido um arroubo da linha ley. Mas, na época, ainda criança, como um sonhador que não tinha a permissão de dar palavras para o sonhar, não conhecera nada além do desassossego. Era uma sensação reforçada pelo comportamento de Declan. Se Ronan se sentia mais vivo enquanto eles se arrastavam em direção ao solstício de inverno, Declan se sentia menos. Ele ficava com os olhos inchados. O pavio mais curto. Na época, os irmãos não brigavam como quando se tornaram mais velhos, mas as sementes já estavam adormecidas no solo frio.

Aquele inverno em particular havia sido inusitadamente quente, e, uns poucos dias antes do Natal, Aurora mandou os meninos saírem para brincar de bola. Para deleite de Ronan, os irmãos descobriram que os campos pardos ao redor da fazenda estavam cheios de estorninhos. Centenas, talvez milhares. Quando os pássaros viram os irmãos saírem da casa, alçaram para o céu em uma grande revoada de pontos escuros, como notas musicais em uma partitura, mas logo voltaram a pousar a poucos metros de distância.

Aquilo era muito melhor do que jogar bola. Por um bom tempo brincaram de um jogo de *quem pode chegar mais perto do bando*.

Ronan ganhou, em parte por ser menor que Declan e, por isso, mais furtivo, mas também porque ele queria mais aquilo. Ficou fascinado por aquele bando de voadores, aquela entidade de muitas cabeças que não estava atada ao chão. Os pássaros eram individuais, mas, quando alçavam voo, aquilo era, de certa forma, ainda mais magnífico do que algum dia poderiam ser sozinhos. Ronan não tinha palavras para como eles o faziam sentir, mas os amou. Queria saber como explicar isso para Declan.

— Eu queria um exército de pássaros — disse.

Declan torceu os lábios.

— Não acho que seria muito interessante.

— Você nunca concorda com nada. Você é a pessoa mais chata que eu conheço.

Declan pegou a bola. O jogo obviamente acabara.

Sem qualquer aviso, Ronan correu direto para o bando de pássaros. Houve um breve momento de calmaria e então eles voaram todos de uma vez só, rodeando-o.

Foi tão parecido com um sonho. Asas sobre asas sobre asas. Pássaros demais para contar. Vozes demais para apontar sons individuais. Ele ergueu os braços. Terra e ar fervilhavam com os pássaros, escondendo ambos de forma tão completa que não parecia inteiramente impossível que ele tivesse deixado o chão com eles.

Imagine voar, pensou. *Imagine voar acordado. Imagine sonhar acordado...*

Então os pássaros se foram e ele era só um menino de pé sobre a terra. Não estava voando. Estar acordado não era nada parecido com sonhar. O irmão mais velho estava a alguns metros, a bola enfiada debaixo do braço, olhando para ele com uma expressão de vaga irritação.

Ronan nunca experimentara tal agonia, e ele nem sequer tinha palavras para descrevê-la.

Umas poucas noites depois, na noite mais curta do ano, Ronan sonhou com os pássaros, só que agora eram corvos, não estorninhos, e havia menos deles. Estavam reunidos no campo de um jeito específico, observando algo no gramado. Grasnavam uns com os outros: *abra caminho, abra caminho, abra caminho.*

Quando Ronan se aproximou para dar uma olhada, eles se espalharam. Na grama onde estiveram, o garoto encontrou um bebezinho de cabelo louro.

No sonho, Ronan soube, sem que ninguém lhe contasse, que aquele era o seu novo irmão.

O bebê sorriu para Ronan. As mãos já estavam estendidas para Ronan pegá-lo no colo. Ficou tão, tão feliz por vê-lo.

Ronan soube, sem que ninguém lhe contasse, que o irmão sempre ficaria feliz por vê-lo.

— Oi — disse ao bebê. O bebê riu.

Ronan riu também, e a sensação horrível que estivera dentro dele desde o jogo de bola desapareceu. Ele pegou o novo irmão da grama.

E então acordou. Quando acordou, Matthew Lynch ainda estava lá, berrando e novinho em folha, no corredor do lado de fora da porta fechada do seu quarto.

Mas acontece que Ronan não tinha sabido. Ele não tinha sabido que Matthew era sonhado. Que Matthew era sonho *dele*. Não podia se lembrar de como explicara isso a si mesmo na época, mas deve ter sido uma bela e completa explicação, porque se lembrava apenas do seu prazer por ter um novo irmãozinho. Não havia se lembrado das circunstâncias em torno disso até que Declan o encurralara durante uma época particularmente destrutiva no ensino médio e lhe contara a história. Niall Lynch havia contado histórias a Ronan também, mas elas eram sempre recompensas. Era uma punição. Um aviso.

— Você sonhou o Matthew — disse Declan. — Você não entende? Se você acabar morto, acabará com a vida dele também.

— Não acho que fiz isso — retrucou Ronan, mas ele sabia que tinha feito. Apenas afastou a lembrança o máximo que pôde. Havia sido mais fácil pelo fato de Matthew não ter aparecido bem ao lado de Ronan quando ele acordou. Em vez disso, como a floresta sonhada de Ronan, ele apareceu a alguma distância.

Também havia sido mais fácil porque, na época, Ronan não tinha palavras para falar do que acontecera. Ele não tinha permissão para isso.

— Eu estava lá — disse Declan. — Eu sei o que aconteceu. Dizer não faz ser real. Você tem que manter isso sob controle. A vida dele depende de você.

Ronan vivia com aquele peso desde então.

Não mais, pensou agora. As linhas ley estavam poderosas de novo. Matthew teria uma vida própria.

— Vai ter que servir — disse Bryde.

Já fazia algumas horas que estavam fugindo de Boston quando Bryde encostou de repente. Não havia nada que destacasse o lugar de parada. Era uma simples estrada de cascalho de mão única que levava até uma área arborizada para piquenique com um banco apodrecido.

Ronan voltou a encarar os arredores, tentando decidir se, em sua miséria por causa de Declan, Adam e Hennessy, ele julgara mal o quanto tinham ido longe. Ele podia ver um lago brilhando em meio às árvores densas. Tudo ainda parecia a Nova Inglaterra.

— Ainda estamos em Massachusetts, não estamos?

— Connecticut — disse Bryde. — Mas, sim, você está certo, embora algo esteja acontecendo. Precisamos libertar a linha de Ilidorin agora ou talvez não consigamos mais. É o que as árvores estão me dizendo. Este é o melhor lugar em que me senti até então para a energia. Eu gostaria de mais, mas não acho que possamos esperar mais tempo para sonhar com algo para a barragem. Não vamos conseguir chegar lá.

— Antes do quê? — perguntou Ronan.

No entanto, Bryde simplesmente abriu a porta do carro. O ar frio inundou o veículo. Fazia um dia bonito. Era o tipo de dia em que as pessoas colocavam roupinhas nos cães e davam longas caminhadas. Era o tipo de dia que tinha feito quando Ronan visitara Adam em Harvard da última vez. Era o tipo de dia que Ronan teria usado para consertar cercas e tapumes se estivesse na Barns.

Também era o tipo de dia para Ronan e Bryde se sentarem nas folhas secas atrás do carro, recostarem-se nele, desdobrando as máscaras de sonho. Motosserra voou até uma árvore acima deles e esperou.

— O que você sente? — perguntou Bryde.

Estranho. Era estranho fazer aquilo sem Hennessy. Depois disso, Ronan jurou, voltaria por ela. Consertaria isso. Consertaria a ela.

Mas não era o tipo de sensação a que Bryde se referia. Ronan colocou as mãos no chão para sentir a linha ley, mas aquilo o lembrou demais do modo como Adam às vezes fazia o mesmo gesto durante uma previsão. Em vez disso, ele as apoiou sobre os joelhos enquanto ouvia. A linha ley estava lá. Não forte demais, mas presente. Suficiente. Podia sentir o pulso baixo e lento tentando sincronizar com as batidas do seu coração, ou vice-versa.

— Está tudo bem. Eu nunca estive na barragem. Como saberemos o que fazer para destruí-la?

— Eu sei como ela é. Vou te mostrar no sonho.

— E você quer que sonhemos algo aqui para destruir a coisa lá longe? — Mas Ronan respondeu à própria pergunta. — Tem que ser algo que possa viajar.

— Sim — concordou Bryde. — Como os golfinhos na linha de transmissão. Como os parélios que você fez para salvar os seus irmãos.

Não havia amargura na voz dele. Declan tentara que os matassem, mas ele não cuspiu as palavras *irmãos* para Ronan. Em vez disso, a voz dele, se muito, ficou mais suave ao dizer a palavra. Suave em *irmãos*. Dura em *parélios*. Todo o acontecimento dos parélios parecia ter ocorrido havia muito tempo. Ronan e Hennessy estavam em Lindenmere, a floresta sonhada de Ronan, tentando banir A Renda da mente de Hennessy com a ajuda de Bryde, que fora apenas uma voz para eles naquela época. Bryde havia desaparecido de repente quando os Moderadores começaram a atacar outros sonhadores, e Ronan recebera aquela ligação tensa de Declan de que Matthew estava em perigo. Ronan ainda se lembrava do absoluto terror que sentira quando implorou para a sua floresta usar o poder da linha ley para produzir parélios. Lembrava-se de como havia acelerado pelo estado em direção a Declan e Matthew, o exato oposto do que fazia agora. E se lembrava muito bem de chegar e descobrir que o parélio sonhado havia feito o que ele pedira. Salvado a vida dos irmãos.

O exato oposto do que Declan havia acabado de tentar fazer. Declan não se preocupara tanto com a habilidade de Ronan quando este estava escondido em segurança até que precisassem dele. Bryde disse:

— Não temos muito tempo.

Ronan não sabia se poderia ficar concentrado com os pensamentos como estavam agora. Não estava pensando no futuro. Estava pensando no passado.

Bryde falou:

— Farei o meu melhor para me concentrar no sonho. Vai ser diferente depois disso. Último impulso.

Eles sonharam.

No sonho, estavam na barragem. Por ser o sonho de Bryde, era vividamente reproduzido. Ronan podia vê-la, cheirá-la, sentir a brisa quente e extemporânea na sua pele. Estavam andando. Podia senti-la como se estivesse acordado. A pegada da bota na passarela ziguezagueada pela qual os dois seguiam. O ecoar dos passos na parte de trás do centro de visitantes feito em concreto leve, pelo qual passaram. As cócegas dos mosquitos enxameando o mato alto e seco. O zumbir de um percevejo despertado pelo calor.

Ronan teria dificuldade para identificar como aquilo era diferente da vida desperta.

— O que você sente? — perguntou Bryde.

— Não me pergunte isso enquanto estamos sonhando — disse Ronan. — Isso ferra comigo.

Tinham ido até uma área de observação no final da passarela. Em silêncio, eles se inclinaram sobre o parapeito para olhar a vasta barragem branca. A escala dela era difícil de precisar. De um lado, via-se a resplandecente água azul de um lago artificial, e, do outro, centenas de metros abaixo, contida pela barragem curva, mais água resplandecente, o sufocado rio Roanoke. Tudo em volta eram montanhas. O lago parecia bizarro de certa forma, a água estranha enquanto subia a encosta, embora Ronan não entendesse a razão.

— Elas estão afogadas — disse Bryde. — Nunca foi para essas montanhas ficarem com água até o queixo; no lugar, imagine isso como um vale de rio. A barragem fez isso. Há cidades debaixo do lago, se puder imaginar. Lindo, não é? Igual a um cemitério. Como você a destruiria?

Por um bom tempo os dois ficaram lá enquanto Ronan estudava a barragem e pensava qual seria o sonho menor e mais fácil que a destruiria. Antes de cair no sono, estivera imaginando algo forte o bastante para estourar a própria barragem, mas aquilo agora parecia inaceitável. Era mais água do que imaginara. Todos esses litros teriam que ir para algum lugar, e quem saberia quantas casas e estradas haviam sido construídas no caminho dela agora.

Não queria matar ninguém.

Então teria que ser algo gradual. Algo que desse algum aviso. Não muito. Só o suficiente para as pessoas saírem do caminho. Não lento o suficiente para que a detivessem. Inevitável, inconsertável. O coração batia com força no peito. Apenas alguns dias antes, ele estava pensando em como se sentia quanto a destruir um aterro sanitário, e ali estava ele, imaginando como pôr abaixo um projeto que com certeza custara bilhões de dólares e levara anos para ser construído. A eletricidade que ela gerava era usada para abastecer as casas de veraneio que ele via pontilhando a montanha. Provavelmente. Ronan não sabia muito como a eletricidade funcionava.

Pensou no quanto tinha sido maravilhoso sonhar em Lindenmere, onde a linha ley era boa, onde Lindenmere o concentrava, onde tudo era como ele gostava. Imaginou como seria deixar o lugar ainda melhor. Pensou nos pequenos sonhadores Aldana-Leon. Pensou nos espelhos de Rhiannon Martin. Pensou em Matthew. Pensou em si mesmo, como seria viver sem temer que fosse infestar quartos com caranguejos assassinos ou sangrar até a morte por causa da tinta noturna.

Também pensou em como Declan se preocupara com o fato de que aquilo era algo do qual ele poderia não voltar.

— É preocupante a velocidade com que o mundo adoece — disse Bryde. — Décadas atrás, parecia como se tivéssemos anos. Anos atrás parecia como se tivéssemos meses. Meses atrás parecia como se tivéssemos dias. E agora, em cada dia, em cada hora, em cada segundo está mais difícil ser um sonhador. É tão barulhento. Até aqui nas montanhas, é tão barulhento. Como eles gritam para nós todos, até mesmo quando dormimos. Em breve não haverá lugar para coisas tranquilas, as coisas que se desfazem quando eles têm que gritar. Em breve não haverá lugar para segredos, os segredos que perdem o mistério quando são descobertos. Em breve não haverá lugar para o estranho, nem lugar para o desconhecido, porque tudo estará catalogado e pavimentado e plugado.

Ronan pensou nas luvas de Adam apoiadas sobre os sapatos na entrada da casa.

Pensou em querer sentir como se tivesse sido feito para algo mais que morrer.

— Eu sei que você é duas coisas — disse Bryde. — Eu sei que você é de ambos os mundos. Isso jamais mudará.

— E se for demais? — perguntou Ronan. — Não sei se quero fazer isso.

— Você quer.

— Você não pode simplesmente dizer que eu quero. Você não sabe o que estou sentindo.

A voz de Bryde estava muito, muito suave.

— Eu sei que você já tomou uma decisão. Já tomou há muito tempo.

— Em um *hoverboard* flutuando no ar? Depois que Rhiannon Martin foi morta?

— Ainda antes disso.

— Quando decidimos te seguir?

— Ainda antes disso.

— Não — disse Ronan.

— Sim.

Toda a frustração de Ronan estourou para fora dele, com tanta força que o sonho estremeceu. O ar bruxuleou. O lago fervilhou. Estava cansado das lições. Dos jogos. Das charadas. Por alguma razão, de repente se lembrara dos estorninhos de um Natal havia muito passado estourando ao seu redor enquanto Declan assistia. Novamente aquela agonia de querer voar e ser incapaz de explicar para mais alguém.

De repente, ele estava muito temeroso ou muito furioso. Então rosnou:

— Você não pode saber quando eu tomei a decisão!

— Eu posso — disse Bryde, baixinho. — Porque eu sei quando você me sonhou.

36

Aquilo era real?
Você faz a realidade.

Simples assim, Ronan estava em seu pior sonho de novo. A barragem sumira. O lago sumira. O calor e a claridade do sonho de Bryde se foram, substituídos pelo velho pesadelo de Ronan. Ele estava de pé no banheiro da Barns e havia um Ronan no espelho. Atrás dele, Ronan podia ver o reflexo de Bryde de pé à porta.

— Não — ele disse.

— Eu só vim porque você me pediu — disse Bryde.

— Não.

— Não diga não. Você sabe. Você sabia.

— Eu não sabia.

— Você sabia — insistiu Bryde. — Lá no fundo, você tinha que saber. Você pediu isso, ou não teria acontecido.

O sonho mudou. Era Lindenmere agora. Estavam rodeados pelas árvores gigantescas de Ronan, de pé na clareira onde ele ouvira a voz de Bryde com Hennessy naquele dia. O sonho era impossível de separar da realidade. Os detalhes eram perfeitos. Cada renda-portuguesa. Cada pedaço de líquen em crescimento. Cada partícula de poeira e inseto cintilando no ar.

— Não — Ronan voltou a dizer. — Eles sabiam o seu nome. Eles sabiam dos rumores.

— Você sonhou os rumores.

— Não. Eu não posso fazer isso. Só você pode fazer esse tipo de coisa. Os orbes...

— Você os sonhou em mim.

A floresta estava viva com som. Asas distantes. Patas. Garras. Mandíbulas. Mesmo depois de todas essas lições, Ronan não era menos propenso a corromper um sonho do que quando levara os caranguejos assassinos ao dormitório de Adam, na hora da verdade.

— Por que você está fazendo isso?

— Por que você está mantendo Adam fora dos seus sonhos? — perguntou Bryde. — Você tinha certeza de que ele saberia. Você queria fingir.

Bryde fez uma careta, só um pouco, e Ronan pôde sentir que estava expulsando mentalmente do sonho as patas e garras invasoras. Sem esforço. Controlado onde Ronan não estava.

— Eu não queria nada — disse Ronan. Aquilo era mentira. O sonho atirou de volta para ele. Pensou que talvez fosse vomitar. — Você sabia da Hennessy. Eu não sabia da Hennessy.

— Eu sei o que Lindenmere sabe — disse Bryde, baixinho. — Eu sou vocês dois.

Oh, Deus. Agora Ronan repassava aquilo tudo na sua cabeça. Ele repassava tudo o que Bryde lhe ensinara. Tentava se lembrar da primeira vez que havia visto Bryde. De como decidira que o jogo de encontrá-lo era digno de jogar. A promessa de outro sonhador tinha sido tão tentadora. A promessa de outro sonhador que realmente sabia o que estava fazendo tinha sido ainda mais tentadora. Ele poderia ter gerado aquilo em um sonho, assim como aquelas patas e garras. Ele quisera um professor. Ele arranjara um professor.

Não.

Ronan tentou pensar se Bryde alguma vez dissera qualquer coisa que o próprio Ronan já não soubesse, que Lindenmere, como uma floresta situada na linha ley, capaz de ver outros eventos ao longo da linha ley, não teria sabido.

Oh, Deus. Bryde obtendo as informações através das árvores. Bryde com frequência sabendo o que Ronan estava falando antes de ele falar. Ronan olhando para Bryde e pensando que ele parecia familiar, ou algo assim, e se esquivando do que ele já sabia. A toca do coelho continuava indo mais para baixo. Ele não podia encontrar o fundo. Ainda estava caindo.

O sonho agora era um litoral irlandês. Um falcão antigo voava sobre o oceano preto. Ronan sentia o sal na boca. O frio disparou por ele, um frio úmido que abriu caminho pelos seus ossos. Não parecia um sonho. Parecia realidade. Parecia exatamente a realidade. Ronan não podia mais diferenciá-los.

— Você me quis — disse Bryde.

— Eu queria algo *real*.

Realidade não significa nada para alguém como você. Bryde não precisava dizer isso. Ronan já sabia. Ele sabia tudo de que Bryde sabia, bem lá no fundo.

— É mais difícil do que eu pensei — disse Bryde. — Estar aqui fora. Pensei que seria mais simples. Pensei que eu soubesse o que queria, mas é muito mais alto. É tão, tão mais alto. Eu fico... confuso.

O coração de Ronan estava se partindo.

— Sua busca — disse Ronan.

— *Sua* busca — retrucou Bryde.

Ronan fechou os olhos.

— Você é só um sonho.

Bryde balançou a cabeça.

— Já sabemos o que você pensa sobre isso, porque eu te disse. O que você sente, Ronan Lynch? — Traído. Sozinho. Furioso. Sentia como se tivesse provado a tinta noturna mesmo não tendo provado. Sentia como se não pudesse suportar olhar para Bryde por nem mais um segundo. Sentia como se não pudesse suportar estar na própria cabeça nem mais um segundo. Sentia como se não pudesse dizer se ele ao menos havia acordado daquele pior sonho.

O oceano preto ferveu, então queimou. A mente de Ronan ferveu, então queimou. Tudo poderia queimar se você batesse com força o bastante.

— Nada — disse Ronan. — Eu não posso sentir nada.

A grama agora também queimava. As ondas em chamas bateram na praia de seixos, que pegou fogo, e então a face ascendente do penhasco tinha pegado fogo, e então as chamas estranhas se espalharam pela borda e atingiram a terra e depois a grama. O fogo sussurrava para si mesmo enquanto fazia o seu trabalho. Sua linguagem era secreta, mas Ronan entendeu. A coisa estava morrendo de fome.

— Neste momento — disse Bryde —, Hennessy está tentando sonhar alguma coisa para fechar a linha ley para sempre. Você pode senti-la? Podemos ir detê-la, ou eu posso ir detê-la, ou você pode tentar *me* deter e deixar a linha ley ser fechada e matar tudo isso. De qualquer forma, você tem que tomar uma decisão. É a minha busca, é a sua busca ou não é nada? Pelo menos uma vez na vida, pare de mentir. Pare de se esconder atrás de mim. Ronan Lynch, o que você quer?

No sonho, a voz da doce Aurora surgiu suave. Ela dizia a Ronan que ele precisava enterrar tudo aquilo.

Ele respirou de modo profundo e hesitante. O fogo queimava tudo, exceto eles.

— Eu quero mudar o mundo.

37

O dia em que a linha ley desapareceu foi muito agradável. Toda a Nova Inglaterra experimentava uma tarde extemporaneamente quente, mas era um tipo bom de extemporaneamente quente. Não era quente o bastante para fazer todas as conversas se centrarem ao redor de nada desagradável como a mudança do clima e do aumento do preço dos abacates, mas quente o bastante para que os residentes tirassem casacos e luvas e dessem alguns passos, levassem as crianças para passear, tirassem as teias de aranha das raquetes na garagem.

Dias como este, disseram, *lembram a você do que tudo se trata.*

Três Zeds estavam ocupados sonhando com aquela tarde extemporaneamente quente e, por isso, não a desfrutaram. Dois deles, Bryde e Ronan Lynch, dormiam a poucos metros de um carro muito difícil de ver. Não estiveram sonhando por muito tempo, mas folhas de carvalho já secas tremeluziam das florestas ao redor deles e iluminavam suas roupas. Havia certa incorreção ao ver folhas assentadas em um corpo. Não era igual a quando as folhas flutuavam por um telhado ou em um tronco caído. Deixava alguém desejoso de ver. Era errado. Completamente diferente.

A terceira sonhadora, Hennessy, sonhava em um enorme pufe em uma salinha em uma casa de chá. Duas mulheres a observavam de perto. Uma delas, uma mulher tão velha que os números não mais pareciam relevantes para descrever sua idade, acariciava a testa de Hennessy enquanto ela dormia. A outra mulher se postava vigilante à porta, as mãos em uma espada sonhada com as palavras NASCIDA DO CAOS gravada no punho. Estava pronta para usá-la caso Hennessy acordasse com um pesadelo em vez de com um sonho que salvaria a todos.

— Não tenho um bom pressentimento quanto a isso — disse a mulher com a espada.

— Vai ficar tudo bem — respondeu a anciã, voltando a afagar a testa da sonhadora com os dedos, mas com a mão um pouco trêmula.

As pessoas que amavam os Zeds sonhadores também foram incapazes de aproveitar o calor da tarde.

Adam Parrish, que amava Ronan, sentou-se sozinho no chão do dormitório, uma única vela acesa, o baralho de tarô ao lado. Ele encarava a chama, projetando a mente no espaço dos sonhos. Estava tentando encontrar Ronan Lynch, mas era como um telefone que tocava e tocava sem parar. Embora fosse um jogo perigoso, continuou tentando. Deixou a mente vagar um pouco mais longe do corpo a cada tentativa.

Ronan! Ronan! Em vez disso, porém, ele captava vislumbres de Bryde. Tudo parecia quente. Ele podia sentir o cheiro da fumaça. Ele *era* a fumaça, flutuando, flutuando.

Oh, Ronan, o que você fez, pensou ele, infeliz. *O que você está fazendo?*

Matthew Lynch, que também amava Ronan, tinha ido caminhar. Não vagar como um sonho, mas caminhar como um adolescente comum, com propósito. Enquanto Declan estava ocupado com tarefas misteriosas, Matthew marcou uma reunião com uma escola local para fazer um tour. Ele terminaria o ensino médio. Decidira. Não sabia o que faria depois, mas, até lá, aceitaria o conselho de Jordan e começaria a se ver como real até Declan também fazer isso. Era uma secretaria muito abafada, no entanto, e ele podia ver o dia através da janela minúscula perto dele. Era difícil não desejar estar lá fora.

Viu-se, de repente, pensando no fogo. Não tinha certeza da razão. Tocou a bochecha. Estava quente. A escola não havia ajustado o termostato para aquele dia extemporâneo.

Declan Lynch, que também amava Ronan, foi acuado no próprio apartamento por um punhado de Moderadores extremamente zangados. Haviam acabado de perder três Zeds no jardim de rosas e não tinham uma Visionária para fornecer mais pistas. Ainda não haviam decidido como usariam Declan para pôr as mãos em Ronan, mas *tinham* decidido que o pegariam primeiro e então pensariam nos pontos importantes mais tarde. Ele era tudo o que tinham.

— Não sou uma boa moeda de troca — Declan disse aos Moderadores. Pensou na arma presa debaixo da mesa da cozinha. Estava a um metro, mas poderia muito bem estar a quatrocentos. Mesmo se conseguisse pegá-la de alguma forma, o que era uma arma contra uma sala cheia deles? — Até onde Ronan sabe, ele pensa que eu acabei de tentar fazer com que ele fosse morto.

Não pôde deixar de pensar em como o pequeno orbe sonhado de Bryde teria permitido que ele saísse dali ileso. Como os parélios de Ronan cuspidos de uma garrafa teriam esvaziado o apartamento em um instante. Tanto poder. Tanto poder nas mãos de poucas pessoas.

Oh, Ronan, ele pensou, de repente bravo pelo fato de o irmão jamais ter conseguido ver todo o cenário, o percurso do jogo. *O que você vai fazer agora?*

Jordan, que amava Hennessy, caminhava do seu ateliê para o apartamento de Declan, cabeça baixa, sobrancelhas franzidas, lendo uma notícia no celular. Era sobre um enorme racha em Boston que despachara sete motoristas em condições críticas para os hospitais locais. O delegado fez uma declaração apelando para os motoristas se lembrarem de que a vida não era um videogame nem uma franquia de filmes; ações como aquela tinham consequências reais. Ela se perguntou se o plano contra Bryde havia funcionado; Declan não estava atendendo o telefone.

Eu queria que você estivesse morta, Hennessy lhe dissera.

As bochechas de Jordan ficaram quentes enquanto ela caminhava. Ardentes. O peito doía e queimava. Não sabia por que Hennessy tinha que ser assim. Se ainda estivessem morando juntas, já teriam discutido o assunto a essa altura. Hennessy teria se acalmado, ficado triste em vez de brava e, enfim, teria afrouxado, desistido. Elas teriam uma vez mais chegado ao equilíbrio. Bem, não *elas*. Jordan raramente era a emergência. Hennessy era a emergência.

Hennessy, pensou Jordan, *por que não me deu todas as suas memórias?*

Nenhum deles sabia que o destino da tarde estava se passando naquele momento na mente dos Zeds sonhadores.

Os Zeds se transportaram para um sonho compartilhado que saltava de uma coisa para a outra.

Primeiro foi a Renda, dentada e odiosa.

Em seguida, era a barragem Smith Mountain Dam com um fogo lento e senciente atingindo a sua base.

Em seguida, era o Jogo, com cada Zed em um carro diferente disputando o controle tanto da corrida quanto do sonho.

Era um ateliê, era uma fazenda, era um estacionamento detonado com o doce canto de uma ópera, era uma adolescente na galeria procurando por Hennessy, era um dragão explodindo sobre um carro, era uma bala na cabeça de uma mulher, era Bryde agachado ao lado do corpo de Lock em um campo indistinguível.

— Esse seu jogo — disse Bryde para o corpo de Lock —, esse seu jogo só vai acabar em dor. Dê uma olhada. As regras estão mudando. Você entende? Entende o que poderíamos fazer? Deixe meus sonhadores em paz.

— Bryde — chamou Ronan, mas Bryde não respondia.

— Obrigada pelo foco. Eu não poderia ter feito isso sem vocês aqui — disse Hennessy. Ela estava perto do carro invisível, observando Bryde se arrastar por suas linhas pela memória. — Deus! Lembra-se de quando você me disse para matar os meus clones? E, então, nós basicamente fugimos com o seu?

Ela sabia de Bryde. Ela sabia porque o sonho havia oferecido a informação a ela sem notar, como os sonhos faziam às vezes. A informação era esta: Bryde era um sonho. Bryde era o sonho de Ronan.

— Como você está fazendo isso com ele? — perguntou Ronan.

Hennessy estreitou os olhos para o horizonte, a fumaça serpenteando.

— Eu o ouvi dizer algo inteligente para aquela Moderadora no jardim de rosas... você o ouviu? Ele disse que não jogava jogos mentais. Ele simplesmente abaixava o volume das coisas que não importavam. Por que ele não nos ensinou *essa* merda? Essa merda eu posso usar. Estou usando agora! Ele nos causou tanta dificuldade quanto àquilo que era real e àquilo que era um sonho, mas ele estava falando de si mesmo também, não estava? Ele não sabe o que realmente é mais do que nós sabemos. O que é real agora, Bryde? O que você *sente*?

Bryde não respondeu. Ele ainda se movia pela memória.

— É claro que ele tem um interesse nisso tudo — disse Hennessy. — Ele te disse que queria manter Matthew acordado sem você? Ele quis dizer que queria ficar acordado. Edipiano do caralho, cara.

— Cala a boca — disse Ronan. — Qual é o seu grande plano aqui? Abafar as linhas para manter a Renda longe? — Hennessy estalou arminhas de dedo na direção dele.

Então ela levou a mão ao bolso e tirou um orbe prateado. Era possível dizer, no jeito dos sonhos, que, mesmo que se parecesse muito com o orbe prateado de Bryde, não era nada igual. Ele pulsava suas intenções através do sonho.

A intenção dele era esta: parar a linha ley.

— E agora o quê? — perguntou Hennessy. — A gente, tipo, batalha pra sempre? É assim que vai ser? Eu tento fazer essa coisa que desligará a linha e você muda o sonho para que eu não possa me lembrar do que estava fazendo e de novo e de novo e de novo?

Os dois Zeds se olharam. O sonho pulsava com sentimentos tácitos, mas nenhum deles era malícia. Na verdade, havia apenas dois.

Um sonhador sentia *eu preciso que isso pare tudo* e o outro sonhador sentia *eu preciso que isso comece algo*.

E o outro Zed, o Zed que também era um sonho, continuou através dos movimentos. Caminhava em direção a um trailer Airstream que acabara de aparecer a tempo para que ele entrasse. Hennessy estava, de alguma forma, recriando uma memória perfeita para ele, tudo captado com o olhar de artista dela e jogado de volta para ele. Ela era muito poderosa quando fazia aquilo.

No horizonte, a fumaça continuava serpenteando. A barragem Smith Mountain estava lá no meio dos campos de milho, sendo tomada devagar, mas com certeza por um fogo incontrolável e sobrenatural. Estranhas garças pretas circulavam acima, parecendo delgadas como fumaça saindo de uma vela. Elas estavam prontas para recolher o fogo e carregá-los para onde quer que Ronan precisasse que eles fossem. Elas fariam a viagem de Connecticut até a barragem real na Virgínia em pouquíssimo tempo. Ronan meio que segurava a intenção do incêndio intacta enquanto também mantinha a conversa com Hennessy e ainda moldava, em silêncio, o sonho em algo diferente sem ninguém perceber. Ele era muito poderoso quando fazia aquilo.

— A Renda não está aqui agora — disse Ronan. — Desde que trabalhemos juntos, não há Renda. Não posso mantê-la longe para sempre. Podemos dar uma pausa no que estamos fazendo. Hennessy, eu a encontrei antes. Estávamos nos afogando. Eu vim procurar você. Eu queria fazer isso com você. Você se lembra? Não me faça implorar.

Hennessy segurou o orbe prateado diante de um dos olhos e o semicerrou, como se fosse um tapa-olho de pirata. Ambos podiam sentir aquilo. Não era uma presença nem uma não presença. Era uma ausência de potencial. Era uma televisão com o fio arrancado da parede. Ela não disse nada. Hennessy sempre tinha algo a dizer, mas não disse nada.

— Você ferra todo mundo desse jeito — disse Ronan. As mudanças discretas no sonho agora eram visíveis para ele, embora ainda escondidas dela. Devagar, os pássaros se reuniram atrás dela. Centenas. Milhares. Os campos estavam abarrotados deles. Enquanto Ronan mexia os dedos ao lado do corpo, eles se mexiam também, uma tempestade se formando. Eles também tinham uma única intenção dentro de si: Tomar o orbe de Hennessy. Destruí-lo para que Ronan pudesse acordar sem ele. Destruí-lo para que Ronan pudesse acordar com essa barragem destruída pelas chamas. — Você pensou nas consequências? Você não pode lidar com isso, então o mundo que lute?

— Eu sou a borracha e você é a cola, Ronan Lynch — retrucou Hennessy. — O que é engraçado é... Bryde é você, e ele ainda está mais certo do que você está. Você ainda pensa como um não sonhador. Ao menos estou pensando como uma falsificadora.

Ela apontou para trás dele.

Ronan só teve tempo de olhar e ver que a verdadeira Hennessy estava lá, segurando outro orbe prateado com os dedos. Esse era ainda mais forte que o outro que Hennessy segurava. Não era apenas a ausência de sensação. Era um cobertor de nada. Era abafador de ruído, amortecedor de som, aliviador de pressão, removedor de manchas, cancelamento de assinatura, e os seus pássaros apontavam para a Hennessy errada e o orbe errado e...

Hennessy acordou no meio da casa de chá.

— Liliana — disse Carmem Farooq-Lane.

— Eu sei — respondeu Liliana.

Ambas olharam para o pequeno orbe prateado nas mãos paralisadas de Hennessy. Não o viram aparecer. Em vez disso, a mente de cada uma delas se curvou e se dobrou em si mesma. Uma parte do cérebro tentou dizer a elas que o orbe sempre estivera ali. A outra parte se lembrava de que não.

A regra dos objetos sonhados era esta: se funcionava no sonho, funcionava na vida real.

O orbe de Hennessy funcionava no sonho. E funcionou na vida real.

Os efeitos naquela tarde agradável e extemporânea foram imediatos.

Pássaros sonhados caíram do céu aqui e ali, pingando nos para-brisas e na calçada antes de descansar, dormindo. Cachorros sonhados de repente dormiram nas praças, para surpresa dos donos. Carros saíram da estrada e colidiram, os motoristas sonhados de repente encarando o nada.

Uma babá empurrando um carrinho do lado de fora de uma igreja convertida em casa no centro de Boston se viu empurrando uma criança que não poderia ser acordada.

As redes sociais se encheram de relatos de quedas de energia enquanto turbinas eólicas dormitaram misteriosamente até parar.

No aeroporto Logan, uma aeronave pousando errou a pista por completo e adernou em direção à baía. O controle de tráfego aéreo gritou para um piloto irresponsivo antes de voltar a atenção para os relatórios de rádio de outros aviões caindo do céu em todo o mundo.

Na secretaria muito abafada de uma escola, Matthew Lynch colocou a mão na bochecha ardente.

— Você está bem, querido? — perguntou a secretária da escola.

— Sinto muito — murmurou ele, e então caiu no sono.

No apartamento, Declan Lynch assistiu com espanto a Lock parar no meio de uma frase e cair de joelhos, seguido por dois outros Moderadores. Em choque, ele saltou para a arma debaixo da mesa. Arrancou-a de lá e a apontou para um dos três Moderadores restantes.

— O que está acontecendo aqui? — exigiu Declan.

Mas os outros, também, balançaram uns contra os outros. Eles estavam dormindo antes de ele conseguir uma resposta.

Eles dormirem *foi* a resposta.

Em uma área reservada para piquenique em Connecticut, Bryde se sentou, sacudindo as folhas para longe do corpo e as teias de aranha de memória da mente. Levou a mão ao bolso da jaqueta cinza e olhou para o docemetal que havia roubado de Lock semanas e semanas antes. Não era muito forte, mas bastava. Por ora.

Ele olhou para Ronan Lynch, que ainda dormia, folhas espalhadas pelo rosto.

— Acorde — disse, mas Ronan não acordou.

Na calçada diante do apartamento de Declan, Jordan estava com a cabeça inclinada para trás, ouvindo as sirenes berrarem. Diante dela, um pássaro despencou na calçada com um barulho surpreendentemente baixo. Ela se agachou ao lado dele. Era uma coisinha linda, montado em joias e impossível. Ela tocou o peito dele de levinho. Não estava morto. Estava adormecido.

Seu coração batia muito, muito rápido.

Podia sentir a linha ley sendo sugada para longe dela. Para longe de tudo. Era como sentir o ar saindo de uma sala. Era como naquele dia, semanas atrás, quando Hennessy havia sonhado um oceano inteiro em um cômodo e, de repente, ela se vira habitando um mundo que não tinha sido feito para ela. Não se podia discutir com um oceano. Ou você tinha um tanque de oxigênio ou não.

No fim da calçada, a portaria do prédio se abriu de repente. Declan estava lá, o paletó meio vestido, as chaves balançando na mão. Não precisava que lhe dissessem que estava indo atrás dela. Era possível ver em sua linguagem corporal, em seu rosto.

— Jordan — disse ele. — Você está...

Ela viu outro pássaro cair do céu, um maior, no fim da rua. Ele disparou o alarme do carro quando bateu no para-brisa.

Pasma, ela disse para Declan:

— Estou acordada.

Ela estava muito, muito acordada.

Aquele foi um dia muito bom mesmo.

AGRADECIMENTOS

David: a você, por me acompanhar enquanto eu planejava meticulosamente o roubo perfeito ao longo de uma série de meses e depois desistia de tudo por algo completamente diferente com dezoito passos a menos. Essa é uma metáfora. Obrigada pela metáfora.

Sarah: pela paciência por segurar uma tela enquanto eu atirava tinta nela, que respingava em você, nas paredes, no chão, no teto, nas pessoas presentes. Você apenas suspirava e me entregava outro tubo de tinta quando eu ficava sem. Essa é uma metáfora. Obrigada pela metáfora.

Ed: você é o meu docemetal, meu amor. Essa é uma metáfora. Obrigada pela metáfora.

Impresso no Brasil pelo Sistema Cameron da Divisão Gráfica da
DISTRIBUIDORA RECORD DE SERVIÇOS DE IMPRENSA S.A.